흑과 다의 환상

(상)

《**KURO TO CHA NO GENSOU JO**》
© Riku ONDA 2006
All rights reserved.
Original Japanese edition published by KODANSHA LTD.
Korean translation rights arranged with KODANSHA LTD.
through JM Contents Agency Co.

이 책의 한국어판 저작권은 JM 콘텐츠 에이전시를 통한 저작권사와의 독점 계약으로 ㈜바이포엠 스튜디오에 있습니다.
저작권법에 의해 한국 내에서 보호를 받는 저작물이므로 무단전재와 복제를 금합니다.

흑과 다의 환상 (상)

온다 리쿠 장편소설

권영주 옮김

VANTA

차례

1부	리에코	7
2부	아키히코	217

일러두기

1. 단행본·신문·잡지는 겹화살괄호(《 》), 단편·시·영화·음악은 홑화살괄호(〈 〉)를 사용해 표시했습니다.
2. 본문의 각주는 옮긴이 주입니다.
3. 맞춤법은 국립국어원 표준국어대사전 및 외래어 표기법을 따랐으나 관용적으로 널리 쓰이는 표현은 입말을 살려 표기했습니다.

1부

리에코

숲이 살아 있다는 말은 거짓말이다.

아니, 거짓말이라기보다는 옳지 않다고 해야 할까.

숲은 죽은 자들로 가득하다. 숲을 본 순간 밀려드는 어딘지 술렁술렁한 감촉은 죽은 자들의 속삭임이다.

숲속에는 산 자와 죽은 자가 혼재한다. 발치에는 죽은 자가 퇴적되고, 나뭇가지 끝에서 갓난아기의 웃음소리가 비 내리듯 내린다. 숲속에는 온갖 시간이 흐르고, 침체하고, 소용돌이를 그리고, 때로는 역류를 되풀이하며 언제나 뒤섞이고 있다. 수없이 많은 죽은 자들. 바꿔 말하면, 정신이 까마득해질 듯한 시간의 축적을 보며 우리는 숲에 압도되어 두려움을 느끼는 것이다.

처음에 여행 이야기를 꺼낸 사람이 누구였을까.

나는 아키히코라고 기억하는데, 아키히코는 세쓰코라고 한다. 세쓰코는 그런 거 생각 안 나, 우리 다 취해 있었잖아, 라며 고개를 흔들었다.

대학가 꼬치구이집이었다. 십수 년 만에 찾은 기다란 형태의 가게는 직장인이라 하기에는 어딘지 모르게 풋내 나고, 학생이라 하기에는 늙은 기묘한 연령층의 남자들로 가득했다. 그들의 입장에서 보자면 우리가 훨씬 아저씨, 아줌마이겠지만 이쪽에선 그들을 늙었다고 느끼니 우스운 일이다. 가게는 꼭 옛날 집처럼 어두웠다. 밖에서 발을 들여놓으면 순간 어두침침한 인상을 받는데 자리에 앉아 녹차를 마실 무렵에는 눈이 어둠에 익숙해져 있다. 우리는 안쪽 테이블에 자리를 잡고 담배 탓에 갈색으로 변색된 도화지에 매직으로 쓴 메뉴를 봤다.

그날의 주인공은 아직 나타나기 전이었다. 다른 곳에서 송별회가 있는 듯 미안하지만 먼저 시작하라며 마키오의 휴대전화에 연락이 왔다고 했다.

기요시가 말이지, 하고 세쓰코가 중얼거렸다. 처음에는 의외였는데 생각해 보면 잘 맞을지도 몰라.

그녀가 그렇게 말하자 다른 사람들은 저마다 미묘하게 의미가 다른 맞장구를 쳤다.

스가야 기요시는 올봄 회사를 그만두고 고향으로 돌아가 가업을 잇게 됐다. 그의 본가는 중규모의 개인병원을 하는

데, 아버지인 병원장과 큰아버지인 사무장 등 경영진의 고령화로 경영이 경직되면서 최근 몇 년간 만성적인 위기가 이어진 모양이다. 기요시의 아버지는 병원 문을 닫을 생각도 했지만, 작년 연말 대학병원 내과의사인 기요시의 형과 시중은행 대출 담당자인 기요시 등을 불러 대대적으로 가족회의를 연 결과, 일족이 다시 한번 일치단결해서 세대교체를 통해 병원을 새롭게 일으켜 세워보자는 결론에 도달한 모양이다.

패밀리 비즈니스라. 앞으로는 인식이 달라질지도 모르지.

마키오가 맥주잔을 입으로 가져가며 중얼거렸다.

무슨 소리야? 요즘 최첨단은 패밀리 비즈니스라고. 도대체가 말이지, 일본은 고도성장기 이래로 자영업의 지위가 너무 낮아. 대학까지 나와서 대기업에 취직하려고 드는 건 일본 대학생뿐이라고 하잖냐.

아키히코가 오이를 된장에 찍어 먹으며 대꾸하다가 이가 시린지 얼굴을 찡그렸다. 윽, 지각과민증. 완치된 줄 알았는데. 거기에 세쓰코가 끼어들었다.

있지, 패밀리 비즈니스란 말은 다른 뉘앙스도 있잖아? 난 군이 따지자면 더티한 의미로 받아들였거든. 그 왜, 마피아의 혈맹이란 거 있잖아. 피에 의한 유대를 중요하게 생각하니까 마피아업을 패밀리 비즈니스라고 하는구나 생각했는데, 아냐?

세쓰코가 수다 떠는 것을 듣고 있으면 즐겁다. 그녀는 말수가 많은 편이지만 어딘지 모르게 엉뚱한 느낌이 있어서 성가시지 않다. 적당히 분위기를 살필 줄 알면서 적당히 천진하다. 이야깃거리도 다양해서 다들 쉽게 대화에 끼어들 수 있다.

순식간에 세월을 거슬러 올라가 대학 시절로 돌아갔다. 추억은 사람을 들뜨게 하고 말이 많아지게 한다. 그에 대해 누구나 내심 수치와 자기혐오를 느낀다.

양파슬라이스 오랜만이다. 술집에서 먹는 게 역시 맛있군.

집에서 만들면 아무리 물에 오래 담가도 양파 냄새만 나지 않니?

야, 드디어 주인공이 나타났군.

양복을 입은 기요시가 들어와 우리를 발견하고 싱긋 웃었다. 그 모습을 보고 어머, 웬 아저씨가 들어왔네, 라고 생각한 나는 남들 눈에는 나 역시 그렇게 보일 것이라는 사실을 깨닫고 오싹했다.

바다 위는 구름이 많기는 해도 대체로 맑았다.

조금 전까지 보이던 거대한 사쿠라지마섬과 분화구의 연기가 멀어졌다.

천천히 이동하는 것 같더니 서서히 가속하는 모양이다. 바람이 점점 강해졌다.

흐릿하게 잿빛을 띤 구름이 낡은 솜처럼 하늘 높이 엉켜 있다. 질량을 가진 물체가 공중에 떠 있다는 실감이 났다.

아스라이 보이던 그림자도 사라져 드디어 사방 어디를 둘러봐도 청회색 수평선만 보이게 됐다.

이상하다. 평소 생활 속에서 보는 세계는 화면이 옛날 텔레비전 크기인데, 여행을 떠난 순간 극장 스크린 크기가 된다.

시야에서 육지가 사라지자 이제 돌이킬 수 없다는 불안감이 덮쳐왔다.

"생각보다 안 흔들리네. 배가 커서 그런가?"

"아직 내해라 그래."

"내해?"

"가고시마만 안이라고."

"꽤 크네, 가고시마만."

"안으로 들어갈까?"

"바람이 꽤 세다."

널따란 갑판에는 사람이 거의 없었다. 사진을 찍는 초로의 남자와 볼이 상기된 젊은 커플이 강한 바람에 맞서 난간을 꼭 붙들고 있을 뿐이었다.

처음 타보는 페리는 상상 이상으로 호화로웠다. 영화관과 찻집까지 있고 꼭대기 층에 있는 살롱은 꼭 호텔 로비 같았다.

붉은 카펫을 깐 복도 양옆으로 선실 문이 늘어섰다.

2등 이상 선실과 3등 선실은 각각 배 앞쪽과 뒤쪽으로 나뉘어 있었다.

2등하고 3등은 어떻게 다르죠?

매표소에서 아키히코가 묻자, 느긋한 분위기의 중년 여자가 명쾌하게 대답했다.

2등엔 아무도 안 타요.

다들 3등에 탄다는 뜻인가 보다. 어리둥절해 잠시 말을 잃었던 아키히코는 타고난 청개구리 기질이 발동했는지 그럼 2등 네 명, 하고 씩 웃으며 창구에 지폐를 내밀었다.

안에 들어서자 다른 승객들이 줄줄이 뒤쪽 3등 선실로 향했다. 어디 보자, 하고 마키오가 구경하러 갔다 왔는데, 요컨대 2등이나 3등이나 한 단 높은 바닥에 카펫이 깔려 있어 거기에 앉거나 누울 수 있게 된 것은 똑같다고 했다. 다만 3등은 칸막이가 없이 휑하니 뚫려 있는 데 비해, 2등은 방으로 나뉘는 데다 캐비닛으로 칸칸이 구분되어 있다는 차이였다.

그렇군. 아주머니 말이 옳았어.

2등 선실엔 우리밖에 없나 봐.

네 사람은 카펫 위에 짐을 내려놓았다. 개켜진 담요가 정확히 똑같은 간격으로 놓여 있다. 방을 몇 구역으로 나누는 가슴팍 높이의 캐비닛에는 슬리퍼와 직육면체 베개가 들었고, 위에는 물건이 미끄러져 떨어지지 않게 난간이 붙어 있었다. 그래 봤자 캐비닛 위에 올려져 있는 물건은 수많은 알루미늄 대야뿐이다.

저 대야, 그러니까 그거지? 세쓰코가 아키히코를 쳐다봤다. 아키히코가 의기양양하게 고개를 끄덕였다. 뱃멀미 대책이지. 모두 얼굴을 찡그렸다.

1등은 어떤데? 마키오가 묻자 세쓰코가 카펫 위에 책상다리를 하고 앉아 대답했다. 1등은 방에 커다란 창이 있어서 배 앞쪽이 내다보이고 고정된 의자와 테이블이 있는 것 같아. 그녀는 갑판에서 1등 선실을 구경하고 온 모양이다.

오, 어째 아늑하고 좋은데. 집중호우로 인한 산사태 때문에 동네 체육관에 피난 온 분위기잖아. 3등처럼 사람이 좀 더 많으면 분위기가 날 텐데. 화투라도 하고 싶어지는 기분이야. 마키오가 묘한 데서 감탄했다.

말이 씨가 된다잖아. 그러다 배가 조난이라도 당하면 어쩌려고 그러니? 세쓰코가 입을 삐죽 내밀었다.

아무튼 우리밖에 없으니 좋다. 다리를 쭉 뻗을 수 있잖아. 아키히코가 뒤로 벌렁 드러누웠다.

나란히 늘어선 네모난 창으로 죄 똑같은 하늘과 바다가 보이는 것을 나는 기묘한 기분으로 바라봤다. 이곳은 이미 바다 위. 이제 돌이킬 수 없다.

세쓰코와 내가 선실로 돌아가자, 아키히코와 마키오는 벽에 기대앉아 캔맥주를 마시고 있었다.

"벌써부터 마셔서 괜찮겠어? 좀 있다가 외해로 나가면 흔들릴지도 모르는데."

"그때는 저 대야가 있잖냐."

"아휴 참."

우리도 자리에 앉았다. 비로소 여행이 시작됐다는 실감이 났다. 니시가고시마역에서 합류해 페리를 타기까지 시간이 빠듯했던 탓에 제대로 얼굴을 마주할 경황도 없었다.

"열차는 어땠어?"

마키오가 무릎을 고쳐 안으며 세쓰코에게 물었다. 세쓰코는 고베로 출장 갔던 아키히코와 어젯밤 오사카에서 만나 밤차를 타고 오늘 아침 니시가고시마에 도착했다.

"응, 재미있었어. 하지만 1인실은 남자한테 좁을지도 모르겠더라. 아키히코는 힘들었지?"

세쓰코가 아키히코를 바라보자 그는 힘차게 고개를 끄덕였다.

"저처럼 쭉 뻗은 팔다리를 가진 사람한테는 상당히 비좁더군요."

"사실은 거의 휴게실에서 수다 떨고 있었지만."

"맞아, 이 녀석 얼마나 말이 많던지 하마터면 밤을 꼴딱 새울 뻔했다."

"어머, 뻥치기는."

그 광경을 상상하니 웃음이 났다. 그다지 자주 깜빡이지도 않는 큰 눈을 동그랗게 뜨고 쉴 새 없이 떠드는 세쓰코에게 아키히코가 진저리를 내며 건성건성 대꾸하다가 가끔씩 그건 아니지, 하고 짓궂은 코멘트를 끼워 넣는다. 똑같은 생각을 했는지 마키오도 입가에 히죽히죽 웃음을 띠고 있었다.

"열차 이름이 '나하'거든. 왜 '나하'냐 하면 그 열차가 처음 다니기 시작했을 땐 오키나와가 아직 미군 점령 아래 있었다나 봐. 그래서 열차가 나하˙까지 갈 수 있기를, 하고 본토 복귀를 기원하며 지은 이름이래. 감동했지 뭐야."

"복귀 안 하는 편이 오키나와한테는 더 좋았을지도 모르는데 말이야. 오키나와는 일본에 편입되면서 별로 좋은 꼴 못 봤잖냐? 원래 류큐 왕국은 일본하고도 중국하고도 대등하게 교류하는 독립된 국가였던 걸, 메이지 정부가 느닷없이 오늘부터 넌 내 여자니까 딴 놈들한테 꼬리 치면 죽어, 하고 으름장 놓은 거 아니냐. 당시 류큐가 메이지 정부에 보낸 편지를 본 적 있는데, 우리는 조상 대대로 중국 및 여러 이웃 나라들과 교류해 왔는데 이제 와서 그런 무례한 짓은 할 수 없다고 성심성의껏 썼더라고. 아무리 봐도 류큐 쪽 주장이 정당한 거야. 하지만 결국 강제로 일본에 귀속당하더니 나중에는 지상전에, 미군기지 같은 험한 꼴까지 봤지."

아키히코가 세쓰코의 감상感傷을 비웃듯 말하고 맥주를 마셨다. 이 남자의 조롱과 독설은 타고난 것이라 이제는 다

---

* 오키나와의 현청 소재지.

들 익숙해졌다.

극단적으로 좋은 집에서 잘 자란 남자는 몇 종류로 나뉜다. '곱게 자란 도련님이니 하는 수 없지' 하고 모두가 용서해 주는 천진난만한 왕자님 타입. 자신이 얼마나 복이 많은지 자각하지만 동시에 그 혜택도 충분히 누릴 줄 아는 균형 잡힌 인격자 타입. 자신이 타고난 복을 약점처럼 느끼며 거북스러워하는 타입. 아키히코는 명백히 마지막 타입이었다.

입만 다물고 있으면 아키히코도 왕자님처럼 보이는데 말이야. 그를 아는 여자들은 모두 개탄해 마지않는다. 나도 처음에 그를 봤을 때는 놀라지 않을 수 없었다. 미모라는 말이 그만큼 어울리는 남자는 본 적이 없었다. 아무렇지도 않게 착용한 셔츠나 손목시계도 품위 있는 고급품으로, 우리 같은 서민과는 어렸을 때부터 들어간 돈의 자릿수가 다르다는 것을 한눈에 알 수 있었다. 그러나 한번 입을 열면 외모와의 갭이 상대방을 아연하게 하고, 환멸을 느끼게 하고, 적을 만들었다. 남자는 그의 외모 탓에 근거 없는 적의를 품고, 여자는 우상이 파괴됐다며 이 또한 근거 없는 노여움을 품는다. 내가 아키히코를 처음 만났을 무렵 그는 자신에 대한 그런 자기 본위적인 적의에 늘 분개하고 있었다.

당시에 비하면 지금은 상당히 사람이 원만해진 것 같다. 아니, 그보다는 이만큼 나이를 먹어서 비로소 예전부터 지정되어 있던 자기 자리에 불편함을 느끼지 않고 가만히 앉아 있을 수 있게 된 것 같다.

"리에코 넌 남편이 뭐라 안 했어?"

세쓰코가 나를 봤다. 주부가 집을 비우기는 쉽지 않은 일이다. 나는 가볍게 고개를 끄덕였다.

"일단은. 하지만 무슨 꿍꿍이인지는 잘 알지. 이번에 순순히 보내준 건 연말에 자기 친구들이랑 골프 여행을 가려고 그러는 거야."

"교환 조건이구나. 리카코는 싫어하지 않고?"

"응, 적어도 겉으로 보기엔. 우리 애는 꽤 쿨해서 말이야, 여행 가도 되느냐고 했더니 대신 친구네 집에서 자도 되느냐고 물어보더라."

"여자애는 야무지니까. 협상이 뭔지 아는 거야."

"세쓰코, 너희 집은?"

"우리는 완전히 가사 분담 태세니까 괜찮아."

"훈련 잘 시켰네. 그것도 아들만 둘이면서."

"남자는 뭐든 잘할 수 있어야지, 안 그러면 여자들한테 인기도 없고 장가도 못 간다고 위협하거든."

세쓰코가 두 가련한 초등학생을 위협하는 장면을 상상하고 다들 쿡 웃었다.

"웃을 일이 아냐. 우리 집은 남편의 아버지란 비참한 견본이 있단 말이야."

"맞다, 세쓰코, 전부터 싫어했지."

"응. 실은 그보다 저쪽에서 날 싫어했지. 남편이 의절당한 탓도 있지만. 사실 이번 봄에 드디어 시부모님이 황혼이혼을 했지 뭐야."

"어머나. 연세가 어떻게 되시는데?"

"예순일곱이랑 예순셋일걸."

"오오, 정말 황혼이다."

"정말 아니꼬운 사람이거든. 오만불손, 남존여비, 밖에선 끽소리 못 하면서 집에서나 큰소리 떵떵 치는 타입. 정말 형편없지 않니? 독재자라면 독재자대로 능력이든 책임감이든 있으면 그나마 좀 나을 텐데, 소심해 가지고는 늘 직장 상사 욕만 했다는 거야. 우리 남편이 그러는데, 가족끼리 여행을 가도 짐을 들어본 적이 없대. 남자는 빈손으로 여행하는 법이라고 돼먹지도 않은 억지를 늘어놓으면서 늘 시어머니한테 짐을 들린다는 거야. 역에 도착하면 자기는 대합실에 떡하니 앉아 고갯짓으로 창구나 가리키면서 시어머니한테 표를 사오게 시켰다지. 가족끼리 밥을 먹어도 입에서 나오는 말은 푸념이랑 불평불만뿐이고. 뭐 좀 부탁을 할라치면 말끝마다 자기 어머니는 무슨 일이든 다 해줬다고 하고. 그러니 자식들도 늘 진저리를 냈다나 봐. 당연한 일이지. 정년퇴직해서 집에 있게 된 다음에도 하나도 안 달라진 모양이야. 시어머니가 몇 년 전부터 허리가 아프다고 했는데도 모른 척하고."

"그건 정말 너무한다. 무슨 일을 했는데?"

"뭐였더라? 아무튼 하급 공무원이야. 무슨 정비 공단이라든지 그런."

"어울린다."

"그래서 시어머니가 언제 이혼을 결심했느냐 하면 말이지, 저녁 술상을 준비하던 중이었대. 시아버지는 저녁에 맥주 한 병, 일본주 한 홉, 식후엔 위스키를 마신다고 정해져 있거든."

"그거참 호화찬란하군. 하급 공무원치곤 사치스러운 밥상 아니냐?"

"그보다 매일 저녁 술 세 종류를 준비하는 게 얼마나 힘든 일인지 그 부분에 주목해 줬으면 좋겠어. 일본주는 그냥도 아니고 데워야 한단 말이야. 그것도 전자레인지를 쓰면 제대로 안 한다고 화를 낸대. 위스키 얼음을 매번 준비하는 것도 여간 성가신 게 아니라고. 그러다가 어느 날, 시어머니가 맥주병 박스를 옮기려고 했대. 캔은 맛없어서 싫다고 한다나. 그런데 내내 허리 통증이 심하던 차에 그 무렵엔 어깨까지 아파서, 얼마나 아픈지 박스를 옮길 형편이 아니라 부엌 바닥에 주저앉았대. 잠시 쉬는데 산책 나갔던 시아버지가 돌아와서 다짜고짜 왜 술 준비를 안 해놨느냐고 했다는 거야. 그때 무의식중에 나온 대답이 돈은 한 푼도 필요 없으니까 헤어집시다, 였대."

"오오, 극적인데. 신문 사회면 연재 기획기사에 써먹을 만한 소재다. 황혼이혼의 실태."

"그래서 이혼하고 시어머니는 딸네 집에서 사셔. 꼬박꼬박 정형외과에 다니면서 무거운 물건을 들지 않고 조심했더니 건강도 좋아져서, 친구분들과 외출도 하고 재미있게 지내신다나 봐. 그랬더니 혼자 남은, 자기 앞가림을 전혀 못 하는 남자는 어떻게 했느냐 하면, 그때까지 전혀 왕래가 없던 딸이랑 며느리한테 전화한 거야. 가사도우미를 쓴다는 선택은 아예 머리에 없어. 그때까지 시어머니는 공짜였으니까 똑같은 노동에 돈을 지불할 마음은 없는 거지. 그렇지만 정말 얼마나 웃긴지, 아무리 그래도 대놓고 부탁할 배짱은 없었는지 느닷없이 내가 요즘 유언을 어떻게 할까 생각 중이다, 하고 엄숙하게 말을 꺼내지 뭐니. 시아버지네 집안이 원래 가진 재산이 꽤 있었다나 봐. 유산을 미끼로 쓸 속셈인 거지. 하지만 다들 공짜 인력을 물색 중이라는 걸 잘 아니까 반응이 냉담했거든."

"어머, 며느리라니 그럼 너한테도 전화했단 말이야?"

"응. 성격 한번 굉장하지? 결혼식에도 안 오고, 손자 얼굴 보러 한번 안 오고, 자기 아들한테 안 어울리는 여자라고 나한테 실컷 욕을 퍼부을 때는 언제고. 그래서 내가 말했지. 어머, 그러세요? 안 쓰는 돈을 가지고 계셔봤자 소용없으니까, 손주들 세대의 지구를 생각해서 환경단체에 기부하시면 어떨까요? 제 친구가 유네스코에 있으니까 기부하실 곳은 얼마든지 소개해 드릴게요, 라고 말이야."

아키히코가 웃음을 터뜨렸다. 맥주캔을 바닥에 내려놓고 요란하게 웃어댔다.

"세쓰코, 네 성격이 훨씬 굉장하다."

"그렇지만 갑자기 거들먹거리면서 전화를 하더니 유언이 어쩌고저쩌고하잖아. 진짜 너무하지 않니? 우리 남편은 길길이 뛰던데."

"하지만 그건 너희 시아버지 탓만은 아니지 않아?"

마키오가 부드러운 어조로 끼어들었다.

"시아버지를 그렇게 교육한 부모 탓도 있고, 그런 생활에 잠자코 복종했던 시어머니 탓도 있지."

"그래, 맞아, 내 말도 그거야."

세쓰코가 힘차게 고개를 끄덕였다.

"그러니까 그런 건 정말 불행한 일이잖아. 여자나 배우자를 존경하는 법을 아무한테도 못 배운 거니까. 부모가 존경하지 않는 사람을 자식이 존경할 리 있겠어? 사람은 자기 손을 직접 써서 생활해야지, 안 그러면 점점 남한테 차가워지고 상상력이 무뎌지더라. 자기가 못 하는 일에 대해선 마음이 좁아지니까. 예를 들어 자기 앞가림을 전혀 못 하는 남자가 있다고 생각해 봐. 집안일은 전부 부인한테만 맡겨두고 살았는데, 친정에 상이 나서 부인이 일주일쯤 집을 비우게 됐어. 남편은 밖에서 식사를 하겠지. 하지만 하루이틀은 괜찮을지 몰라도 일주일씩이나 되면 불편하고 돈도 많이 들어. 그럼 그 남편은 집을 비우고 자기를 불편하게 한 부인을 미워하게 돼. 누구든지 그때까지 다른 사람이 해주던 일을 안 해주면 화가 나지. 자기가 못 하는 일이라면 더군다나. 난 우리 애는 그런 사람이 안 됐으면 좋겠어."

우리 애는 그런 사람이 안 됐으면 좋겠어.

왜 그런지 그 말이 가슴을 날카롭게 찌르는 바람에 놀랐다. 세쓰코가 아무렇지도 않게 그런 말을 하는 데에도 놀랐다. 나는 어느새, 아마도 무의식중에 적잖은 비난을 담아, 세쓰코의 얼굴을 응시하고 있었다.

물론 어느 부모에게나 이상이 있다. 이런 사람이 됐으면 좋겠다. 저런 사람은 안 됐으면 좋겠다. 단호하고 위엄 있게, 적당한 거리를 유지하며, 아이의 성장을 따뜻한 눈으로 지켜보고 싶다. 누구나 그렇게 생각한다. 당연한 일이다. 사리에 맞는 훈육, 아이가 자유롭게 커갈 수 있는 교육. 부모는 아이에 대해 누구보다도 큰 꿈을 품는다. 그러나 겨우 몇 달 만에 그 꿈은 산산조각이 난다. 아이는 성장함에 따라 점차 이쪽의 모순과 태만을 지적하게 된다. 언제나 이쪽의 급소를 찔러 다음에 할 말을 꿀꺽 삼키게 한다. 그런 일이 끊임없이 계속된다. 나는 내가 아이를 기르고 있다고 단언할 자신이 없다. 솔직히 말해서, 아이를 기르는 게 아니라 부모가 알지 못하는 곳에서 아이가 알아서 자라는 것을 전전긍긍하며 보고 있다는 느낌이다. 그런 의미에서는 자식은 하늘이 점지해 준 것이라는 말이 실감이 난다. 어쩌다 우연히 내게 태어났을 뿐 내 것은 아니다. 전력을 다해 아이를 대하려면 상당히 소모가 심하다. 그래서 지친 부모들은 모두 하나둘씩 외면하기 시작한다. 보기에 그럴싸한, 하지만 본심과는 다른 명분으로 무장하고 뒤에서 아이구야, 하면서 어깨 힘을 빼고 쉰다. 아이도 부모의 그런 태도를 눈치채고 그에 익숙해진다.

세쓰코는 아마 전력을 다해 아이를 대할 것이다. 엄마는 너희가 그런 사람만은 안 됐으면 좋겠어, 하고 눈을 똑바로 보며 말할 수 있을 것이다. 그러나 나는 그럴 수 없다. 지금 내가 리카코에게 그런 말을 한다면 아이는 일단은 내 체면을 생각해 고개를 끄덕여 줄 것이다. 하지만 다음 순간, 나도 리카코도 서로의 기만에 몸 둘 바를 모르게 될 것이다. 그 말에는 내 본심도 얼마간은 들어 있지만, 대부분은 그렇게 말하지 않으면 안 된다는 의무감과 겉치레라는 것을 우리 둘 다 알고 있기 때문이다.

세쓰코가 이야기를 계속하는 목소리가 들려왔다.

"……그렇지만 역시 돈이 있으니까 세더라. 얼마 있다가 시누이가 어떻게 지내나 보러 갔더니 아무리 봐도 술집 여자 같은 젊은 여자가 드나들더래. 왜 그런 이야기 많잖아, 유산을 노리고 혼자 사는 노인 집을 드나들면서 친절하게 돌봐주는 사람. 아무래도 그런 여자한테 걸려든 모양이야. 이러다 얼마 안 있어서 독 넣은 음식이라도 먹는 게 아닐까 걱정되는 상황인 거지. 하여간 정말 일생에 도움이 안 되는 사람이라니까."

"좋잖아, 젊은 여자가 친절하게 돌봐주니 너희 시아버지도 지금쯤 천국에 온 기분 아니겠냐? 난 기분 좋게 세상을 떠날 수만 있으면 백번 속아도 좋으니까 그쪽을 택하련다."

"아휴, 남자들은 진짜 어이가 없다니까."

"당연한 선택이라고 생각하는데."

"그나저나 남자들의 '난 괜찮아' 하는 그 근거 없는 자신감은 대체 뭘까 몰라. 그런 일이 있고 나서 친정에 갔을 때 우연히 이 이야기를 했는데, 엄마가 묘하게 골똘히 생각에 잠기는 바람에 당황했지 뭐야. 그 정도로 심한 건 아닌데 우리 집도 상황이 다르지 않거든. 그러니까 아버지도 엄마 좀 도와주세요, 하고 다소 농담을 섞어서 말했더니, 아버지가 '난 지금도 도와주니까 괜찮다. 저번에도 슈퍼에서 봉지 들어줬는데' 그러더라고. 참 태평하기도 하지. 두 분 미래에 불안을 느끼지 않을 수 없더라. 남자들은 어쩌다 가끔 해준 일은 참 잘도 기억해. 그 한 번이 다른 열 번의 면죄부가 된다고 생각한다니까."

"아야야, 귀 따가워라."

아키히코가 몸을 배배 꼬았다.

"마키오는 뭘 그렇게 혼자 실실 웃고 있니?"

세쓰코가 마키오에게 공격의 화살을 돌리자 그는 한층 더 활짝 웃었다.

"아니, 우리도 어른이 됐구나 싶어서. 부모의 유산이 어쩌네, 부모를 돌보네 마네 하는 이야기를 할 나이가 됐구나, 그런 생각을 하고 있었어."

"전혀 안 고마워."

"분명히 다들 그럴 거야. 어렸을 때부터 자기한테는 올 리 없다고 생각했던 날이 어느새 코앞에 와 있는 거야. 분명히 죽는 순간까지 아직 멀었다, 아직 나한테 그날이 올 리 없다고 생각할 테지."

마키오는 무릎 위로 턱을 괴며 꿈꾸는 듯한 표정으로 중얼거렸다.

갑자기 기억이 되살아나며 가슴이 아프기 시작했다.

그랬다. 너는 늘 그랬다. 너는 늘 그런 식으로 소년 같은 눈을 하고 잔혹한, 하지만 사실인 말을 한다.

처음에 여행 이야기를 꺼낸 사람이 누구였을까.

기요시가 자리에 앉고 다 함께 다시금 건배했다. 스가야 병원의 미래에 건배. 스가야 기요시의 회계 능력에 건배. 기요시는 쓴웃음을 지었지만 순간 정색하며 잔을 맞부딪쳤다.

뭐냐, 토요일 낮부터 양복을 입고. 다른 곳 송별회라는 게 회사 송별회였냐?

아키히코가 놀리자 기요시는 웃으며 어깨를 으쓱했다.

회사 동기들. 평일엔 어지간해서는 다들 모이기 힘들고 나도 스케줄이 빡빡하니까 차라리 토요일 점심이나 같이하자고 이야기가 된 거야. 물론 다른 사람들은 캐주얼한 복장이었지만 나는 이제 돈을 빌릴 입장이 됐으니까 인사를 깍듯하게 해둬야지.

아무렇지도 않게 대답했지만 그 양복에서 그의 각오가 보이는 듯했다. 무슨 일이든 딱 부러지게 하는 기요시답다. 고등학교 때는 교류가 없었는데 대학에 들어와 마키오와 다른 사람들을 통해 알게 되면서 그의 성실한 인품에 감탄했다.

암, 그렇고말고. 훌륭한 마음가짐이다. 아키히코는 혼자 연신 고개를 끄덕였다.

병원 회계도 보통 일이 아니지 않아? 마키오가 꼬치구이 접시를 기요시에게 밀어주며 물었다. 응, 의료 사무라든지 이것저것 공부해야 할 것도 많아. 지금까지 한 일하고 다르니까 기초부터 다시 공부해야지. 당분간은 돈이 들더라도 병원 전문 컨설턴트를 고용할까 해. 기요시는 모래주머니를 집으며 대답했다.

지금까지 줄곧 돈을 빌려줄 기업의 심사만 해왔으니까 회사 경영 상태를 파악하는 데는 자신 있거든. 작년 말에 가족회의에 소집됐을 때 큰아버지가 나눠준 우리 병원 자료를 받고 두근두근하면서 보지 않았겠어? 그랬더니 말이야.

다들 주목했다.

형편없더라고.

기요시는 얼굴을 찡그리며 두 팔을 벌렸다. 저도 모르게 웃음이 일었다. 기요시도 웃었다.

심각하다는 말은 들었지만 진짜 심각하더라. 내가 은행이었으면 이 상황에서 또 돈을 빌려 대체 어떻게 갚을 생각이냐고 휘이휘이 소금 뿌려서 돌려보내고 싶어질 것 같은 기업인 거야. 그래서 얼른 정리하는 게 좋겠다고 역설했거든. 그랬더니 형이 왜냐고 묻더라고. 그래서 여기하고 여기하고 여기가 심각하다, 이러이러한 이유로 가망이 없다고 했지. 그랬더니 형이 그럼 거기하고 거기하고 거기를 해결하면 어떻게 되지 않겠느냐고 그러는 거야. 그야 그렇긴 하지만 죽었다 깨도 무리라고 대답했더니 그건 죽었다 깨봐야 아는 일 아니냐고 하데. 옛날부터 우리 형은 낙관적이고 난 걱정이 많은 타입이었어. 형은 근거도 없이 늘 낙관적이고 게다가 다른 사람까지 부추기거든. 형이 그렇게 말한 순간 어째 불길한 예감이 들더라. 그랬더니 아니나 다를까, 그때부터 점점 다들 마음이 동해서, 처음엔 병원 처분 결정을 확인하기 위해 소집됐던 회의가 어느새 병원 재건 계획 회의가 되어 있는 거야. 불길한 예감은 꼭 들어맞는다니까.

그렇게 말하면서도 기요시는 어딘지 모르게 기뻐 보였다. 이러니저러니 해도 기요시가 형과 사이가 좋은 것은 모두 알고 있다. 함께 일할 수 있게 돼서 기쁠 것이다. 물론 자신의 업무 능력에도 상당한 자부심을 갖고 있을 게 틀림없다. 삼십 대 후반, 아직 큼직한 일을 할 시간은 있다. 설령 그게 곤란한 일이라 해도, 일상적인 업무에 쫓기는 대신 실력을 발휘할 기회가 찾아온 것을 내심 기뻐하는지도 모른다.

부인은 반대 안 했어? 세쓰코가 물었다. 당연히 떠오르는 질문이다. 남편의 직업으로 일류 시중은행 직원과 적자 경영인 병원 회계, 둘 중 어느 쪽을 선택하겠느냐고 하면 대개 전자를 고를 것이다. 그런데 기요시는 고개를 끄덕했다.

어머, 찬성했단 말이야? 세쓰코가 놀라 큰 소리로 물었다.

응. 우리 부부, 사내 결혼인데 와이프도 내내 본점 경리부에 있었거든. 자기도 돕겠다고 나섰어. 아직 애도 어린데 어쩌려고 그러느냐고 했더니 잘됐네, 하는 김에 병원에 어린이집도 만들자, 내가 그쪽 경리를 맡을게, 그러더라. 그럼 간호사도 아이를 맡길 수 있고 입원 환자 아이들도 맡을 수 있잖아? 좋아하는 사람 많을걸. 직장에 어린이집이 있으면 좋은 간호사가 모여들 거야, 라나. 오히려 와이프가 나를 등 떠미는 상황이라니까.

허허, 그거 잘됐네. 아키히코가 유난스레 경탄한다. 얘, 이거 혹시 와이프 자랑이니? 세쓰코가 마키오에게 소곤거린다. 마키오는 평소처럼 실실 웃고 있다.

그때 내 마음속은 깜짝 놀랄 정도로 냉정했다.

천장까지 가득 메운 담배 연기. 무표정하게 술 주문을 받는 주인. 카운터에서 훈계를 시작하는 학생. 오랜만에 만난 친구들의 얼굴. 모든 게 내 오감을 통해 선명하게 들어왔다. 그건 기묘한 감각이었다. 시간이 잡아 늘려진 것 같은 감각. 왜 그럴까. 오랜만에 이렇게 모든 감각이 예민해진 듯한 느낌을 맛본다. 언제가 마지막이었더라. 그날 밤. 마음속에서 속삭이는 목소리가 들려온다. **그날 밤.**

나는 웃고 있다. 자연스러운 미소를 띠고 느긋하게 다른 사람들 이야기를 듣는 척하고 있다. 옛날부터 자신 있는 연기였다. 지금도 내 연기는 성공하고 있을 것이다.

그러나 내 마음은 가게에 들어와 앉은 순간부터 줄곧 한 곳에 집중되어 있었다.

마키오의 얼굴, 마키오의 표정, 그리고 마키오의 감정을 읽는 일에.

"아니, 이럼 안 되지. 이건 일상 그 자체 아니냐? 처음에 한 약속 잊었어? 이번 여행의 테마는 '비일상'이라고. 세쓰코 이야기는 아주 좋은 교훈이 되긴 했지만 좀 너무 현실적이야. 일상적인 넋두리를 늘어놓고 있으면 어른의 여행이 못 돼요."

아키히코는 갑자기 생각난 듯 자세를 고쳐 앉았다.

"어머, 섬에 도착한 다음부터 아냐? 벌써 시작하려고?"

"여행은 이미 시작됐어. 우리는 이미 바다 위에 있잖아. 다들 숙제는 잊지 않고 해왔겠지?"

아키히코는 신경질적인 교사처럼 우리를 둘러봤다. 그의 시선을 받고 우리는 어깨를 슬쩍 움츠렸다.

"그거 진심이었니?"

내가 묻자 아키히코는 과장된 몸짓으로 두 팔을 벌렸다.

"너무하네, 리에코까지. 난 출장 가서도 밤늦게까지 생각해서 수첩에 빽빽이 적어왔건만."

"정말? 마흔이 내일모레인 남자가 출장지 호텔에서 할 일 같진 않다, 얘."

나는 어이가 없어졌다.

"난 오히려 출장지 호텔에서 하기에 이만큼 적합한 작업은 없다고 생각하는데. 샤워하고 편안한 기분으로 간소한 침대에 앉아 냉장고에 들어 있던 맥주를 딴다. 작은 스탠드가 붙은 책상에 다리를 비스듬히 꼬고 걸터앉은 중후한 품격이 있는 남자. 수첩을 펴고 천장을 올려다보며 심사숙고한 끝에 사각사각 적어 내려가는 문자."

"어디 봐."

세쓰코가 손을 내밀었다.

"좋아, 조금만이다."

아키히코는 셔츠 주머니에서 작은 갈색 가죽 수첩을 꺼내 펴더니 쑥 내밀었다가 금세 도로 뺐다. 빽빽하게 글자로

메워진 페이지를 보고 모두 환성을 질렀다.

"와, 엄청나다. 그게 정말 다 그거야?"

마키오가 몸을 내밀었다. 아키히코는 의기양양하게 고개를 바짝 치켜들었다.

"당연하지."

"한 번만 더 보여줘."

"안 돼. 그러다 새 나가면 어떻게 하냐."

"어차피 봐도 아키히코 글씨는 아무도 못 읽을걸."

"이런 무례한 여자가 있나."

"그런 테마가 그렇게 많아?"

"많지. 많고말고. 누구한테나 분명히 있어."

아키히코는 완강하게 주장했다. 그때 문득 기묘한 예감이 가슴을 스쳤다.

어쩌면 아키히코도 나와 똑같은 생각을 하는 게 아닐까. 어쩌면 그 때문에 이번 여행을 기획한 게 아닐까. 불끈불끈 솟구치는 의혹이 가슴속을 시커멓게 메웠다. 혹시 함정일까. 이 계획된 '비일상' 자체가. 그리고 아키히코가 제안한 '안락의자 탐정 기행'이. 문득 신경이 예민해져 있는 것을 깨달았다. 어느새 온몸에 힘이 들어가 있고, 위팔과 목덜미에 찌릿찌릿 차가운 정전기 같은 게 느껴졌다.

"그야 나도 한두 개는 있어. 하지만 이제 배 타고 섬에 가는 중인데 벌써 이야기하면 아깝지 않아?"

"오오, 역시 세쓰코다. 역시 생각해 왔군그래."

아키히코의 얼굴에 기쁜 듯한 미소가 피어올랐다. 나는 물었다.

"그런데 있잖아, 예컨대 여기서 세쓰코가 '아름다운 수수께끼'를 하나 내놓는다고 쳐. 그럼 그 수수께끼를 해결하지 못하면 다음으로 못 넘어가는 거야?"

마키오가 빈 맥주캔을 재떨이로 쓸 생각이었는지 담배를 꺼냈다가 캐비닛에 붙은 '금연' 표시를 보고 순순히 도로 집어넣었다.

"흠, 좋은 질문인데. 케이스 바이 케이스겠지. 물론 각 사건을 철저하게 규명하고 싶긴 하지만, 아무리 해도 납득할 만한 해결이 보이지 않으면 그냥 넘어가기로 한다. 하지만 나중에 다시 돌아가는 것도 얼마든지 있을 수 있다."

아키히코가 점잔 뺀 어조로 대답했다. 나는 입을 열었다.

"어떤 걸 '해결'이라고 하는데?"

"오오, 이것도 좋은 질문이군. 역시 리에코다."

아키히코는 혼자 신이 난 듯했다. 모두 어린애 놀이에 어울려 주는 눈길로 그를 보고 있었다.

"그건 정해져 있어. 전원이 수긍할 수 있는 설명이 발견될 때야. 어때, 명쾌하지?"

"이 네 사람을 납득시키긴 어렵지 않겠어? 뭣보다 아키히코를 납득시키는 게 쉬운 일이 아닐 텐데."

세쓰코가 의심 어린 눈초리로 아키히코를 봤다.

"괜찮아, 괜찮아. 난 워낙 사람이 순진무구하니까 금세 '유레카!' 하고 무릎을 칠걸."

"과연 그럴까."

"너 나중에 딴소리하지 마라."

저마다 야유하는 사람들을 둘러보며 아키히코가 다시금 자세를 고쳐 앉았다.

"자, 그럼 여러분, 이제부터 우리의 '비일상의 여행'을 시작하겠습니다. 아, 이건 프롤로그. 이게 빠지면 역시 기분이 안 살거든."

그 순간, 우리가 무대 위에 있는 것 같은 착각이 덮쳐왔다. 작고 네모난 무대에 앉은 네 명의 배우. 대본을 받고 저마다 역을 배정받는 중이다. 그리고 이제 막이 오르려 한다. 스포트라이트가 아키히코를 비추고 있다. 옅은 파란색 셔츠 속에 검정 티셔츠가 엿보이고, 지금도 여전한 미모가 어지간한 배우보다 훨씬 배우 같은 남자. 그리고 그 뒤쪽에 누가 앉아 있다. 스포트라이트가 닿지 않는 바로 그 뒤 어둠에. 그녀가. **그 애가.**

흠칫 놀라 슬그머니 주위를 둘러봤다. 휑한 방에는 우리 네 사람뿐. 유리창 너머로는 여전히 네모나게 잘린 수평선과 하늘이 보일 뿐. 꼭 무대 세트에 있는 것 같은 이 허구적인 감각은 뭘까. 창밖에 복사한 하늘 사진이 붙어 있고, 문밖에는 스태프가 대기 중인 어두운 공간이 있을 것 같은.

아키히코의 프롤로그는 이어지고 있었다.

"내가 미스터리를 좋아한다는 건 다들 아시겠으나 물론 미스터리에도 여러 종류가 있다. 모든 게 두 시간 만에 해결되는 온천 전라 미녀 살인 식도락 여행, 광고주 있음. 여기서만 하는 말인데 실은 나도 자주 보거든. 스케줄대로 확실하게 해결해 주지, 밤에 자려고 누워서 그 여관 직원이 눈 덮인 정원에 낸 발자국은 어느 방향에서 왔더라, 하고 고민하지 않아도 되니까. 다음번 온천 여행에 관한 정보도 얻을 수 있고. 요새는 독자가 수긍할 만한 동기를 생각해 내지 않아도 대충 얼버무릴 수 있는 획기적인 수법으로 사이코패스가 유행하기도 했다. 고맙도다, 사이코패스, 멋지도다, 사이코패스. 목격자, 가족, 수사원 죄다 죽여버리니까 귀찮으면 어째서 그 녀석이 사이코패스가 됐는지 설명하지 않아도 된다. 한편 범죄사건을 그려내서 현대 사회의 어두운 그늘을 부각하려는 시도도 인기를 모으고 있다. 하지만 내 보기엔 하나같이 파탄만 있고 비극이 없단 말이지. 파탄을 그리는 거야 쉬워. 세상이 요 모양 요 꼴이 됐다고 업계에 정통한 작가가 자세하게 설명해 줘. 그러고 나서 맞이하는 비참한 결말은 그 순간엔 독자한테 극적인 인상을 주거든. 정말 무서운 이야기였어, 그렇게 안 되게 조심해야지. 세쓰코, 결혼할 땐 상대방한테 빚이 있는지 없는지 확실하게 알아봐야 해, 알았지? 하지만 그런 건 그냥 교훈이지, 비극이라 할 수 없다. 원래 비극은 불변의 것인 법. 인간에게 영원이 될 수 있는 비극은 아무리 오래된 작품이라도 후대에 길이길이 남았다. 그러나 현재 우리 사회에 범람하는 파탄소설 중 과연 몇 개나 미래에 비극으로 남을 수 있을지는 의문이다.

자, 여러분. 그렇다면 무엇이 미스터리인가? 미사키 아키히코가 생각하는 미스터리는 어떤 것인가? 그것은 한마디로 말해 '과거'다. '과거'에야말로 진짜 미스터리가 있는 것이다. 시간에, 기억에, 길모퉁이에, 광 한구석에 소리 없이 묻혀가는 것들 속에 '아름다운 수수께끼'가 있다. 지금 손안에 남아 있는 작은 조각에서 우리는 과거로 거슬러 올라가 거기에 무엇이 있었는지, 어떤 일이 일어났는지를 탐색한다. 물론 그것은 대단히 어려운 작업이다. 우리의 뇌세포는 나날이 죽어가고, 증인은 저세상 사람이 되어버린다. 세계는 항상 낡은 것을 파괴하고 매장해 잊으려고 한다. 우리의 기억, 그것도 시체나 다름없다. 지금 이 순간에도 우리의 뇌는 기억을 계속해서 고쳐나가고 있다. 기억을 보다 감미롭게 수정하고, 보다 질서 정연하게 바꿔 나열하며, 자신에게 유리하도록 덧칠을 계속한다. 그럼에도 불구하고 나는 '과거' 속에 진실이 있다, 답이 있다고 생각하고 싶다. 그리고 '아름다운 수수께끼'의 탐구는 인간이 무의식중에 희구하는 활동이라 생각하고 싶다. 왜냐하면 우리는 여행하는 동물이기 때문이다.

여행. 우리는 왜 여행을 하는가? 맛있는 음식을 먹고 싶고, 아름다운 경치도 보고 싶고, 술 마시고 그 자리에 대자로 뻗어 쿨쿨 자고 싶다. 그것은 당연한 욕구이다. 하지만 그뿐일까? 우리는 무엇보다도 '비일상'을 원하는 것이다. 물론 '비일상'이라는 것은 어디에도 존재하지 않는다. 평소와는 다른 장소의 일상, 평소에는 보지 않는 타인의 일상이 있을 뿐이다. 그러나 '무엇을 보든 뭔가 생각나는 것이 있는' 법. 평소에는 환기되지 않는 기억을 찾아 우리는 여행을 한다. '자기 자신을 다시 생각한다', '자신과 대면한다', 모두 내가 싫어하는 말이지만 이렇게는 말할 수 있으리라. '우리는 과거를 되찾기 위해 여행한다'. 그런데 이번에 우리에게 마침 적절한 조건이 주어졌다. 십수 년 전의 시간과 자기 자신을 환기시켜 주는 멤버, 보다 깊은 사색을 하는 데에 안성맞춤인, 속세와 단절된 목적지. 그렇기에 나는 우리 본연의 모습인 '아름다운 수수께끼'를 탐욕스럽게 구하고 그 내면에 몰두하고 싶다고 생각하는 바이다."

"그래그래, 알았어. 자알 알았습니다."

아키히코가 기나긴 프롤로그를 끝내자, 세쓰코가 그 이상 말을 못 하게 하려는 듯 황급히 대답했다. 순식간에 허구적인 공기가 사라지고 휑한 선실이 나타났다. 세쓰코는 두 손으로 카펫 바닥을 짚으며 다리를 꼬았다.

"어휴, 너 대체 언제부터 그렇게 일장 연설을 하게 된 거니?"

"헤헹. 사회에 나온 뒤로 영감탱이들이 대체 뭔 말을 하는지 알 수 없게 웅얼대는 소리만 듣지 않았겠냐. 질문을 하건 뭘 따지건 그저 우, 라든가 아, 같은 알 수 없는 소리만 낸다고. 시간 낭비지, 정신 건강에 나쁘니까 내가 하고 싶은 말을 먼저 한꺼번에 설명하는 버릇이 붙었어."

"노인네들은 네 스피드에 못 따라올 텐데."

마키오가 히죽히죽 웃으며 끼어들었다.

"이쪽이 조리에 맞게 빈틈없는 설명을 해주면 꼭 뭔가 트집을 잡아야 한다고 생각하는 녀석이 있거든. 그것도 엄청 추상적인 말을 써서. '그건 좀 아니지 않나?'라든지 '시기상조가 아닌가?'라든지."

"맞아, 맞아, 그런 인간들 있지. 그런 추상적인 말은 어느 테마에나 써먹을 수 있잖아. 자세히 보면 그런 놈들은 무슨 회의를 하든 그런 말을 몇 종류 순서대로 늘어놓을 뿐이야. 찬성하는 것보다 우려를 표시하는 쪽이 더 멋있어 보이나 보지. 하지만 '어떤 점이 아닙니까?', '어째서 시기상조입니까?' 하고 따지면 '아니, 어쩐지'라고 할 뿐이지 설명도 못 해."

그래, 아키히코는 자신의 현재 입장을 즐기는 모양이다. 겉멋 부리고 돈 많고 말수 많은 남자라는 캐릭터. 일본의 일반적인 직장인이 경원하는 타입이다. 뒤에서는 투덜투덜 욕하면서 본인 앞에서는 압도되어 아무 말 못 한다. 게다가 아키히코는 두뇌가 명석하고 적당히 봐주는 법이 없는 남자인

데다가 유능하기까지 할 테니 더욱 그럴 것이다. 하지만 직장 남자들은 분명 아키히코에게 의존하는 부분도 있을 것이다. 그에게 악역을 떠넘기고는 저 자식 뭐야, 하면서 그 외 대다수를 차지하는 패배자들끼리 뭉쳐 무능한 자신들의 상처를 달랜다. 그런 주제에 상사에게 하고 싶은 말이 있으면 회의에서 저 자식이 뭐라 해주지 않으려나, 하고 내심 기대한다. 그런 작자들은 아키히코 같은 남자가 떠나는 순간 서로가 서로를 의심하며 발을 걸기 시작해, 조직과 더불어 침몰하고 두 번 다시 물 위로 떠오르지 못한다. 대학 시절 늘 그렇게 거북해 보이던 아키히코가 이렇게 유쾌하게 사는 모습을 보니 기뻤다. 나는 은근히 웃으며 입을 열었다.

"아키히코, 본인이 약속 위반하는 거 아냐? 현실적인 문제로 돌아갔잖아."

"어이쿠, 실례."

아키히코가 머리를 긁적였다.

"아, 생각났다. 나 어제저녁 사건을 해결해 줬으면 좋겠어."

갑자기 세쓰코가 고개를 들었다. 아키히코의 얼굴에 의아한 빛이 떠올랐다.

"어제저녁? 사건? 그런 일이 있었던가?"

"어머, 모르겠어? 난 그거야말로 미스터리라고 생각하는데."

"그건 그냥 들어 넘길 수 없는 말인데. 설명해 보실까."

아키히코가 똑바로 일어나 앉았다. 세쓰코는 제지하듯 손을 들었다.

"잠깐. 그전에 나도 마실 거 사 올래. 리에코 넌?"

"아, 나도 갈게. 너희는?"

나는 일어섰다.

"하나 더."

아키히코와 마키오는 이구동성으로 빈 캔을 들었다.

복도에 죽 늘어선 자판기는 꽤 알찼다. 술 종류는 물론 청량음료도 종류가 많고 심지어 우유까지 있었다. 고민하고 있으려니 곁에서 세쓰코가 동전을 넣었다. 덜컹하고 캔이 떨어지는 묵직한 소리가 났다.

"리에코, 알고 있니?"

세쓰코가 나지막한 목소리로 물었다. 나는 자판기를 쳐다본 채 대답했다.

"뭘?"

"마키오, 헤어졌다나 봐."

"뭐?"

생각지도 못한 내용이었다. 나는 멍청한 질문을 했다.

"헤어지다니, 부인하고?"

세쓰코는 눈을 동그랗게 뜨고 나를 봤다. 결국 그녀도 맥주를 선택한 듯했다.

"응. 그거 말고 뭐가 있다는 거야?"

"어머나, 세상에. 그런 눈치 전혀 없었잖아."

"반년도 더 전부터 별거하고 있대."

"아이는?"

"둘 다 부인이 키우기로."

"아직 모르는 일이잖아. 이러니저러니 하다가 재결합하기도 하니까."

"내 생각은 좀 달라. 적어도 마키오 쪽은 다시 합칠 생각이 없는 것 같던데."

"남자들은 늘 말은 그렇게 하잖아."

"하지만 마키오야. 마키오는 그런 일에 체면 차리지 않잖아."

나는 말문이 막혔다. 그렇다. 그런 건 어느 누구보다도 잘 알면서.

"반년도 더 됐다면 그때 다카다노바바에서 만났을 때 벌써 별거 중이었다는 말이야?"

세쓰코의 눈을 봤다. 세쓰코가 고개를 끄덕였다.

"응, 직후였나 봐."

"아키히코한테 들은 거야?"

"응, 어젯밤에. 아키히코는 전부터 알고 있었나 봐."

"이유는?"

눈앞의 주스 이름이 읽히지 않았다. 나는 청량음료를 포기하고 세쓰코 앞에 있는 자판기에 동전을 넣었다. 세쓰코는 어깨를 으쓱했다.

"거기까진 몰라."

그러나 나는 직감했다. 마키오의 외도다. 아니, 외도라 할 수는 없겠지. 그는 늘 냉정하고, 자기 자신에게 충실하고, 진심이니까.

"양육비 꽤나 뺏기겠네."

나는 다소 거칠게 버튼을 눌렀다. 덜컹하고 어딘가 꺼림칙한 소리와 함께 발치에 캔이 떨어졌다.

그래, 나는 그 순간을 여러모로 상상해 보기는 했다.

그를 다시 만날 기회가 있으면 과연 어떤 기분이 들까 하고.

만약. 만약. 그건 어디까지나 '만약'이었다. 확률은 비교적 높았다. 우리는 고등학교, 대학교 모두 같은 학교였기 때문에 겹치는 친구가 많이 있다. 무슨 행사가 있으면 얼굴을 마주할 기회가 있을지도 모른다. 하지만 내심 기대하면서도 그런 기회는 오지 않을 것이라고 안심하는 부분도 있었다. 실제로 그런 기회가 생기면 자신은 그와 마주치는 일이 없도록 수단을 강구할 것이라고 예상했다.

그런데 그날이 찾아왔다. 정말로 그런 날이 올 줄이야.

다카다노바바의 어두침침한 꼬치구이집에 발을 들여놓은 순간, 나는 어이가 없을 만큼 곧바로 그 남자의 얼굴을 발견하고 말았다. 그 순간, 그도 나를 봤다. 그는 희미하게 웃음을 띤 얼굴로 가볍게 손을 들었다. 나도 비슷한 웃음으로 답하고 가게 안쪽으로 들어가 그의 대각선 맞은편 자리에 앉았다.

오히려 다른 사람들이 더 신경을 썼을 것이다. 그들은 우리가 고등학교 때부터 사귄 것을 알고 있었고, 그 뒤 별로 산뜻하지 못한 형태로 헤어진 것도 알고 있었다. 신경을 쓴 것 못지않게 우리의 재회를 주목하고 있었던 것도 확실하다. 누구나 흥미를 느낄 상황일 테니까. 그렇기에 연기를 해야 했던 것은 우리 쪽이었다. 그런 오래전 일 따위 아무렇지도 않다는 연기, 지금은 남아 있는 감정도 없고 서로 좋은 친구라는 연기. 그런 것은 이미 가정이 있는 우리에게 더없이 간단한 일이었다. 아무리 마음속으로는 피를 흘리고 있어도. 그 점에서 우리 둘은 공범이었다.

실제로 별 감정이 느껴지지 않아 놀랐다. 거기에 앉아 있는 것은 딱히 특별할 것 없는 평범한 남자였다. 원래 굳이 따지자면 멀끔한 얼굴인 데다 주름도 그리 늘지 않은 터라 기억 속 얼굴과 거의 다를 바 없었다.

그렇게 몇 년씩이나 기억 속에서 그리고 또 그렸던 얼굴이 눈앞에 있다는 게 실감 나지 않았다. 그렇게 마음속에서 비난에 비난을 거듭하고, 어둠을 향해 소리 없이 욕을 퍼부었던 상대가 지금 저기에, 손을 뻗으면 닿을 곳에 있다. 그 막대한 시간은, 흘린 눈물은 어디로 갔을까. 그러나 마음은 아무것도 느끼지 않았다. 내 어딘가가 죽어버린 것이다. 아마 누구나 이런 식으로 마음속 아픈 부분을 괴사시켜 온전한 정신을 유지하는 것이리라.

아무것도 느끼지 않기는 했어도 내 마음은 정보를 원했다. 그는 어떻게 느끼는가. 지금 뭘 느끼고 있는가. 어떤 기분인가. 다른 사람들과 이야기를 나누면서도 내 주의는 그에게 쏠려 있었다.

괜찮아. 넌 분명히 성공한다.

갑자기 마키오가 힘주어 말했다.

기요시가 놀란 듯 마키오를 쳐다보더니 쑥스럽게 웃었다.

전혀 근거 없는 격려라는 건 알지만 그래도 기쁘다. 네가 한 말이니까 특히 더.

기요시가 기뻐하는 기분도 알 수 있었다. 마키오는 마음에 없는 말은 하지 않는다. 마음 씀씀이가 좋은 다정한 남자이지만, 남에게 쓸데없는 인정은 베풀지 않거니와 자신이 하고 싶지 않은 일은 하지 않는다. 다들 그의 그런 면을 알고 있었다. 그런 만큼 기요시의 성격과 능력을 근거로 한 마키오의 말에는 무게가 있었다. 모두 어딘지 모르게 안도한 표정을 지었다.

언제 내려가니? 세쓰코가 물었다.

다음 주말. 앞으로 당분간은 휴일도 없이 일해야 할 테니까 가족끼리 느긋하게 이즈에서 온천이라도 즐긴 다음 내려가려고.

초봄의 이즈냐. 좋겠다. 마키오가 중얼거렸다. 턱을 가볍게 치켜들고 천장을 올려다보며 혼잣말을 했다.

나도 어디 가고 싶은걸.

못됐어.

마키오의 별거 소식을 듣고 처음 느낀 감상은 그것이었다.

맥주캔을 들고 선실로 돌아가며 나는 속으로 계속해서 그렇게 중얼거렸다.

할 수만 있다면 알고 싶지 않았다. 한순간 세쓰코를 원망했다. 세쓰코는 어째서 내게 알려주었을까. 문득 그런 생각까지 들었다. 물론 근거 없는 의심이라는 것은 안다. 내가 세쓰코였어도 지금 이 기회에 이야기해 두었을 것이다. 앞으로 나흘간 함께 지낼 옛 친구인데, 그 사실을 모른 탓에 무신경하게 상대방에게 상처를 줄 가능성이 있다면 사전에 그것을 최대한 배제하는 게 당연하다.

그래도 역시 알고 싶지 않았다. 그리고 알고 있다는 것을 마키오에게 알리고 싶지 않았다. 그 때문에 내가 우월감을 느낀다든지, 불쌍하게 생각한다든지, 아니면 내가 단 한순간이라도 그와 재결합할 가능성을 생각했다고 여겨질 게 싫었다. 적어도 지금까지는 나와 그가 대등한 입장에 있었건만, 이 정보는 내게 부담을 주고 나를 정서불안 상태로 몰아넣었다. 사람의 정신적 균형이란 참 위태롭고 약하다.

나는 조금 긴장된 기분으로 선실에 들어갔다.

두 사람은 벽에 기대앉아 느긋하게 이야기하고 있었다.

그 모습을 보니 그런 그를 미워했던 게 날카로운 아픔과 더불어 생각났다.

마키오는 언제나 느긋하다. 언제나 태연한 얼굴을 하고 있다. 아무리 자신이 비참한 처지에 있어도, 아무리 비난받아 마땅한 입장에 있어도, 그는 늘 느긋하다. 그게 상대방에게 얼마나 상처를 주는지 모르고. 아니, 어쩌면 알고 있을지도 모른다.

나는 가볍게 숨을 들이마셨다. 갑자기 이유 없는 불안이 솟구쳤다. 이 여행을 계속할 수 있을까? 앞으로 며칠을 무사히 보낼 수 있을까? 뭔가 돌이킬 수 없는 일을 하지는 않을까? 스스로에 대해 그런 불안을 느끼는 것은 이 나이가 되어 처음 있는 일이었다.

그나저나 아키히코와 마키오는 대학 때부터 정말 사이가 좋다. 죽이 여간 잘 맞는 게 아닌 모양이다. 졸업한 뒤로도 자주 만나는 것 같다. 나와 세쓰코와 마키오는 같은 고등학교 출신이지만 아키히코는 아니다. 마키오와 아키히코는 대학 경제학부에서 같은 반이었다.

아키히코는 정말 귀여운 녀석이야. 그 고약한 말버릇도 그렇고, 공격적인 면도 그렇고. 그만큼 나이를 먹고 그렇게 잘생긴 녀석이 말이야, 꼭 어린애 같지 않아? 다들 어째서 그걸 모르는지 몰라.

마키오가 곧잘 그렇게 말하던 게 생각났다. 그는 옛날부터 대인관계에 관해 대단히 어른스러웠다. 교제 범위가 넓어 친하다는 게 뜻밖인 친구도 많았다. 진지한 공붓벌레 타입과도, 개성 강하고 모난 타입과도 똑같이 사귈 수 있다. 동성에게 인기가 많은 타입이라 말할 수 있을 것이다. 하기야 동성에게만 인기가 많은 것은 아니었지만.

"누님, 안주도 준비했다우."

우리가 돌아오자 아키히코는 책상다리를 하고 앉아 봉투를 뜯은 오징어채와 '가키노타네' 과자를 가리켰다.

"어휴, 오징어 냄새. 쌀과자도 냄새가 꽤 세지 않니? 회사에서 누가 쌀과자 먹으면 금세 알겠더라."

세쓰코가 털썩 주저앉아 맥주캔을 건네주었다.

가볍게 건배했다. 잠시 침묵이 흘렀다.

"자, 누님, 어젯밤 사건이라는 걸 말씀해 보셔."

"아키히코, 정말 뭔지 모르는 거야?"

"응, 좀 전에도 생각해 봤는데 모르겠다. 혹시 꼬치튀김에 정체불명의 재료가 있었다든지 뭐 그런 거냐?"

"에이 뭐야, 그런 거 말고. 아, 하지만 그것도 궁금하긴 하네. 그거 대체 뭐였을까? 끝에서 두 번째로 나온, 김으로 만 하얀 거 말이지?"

"새끼 붕장어이겠거니 했는데."

"그렇구나. 그럴 가능성도 있겠네."

두 사람은 생각이 그쪽으로 가버린 모양이다. 마키오가

못 참고 끼어들었다.

"뭐야, 얼른 이야기해 봐."

"어머, 미안. 아니, 그게 말이지, 지하상가 광장에서 만나기로 했는데 우리 계속 못 만났잖아. 둘 다 같은 시간에, 아무리 생각해도 같은 광장을 맴돌았는데 못 만났지 뭐야."

"아아, 그거."

세쓰코가 동의를 구하듯 아키히코를 쳐다보자, 아키히코는 생각났다는 듯 고개를 끄덕였다.

"응, 나중에 별 이상한 일도 다 있네, 그랬잖아."

"음, 이상하기야 하지만."

아키히코는 그것을 그다지 '아름다운 수수께끼'라고 생각하지 않는 모양이다. 좀 더 로맨틱한 수수께끼를 생각하는 것이리라.

"못 만났는데 어떻게 그래도 식사는 같이 했네."

내가 묻자 세쓰코가 고개를 끄덕였다.

"응. 여기 가자고 미리 의논해서 정해놨거든. 둘 다 가게 이름은 알고 있으니까 좀 있다가 가게에 가봤지. 그랬더니 아키히코도 똑같은 생각을 해서 거기서 둘이 딱 마주친 거야."

"저런, 넓은 곳이야?"

"넓다면야 넓지만 사방이 훤히 내다보이는 곳이거든. 지하상가는 지하 1층과 지하 2층이 있는데, 거기는 두 층이 트여 있고 위층이랑 연결되는 에스컬레이터가 두 대 있어. 그

밖엔 커다란 관엽식물이랑 팬지 화분이 전부."

"사람은 많았어?"

이번에는 아키히코가 대답했다.

"꽤 많긴 했지만 광장에 있는 사람을 발견하지 못할 정도는 아니었어. 일행을 기다리는 사람은 거의 없었고 다들 거기를 거쳐 다른 곳으로 가는 사람들이었는데. 우리는 거기서 6시 45분에 만나기로 했거든. 둘 다 그 시간보다 좀 먼저 와서 상대방을 찾았는데 못 만난 거야."

"야, 그건 정말 이상하다."

"그렇지?"

마키오가 흥미를 보이자 세쓰코가 만족스레 고개를 끄덕였다. 아키히코는 가볍게 어깨를 으쓱했다.

"어째서 아키히코는 이상하다고 생각하지 않는데?"

나는 물어봤다.

"곧잘 있는 일이니까. 뭔가를 찾을 때는 못 찾는다. 옛날에 유행했던 머피의 법칙에 그런 거 없었나? 목적이 있을 때는 머리가 그 일로 가득하지, 선입견도 있으니까 시야가 좁아져. 시부야역 하치공 동상 앞 같은 데 멍하니 서 있다 보면 두 사람이 서로 찾는 광경을 자주 보게 되지 않냐? 재미있는 일이지. 바보들, 바로 그 앞에 있잖아, 하면서 멍하니 보고 있는 나는 눈치채는데 당사자들은 죽어도 모르더라고. 본인은 열심히 돌아다니면서 잘 살펴본다고 생각하지만, 눈이 바쁘게 움직이니까 아주 작은 일부밖에 안 보이거든. 그러니까 스쳐 지나가도 몰라. 특히 이번 같은 경우, 자기가 어떤 차림새일지 사전에 가르쳐주지 않았기 때문에 3월에 다카다노바바에서 만났을 때 인상밖에 없었어. 난 세쓰코의 긴 머리를 찾아 돌아다녔고, 세쓰코는 내가 출장 갔다 온다고 양복 차림을 상상한 모양이지. 하지만 실제로 세쓰코는 머리를 하나로 땋아 모자를 썼고, 나는 머리부터 발끝까지 아웃도어 캐주얼이었어. 그렇게 선입견이 있었으니 바로 옆에 있는데도 눈치를 못 챘을 만도 해."

아키히코의 이야기는 설득력이 있었다. 나도, 마키오도 금세 납득할 듯했다.

"아닌 게 아니라 약속 장소에서 서로 찾는 일 많지. 두 사람 다 같은 장소에 있는데도 여기저기 돌아다니느라고 못 보다가 겨우 만나면 서로 '너 언제 왔냐?' 하고 화내고 말이야. 그러게, 멍하니 있으면 의외로 시야가 넓어지지. 하지만 찾겠다는 목적을 가진 순간, 시야는 점이 돼. 보려고 하면 초점을 맞춰야 하니까."

마키오의 말에서 아키히코의 의견에 동의한다는 것을 알 수 있었다.

세쓰코가 기분이 상한 듯 입을 열었다.

"그렇지만 역시 이상해. 내 말 들어봐, 광장 중심에 시계 청동상이 있단 말이야. 에스컬레이터 바로 옆인데, 여신 같은 여자가 단지를 높이 들고 있고 그 단지에 시계가 박혀 있거든. 그런데 손에 가려서 어떤 특정한 위치에 서야 시곗바늘이 보인단 말이지. 문제는 나도 아키히코도 시곗바늘이 6시 50분을 가리키는 걸 봤다는 거야. 그 상태의 시곗바늘을 보려면 진짜 좁은 범위, 그래, 기껏해야 사방 5미터 정도 안에 있어야 해. 그런데도 못 만났단 말이야. 누가 옆에 서서 시곗바늘을 쳐다보면 누굴 기다리는구나 하고 눈치챌 법도 하지 않아?"

"그야 그렇지만."

아키히코는 난처한 듯 턱을 긁적였다.

"광장이 두 개 있었던 건 아니니? 지하상가 같은 데는 똑같은 광장이 대칭으로 두 개 있는 일이 많잖아."

내가 묻자 세쓰코는 고개를 흔들었다.

"광장은 하나야. 그건 지하상가 지도를 보고 확인했어."

"그럼 알고 보니 서로 다른 층에 있었다든지. 한 사람은 위층, 한 사람은 아래층에서 찾았던 거지."

이번에는 마키오가 말했다.

"두 층이 트여 있다니까. 그럴 가능성은 없어."

"하지만 역 건물이나 지하상가 같은 곳은 위치관계가 복잡하잖아. 실은 지하 3층까지 있었다든지, 에스컬레이터를 타고 올라갔더니 역 2층이었다든지 할 가능성도 전혀 없다곤 말 못 하지. 가게에 갈 때 에스컬레이터 탔어?"

"안 탔어. 가게는 광장이랑 같은 층에 있거든."

"아키히코 넌?"

"나도 안 탔는데."

"쳇, 꽤 가능성 있는 방향이라고 생각했는데. 나도 전에 야에스였던가, 어디 지하상가에서 같은 일을 겪은 적 있거든. 그땐 서로 한 층 다른 곳에 있었어. 엄밀히 말하자면 한 층이 아니라 중이층 같은 이상한 장소였지만."

"생각해 보니까 '아름다운 수수께끼'라기보단 꽤 성가시고 화나는 수수께끼네."

세쓰코가 코를 벌름거렸다.

"나 답이 하나 생각났다."

갑자기 아키히코가 고개를 들었다.

"뭔데?"

세쓰코가 무릎을 끌어안고 별로 기대하지 않는다는 표정으로 물었다.

"그때 나하고 세쓰코 사이에 늘 한 인물이 있었던 거야."

아키히코는 희미한 미소를 지으면서도 진지하게 대답했다. 세쓰코가 눈살을 찌푸렸다.

"무슨 말이야?"

"청동상 말이야. 그거 꽤 컸잖냐? 한 사람 정도는 충분히 숨을 수 있을걸."

"내가 숨어 있었단 말이야?"

"그게 아냐. 나하고 세쓰코가 청동상을 사이에 두고 늘 대칭점에 있었다. 어때?"

"나 참, 어이가 없어서. 그런 우연이 있을 리 없잖아."

"아니지, 꼭 없다고는 말 못 하지. 우리 둘 다 꽤 조급한 성격이잖냐. 화가 잔뜩 나서 투덜대면서 여기저기 돌아다녔을 테지. 우리 둘 다 6시 50분을 가리키는 바늘을 봤다고 해도, 초침이 있는 것도 아니니까 우리가 그 상태를 목격할 수 있는 시간이 약 1분 있었다는 뜻이잖냐? 우리가 1분씩이나 시계 앞에 가만히 서 있을 수 있다고 생각해? 기껏해야 10초일걸. 10초도 사실 꽤 긴 시간이라고."

세쓰코의 눈에 설마, 혹시 정말? 하는 눈빛이 떠올랐다. 나도 아키히코의 이야기를 듣다 보니 의외로 진상은 그런 것일지도 모른다는 생각이 들었다. 완전히 가려지지 않아도 시야에서 사라지기만 하면 청동상은 가리는 역할을 충분히 다 할 것이다. 거기에 아까 아키히코가 말한 선입견이 더해지면 보여도 보이지 않는다는 일은 얼마든지 있을 수 있다.

"그렇군."

마키오가 감탄한 듯 중얼거렸다.

"마키오는 납득한 거야?"

아직 완전히 받아들일 수 없다는 듯 세쓰코가 마키오를 쳐다봤다. 마키오가 가볍게 웃었다.

"아니, 아키히코의 목적을 알 것 같아서. 확실히 이런 아무래도 상관없는 일을 열심히 생각하는 것도 재미있는데. 평소엔 이런 일 가지고 고민하지 않잖아."

"아무래도 상관없는 일은 아니잖아."

"하지만 사소한 일이기는 하지. 응, 재미있어졌다."

마키오는 머리 뒤로 두 손을 깍지 꼈다.

"그렇지?"

아키히코가 득의양양하게 고개를 끄덕였다.

"사람 눈이란 게 워낙 보는 것 같으면서도 안 보니까. 그런가 하면 또 터무니없는 게 보이기도 하고."

마키오는 맥주캔을 카펫에 내려놓고 무릎을 끌어안았다.

"아들아이가 막 세 살 됐을 때였는데, 말을 무서워한다는 걸 알게 됐어. 식구들이 함께 미나미보소에 있는 목장에 갔거든. 위의 딸아이는 신이 났는데 아들아이는 멀찍이 떨어져서 가만히 보고만 있는 거야. 이상해서 왜 그러나 하고 관찰해 봤더니 아무래도 말이 무서운 것 같더란 말이지. 그야 물론 덩치도 크고 사나운 면도 있으니 무서울 수도 있겠지. 하지만 다른 동물 앞에서는 아무렇지도 않거든. 동물원에 가서 호랑이나 사자가 눈앞에서 울부짖어도 눈 하나 깜짝 안 한다고. 그런데 어째서 말은 무서워할까. 게다가 진짜 말을 본 건 그때가 처음이었는데. 그때까지 갔던 동물원에 말은 없었으니까."

마키오가 가족 이야기를 꺼내는 바람에 나는 조금 동요

했다. 적어도 그는 우리가 자신의 별거를 모른다는 전제로 이야기하는 모양이다. 아니면 이미 알고 있으리라 생각하며 이야기하는 걸까.

"그러고 보면 큰 동물원에 말은 없군. 왜 그런 거지?"

아키히코가 중얼거렸다. 세쓰코가 대답했다.

"말은 비교적 쉽게 볼 수 있기 때문 아닐까?"

"그야 그렇지. 어른의 생활에 밀착돼 있지. 텔레비전에도 걸핏하면 나오고. 어쩌면 일본중앙경마회의 음모일지도 몰라. 동물원에 말을 두지 말아 주세요. 말을 보고 싶으면 경마장에 가도록 자녀를 교육합시다."

한바탕 웃은 뒤, 마키오가 말을 이었다.

"이유를 알게 된 건 얼마 지나서였어. 누이동생네 부부가 왔을 때였지. 우리 집 거실 한구석에 작은 퇴창이 있는데, 그 앞에 커피테이블하고 등받이 없는 작은 의자가 두 개 마주 보게 놓여 있거든. 이렇다 할 건 없는 공간이지만 내가 뭘 쓸 때나 아내가 잠깐씩 바느질할 때 거기 앉는데, 그때 큰 테이블 쪽은 식사 준비를 하느라 정신이 없었기 때문에 동생 부부가 그쪽 테이블에 앉아 있었어. 그런데 아들아이가 그걸 보고 안절부절못하는 거야. 평소에는 동생을 잘 따르는데 가까이 가려고 하지도 않고. 그런 모습을 보고 이상하게 생각했는지 동생이 '왜 그러니, 미키오?' 하고 물었거든. 그랬더니 아이가 테이블을 가리키면서 '말'이라고 딱 한 마디 하는 거야."

마키오의 얼굴에서 웃음기가 사라졌다.

"어른 세 사람은 어안이 벙벙했지. 그런데 애는 테이블을 가리키며 '말'이라 하고 나를 쳐다보데. 대체 무슨 소리인가 싶어서 몸을 굽히고 애 눈높이에 맞춰 테이블 밑을 들여다봤더니……."

마키오가 잠깐 뜸을 들였다.

"정말 거기 말 얼굴이 있는 거야."

소름이 돋았다. 다른 두 사람도 그런 듯 표정이 진지했다.

"그걸 본 순간 등골이 오싹하더군. 그러니까 어떻게 된 일이냐 하면, 친구가 멕시코에 다녀오면서 선물로 사다 준 작은 태피스트리를 밑으로 늘어지게 퇴창에 깔았거든. 도자기 인형하고 꽃병으로 윗부분을 눌러놔서 아랫부분이 커피 테이블 밑으로 늘어지는 식이지. 그런데 이 태피스트리 디자인이 재미있어. 나뭇잎을 흩어놓은 것 같은 무늬에 군데군데 가죽 술 장식, 그 왜, 옛날 서부극에서 본 것 같은 그런 거 있잖아, 가죽을 모텔 입구의 가리개처럼 자른 것 말이야, 그런 게 붙어 있다지. 그래서 어른 둘이 커피테이블을 사이에 두고 앉아 테이블 밑에 다리가 있는 상태에서 아들아이 눈높이에서 테이블 밑을 보면 말 얼굴하고 비슷한 게 보이는 거야. 무릎 높이에 있는 나뭇잎 무늬 두 개가 딱 눈처럼 보이는 데다, 테이블 상판 밑에 있는 가죽 술이 정면에서 본 말갈기처럼 보이고 말이야. 정말 말이라고 할 수밖에 없는 그림이 되더군. 처음엔 놀랐다가 그러고 나서 감탄했다니까. 애는 그 얼굴을 여러 번 봤고, 그래서 처음으로 진짜 말을 봤을 때 그것하고 똑같다고 생각한 거야."

모두 마키오의 이야기를 귀 기울여 듣고 있었다. 아이의 눈높이가 어른과 얼마나 다른지 알고는 있지만 가끔씩 새삼 놀라게 된다. 실제로 장난감 가게와 슈퍼마켓에서는 어린애 눈높이에 주력 상품이며 인기 있는 과자를 진열한다.

"문제는 어째서 그걸 보고 애가 겁을 냈는가 하는 점이야."

마키오는 맥주를 한 모금 마셨다.

"그 말의 얼굴을 본 다음 생각해 봤어. 어째서 아들아이는 그 얼굴을 무서워할까. 며칠 동안 계속 생각하다가 드디어 출근길 전철에서 깨달았어. 요는 그 말 얼굴은 어른 둘이 커피테이블을 사이에 두고 마주 앉아서 무릎이 테이블 밑에 있어야만 보인다는 거야."

불현듯 바닥이 꺼지는 듯한 감각을 맛봤다. 몸이 천천히 흔들리는 것 같은 느낌.

기분 탓이 아니라는 것은 창밖을 보고 알 수 있었다. 수평선이 천천히 오르락내리락했다. 바다가 일렁이며 배 전체가 흔들리는 것이다. 외해로 나온 모양이다.

"보통은 나하고 아내가 동시에 커피테이블에 마주 앉는 일이 거의 없거든. 대개는 어느 한쪽이 앉아서 할 일을 하지.

단 가끔 둘이 마주 앉을 때가 있긴 한데, 그게 어떤 때냐 하면 애들한테 들려주고 싶지 않은 이야기를 할 때야. 쉽게 말하면 어느 한쪽이 상대방한테 불만이 있을 때, 무슨 안 좋은 이야기를 의논해야 할 때. 왜 그러냐 하면 난 험악한 이야기를 하면 꼭 담배를 피우고 싶어지거든. 어린애가 있으니까 평소엔 집에서 피우지 않지만 그때만큼은 도저히 참을 수 없어서 말이야. 그래서 퇴창을 조금 열어놓고 담배를 피워."

그 장면이 눈에 보이는 듯했다. 굳은 얼굴로 창가에 앉는 두 사람. 마키오가 팔을 뻗어 딸깍 소리와 함께 일부만 열리는 창문을 연다. 밀려드는 바깥 공기. 말 없는 두 사람 사이에 피어오르는 담배 연기. 침묵을 지워버리듯 바깥에서 밤의 소리가 들려온다. 멀리 국도를 바쁘게 이동하는 차량의 행렬.

"그걸 깨달은 순간 이번에야말로 소름이 끼치더군. 어쩌면 아이는 이렇게 부모의 분위기에 민감할까 하고 말이야. 아들아이는 우리 두 사람이 그 테이블에 마주 앉아서 말의 얼굴이 보이는 건 분위기가 심상치 않을 때뿐이라는 걸 무의식중에 눈치챈 거야. 우리 둘이 그곳에 앉을 때는 대개 애들이 잠든 다음이거나 아니면 애들을 다른 데로 쫓아 보낸 다음이니까. 우리 둘이 그곳에 앉아 있을 때는 늘 무서운 표정을 짓고 있었겠지. 어째 분위기가 심상치 않다는 것하고 말의 얼굴이 결부된 셈이야."

마키오는 다시 가벼운 어조로 돌아와 어깨를 살짝 움츠

리며 웃었다.

"아름답다!"

아키히코는 만족스러운 얼굴로 고개를 크게 끄덕였다. 마키오의 이야기가 암시하는 심각함을 눈치챘는지 못 챘는지 기분이 좋아 보였다.

"이거야말로 '아름다운 수수께끼'군."

"아름답냐."

마키오가 비꼬는 듯한 미소를 지었다.

커피테이블 앞에서……. 나는 멍하니 생각했다. 그는 그들의 장래에 대해 부인과 얼마만큼 이야기를 했을까. 아마 마키오의 일방적인 최후통첩이었을 것이다. 그는 결심이 굳어질 때까지 경과를 남에게 전혀 보이지 않는다. 부인에게는 아닌 밤중에 홍두깨. 그의 불성실함을 따지고, 부조리함을 비난하고, 아이들의 장래를 호소한다. 그러나 한번 결심을 굳혀 자신의 결정을 고하고 나면 그는 꿈쩍도 하지 않는다. '미안하다. 경제적인 책임은 확실하게 지겠다'라고 사과 정도는 했을지 모르지만, 그의 눈빛은 맑고 태도는 느긋하다. 부인이 받았을 충격을 생각하니 불쌍해졌다. 그냥 사귀던 사람도 아니고 자기 일생을 맡긴 남자인데. 게다가 아이까지 있다.

"지금 이야기를 듣고 나도 생각난 게 있어. 내가 어렸을 때 일이야."

아키히코가 이야기하기 시작했다.

"난 어렸을 때 일가의 골칫덩이 취급을 받았지만, 가마쿠라에 사는 작은아버지 부부만은 날 예뻐해 줬어. 뭐, 지금 와서 생각하면 두 분도 상당한 괴짜였지만, 당시엔 기분 나쁜 일이 생기면 당장 전철을 타고 가마쿠라의 작은아버지 댁으로 기어들었지. 두 분 다 일할 필요가 전혀 없는 신분이라 말이야. 자식도 없어서 늘 두 분이 유유자적하게 소일하면서 지내는, 그런 느낌의 부부였어. 하지만 작은아버지는 식물에 엄청나게 조예가 깊어서 제비꽃인지 뭔지 잊어버렸지만 그 분야에선 유명한 원예가였나 봐. 작은어머니는 영국 미스터리라면 죽고 못 사는 분이라 직접 번역을 하기도 했고. 내가 미스터리를 좋아하는 건 작은어머니의 영향인 셈이야. 미스 마플 팬이었지. 어쨌든 그렇게 가마쿠라에 가면 이삼일은 보통이었거든. 여름방학 같은 때는 2주일쯤 지내기도 했고. 그런데 작은아버지 댁에서 자면 늘 새벽에 꿈을 꾸는 거야. 고질라가 나타나서 나를 짓밟으려고 하는 꿈. 꿈 따위 금세 잊어버리니까 신경 쓴 적이 없었는데, 여러 번 작은아버지 댁에서 자다 보니 어라, 그러고 보니 저번에도 똑같은 꿈을 꾸지 않았나, 하고 생각하게 된 거지. 이유가 뭘까. 왜 늘 고질라 꿈을 꾸는 걸까."

아키히코는 말을 멈추고 우리를 둘러봤다.

"왜 그런 것 같냐?"

"어머나, 갑자기 해결편으로 넘어가는 거야?"

뜻밖이라는 듯 세쓰코가 고개를 쳐들었다.

"그럴 리 있습니까. 이야기는 아직 계속됩니다요. 우선 여기서 너희 의견을 들어보려고."

"작은아버지가 고질라 마니아라 매일 밤 고질라 비디오를 봤다든지."

세쓰코가 대답하자 아키히코는 고개를 저었다.

"당시 아직 비디오는 보급되기 전이었습니다."

"그럼 레코드 아니면 테이프겠네. 고질라 테마 음악을 매일 밤 들은 거야."

"알았다. 아키히코의 귓전에서 작은아버지 부부가 고질라 흉내를 낸 거군."

세쓰코와 마키오가 서로 경쟁하듯 대답했다. 아키히코는 쓴웃음을 지었다.

"야, 너희는 어떻게 그렇게 사고가 단순하냐? 좀 더 상상력을 동원하면 안 되겠어? 어째서 내 귓전에서 고질라 흉내를 내야 되는데?"

"그야 당연히 장난이지. 너한테 겁을 주려는 거야. 어쨌거나 네 친척이잖아? 괴짜라며?"

마키오가 딱 잘라 말했다. 세쓰코도 고개를 끄덕였다. 아키히코는 대꾸할 가치도 없다는 듯 손을 흔들었다.

"됐다 됐어. 괜히 물었다. 이야기를 계속하지. 난 어째서 가마쿠라의 작은아버지 댁에 가면 고질라 꿈을 꾸는지 이상하게 생각하기 시작했어. 그렇다고 작은아버지나 작은어머니한테 물어볼 생각은 안 했지만. 그런데 어느 날 우연히 진상을 알게 된 거야."

"뭔데?"

세쓰코가 기대 어린 표정으로 물었다.

"여름이 끝날 무렵이었지. 섬세한 어린이였던 난 더위를 먹었는지 몸이 좋지 않았어. 배탈이 나서 밤에 몇 번씩이나 일어나서 화장실에 갔어. 장 부근이 시큰시큰해서 잠을 잘 수 없었어. 그러다가 곧 날이 밝으려고 할 때, 갑자기!"

갑자기 목소리가 커져 우리 셋은 흠칫 뒤로 몸을 뺐다.

"쿵! 하고 땅이 울리는 거야. 놀라서 벌떡 일어났는데 좀 있다가 또 쿵 하고 땅이 울리데. 난 당황해서 어쩔 줄을 몰랐어. 소리는 그 두 번뿐, 그 뒤로는 들리지 않았어. 무슨 일이 일어난 건지 알 수 없었어."

"폴터가이스트."

"지하철 공사."

세쓰코와 마키오가 놀렸다.

"진지하게 듣도록. 그날 아침을 먹으면서 두 분한테 물어봤어. '새벽에 밖에서 땅이 쿵 하고 울렸는데 혹시 들었어요?' 하고 말이지. 그랬더니 두 분은 아무것도 아니니까 신경 쓰지 말라면서 전혀 상대를 안 하는 거야. 하지만 두 분은 그 소리에 관해 아는 게 틀림없었어. 이상하다고 생각했지. 그래서 다음 날 새벽에 알람을 맞춰놓고 기다렸어. 그랬더니 역시 전날하고 똑같은 시간에 쿵, 쿵, 두 번 커다랗게 땅이 울리는 거야. 꿈이 아니었어. 역시 소리는 실제로 들렸어. 그렇게 해서 고질라의 수수께끼는 풀렸어. 땅울림이 고질라가 걷는 쿵, 쿵 소리하고 비슷했던 거야. 새벽에 그 소리를 들었으니 늘 아침에 깨기 전 고질라 발소리를 연상하고 꿈을 꿨던 거야."

"그렇구나. 그래서 대체 무슨 소리였는데?"

세쓰코가 물었다. 아키히코는 되레 되물었다.

"뭐였을 것 같냐?"

"초자연현상은 아니지?"

마키오가 아키히코를 쳐다봤다. 아키히코는 분명하게 고개를 끄덕였다.

"물론이지."

"작은아버지 부부의 종교나 건강법 같은 것과 상관있어?"

"오, 꽤 그럴싸한데. 좀 비슷할지도 모르겠네."

"무슨 의식이라든지."

"그런대로 괜찮군."

"그런대로야?"

"응. 실은 나도 진짜 답은 모르거든."

"얼씨구."

"하지만 어째서 소리가 들렸는지 원인은 알아."

"어떻게 그런데도 답을 몰라?"

"이유를 모르니까."

"이유?"

다들 이상하다는 듯 아키히코를 쳐다보자 그는 두 팔을 벌렸다.

"다시 말해 소리의 원인은 이거였어. 작은어머니가 매일 아침 날 밝을 때가 되면 2층에 있는 당신 서재에서 누름돌 두 개를 창 밑으로 던지는 거야."

뭐? 하고 놀라는 소리가 선실 내에 울려 퍼졌다.

"어째서?"

나도 무심코 입 밖으로 말이 흘러나왔다.

"위험하잖아. 누름돌이라며? 그러다 누가 맞으면 죽어."

아키히코는 안다는 듯 고개를 끄덕였다.

"응, 그래서 일부러 서재 창 밑에만 벽돌로 담을 쳐놨어. 자물쇠 달린 문까지 달아서 말이야. 조사해 본 결과, 의식은 이런 식으로 진행돼. 작은어머니는 잠이 얕은 분이라 밤에 네 시간 정도밖에 못 자거든. 젊었을 때부터 불면증 기미가 있어서, 그래서 시간을 때우려고 미스터리를 읽기 시작했다나 봐. 그러니까 12시에 자도 4시에는 잠이 깨겠지. 그럼 책을 읽거나 번역을 하면서 시간을 보내. 그러다 날이 밝을 때쯤 창문을 열고 창 아래 둔 누름돌 두 개를 하나씩 들어서 밑으로 던져. 그런 다음 아침식사 준비를 하고 하루를 보내. 그러고 날 저물 무렵이 되면 밖으로 나가서 작은어머니만 가진 열쇠로 벽돌담에 달린 문을 열고 누름돌을 꺼내. 작은어머니가 누름돌을 꺼내는 장면을 몰래 숨어서 지켜본 적이 있는데 벽돌담 안은 그냥 맨땅이었어. 날마다 돌을 떨어뜨리니까 고르기는 하더라만. 그런 다음 바깥 수도에서 돌을 깨끗이 씻어서 걸레로 물기를 닦고는 집 안으로 들고 와서 다시 2층 서재 창 아래에 둬. 그리고 또 다음 날 아침에 창 밑으로 떨어뜨리는 거야."

다들 가볍게 한숨을 쉬었다.

"뭣 때문에?"

세쓰코가 당연한 질문을 던졌다. 아키히코는 고개를 갸웃했다.

"나도 모르지. 작은어머니한테 직접 물어봤지만, 웃기만 하고 끝까지 가르쳐주지 않았어. 작은아버지한테 물어본 적도 있었거든. 하지만 작은아버지도 '사람은 저마다 사정이 있는 법'이라고만 하고 역시 가르쳐주지 않았어."

"의미심장하네."

"그래서 소리의 원인은 알아도 이유는 모른다는 거군."

나는 어쩐지 등골이 오싹했다. 유쾌하고 관대하고 부족한 것 전혀 없는 부유한 부부가, 조카가 물어도 대답하지 않고 빙글빙글 웃고 있다. 그때 두 사람의 마음속을 생각하면 어쩐지 무서운 기분이 들었다. 두 사람 사이에 존재하는 암묵의 이해, 매일 아침 한없이 되풀이되는 의식.

"내가 중학교 때 작은어머니가 세상을 떠났어. 작은아버지가 친척들을 불러다 작은어머니를 추억할 물건을 하나씩 가져가라고 했는데, 나는 자주 작은아버지 댁에 드나들었으니까 뭐든 원하는 걸 가져도 된다고 했거든. 그래서 처음엔 누름돌을 달라고 할 생각이었어. 여러 번 본 물건이니까. 그런데 아무리 찾아도 없는 거야. 그래서 '작은아버지, 그 돌은요?' 하고 물었어. 그랬더니 늘 웃는 얼굴인 작은아버지가 그때만은 웃지 않았어. '그건 벌써 묻었다. 이제야 겨우 묻을 수 있었어. 다른 걸로 하렴.' 단호한 어조였어. 그래서 작은어머니가 애용하던 낡은 영일사전을 받았거든. 지금도 그 사전을 보면 누름돌이 생각나."

"그거야말로 수수께끼네."

"응, 이상하지? 나도 오랜만에 생각났네. 호텔에서 소재를 생각했을 땐 까맣게 잊고 있었는데. 세쓰코 같으면 이 수수께끼에 어떤 해답을 제시하겠냐?"

난처한 듯 고개를 갸우뚱하던 세쓰코는 맥주캔을 든 손을 흔들거리며 대답했다.

"글쎄, 어쩌다 한 번 해봤다가 중독된 게 아닐까? 스트레스 발산인 거지. 어느 나라인가에 그런 행사가 있잖아, 새해가 밝으면 창밖으로 그릇을 내던져 와장창 깨뜨린다는 행사.

어쩌다 한 번 해봤더니 속이 후련했는지도 모르지. 처음엔 그릇이라든지 다른 거였을지도 몰라. 하지만 여자는 원래 그런 부분에서 쩨쩨하니까, 매번 깨지면 너무 아깝다고 생각해서 여러 번 쓸 수 있는 튼튼한 물건을 찾았을지도. 그래서 누름돌을 던지게 됐다, 뭐 그런 거 아닐까?"

세쓰코다운 실용적인 답이다. 물건을 부수거나 찌그러뜨리거나 던지거나 하면 속이 시원해지는 것은 인간이 공통적으로 갖는 감각이다. 나도 빈 캔을 밟아 찌그러뜨릴 때 큰 기쁨을 느낀다. 그런가 하면 도예를 하는 친구는 망친 작품을 깨뜨릴 때 일종의 마조히즘적 기쁨을 맛본다고 한다.

"그거 정말 누름돌이었어?"

마키오가 물었다. 아키히코가 놀란 듯 고개를 쳐들었다.

"어? 실은 다른 거였다는 뜻이냐? 아무리 봐도 그냥 돌이던데."

"아니, 혹시 뭔가의 일부였을 가능성은 없나 해서. 건물의 일부라든지, 포석의 일부라든지."

"아하, 그렇군. 무슨 기념물일지도 모른다는 말이지? 그 부분은 모르겠네. 그렇지만 어째서 그걸 던지는데?"

"거기까지는 모르겠지만, 실은 돌 속에 뭔가 들어 있어서 그걸 꺼내려고 깨뜨린다든지 그런 건 아닐까?"

"오오, 화석이나 보석 말이군. 괜찮은 대답인데."

"하지만 역시 아니겠지. 뭣보다도 2층에서 던지면 속에

든 것까지 깨질 테니까. 하나 더 생각난 게 있는데, 혹시 신호가 아니었을까?"

"새벽에 돌을 떨어뜨리는 게?"

"응."

"알았다! 작은어머니는 신문 배달원이랑 남몰래 사랑하는 사이였던 거야!"

세쓰코가 진지한 표정으로 끼어들었다. 마키오와 아키히코가 얼굴을 마주 봤다.

"날이 밝으면 배달되는 신문. 창문을 열고 모습을 보이는 작은어머니. '사랑해요'란 말 대신 떨어뜨리는 누름돌. 쿵, 쿵, 육중한 사랑의 땅울림이 배달원의 발치에 전해지는 거지."

우리는 저도 모르게 웃음을 터뜨렸다.

"안 돼?"

세쓰코가 진지한 탓에 더욱 우스웠다. 아키히코는 배를 움켜쥐고 와하하 웃고 있었다.

"끅끅, 이건 정말 걸작이다. 노란 손수건을 흔들면 또 몰라도 누름돌을 떨어뜨려? 사랑의 땅울림? 야아, 작은아버지가 살아 있었으면 꼭 들려드리는 건데."

"그렇게 웃을 것까진 없잖아."

아키히코가 온몸을 부들부들 떨며 웃는 모습을 보고 세쓰코는 기분이 상한 듯 입을 삐죽 내밀더니 문득 천장을 보며 중얼거렸다.

"아휴, 꽤 흔들리네. 어쩐지 속이 울렁울렁하지 않아?"

"에잇, 일부러 모르는 척하고 있었더니. 꽤 크게 출렁이는군. 평형감각이 이상해질 것 같은데."

창밖 수평선은 일직선인데 그 선이 커다랗게 오르락내리락했다.

"분명히 저기압이 지나간 지 얼마 안 돼서 아직 바다가 잠잠해지지 않은 거겠지."

"우와."

발밑에서 커다란 힘이 솟구쳤다. 몸이 둥실 떠오르는 듯한, 현기증 같은 것을 느꼈다.

"리에코는?"

"어?"

흔들림에 정신이 팔려 있던 나는 마키오가 무슨 말을 하는지 알 수 없었다.

"누름돌의 수수께끼 말이야."

"아아, 그거."

마키오의 느긋한 얼굴도 천천히 오르락내리락했다.

왜 그런지 갑자기 화가 치밀었다.

"그야 간단하지. 작은어머니가 미워하는 사람이 땅 밑에 묻혀 있는 거야. 작은어머니가 평생 용서할 수 없는 사람이 말이야. 그것도 아마 두 명. 물론 작은아버지도 아는 사람이야. 작은어머니는 죄를 잊지 못하도록 매일 두 사람한테 벌을 주고 있었던 거야. 돌을 떨어뜨려서 그 일을 잊지 않았다는 걸 보여주고 작은아버지도 잊지 못하게 하는 거야. 어때, 그럴듯한 답이지?"

숲은 살아 있다.
러시아 이야기였을 것이다. 어렸을 때 처음 그림책으로 읽었는데, 눈이 내리고 이름이 1월부터 12월까지인 사람들이 나온다는 것밖에 기억나지 않는다. 어쩨 으스스한 이야기였다는 인상이 있다. 나는 오사카에서 태어나 간토에서 자란지라 눈이고 숲이고 본 적이 거의 없다. 스키장의 눈은 봤지만 그건 관리된 눈이다. 하이킹은 어렸을 때부터 자주 다녔어도 산길이나 나무들 사이를 산책했다는 인상뿐이고 숲속을 걸었다는 기억은 없다. 일본에서 순수하게 숲속을 걸을 일은 거의 없는 것 같다. 평지에는 숲이 남아 있지 않으니 필연적으로 산을 걷게 된다.

생각해 보면 여행다운 여행을 한 기억이 없다. 졸업 여행으로 간 유럽은 주마간산이나 다름없었던 탓에 이제는 그림엽서처럼 몇몇 장면만 기억에 남아 있다. 직장에 다니던 시절 보너스를 탈 때마다 갔던 남쪽 섬은 현실도피, 날마다 똑같은 생활에 변화를 주기 위한 여행 또는 스트레스 발산일 뿐이었다. 동성 친구들과 가는 온천 여행은 장소를 달리해서 벌이는 하소연과 욕하기 대회에 불과하고, 신혼여행은 서로 상대방밖에 눈에 들어오지 않았다. 모두 진정한 여행이라고는 할 수 없다. 오히려 불확실하고 앞이 보이지 않는 일상생활 쪽이 정처 없는 방랑처럼 여겨질 때가 있다. 여행지에서 보내는 순간순간이 되레 윤곽이 뚜렷한 인생의 실감이 느껴지는 것 같다.

초봄의 이즈냐. 나도 어디 가고 싶은걸.

그래, 처음에 여행을 기획하는 계기를 제공한 사람은 사실 마키오였다.

그러게, 회사하고도 가족하고도 상관없는 여행을 가고 싶어. 명함도, 직함도, 소속도 없는 여행. 세쓰코가 절실하게 중얼거렸다. 큰 가전회사에 근무하는 그녀는 작년에 과장으로 승진했다고 한다. 중간에 육아휴직까지 쓴 것을 생각하면 대단한 일이다. 일본의 경우, 그녀보다 회사를 칭찬해야 할지도 모른다. 그거 좋은데. 가자. 아키히코가 즉각 동의했다.

기요시는 새로운 생활에 매진하라 그러고 우리 넷이서 가자. 기요시가 쓴웃음을 지었다.

너무하네. 나만 따돌리기냐. 아키히코가 힘차게 고개를 끄덕였다. 그럼. 넌 신규 사업이 궤도에 오를 때까지 패스. 초봄의 이즈를 만끽하셔. 어디로 갈래? 늘 있는 기회도 아니고 기왕이면 평소에 가보고 싶었는데 쉽게 갈 수 없었던 데로 하자.

세쓰코와 마키오는 마음이 동했는지 몇 군데를 거론했다.

나도 일단 생각하는 척했다. 어차피 술자리의 별 의미 없는 약속이라는 것을 알기 때문이다.

홋카이도. 나가사키. 나라. 교토. 서울. 타이완. 기세 좋게 여기저기 나오는데 좀처럼 의견이 일치하지 않았다.

딱 여기다 싶은 데가 없네. 역시 기념이 될 만한 마음의 여행이어야 하는데.

아키히코가 간을 먹으며 투덜댔다.

Y섬.

모두 나를 쳐다보기에 그게 내가 한 말이라는 것을 깨달았다.

아키히코가 눈을 빛내며 검지를 쳐들었다.

그거다. 그거 괜찮은데. 세계유산. 태고의 숲에서 삼림욕. 이거야말로 마음의 여행.

응, 진짜 좋다. 나도 가보고 싶었어. 세쓰코도 흥분했다.

Y섬. 마키오가 혼잣말처럼 되뇌며 나를 언뜻 보기에 그도 안다는 것을 알 수 있었다.

그곳은 과거에 그녀가 가고 싶어 하던 섬이었다.

"미안해, 아키히코. 화났니?"

마키오가 무표정해지는 것을 보고서야 비로소 내가 심한 말을 했다는 것을 깨닫고 허둥지둥 아키히코를 쳐다봤다.

아키히코는 어리둥절한 표정이었다.

"이런, 납득했다."

"뭐?"

"그렇군. 어째서 지금까지 눈치 못 챘을까. 그렇게 생각하는 편이 자연스럽네. 역시 현실주의자 리에코는 다른데. 감탄했어."

아키히코는 정말로 감탄한 듯 열심히 고개를 끄덕였다.

"미안해. 게임이라 생각하고 그만 너희 작은아버지 부부를 모욕하는 말을 해버렸어. 사과할게. 정말 미안."

나는 진심으로 고개를 숙여 사과했다. 내가 대체 뭘 하고 있는 거지. 쓸데없이 울컥해서 그런 말까지 하고. 아키히코가 가볍게 손을 들었다.

"그럼 곤란하지. '아름다운 수수께끼'의 추구를 위해서라면 그런 일에 일일이 신경 쓰면 안 돼. 제군, 우리의 목표는 어디까지나 탁상공론의 궁극을 추구하는 것이므로 쓸데없는 사양을 할 필요는 없다. 제군도 이제부터는 이러한 논리와 태도를 본받아 임하도록."

"응, 나도 납득했어. 깔끔하게 설명도 되고, 이렇게 말하면 좀 그렇지만 아름다운 해답이잖아? 어쩐지 낭만적이네. 소설을 써도 될 것 같은데."

세쓰코의 천연덕스러운 대답에 정말로 두 사람 다 내 의견을 불쾌하게 여기지 않는다는 것을 알고 안심했다. 그러고 보니 지나친 생각이었던 것도 같다.

흘깃 마키오를 쳐다보자 그의 얼굴에도 웃음기가 돌아와 있었다.

"역시 리에코는 인간을 관찰하는 눈이 예리하네."

가슴에 따끔하게 가시가 박힌 기분이었다. 결코 칭찬하는 말이 아니라는 게 느껴졌다. 한순간이라도 그를 무표정하게 한 데에 대한 보복이리라.

"으음, 비극적이군. 훌륭한 해답이었어."

아키히코는 아직도 감탄하고 있다.

"아휴 참, 그렇게까지 감탄해 줄 줄은 몰랐네."

나는 개운한 말투로 대답했다. 실제로 마음이 놓이기도 했고, 마키오에 대해 쓸데없는 오기를 부린 일이 바보처럼 느껴졌다. 게다가 배는 이렇게 흔들리고. 아직 속이 메슥거릴 정도는 아니지만 머리가 무거워 집중해서 생각하지 못하겠다. 죄다 아무래도 상관없는 기분이었다.

"처음부터 너무 앞서 나가지 말자. 내일부터 고된 일정이 시작되잖아. 새로운 수수께끼는 그때를 위해 남겨두는 게 좋지 않겠어? 코스는 어떻게 됐니?"

세쓰코가 위 언저리를 누르며 중얼거렸다. 그녀도 속이 별로 좋지 않은 모양이다.

"오늘 밤에 호텔에서 설명하지. 모처럼의 기회니까 따뜻한 데부터 서늘한 데까지 순서대로 올라갈 수 있게 코스를 짰어. 자신 있다."

아키히코는 이렇게 흔들리는데도 아무렇지도 않은지 여전히 맥주를 마셨다. 이번 여행에 아키히코는 상당한 의욕을 보였다. Y섬 가이드 협회와 인터넷으로 연락을 주고받으며 상세하게 예습을 해온 모양이다. 게다가 이렇게 우아해 보여도 등산이 취미라 고등학교 때부터 산악부에 소속되어 있었다고 한다. 지금도 꼬박꼬박 스포츠클럽에 다니면서 근력 유지를 게을리하지 않는다고 한다. 이미 근육이 자취를 감춰버린 우리는 하나부터 열까지 그에게 의존하는 상황이었다. 나도 9월에 파견 근무를 마친 뒤부터 아침저녁으로 걸으려고 노력했지만 솔직히 말해서 체력에 별로 자신이 없었다.

"우리 체력 없는 거 알지? 무난한 코스로 부탁해요."

"괜찮아. 우리는 느긋하게 걸으면서 이야기하는 게 목적이지, 등산이 목적이 아니니까."

"아주 오래됐다는 삼나무 숲도 볼 수 있니?"

"거기까지 가는 건 상당히 힘든 모양이더라. 일단 목적지에 넣어두기는 했으니까 나머지는 체력에 달렸어. 하지만 몸은 원래 서서히 익숙해지는 법이니까 첫날은 힘들어도 사흘째는 꽤 오를 수 있게 될 거다."

"그러게. 우리 나이엔 피로가 사흘은 지나야 느껴지잖아. 몸이 피로를 깨닫기 전에 여정을 모두 마쳐야 돼."

"아키히코, 그러고 보니 그 벚나무는?"

마키오가 생각났다는 듯이 입을 열었다.

"아, 그거."

아키히코가 느릿하게 대답했다.

"그건 어디까지나 전설이니까 정말 있을지 없을지는 몰라."

"벚나무?"

Y섬에서 벚나무 이야기가 나올 줄 몰랐던 터라 어째 뜻밖이었다. 아키히코는 별로 관심 없는 듯한 목소리로 설명했다.

"Y섬 하면 삼나무가 유명하지만 그곳 사람들 사이에 이야기되는 벚나무가 있거든. 굉장히 나이도 많고 큰 나무라는데, 똑같은 길을 걸어도 사람에 따라 보이기도 하고 안 보이기도 하고 그렇다나 봐. 삼고三顧의 벚나무라고 불린다더군."

"삼고의 벚나무?"

"응, 전설에 따르면 1년에 세 번, 봄하고 가을하고 겨울에 꽃이 핀다더라."

"세 번씩이나? 왜?"

"내가 어떻게 아냐? 그렇다는데. 그러니까 전설의 벚나무지."

"흐음. 그럼 우리도 잘하면 벚꽃이 피어 있는 걸 볼 수 있겠네."

"잘하면 말이지."

"뭐니, 마키오, 그 의미심장한 말투는?"

마키오가 씩 웃었다.

"그 벚나무 말이야, 소문에 따르면 켕기는 게 있는 사람에게는 안 보인다더라."

냉정한 어조가 가슴에 날카롭게 꽂혔다. 나는 어떨까. 마키오는 어떤가.

"어머, 그거 재미있다. 그럼 어떻게 되지? 우리처럼 단체 여행이면 그중 한 명이라도 켕기는 게 있는 사람이 있으면 다 같이 안 보이는 거야? 아니면 네 명이 동시에 같은 곳에서 봐도 보이는 사람이 있고 안 보이는 사람이 있다는 거야?"

"완전히 청동상 시계군."

아키히코가 웃었다. 마키오도 티 없는 웃음을 지었다.

"그건 여행이 끝날 때까지 두고 봐야 알겠지."

처음에는 바다 위에 떠 있는 구름 덩어리로만 보인다.

수평선 너머에 희부옇게 흐린 부분이 있는 느낌이다.

그런데 서서히 구름의 존재감이 커지면서 좌우로 두툼하게 퍼지는 것을 알 수 있다.

구름을 보다 보면 이윽고 수평선 위에 뭔가 있다는 게 느껴진다. 그리고 어쩌면 거기 있는 게 섬일지도 모른다는 예감을 느끼게 된다. 작은 예감이 조금씩 부풀어 오름과 동시에 선명한 검은 그림자가 모습을 드러낸다.

그리고 드디어 우리는 그곳에 섬이 있다는 것을 발견하게 되는 것이다.

예상은 하고 있었어도 그건 감동적인 광경이었다. 그곳에 뭔가가 있다. 그곳에 누군가가 있다. 그곳에서 뭔가가 시작된다.

우리는 갑판으로 올라가 나란히 난간을 잡고 서서 섬이 천천히 다가오는 것을 말없이 바라봤다. 말은 없어도 저마다 가슴속에 흥분과 두려움이 솟구치는 것을 알 수 있었다. 자신과 섬의 만남을 묵묵히 가슴속으로 음미하는 것이다.

바다에서 보면 Y섬은 가운데가 높다란 삼각 주먹밥 같은 모양이다. 다만 꼭대기 부분은 짙은 하얀 구름에 가려 보이지 않는다. 섬에서 가장 높은 M악岳은 표고 1900미터가 넘는데, 실은 규슈에서 가장 높은 산이라고 한다. 거의 원형에 가까운 섬을 한 바퀴 돌면 약 130킬로미터. 그 안쪽의 면적 약 500제곱킬로미터 안에 가파른 산이 첩첩으로 쌓인 산악성 섬이다. 해상에서 2킬로미터 가까이 하늘을 향해 달려 올라가는 구름은 섬에 대량의 강우와 더불어 아열대식물에서 고산식물에 이르는 다종다양하고 복잡한 식물상植物相을 부여한다. 물론 아키히코와 가이드북에게 전수받은 지식이다.

지도를 보고 예상은 했지만 직접 보니 역시 달랐다. 섬 위에 우뚝 솟은 것은 중량감 넘치는 산, 산, 산이다. 위쪽으로 깎아지른 듯한 암벽이 언뜻 보였다.

이렇게 멀리서 보기만 해도 상당히 높아 보이는데, 정말 그런 곳을 걸을 수 있을까? 흥분과 동시에 불안도 솟았다. 다른 사람들에게 뒤처지면 어떻게 하나? 그렇지만 평소 하루

온종일 책상 앞에 붙어 있는 처지는 피차 마찬가지이니 그렇게 체력 차가 날 리 없다는 생각도 든다.

바다는 여전히 크게 출렁였지만 섬이 보이기 시작하면서 이상하게도 흔들림이 별로 신경 쓰이지 않게 됐다. 서서히, 각도를 달리해 가며 섬의 전모가 눈에 들어왔다. 촌락이 보이고, 건물이 보이고, 항구가 보이기 시작했다.

"오오, 정말 왔구나."

아키히코가 태평한 목소리로 부르짖었다. 그건 우리 모두의 실감이었다. 술자리의 별 의미 없는 약속이 지금 이렇게 밝은 10월의 태양 아래 실현되려 할 줄이야. 어쩐지 큰 소리로 웃고 싶은 기분이었다.

"상륙 직전의 지금 이 순간이 제일 즐거울지도 몰라."

세쓰코가 흥분을 감출 수 없는 듯 소리쳤다. 바다에서 불어닥치는 바람과 배의 소음 때문에 귓가에 대고 말하지 않으면 무슨 말인지 들리지 않았다. 나는 세쓰코에게 힘차게 고개를 끄덕였다.

틀림없이 그럴 것이다. 지금 이 순간, 섬 그림자가 전부 시야에 들어오고 해면에 무수한 작은 삼각형이 눈부시게 빛나는 가운데, 갑판의 차가운 난간을 꽉 붙잡는 이 감촉이야말로 인생의 윤곽, 나라는 인간의 보잘것없는 기억에 새겨진 한 장면. 이제부터 펼쳐질 정경은……. 대체 뭐가 기다리고 있을까.

나는 왜 그런지 절망에 가까운 감정을 맛봤다. 반짝반짝 빛나는 파도, 배가 바다를 가르고 나아가며 일으키는 물보라, 무한히 반사되는 빛의 다발. 그것들을 가만히 내려다보고 있으려니, 몸 안이 텅 비고 머릿속에서 다른 빛의 물결이 일렁이기 시작했다. 녹색 물결. 일제히 물결치는 초목의 바다.

그래, 내게도 여행이라 부를 수 있는 것이 있었다. 나는 그 3월에 그녀와 여행을 했던 것이다.

그날, 하늘은 구름으로 뒤덮여 있으면서도 밝았다. 흐린 하늘은 진주 같은 유백색으로 빛나서, 내 앞을 걷는 그녀는 마치 하얀 캔버스에 떠 있는 듯 보였다.

우리는 묵묵히 초봄의 야산을 걸었다. 주변에 다른 사람의 모습은 전혀 보이지 않았다. 캠핑을 하기에는 아직 이른 시기였거니와 우리가 외진 곳을 좋아했기 때문이다.

완만한 산에 단단하게 다져진 회색 외길이 끝없이 이어졌다. 가끔씩 산속을 지나는 국도로 트럭이 오가는 소리가 들려왔다.

그녀는 뒤도 돌아보지 않고 담담히 걸었다. 어깨 밑으로 가지런히 커트한 머리가 부드러운 바람에 살랑였다. 무명 셔츠와 검은색 면바지를 입은 뒷모습이 말끔했다. 그러고 보니 그 무렵 그녀는 머리를 기르고 있었다. 그 전에는 늘 한껏 짧게 잘랐었는데. 계속 짧은 머리네, 라고 하자 그 편이 가발을 쓰기도 쉽고 변화를 주기 쉽다고 대답했다.

그녀는 키가 크고 자세가 곧았다.

갓 자란 풀 냄새가 나는 바람이 볼을 어루만졌다. 그녀의 뒤를 걷는 나는 무척 행복했고, 동시에 불행했다. 지금은 아키히코가 한 말의 의미를 알 것 같다. 깊은 내적 성찰이 없으면 여행이라 할 수 없다. 거꾸로, 내적 성찰의 여정을 여행이라 한다면 그 짧은 1박2일은 틀림없이 여행이었다.

그건 비밀 여행이었다. 나와 그녀만의, 마키오에게도 비밀인. 우리에게 중요한 여행이었다. 마키오에게 알리지는 않았어도 그에게도 중요한 여행일 터였다.

우리는 그 여행에 이즈 남서부의 아담한 온천 여관을 선택했다. 당시 엄청난 베스트셀러가 된 소설이 영화화됐을 때 로케이션 장소로도 쓰인 곳이었다. 시간은 천천히, 고요하게 흐르고, 이름 없는 처녀들은 밀행 같은 여행을 즐겼다.

전날 밤늦게까지 이야기를 나눈 탓에 조금 졸렸다. 아침에 여관에서 나와 마을에서 운영하는 낙화烙畵 미술관을 둘러본 뒤, 우리는 하이킹을 하기로 했다. 쉽게 이동할 수 있는 곳에서 시작된 하이킹 코스는 기분 좋은 길이었다. 단둘이 밝은 야산을 걷고 있다. 그게 우리 둘의 기분을 들뜨게 했지만 말은 거의 하지 않았다.

이대로 인생이 끝나버려도 좋아.

느닷없이 그런 생각이 들었다. 이대로 죽어도 좋아, 가 아니라 이대로 인생이 끝나버려도 좋아. 이렇게 우리가 산속을 걷는 장면이 페이드아웃 되고 FIN이라는 글자가 나와도 상관없어. 어쩐지 그런 생각이 들었다.

완만한 비탈을 메운 억새가 조용히 사각사각 소리를 냈다.

그녀는 내 앞을 걸어간다. 흔들림 없는 발걸음. 그러나 뒤를 걷는 나를 충분히 의식하는 걸음걸이로. 그 사실이 행복했다.

그녀는 뒤를 돌아보지 않고, 아무 말도 하지 않고 걸어간다. 어깨 밑으로 가지런히 커트한 머리가 바람에 나부낀다.

커다란 짐을 들고 항구에 내린 다음에도 한동안은 몸이 흔들리는 것 같았다.

천연의 형태를 살린 아담한 항구였다. 승객들이 줄줄이 배에서 내렸다. 지역 주민들과 여행자의 차이는 현저했다. Y섬에 찾아오는 여행자는 아웃도어파가 대부분인 터라 자연히 중장비를 꾸리게 된다. 명백히 등산이 목적인 남자들이 지도를 한 손에 들고 항구를 걸어갔다. 신발은 낡은 트레킹슈즈, 배낭을 짊어진 품새도 제법 그럴듯했다. 숙련된 분위기가 물씬 풍기는 그들에 비하면, 우리는 어쩌다 야외생활이라도 즐겨볼까 싶어 카탈로그 잡지를 보고 아웃도어 용품을 사들인 실로 전형적인 초보자 그룹처럼 보였다. 이게 재난영화의 첫 장면이었다면 우리는 틀림없이 맨 처음 사라질 등장인물일 것이다. 혼자 여행하는 사람도 많다. 젊은 남자 또는 여자. 학생일까?

밝은 햇빛 아래 멍하니 그런 생각을 하며 연약한 우리는 주저하지 않고 택시에 올라탔다. 조수석에 앉은 아키히코가 호텔 이름을 대자 차는 곧 출발했다.

탁한 녹색 컨테이너를 쌓아 올린 부두가 순식간에 등 뒤로 사라지고 종려나무가 늘어선 촌락을 통과하자, 눈 깜짝할 새에 섬 가장자리를 따라가는 해안선 도로에 들어섰다.

몸집이 자그마한 세쓰코를 사이에 두고 마키오와 같은 차에 타고 있다고 생각하니 기분이 이상했다.

"손님들은 J삼나무를 보러 가시나요?"

"그럴 생각이긴 한데 다들 직장 생활에 지쳐서 체력이 없거든요. 그 코스는 꽤 힘들지 않나요?"

"그러게요. 힘든 부분이 길진 않지만 꽤 높이 올라야 하니까요. 하지만 여든 살 할머니도 올랐다던데요. 저번 연휴에는 아주 혼잡했지만 이번 주엔 사람이 별로 많지 않으니까 한번 시도해 보시면 어떨까요?"

아키히코가 붙임성 있게 운전사와 이야기를 나누는 모습을 보니 웃음이 났다. 그도 정말 어른이 됐다. 마키오와 세쓰코의 옆얼굴은 차창 밖 경치에 집중하고 있었다.

도로 바깥쪽은 해안을 향해 비탈졌는데, 바람이 강한지 덤불처럼 키 작은 나무들이 빽빽이 녹색으로 뒤덮고 있었다.

부용 같은 하얀 꽃이 가득 피었다. 그리고 그 너머를 메우는 것은 초가을 하늘과 탁 트인 수평선이었다.

그 압도적인 수평선만으로 할 말을 잃었다. 가운데 부분이 살짝 둥그렇게 부풀었는데, 지금이라도 불쑥 높아져 덮쳐들 것 같아 겁이 났다.

이곳은 섬인 것이다. 사방이 바다에 둘러싸여 있는 것이다. 그 단순한 사실이 실감 났다. 이 부근은 일본에 상륙하는 거의 모든 태풍이 통과하는 길이다. 지금은 아름다운 이 풍경도 폭풍이 몰아치면 상당히 무서울 것이다.

차의 진동에 몸을 맡긴 채 세월을 뛰어넘어 우리 네 사람이 여기에 있다는 사실을 새삼 신기하게 생각했다. 이해관계가 발생하기 전에 시작된 오랜 관계. 비록 마키오와의 불행한 과거는 있어도 우리가 서로 허물없는 친구인 것은 틀림없다. 그렇게 생각하니 겨우 이 여행을 즐길 기분이 차츰 들기 시작했다. 지금까지 내가 이 여행을 적잖이 고통스럽게 생각했다는 것을 깨닫고 놀랐다. 이유가 무엇인지 수평선을 보며 생각해 봤다. 마키오는 그렇다 쳐도 마음속의 이 막연하고 개운치 않은 기분은 뭘까.

수평선 가까이, 구름 틈으로 내비치는 빛의 자취가 일렁였다.

무섭다.

갑자기 그런 말이 떠올랐다. 동시에 나는 깨달았다. 나는 뭔가를 두려워하고 있다. 이 여행에서 뭔가가 밝혀질까 봐 겁나는 것이다. 그 뭔가는…….

"그러고 보니 리에코, 그 애는 요즘 어떻게 지내니?"

불현듯 세쓰코가 돌아보는 바람에 몽상이 깨졌다. 허둥지둥 대답했다.

"그 애라니?"

"그 왜 있었잖아, 외국인처럼 예쁜 애. 이름도 외국 사람 같았지. 방금 갑자기 생각났지 뭐야. 전에도 이런 식으로 앉아서 뭔가 본 적이 있는데, 하고 생각하고 있었거든. 우리 다 같이 보러 갔었지? 고탄다의 보통 가정집 같은 데에서 그 애가 일인극을 했을 때. 리에코의 친구."

세쓰코는 이런 부분에서 사람을 놀라게 한다. 본인은 의식하지 못하나 본데, 꼭 속마음을 들킨 듯한 기분이다. 분명 다른 사람의 기분에 쉽게 감응하는 것이리라. 고등학교 때부터 이런 일이 자주 있었다.

"유리 말이야?"

나는 되도록 자연스럽게 들리도록 애쓰며 그 이름을 말했다. 십수 년 만에 입에 올리는 그리운 이름을.

유리, 조금만 쉬지 않을래?
의연한 뒷모습을 향해 말을 걸었다.
피곤하니?

광택이 흐르는 연갈색 머리칼이 흔들리고, 또렷한 목소리가 나를 돌아본다.

그 순간을 나는 몇 번이고, 몇 번이고 거듭해서 떠올려 왔을 터였다.

그녀가 나를 돌아보는 황홀한 순간. 과거에 내가, 아마도 생애를 통틀어 누구보다도 사랑한 친구였던 그녀가 산길에서 나를 돌아본 순간을.

지금 와서 돌이켜 보면 오랫동안 그 순간은 공백이었다. 내 기억 속에서 나를 돌아본 그녀의 얼굴은 텅 비어 있었다. 누구보다도 친밀하게 중요한 한때를 함께 보낸 상대였던 만큼 되레 무의식중에 지워버렸을 것이다.

그랬는데 지금, 이렇게 또렷하게 생각난다.

그녀는 아름다웠다. 그녀의 아름다움에는 과도한 여백이 없었다. 찬사나 유혹을 기대하는 기색도, 다른 사람을 가까이하지 않는 미의 고결함도 없었다. 그녀와 마주 대하고 있으면 그저 있는 그대로 아름다운 사람이구나, 하고 솔직하게 생각했다. 물론 그녀는 자신이 아름답다는 것을 알고 있었다. 비하하지도 않고, 굳이 꾸미려 하지도 않고, 자신의 가치기준에 미추 따위 존재하지 않는 척하지도 않았다. 그녀는 자신의 아름다움을 정당하게 평가했다. 당연하다. 그녀는 배우였으니까. 그것도 어렸을 때부터 아역배우로서 상업 무대에 서온 세미프로로, 대학에서도 연극을 전공하면서 저명한 극단에 연구생으로 적을 두고 있었다. 나는 화장하는 법을 대부분 그녀에게 배운 셈이나 다름없었다. 그녀는 배우의 필수 조건으로서 화장을 곧잘 연구했다. 다크서클이 생겼을 때, 수면 부족일 때, 어느 때보다도 아름다워 보여야 할 때. 그녀는 조사도 많이 하고 연구도 많이 했다.

우리는 대학 영화 연구회에서 만났다. 여러 영화 동아리 중에서도 가장 큰 곳으로, 다른 학교 학생들도 많았다. 영화를 실제로 제작하는 그룹과 영화 감상을 주로 하는 그룹이 나뉘어 있고, 졸업생 중에 영화감독 및 영화평론가도 수두룩하다.

나는 당연히 감상 그룹 쪽이었지만 뜻밖에도 유리 또한 감상 그룹이었다. 제작 그룹에는 배우 지망생도 꽤 많았던 터라 처음 그녀를 봤을 때는 당연히 그중 한 사람이라고 생각했다. 실제로 그녀가 세미프로 연극배우라는 사실이 알려지면서 그녀를 기용해 영화를 찍고 싶다(단순히 유리에게 접근하려는 속셈이 거의 대부분이었지만)는 제의가 적지 않았지만, 그녀는 전혀 관심을 보이지 않았다. 그녀는 어디까지나 '영화를 보기' 위해 동아리에 들어온 것이었다. 실제로 그녀는 어마어마하게 많은 영화를 봤다. 굳이 종류를 가리거나 하지 않고, 단 한 개 상영관에서 소리 소문 없이 하는 사회파 다큐멘터리도, 바보 같기 짝이 없는 B급 영화도, 난해하고 똑똑한 척하는 독립영화도 모두 똑같은 관객의 입장에서 곧잘 봤다.

영화 출연은 왜 싫은데? 배우라면 누구나 한 번은 스크린에 비치고 싶다고 생각하지 않니?

어느 날, 소박한 의문을 제기하자 그녀는 조그맣게 웃었다.

난 아냐. 남기는 게 싫어.

그녀는 딱 잘라 그렇게 말했다. 나는 끈질기게 다시 물었다.

왜? 좋잖아, 크레디트 꼭대기에 커다랗게 이름이 나오고, 이름이랑 아름다움이 영원히 남을 거 아냐.

유리는 난처한 얼굴로 웃었다.

영화는 감독의 것이지 배우 게 아니야. 게다가 말이지, 여기선 나도 조금은 예쁜 축에 들지 몰라도 연예계에선 기껏해야 중간이야. 전혀 특별할 게 없는걸. 난 그냥 더 많은 인생을 무대 위에서 살고 싶을 뿐이야. 연극이 끝나고 관객이 나가면서 가지와라 유리 괜찮았지, 하지 않고 그 역 맡은 사람 괜찮았지, 하고 맡은 역 이름으로 불러줬으면 좋겠어. 아줌마가 돼도 그 아줌마 역 재미있었지, 해줬으면 좋겠고, 할머니가 돼도 그 할머니 역 굉장하더라, 해줬으면 좋겠어.

그녀의 말은 설득력이 있었다. 내가 그녀에게 받던 기묘한 느낌을 표현하는 것 같았기 때문이다. 내게는 유리가 자신의 존재를 말소하고 싶어 하는 것처럼 보였다. 가지와라 유리라는 개인을 잊고 싶어 하는 것처럼 여겨졌다. 어둠 속에서 의자에 몸을 파묻고 온갖 영화를 보는 그녀와 무대 위에서 배우의 이름 없이 배역 자체가 되려는 그녀의 목적은 동일한 듯했다. 그 목적이 무엇인지는 잘 알 수 없었지만.

　자란 환경과 성격이 판이한데도 우리는 죽이 무척 잘 맞았다. 함께 있으면 재미있었고 쓸데없는 신경을 쓸 필요도 전혀 없었다.

　그렇지 않아도 대학 때는 동아리가 생활의 대부분을 차지하게 마련이다. 나와 유리는 사적인 시간의 태반을 함께 보냈고, 나는 그 사실에 만족했다. 나는 워낙 다수의 사람과 어울리며 인맥을 넓히기보다 소수의 사람과 깊게 사귀기를 좋아했다.

　그리고 그녀와 같은 시기에 내가 농밀한 관계를 맺고 있던 사람이 한 명 더 있었다.

　고등학교 때부터 사귄 쓰지 마키오였다.

"맞다, 맞다, 그런 이름이었어. 그때 이미 세미프로였잖아. 그 뒤로 내내 연극을 안 봐서 체크를 못 했는데, 지금도 무대에 서니?"

　세쓰코가 고개를 끄덕이며 사심 없는 눈으로 나를 쳐다봤다. 그렇구나. 그녀는 모르는구나. 아니면 이런 질문을 할 리 없다.

　기분 탓인지 아키히코와 마키오가 가만히 귀 기울이며 내 대답을 기다리는 것 같은 착각이 들었다.

"나도 몰라. 그 뒤로 유리를 못 만났거든."

나는 잠시 망설인 끝에 무난하게 대답했다.

"어머, 그렇구나. 하긴 그럴 수도 있지."

세쓰코는 쉽게 납득했다. 아키히코나 마키오가 무슨 말을 하지 않을까 생각했지만 두 사람 다 아무 말도 하지 않았다.

학년이 바뀌거나 졸업을 계기로 가까웠던 친구와 소원하게 되는 일은 확실히 곧잘 있다. 이 나이가 되면 그 때문에 후회하거나 쌀쌀맞다고 원망하지 않는다. 그건 인간관계의 한 과정에 지나지 않는다.

그러나 유리의 경우는 다르다.

나는 또다시 창밖 풍경에 몰두하기 시작한 세쓰코의 옆얼굴을 보며 냉정한 기분으로 생각했다.

나는 줄곧 유리의 연락을 기다렸다. 유리에게 연락하려고 애도 많이 썼다. 집에도 찾아갔고, 극단에도 가봤다. 그러나 만나지 못했다. 그제야 나는 그녀 가족의 연락처도 모른다는 사실을 깨달았다.

유리는 그날 밤 이래로 홀연히 모습을 감췄다.

말 그대로 소식이 뚝 끊겼다.

그 뒤로 현재에 이르기까지 나는 그녀를 본 적도, 소문을 들은 적도 없다. 그녀는 내 앞에서 온데간데없이 사라져 버린 것이다.

그리고 아마도 누구의 앞에서도, 영원히.

영원히. 그 말의 의미를 지금 다시금 생각한다.

어떻게 해야 했던 걸까. 모습을 감춘 친구를 좀 더 여러 가지 방법을 강구해 찾아봐야 했을까. 그게 성실이라는 걸까. 보통 사람이라면 어떻게 할까. 친했던 친구가 사라져 연락처도 알 수 없다. 경찰과 상의할까. 탐정을 고용할까. 나는 성실한 친구가 아니었을까. 나는 차가운 여자일까. 지금도 어떻게 해야 했던 건지 모르겠다. 그러나 당시 나는 확신하고 있었다. 유리는 일부러 내 앞에서 사라졌다고. 내가 그녀를 찾기를 원하지 않는다고. 나는 그렇게 믿고 있었다. 아니, 그렇게 믿으려 했다고 해야 할까.

바다의 색이 서서히 달라지기 시작했다. 태양이 다하는 색, 저물녘의 색으로.

그러나 나는 이 차 안에서 깨닫고 말았다. 내가 뭘 겁내는지를.

무표정하게 같은 차에 탄 동승자들을 바라봤다. 말없이 흔들리고 있는 세 친구. 그리고 그중 한 사람을. 그날 밤, 사실은 무슨 일이 있었던 걸까.

나는 바다를 보는 남자의 옆얼굴을 몰래 봤다.

그녀는 살해당했을까.

마음속에서 처음으로 말로 표현해 봤다.

마키오는 그날 밤, 유리를 죽였을까.

겨우 아틀리에를 빌렸어.

완만한 산비탈에 나란히 앉아 흘러가는 구름을 올려다보며 유리가 한시름 덜었다는 듯 중얼거렸다.

그녀가 졸업 기념으로 일인극을 한다는 이야기는 꽤 오래전부터 들어 알고 있었다. 물론 나는 보러 갈 예정이었고 세쓰코와 아키히코에게도 함께 가자고 했다. 마키오는 올지 안 올지 알 수 없었다.

처음에 계획했던 교회를 쓸 수 없게 돼서 걱정했거든. 여기저기 아는 사람을 동원해서 수소문했더니, 현대무용 선생님이 아는 분 중에 화가가 있는데 2주일 동안 스케치 여행을 가니까 뒷정리 같은 것만 확실히 하면 빌려주겠다 하더라고. 얼마나 기뻤는지. 잘됐어, 크기도 아담해서 딱 좋고 멋진 아틀리에야. 천창까지 있어. 실은 되도록 자연광을 원했거든. 날씨가 좋으면 달빛이 들지도 몰라.

조명 없이 하려고? 내가 묻자 유리가 조그맣게 웃었다.

그건 무리고. 아무리 그래도 조명은 써야지. 이상이야, 이상. 언젠가 바다가 보이는 야외극장에서 달빛 아래 연극을 할 수 있으면 좋겠어. 영국의 어느 시골에 연극을 좋아하는 어떤 여자가 절벽 위에 한평생 걸려서 만들었다는 극장이 있거든. 그런 데서 연극을 하는 게 꿈이야.

한여름 밤의 꿈?

내가 그렇게 말하자 유리는 또다시 웃었다. 나도 도울 수 있는 일이 있으면 도울게, 라고 하자 유리는 조그맣게 고개를 저었다. 아냐, 괜찮아. 넌 관객으로 보러 와줬으면 좋겠어. 이건 지금까지의 내 총결산이니까.

'총결산'이라는 말이 어쩐지 불길하게 느껴진 것은 이렇게 나중에 와서 돌이켜 생각하기 때문일지도 모른다. 인간은 나중에 와서 온갖 의미를 부여한다. 아키히코의 말대로 자신이 바라는 대로 기억을 수정하는 것이다. 하지만 그때 유리가 어떤 각오를 하고 있었던 것은 확실하다. 그게 뭐였을까.

당시 우리는 어떻게도 할 수 없는 문제로 괴로워하고 있었다. 나와 유리가 서로 사랑했던 만큼 그건 불행한 사건이었다. 그 때문에 내 눈이 흐려져 있었는지도 모른다. 그전처럼 우리 우정에 아무런 장애도 없었더라면 그녀의 고뇌를 좀 더 눈치챌 수 있었을지도 모른다.

세상일은 참 진부하다. 텔레비전의 생방송 보도 프로그램이나 타블로이드 신문의 사회면 기사 같은, 자신과는 인연이 없다고 믿었던 일이 너무나도 간단히 자기에게 일어난다. 자신들은 다르다, 자신의 마음은 순수하고 진실하다 믿어도, 그런 말은 제삼자가 보면 서글프리만큼 진부할 뿐이다. 우리 경우에 그건 소위 삼각관계였다.

이야기는 지극히 단순했다. 나와 사귀던 마키오가 유리를 좋아하게 됐다. 애인의 가장 친한 친구를 좋아하게 된다. 이 또한 고전적인 테마에, 지겨울 정도로 들어온 이야기였다.

그런데 그 진부한 이야기가 하필이면 우리 이야기가 된 것이다. 진부하면 할수록 놀라움도, 충격도 크다. 오히려 당시 나는 갑자기 멜로드라마의 불쌍한 여자주인공 역을 맡게 됐다는 사실에 화가 났던 것 같다. 게다가 하필이면 멜로드라마와 거리가 멀다고 믿었던 마키오가 내게 그런 역을 시켰다는 게 용서되지 않았다. 어째서 나한테 갑자기 그런 시시한 역을 시키는 거야. 내가 느끼던 노여움은 그런 종류였던 것 같다. 지금 와서 생각하면 마키오는 충분히 멜로드라마적인 인간이라는 것을 알 수 있지만, 그때 나는 그를 상당히 맹목적으로 신뢰했던 터라 충격이 컸다. 나는 솔직히 마키오를 나와 같은 타입이라 생각하고 있었다. 말이 좀 이상하지만 자기 주제를 잘 아는 인간이라고. 물론 유리는 멋진 여자였다. 아름답고 매력적인 그녀. 남자라면 누구나 그녀와 사귀기를 꿈꿀 것이다. 하지만 그녀는 배우라는 인종이라 아름다운 것이다. 나는 마음 한구석에서 그렇게 생각해 그녀와의 경쟁을 무의식적으로 피하고 있었다. 그때까지 나는 그녀를 질투해본 적이 없었다. 그녀는 다른 세계 사람이니까. 그녀의 아름다움은 상품이니까. 그렇게 생각하는 것으로 나 자신을 지키고 있었다.

우쭐함도 있었을 것이다. 미인은 아니라도 내가 호감을 주는 용모라는 것은 알고 있었다. 함께 있으면 편안한 여자. 내 위치는 그런 것이었다. 나는 남자라는 동물이 얼마나 소심한지 잘 안다. 최종적으로는 절벽 위에 핀 한 떨기 꽃, 모두가 숭배하는 우상보다 손이 닿는 괜찮은 여자를 원하게 마련이다. 가만히 눈을 보며 진지하게 이야기를 들어주고, 기분을 배려해 주고 힘을 북돋워 주는 여자를 좋아한다. 그건 누구든 마찬가지다. 여자도 당연히 성실하게 이야기를 들어주고 상냥한 목소리로 '넌 잘못 없어'라고 말해주는 사람을 좋아한다. 세상 사람 모두 누군가 자기 이야기를 들어주길 바란다. 그렇기에 들어줄 눈치만 보이면 다들 금세 하소연을 늘어놓는다. 특히 남자는 일단 하소연할 상대를 발견하고 나면, 점점 어린애처럼 되어 꼬리를 말고 머리를 쓰다듬어달라고 찾아온다. 나는 다른 사람들의 하소연을 듣는 게 싫지 않다. 상대방의 약한 모습을 보면 내가 우위에 선 기분이 들어 안심이 된다. 아마 나는 남에게 응석을 부릴 수 없는 사람일 것이다. 남이 내게 의지하고 응석 부리는 것으로 나도 응석을 부린다. 그런 굴절된 형태로 의존하고 싶은 욕구를 채우는지도 모른다.

나는 옛날부터 반에서 예쁘고 화려한 여자애와 친해지는 일이 많았다. 눈에 확 띄는 인기 있는 여자애. 그런 여자애는 실은 외로운 경우가 많다. 눈에 띄기에 공연히 시샘을 사거나 생각지도 못한 곳에서 동성의 반감을 사는가 하면, 주변이 자신에 대해 갖는 허상에 맞춰 연기하기도 한다. 그런 애들은 내가 쓸데없는 질투나 선망을 품지 않으니 안심하는 것이다. 사실 나는 최종적으로 내 쪽이 유리하다는 것을 알고 있었다. 그런 화려한 여자애에게 반해 접근했던 남자애가 마지막에 나를 선택하는 것으로 작은 승리감을 맛봤다.

그래, 나는 우쭐해하고 있었다. 마키오는 나를 선택했고, 나는 마키오에게 만족감을 주고 있다. 마키오는 똑똑하다. 나를 택한 것은 안목 있고 유익한 선택이었다. 마키오는 눈앞의 화려함에 눈이 멀지 않는다. 나와 마키오는 잘 어울리는 커플이다.

애인이 자신의 가장 친한 친구를 좋아하게 됐다.

지금은 이렇게 쉽게 문장으로 만들 수 있지만, 당시에는 그 사실을 인정할 수 없어서 그런 문장을 머릿속으로 만들지조차 못했다.

애인이 자신의 가장 친한 친구를 좋아하게 됐다.

이 짧은 문장을 막연한 개념으로 떠올리려 하기만 해도 검은 아픔이 묵직하게 등을 짓누르고 표정이 굳어졌던 시기가 있다. 그녀를 생각하는 그를 상상할 때마다 입술이 일그러지고 고함을 지르고 싶을 만큼 고통스럽던 기나긴 시기가 있었다. 질투가 조금씩 마음을 좀먹어 그전까지 내 장점이었던 부드러운 부분이 쭈글쭈글하게 위축됐다. 그런 자신이 내 안에 존재한다는 사실 자체가 내 작은 자존심에 상처를 입혀 기분이 더욱 비참했다. 다람쥐 쳇바퀴 돌듯 울어도, 화를 내도 자기라는 감정의 우리에서 빠져나올 수 없었다.

그런 짧은 문장을 인정하는 데 얼마나 오랜 시간이 걸렸는지.

아니, 어쩌면 지금도 인정하지 못하는지도 모른다.

그런데 그 기나긴 내 세월도 그에게는 이미 전혀 관계없는 시간인 것이다.

어둠이 밀려드는 울창한 산 중턱을 오르자 근사한 호텔이 우뚝 솟아 있었다. 아직 새것이다.

안에 들어가니 상상했던 것보다 더 본격적인 리조트 호텔이라 놀랐다. 위아래 층이 트인 로비는 높다란 천장 바로 밑까지 벽 한 면이 온통 유리였고, 그 너머로 구름을 두른 파란 산이 하늘을 향해 뻗어나가고 있었다. 어딘지 모르게 두려움이 느껴지는 훌륭한 전망이었다.

아키히코와 내가 대표로 체크인을 마치고 5층 객실로 향했다. 넓은 복도 양옆으로 객실이 늘어섰다. 바다 쪽과 산 쪽으로 나뉘는 모양이다.

우리는 바다 쪽이었다.

커다란 트윈 침대가 나란히 놓인 방에 비스듬하게 저녁 햇빛이 비쳐들었다.

천장까지 닿는 새시 문 너머는 살짝 둥글게 부풀어 오른 수평선이다. 바다로 이어지는 비탈을 가득 메운 밭이 발아래 펼쳐졌다.

"와아, 절경인데."

세쓰코가 소파에 짐을 던지고 베란다로 달려갔다.

"문 열어도 돼?"

"괜찮지만 벌레가 들어올지도 몰라."

나는 유리 반대쪽에 붙은 커다란 나방과 대벌레처럼 생긴 벌레를 봤다. 전형적인 도시 사람 겸 여자로서 나는 벌레를 좋아하지 않는다. 그러면서 아웃도어를 즐기려 하다니 실수했는지도 모르겠다. 실제로 나는 Y섬에 사는 프리랜서 작가와 같이 일한 적 있다는 친구에게 Y섬에는 거대한 바퀴벌레가 득실득실해서 도로를 가로지른다는 이야기를 듣고 겁에 질려 있었다.

"괜찮아. 와, 바람이 꽤 센데."

밀폐성이 높은 문이 열리는 독특한 소리가 나며 바람이 왈칵 밀려들었다. 차갑지는 않지만 저녁 바람이었다.

얼굴에 저녁 해가 비치는 것을 느끼며 나는 천천히 세쓰코 쪽으로 걸어갔다. 그래도 밖으로 나갈 마음은 나지 않아 유리 너머로 어두운 파랑으로 물들어 가는 바다를 바라봤다. 어째서 저녁노을은 사람을 우울하게 할까. 밤의 예감이 유전자가 기억하는 태고의 위험을 상기하게 하는 걸까.

"어째 너무너무 행복해. 왜 그러지? 이거 도피니?"

세쓰코가 돌아와 흐트러진 머리카락을 가다듬었다.

"그것도 있겠지. 하지만 아까 차 안에서 생각한 건데, 나 여자였구나, 그런 생각이 들더라."

녹차 티백이 든 진공 팩을 뜯으며 나는 중얼거렸다. 세쓰코는 순간 어리둥절한 얼굴로 나를 보더니 이윽고 입을 열었다.

"무슨 말이야?"

"이 나이가 되면 보통은 남자도 아니고 여자도 아니고, 아내라든지 엄마라든지 그런 막연한, 기묘한 사회적 존재가 되잖아? 자기가 여자라는 걸 별로 의식하지 않고 생각도 하지 않지. 딱히 바람을 피우고 싶다든지 그냥 한 사람의 여자이고 싶다든지 그런 건 아닌데, 평소엔 그런 여러 가지 꼬리표가 붙은 존재잖아."

"아하, 그런 뜻."

"하지만 인간 본래의 기본 단위는 역시 남자, 여자구나 하는 생각이 들었어."

뜨거운 물 냄새에 녹차 향기가 섞였다. 나는 뚜껑 달린 찻잔을 세쓰코에게 내밀었다.

"그러게. 그러니까 여기 있는 우리는 이제 젊지 않지만 아직은 좀 더 발버둥 치고 싶은, 그냥 남자와 여자다, 이 말이지?"

"응, 그러니까 편한 게 아닐까. 사회적 꼬리표가 없으니까 하고 싶은 말을 할 수 있지."

"아키히코가 있으면 다들 하고 싶은 말을 할 수 있어."

"그거 정말 중요하지. 위대한 남자야."

조용한 객실에서 침대에 앉아 차를 마시고 있으려니 갑자기 정말로 먼 곳에 왔다는 실감이 솟았다. 이곳은 섬이다. 바다에 둘러싸여 있다. 이제 돌이킬 수 없다.

"손님들 연령층이 높은데. 등산할 사람은 이 중에 우리밖에 없는 거 아냐?"

꼭대기 층 레스토랑에서 식사하며 아키히코가 살짝 주변을 둘러봤다.

"다들 가벼운 차림새고 말이지. 저 사람들은 단체 관광일 걸. 버스로 섬을 한 바퀴 돌고 리조트 호텔에서 느긋하게 노닥대는 거야. 등산할 사람들은 처음부터 이런 호텔에 묵지 않아, 얘. 이 호텔, 딱 리조트란 느낌이잖아? 수영장이랑 골프 코스도 있는 것 같던데."

"어째서 이런 진귀한 대자연의 보고에서 골프 같은 걸 치려는 거냐."

"오히려 그런 게 호사 아니겠어?"

"하지만 학생도 아닌데 이제 와서 그런 가난뱅이 여행은 못 하지. 산장에 묵는다든지 말이야. 여자한테는 역시 쾌적함이 중요해."

내가 그렇게 말하자 세쓰코도 힘차게 고개를 끄덕였다.

"맞아. 호텔에 있어서 기쁜 건 역시 욕실이야. 배수구건 세면대건 청소를 안 해도 된다는 것만으로도 천국이잖아. 뜨거운 물도 마음껏 쓸 수 있지, 하얀 타월과 목욕가운도 있지."

호화로운 요리를 먹으며 나도 고개를 끄덕였다. 물론 이 기적이고 사치스러운 바람이라는 것은 안다. 낮에는 대자연을 만끽하고 싶다면서 밤에는 깨끗한 타월과 맛있는 식사가 기다려주기를 원한다. 하지만 한편으로 돈은 그런 데에 써야 한다고 생각한다. 젊음과 체력을 보충해 주는 것은 역시 돈이다. 숲속에서 와인을 마시겠다는 생각은 없지만 그 나름의 대가를 지불하는 이상 호텔에서는 편안하게 지내고 싶었다.

"여기, 아침엔 산하고 바다 둘 다 보이겠는걸."

마키오가 양쪽으로 난 커다란 창을 보며 중얼거렸다. 지금은 시커먼 어둠뿐, 불빛 하나 보이지 않았다. 창가 자리에서 식사하는 손님들의 옆얼굴과 또 하나의 레스토랑이 창 너머로 펼쳐져 있을 뿐.

레스토랑 한가운데에서 식사하는 우리가 이쪽을 보고 있다.

어쩐지 한순간 모두의 본심이 창 너머에 보인 듯했다. 전에 없이 진지한 얼굴의 아키히코, 겁에 질린 것 같은 눈의 세쓰코, 의심에 찬 매서운 표정의 나, 그리고 마키오의 얼굴은……. 눈코입이 없는 것처럼 보이기에 오싹했는데, 짙은 허무가 그의 표정을 뒤덮고 있어서라는 것을 깨달았다. 나는 다시 한번 우리의 얼굴을 자세히 살펴보려 했는데, 다들 이쪽으로 고개를 돌리고 이야기를 하기 시작했다. 창 너머에 내 멍한 얼굴이 홀로 남겨져 있다.

"가이드는 부탁했어?"

"아니, 사람이 많아서 예약 못 했어. 다른 그룹하고 같이 다니기는 싫잖냐. 길 찾기는 쉽다는 것 같더라. 자세하게 나온 지도도 챙겨왔고, 미리 예습도 했고, 이미지 트레이닝은 확실하게 해놨으니까 걱정 놔라."

"진짜 괜찮겠어? 아웃도어 초보들이잖아. 조난당하는 거 아냐?"

"지금까지 조난당한 사람들은 본격적인 등산을 한 사람들이고, 그것도 산정 부근에서 눈이 왔을 때뿐이었어."

아키히코는 자신만만했다.

"너희 열 시간 정도는 걸을 수 있겠지?"

"열 시간!"

일제히 비난 어린 목소리가 쏟아졌다. 아키히코는 어이없다는 표정으로 말했다.

"하지만 J삼나무랑 삼고의 벚나무를 보려면 새벽 5시에는 출발해야 하는데. 요즘 일몰은 5시 반쯤이니까. 괜찮아, 경치를 보면서 걸으면 충분히 걸을 수 있어. 내일은 Y삼나무 랜드에서 몸을 풀고, 오후엔 서부 임업 도로에서 아열대식물을 보자. 섬 남서부지. 요 며칠 날씨가 좋다는 것 같아서 다행이다. 하지만 산속에 들어가면 비가 아무 때나 쏟아질 수 있으니까 우비는 꼭 챙기도록."

"내일모레 이후 스케줄은?"

"내일모레는 S운스이계곡을 걸을 거야. 여기는 완전히 숲하고 계곡뿐이라 아름답다더군. 그리고 마지막 날이 드디어 고대하고 고대하시던 J삼나무와 벚나무지."

"꽤 고된 일정이네."

세쓰코가 걱정스레 중얼거렸다.

"그래서 숙소를 쾌적한 리조트 호텔로 정했잖냐. 밤에 충분히 피로 회복할 수 있게."

아키히코는 태연한 표정으로 고개를 끄덕였다. 다들 불안한 듯 얼굴을 마주 봤다.

"방에 가서 지도를 보자."

녹차를 마시며 마키오가 제안하기에 누가 먼저랄 것 없이 일어섰다.

"난 간접조명이 싫더라. 어두침침해서 도무지 일을 못 해먹겠어."

아키히코가 스탠드의 밝기를 조절하는 꼭지를 돌리며 투덜댔다.

"하지만 방을 구석구석까지 환하게 밝히는 나라는 일본뿐이라잖아?"

세쓰코가 가이드북과 지도를 커피테이블에 내려놓으며 말했다.

"서양은 간접조명이라는 그 소리? 그거 그쪽 사람들은 빨리 늙어서 주름을 안 보여주려고 간접조명이 발달한 거 아냐? 그 사람들은 매일 손잡고 사랑한다고 해야 되니까 그런 거지. 빤히 다 보이는데 흥이 나겠냐? 보통 남자 같으면 오래 못 갈걸. 난 아주 질색이다. 뭣보다도 눈 나빠지지, 여기저기 부딪치지, 글자도 안 보인다고. 말도 안 되게 컴컴한 레스토랑 있잖냐? 그런 데 가면 난 꼭 입구에서 울컥 화가 나더라. 무슨 담력 시험하는 것도 아니고 발치를 비출 각등이 필요할 정도라고. 그러다 넘어지면 어떻게 해줄 건데? 컴컴한 레스토랑에서 카드 영수증에 사인할 때는 늘 조마조마해. 잘 안 보인다고 터무니없는 액수를 적어놓고 사인하게 하는 건 아닐까 싶어서."

아키히코는 질리지도 않고 냉장고에서 맥주를 꺼냈다.

"내일 일찍 일어나야 하잖아? 오늘은 그만 마시는 게 좋지 않겠어?"

내가 맥주를 보며 말하자 아키히코는 어깨를 으쓱했다.

"아까는 주위에 노인네들뿐이라 품위 있는 척했다고. 게다가 내일 일정은 어차피 그렇게 빡빡하지 않아. 7시에 아침 먹고 8시에 출발하면 돼. 렌터카도 8시에 올 거다."

자신만만한 태도에 걸맞게 전부 빈틈없이 준비해 둔 점이 아키히코답다.

세쓰코는 페리의 기념품 가게에서 산 Y섬의 그림지도를

펼쳤다. 어쩐지 옛날 생각이 났다. 어렸을 때 읽은 책은 표지를 넘기면 늘 지도가 있었지 싶은 그런 분위기의 그림지도였다. Y사슴과 Y원숭이 등 섬의 동물이 곳곳에 그려져 있고, 이름이 붙은 삼나무 그림도 많았다.

"보물섬이군."

마키오도 중얼거렸다. 이런 부분에 지금도 가슴이 철렁한다. 나와 마키오는 가끔 이렇게 생각이 겹칠 때가 있었다. 당시에는 우리가 서로 잘 맞는다는 증거라고 착각했지만 지금은 단순히 사고 회로가 비슷할 뿐이라고 자신을 설득한다.

"여기쯤 해골 깃발을 세우고 싶어진다, 얘."

세쓰코도 신나서 지도 한 곳을 가리켰다.

"어허, 그럼 안 되지. 현실은 똑바로 직시해야 하는 법."

아키히코가 귀여운 지도 위에 산악 조감도를 기세 좋게 폈다. 해안선 부근과 강어귀 부근만 녹색이고, 나머지 부분은 갈색 산들이 마치 지도에서 튀어나올 것 같다. 보기만 해도 상당한 높이를 걸어야 하리라는 것을 알 수 있었다.

"굉장하다. 초등학교 때 배운 지리가 생각나는걸. 우모식이니 음영식이니 그런 이름의 작도법이 있지 않았어? J삼나무는 어디쯤이야?"

"여기."

세쓰코가 지도 위로 몸을 내밀자 아키히코는 주저 없이 지도 위쪽을 가리켰다.

"어쩨 굉장히 높아 보이네."

내가 머뭇머뭇 말하자 아키히코는 지도를 들고 표고를 조사했다.

"J삼나무 바로 위에 있는 산장이 1300미터쯤일 거야. 하지만 등산로 입구까지는 차로 가니까 출발지점이 여기. 그게 670미터니까 600미터쯤이겠군."

"600미터."

우리는 모두 할 말을 잃었다.

"600미터를 걷는 게 아니라 자기 몸뚱이를 600미터나 들어 올려야 한다는 이야기야?"

"그렇지."

"생각만 해도 마음이 무거워지네."

"에잇, 정말 소극적인 녀석들이군. 도중에 도저히 못 가겠으면 그냥 돌아가 줄 테니까 이러쿵저러쿵하지 말고 따라와."

"오오, 믿음직스러운데."

소극적인 두 여자를 보고 속이 터진 아키히코가 엄포를 놓자 마키오가 히죽히죽 웃었다.

"아, 그러고 보니 아까 옆 테이블에 꽤 나이 지긋한 부인이 셋 있었잖아? 그 사람들, 식사하면서 서로 거의 한마디도 안 하더라?"

세쓰코가 녹차를 마시며 말했다.

"아, 맞다. 나도 신경 쓰이더군. 거참 분위기 한번 침울하다 싶어서 흘끔흘끔 봤어. 그 사람들 자매 아냐?"

아키히코가 반응을 보였다.

그 테이블은 나도 눈치채고 있었다. 차림새도 고상하고 얼굴도 아름다운 부인들이었다. 그런데 무표정한 얼굴로 식사할 뿐 서로 쳐다보지도 않았다. 다른 테이블 사람들이 느긋하게 긴장을 풀고 즐기는 만큼 그 테이블만 축 처진 듯한 기묘한 인상을 주었다. 긴 세월 함께 살아온 노부부가 말이 없다면 그나마 이해가 되고, 실제로 그런 테이블도 몇 곳 있었다. 하지만 여자가 셋 있으면 대개는 이야기꽃을 피우는 법이다. 게다가 여기는 결코 저렴하지 않은 관광지 리조트 호텔이다. 함께 여행하자고 일부러 계획을 세우지 않으면 올 수 없는 곳 아닌가.

"자매라. 그러고 보니 닮은 것 같기도 하네. 싸웠나?"

"우리 집도 어쩌다 가끔 형제들이 모여도 별 이야기 안 한다."

아키히코가 짤막하게 대답했다.

"하지만 그런 느낌은 아니지 않니? 뭔가 싸늘하고 냉담한 분위기던데."

"알았다, 유산 분배를 의논하러 왔군."

"일부러 이런 데까지?"

"음. 분명히 처음엔 언니가 '가끔은 자매들끼리 우아하게 여행이라도 하자'라고 제안한 거야. 동생들도 좋다고 찬성해서 그때는 화기애애하게 계획을 세웠는데, 여기 온 순간 갑자기 언니가 '아버지 집은 내 거니까 그렇게 알렴'이라고 한 거지. 그 말을 하려고 여행 이야기를 꺼냈나 하고 화가 난 두 동생. 순식간에 노골적으로 드러난 이해관계. 즐거운 자매여행은 180도 뒤집혀 골육상쟁으로 돌변."

"아휴, 진짜 그런 이야기일지도 모르겠네."

"그 사람들 자매 아냐."

그때 마키오가 딱 잘라 말했다. 아키히코와 세쓰코가 그를 봤다.

"어머, 그걸 어떻게 그렇게 확실하게 아는데?"

"아까 자리에서 일어날 때 들었거든. 누가 '아무개 선생' 하고 부르던데."

"교사라. 교사들끼리는 어디에 가든 서로 아무개 선생이라 그러긴 하지."

"동료란 이야기야?"

"응, 아마."

"거참 무뚝뚝한 교사들이군. 이런 데서 연수를 할 리도 없고."

"난 그 기분 알 것 같은데."

나도 모르게 끼어들었다.

"오랜만에 만나서 느긋하게 이야기를 나누는 것도 여행의 묘미일지 모르지만, 그 사람들 같은 경우엔 쓸데없는 이야기는 전혀 안 하고 멍하니 무뚝뚝하게 지내는 게 즐거움일 지도 몰라. 직업상 늘 위엄을 지켜야 할 테고, 무슨 일 있으면 간섭해야 하고 말이야. 혼자 여행하긴 좀 그러니까 셋이 함께 오긴 했지만 서로 간섭하지 않고 자기 하고 싶은 대로 지내는 거야. 말하기 싫으면 말도 안 하고."

마키오가 입을 열었다.

"하긴 요새 내내 입을 다물고 있을 수 있다는 건 굉장한 사치구나 하는 생각이 들더라. 우리는 늘 누군가를 설득해야 하고, 설명해야 하고, 웃음을 뿌리고 다니면서 적의가 없다는 걸 보여줘야 하잖아. 직장에 있으면 전화 받아야 하지, 말끝마다 설명하라고 하지. 집에서도 허구한 날 무슨 생각이냐, 어떻게 된 거냐 설명하라고 하고 말이야."

끝부분에는 빈정거림이 섞여 있었다.

사랑하지 않는 사람은 설명하지 않는다. 그런 말이 머릿속에 떠올랐다.

사랑이 처음 시작됐을 무렵의 침묵은 이야기되지 않는 말로 가득하다. 말 그대로 '말은 필요 없다'. 그러나 사랑이 식었을 무렵의 침묵은 공허한데도 납덩어리처럼 무겁다. 그 무렵에는 말은 너무나도 무력해서 어떤 말도 블랙홀 같은 침묵이 집어삼킨다. 이 단계의 침묵은 사람을 불안하게 한다. 사람은 어떻게 해서든 이 침묵을 깨뜨리고 싶어 한다. 그리고 아직 사랑이 남아 있는 쪽은 침묵을 깨뜨리고자 사랑이 남아 있지 않은 쪽에게 설명을 요구한다. 하지만 사랑하지 않는 사람은 설명하려 하지 않는다. 말이란 서비스고 대가를 얻기 위한 수단이다. 이미 대가를 바라지 않게 된 사람에게 서비스해 봤자 의미가 없다. 남편이란 인종은 곧잘 아내와 이야기하지 않게 되는 이유를 '말 안 해도 알아줄 줄 알았다'라고 설명하지만, 진짜 이유는 분명히 이것이다.

"그렇지만 둘 이상의 사람이 어떤 활동을 하려면 서로 설명할 의무가 발생해. 그 부분은 확실하게 이해해 줘야지. 가정도 계약에 의해 성립된 경제활동의 일환이니까. 설명 의무를 게을리하는 건 좋지 않은데? 마키오도 부하 직원의 보고가 늦어지면 화나잖아? 그거랑 똑같아."

세쓰코가 딱 부러지게 맞받아치기에 다들 저도 모르게 웃었다.

"가족은 아주 오래전부터 최소 생산 단위였는데 요새 들어 너무 과대한 환상을 품는다는 생각 안 들어? 내 것이라느니 내 안식처라느니 하면서 괜히 정신적인 걸 바라게 된 게 잘못이야. 특히 최근엔 비생산적이고 사회활동과 단절된 게 돼버렸어. 자식도 빨리 생산활동에 종사시켜야겠다고 생각하면 훨씬 유용하게 키울 수 있잖아? 별로 불쌍하게 여길 이야기가 아니라고 생각하는데."

"사람들이 다들 세쓰코 너 같은 엄마라면 좋겠지만."

"어머, 나도 매일 전쟁터에서 싸우는걸. 엄마가 집에 늘 안 계시다니 가엾기도 하지, 밥까지 해야 하다니 요스케는 가엾기도 하지, 하는 건 다른 집 엄마들이란 말이야. 다른 집 엄마가 자기 애한테 말하면 그 애가 우리 애한테 와서 가엾다고 그런다고. 진짜 성가셔죽겠어. 난 아버지는 세 종류밖에 없다고 생각하거든. 아버지가 되고 싶은 아버지, 타의에 의해 아버지가 된 아버지, 어머니가 되고 싶은 아버지, 이렇게 셋. 하지만 어머니는 어머니 숫자만큼 종류가 있어. 뭐든 다 해주고 싶으면 얼마든지 해주라고 그래. 하지만 우리 애한테 가엾다고 하는 건 번지수 잘못 찾은 거야."

"오, 그거 좋은데. 아버지 3종 설. 나중에 어디 가서 써먹어도 되냐? 마키오 넌 어느 거냐?"

아키히코가 히죽거리며 마키오를 쳐다봤다. 마키오도 웃으며 아키히코를 봤다.

"어느 거 같아?"

"으음, 아버지가 되고 싶은 아버지인 척하면서 어머니가 되고 싶은 아버지일까."

마키오는 순간 잔인하다고도 할 수 있는 기묘한 미소를 지었다.

"……아버지가 될 수 없는 아버지야."

아내에게 두 아이를 넘겨준 일을 가리키는 걸까. 아니면 더 심각한 의미가 있는 걸까. 그 부분은 알 수 없었다. 나는 마키오가 어떤 부모인지 모르는 데다 아이와의 관계는 말할 것도 없다. 마키오라면 아내에게 집착하지 않을지 몰라도 자기 피를 이어받은 자식에게는 집착할 것 같았다.

"아버지가 될 수 없는 아버지라. 그건 결과야. 아버지가 되고 싶지만 될 수 없는 아버지, 타의에 의해 아버지가 됐지만 될 수 없는 아버지, 어머니가 되고 싶어서 아버지가 될 수 없는 아버지."

세쓰코는 천장을 보고 손가락을 꼽으며 말했다.

"그래, 결과야."

마키오는 기묘한 미소를 지은 채 고개를 끄덕였다. 그의 뺨을 스탠드의 주황색 불빛이 비추었다.

그때 나는 기시감을 느꼈다.

전에도 그의 이런 미소를 본 적 있는 것 같다. 언제였을까.

"닮았다는 건 왜 웃길까."

갑자기 아키히코가 중얼거렸다. 다들 의아스레 그를 쳐다봤다. 아키히코는 설명 부족이라는 것을 깨달았는지 자세를 고쳐 앉고 입을 열었다.

"얼굴이 닮았으면 왠지 모르게 웃음이 나잖냐. 친구네 집에 갔더니 아버지가 붕어빵이라든지, 학교 선생님하고 뉴스에 자주 나오는 악덕 국회의원하고 똑같이 생겼다든지, 개하고 주인하고 똑같이 생겼다든지 하면 웃고 싶어져. 왜 그럴까?"

"맞다, 그러네. 정말 개랑 주인이랑 닮았지. 매일 보니까 비슷해지나? 닮은 꼴 부부란 말도 있잖아."

"'우습기' 때문이야."

마키오가 의미를 알 수 없는 대답을 했다. 그는 조금 뜸을 들였다가 말을 이었다.

"영어로 퍼니funny란 말에 '우습다'는 뜻과 '이상하다'는 뜻이 두 가지 있잖아? 닮았다는 건 원래 기묘한 일이라고. 그 증거로, 닮은 정도가 아니라 똑같이 생겼으면 소름이 끼치잖아? 복제인간이라든지 말이야. 쌍둥이도 옛날엔 불길하다고 일부러 따로 키웠지. 전혀 관계없는 이야기인데, 저번에 텔레비전에서 다큐멘터리를 봤더니 사람한테 위험애호 유전자라는 게 있다더라. 목숨이 열 개라도 모자랄 것처럼 위험한 일을 좋아하는 사람 있잖아? 그게 그런 유전자 때문이래. 그래서 그런 인자를 가진 사람이 소방관도 되고 경찰관도 되고 스턴트맨도 되는 게 아닐까 하는 이야기지. 그러면서 그 예로 든 쌍둥이가 있었어. 일란성 남자 쌍둥이인데, 태어난 직후에 따로따로 입양됐어. 편의상 짐과 맥이라고 부르자. 짐은 어렸을 때부터 크면 소방관이 되겠다고 결심하고 무럭무럭 자라서 실제로 소방관이 됐어. 그래서 어느 마을에서 소방관으로 활약하고 있었지. 그런데 어느 날, 전국소방관대회 같은 게 열렸는데, 멀리 떨어진 마을에서 온 소방관이 '너랑 똑같이 생긴 녀석이 우리 마을 소방서에 있다'라고 하는 거야. 반신반의하면서 만나러 가봤더니 그게 맥인데 정말 똑같이 생긴 거지. 어렸을 때부터 소방관을 목표로 해서 소방관이 된 것도 똑같고, 늘 마시는 맥주 상표도 똑같고, 좋아하는 음식이랑 고기 굽는 방법도 똑같고, 체형이랑 얼굴도 똑같아. 만나고 나서 처음으로 자기한테 쌍둥이 형제가 있다는 걸 알았다던데. 쌍둥이는 정말 신기하더라."

"그러게 말이야. 따로 떨어져 있어도 한쪽이 아프면 대개 다른 한쪽도 아프다고 그러잖아. 그거 정말 신기해."

세쓰코가 고개를 끄덕였다. 아키히코가 납득한 듯 턱을 쓰다듬었다.

"하긴 그러고 보면 원래 닮았다는 건 터부지. 근친상간 터부는 그거의 가장 극단적인 형태잖냐? 자손에 나쁜 영향을 주니까 자연히 닮은 사람은 피하게 된 셈이야. 그러니까 거꾸로 말하면 인간은 '닮았다'는 걸 민감하게 인식할 수 있게 되어 있는 거고."

"그걸 '우습다'고 느끼는 것도 유전자의 소행이고."

가볍게 웃음이 번졌다. 나는 문득 물어보고 싶어졌다.

"흔한 질문인데, 다음에 태어나면 남자랑 여자 중 어느 쪽이 되고 싶어?"

"난 여자."

아키히코가 즉각 대답했다.

"우와, 진짜 싫다. 성격 나쁜 밉살스러운 여자가 될 것 같아. 라이벌의 실내화에 압정을 넣는다든지."

세쓰코가 얼굴을 찡그렸다. 나도 모르게 웃음을 터뜨렸다.

"그래? 난 아키히코가 여자면 아주 곱고 우아한 규중처자가 될 것 같은데."

내가 웃으며 그렇게 말하자 아키히코는 쯧쯧쯧 검지를 흔들었다.

"뭘 모르는군. 난 천진난만하게 헤픈 여자가 되고 싶다. 육감적인 미인이 돼서 남자들을 잇따라 뇌쇄시키는 거지."

"아키히코야말로 뭘 모르네. 그건 다음 단계. 원래는 규중처자였는데 맨 처음에 나쁜 남자한테 걸리는 바람에 그걸 계기로 그런 여자가 되는 거야."

내가 맞받아치자 아키히코는 머리를 싸안았다.

"어이구야. 마키오 넌?"

"난 남자."

마키오는 간단히 대답했다. 예상했던 대답이다.

"나도 역시 여자가 좋아. 리에코는?"

"난 남자."

"어머, 그래? 왜?"

"어디든지 갈 수 있으니까."

"여자도 어디든지 갈 수 있어."

세쓰코가 분개하며 말했다. 나는 쓴웃음을 지었다. 그녀가 문자 그대로의 의미로 받아들인 것을 알았기 때문이다. 적당한 말을 찾아 입을 열었다.

"남자와 여자는 사실 다른 생물이잖아? 그러니까 이제 그만 남자랑 같은 일을 하는 게 평등이란 사고방식에서 벗어나는 게 좋지 않을까 싶거든. 정신적으로나 능력 면에서나 어울리는 벡터의 방향이 다르니까 그런 건 난센스야. 우선 신체 구조부터 다르잖아. 그러니까 먼 곳에 가서 뭔가 큰일을 하고 싶으면 남자인 쪽이 위험도 적고 실현성도 높겠다고 생각한 것뿐이야."

"흐음, 의외네. 리에코 넌 여자다우니까."

"그래? 난 네 쪽이 여자답다고 생각하는데."

나는 어깨를 으쓱했다.

"어째서 남자랑 여자밖에 없을까? 한 종류쯤 더 있으면 재미있었을 텐데."

마키오가 태평한 목소리로 중얼거렸다.

"그건 어떤 생물이야? 천사? 생식능력은 있어?"

세쓰코가 의아스레 물었다.

"그러게. 음, 어느 쪽이든 될 수 있는 건 어때? 남자, 여자 다 될 수 있고 둘 다 싫으면 그대로 혼자 단성생식도 할 수 있다."

"그럼 이야기가 너무 복잡해져. 우선 남자와 여자, 단성생식이 가능한 또 한 종류의 인간이……."

"그거 인간이냐?"

세쓰코가 이야기를 정리하려 하자 아키히코가 한마디 했다. 세쓰코는 성가시다는 듯 손을 저었다.

"안 그러면 이야기가 진전이 안 되잖아. 인간과 동등한 지적 생명체라 치기로 하고. 그 세 종류가 동시에 존재하면 어떻게 될까?"

아키히코가 맨 먼저 입을 열었다.

"아마 남녀와 그 생명체는 다른 콜로니를 이루게 되겠지. 요컨대 그 생명체는 지금 사회에서 말하는 승려 같은 거 아니겠냐? 승려는 승려들끼리 뭉쳐서 살지. 그러니까 그 생명체도 자기들끼리 사회를 만들어. 하지만 지금의 지구처럼 과밀인구 상태가 되면 뭐든지 오케이가 돼서 여자하고 그놈, 남자하고 그놈처럼 새로운 쌍이 탄생해서 새로운 가정 형태가 생길지도 몰라. 과밀인구 상태에서 폭력과 동성애가 증가한다는 건 생물학적으로 입증된 통계거든."

"어머, 그래?"

"동물실험으로 증명됐어. 그러니까 현대 지구는 바로 그 상태인 셈이지. 한정된 땅덩어리에 인구가 폭발적으로 증가한다. 과밀과 스트레스. 이유도 없이 살상하고, 자손을 남기지 않는 연애 형태가 퍼져 섹스리스가 된다."

"그럼 제3의 생명체가 남자, 여자 둘 다 될 수 있으면?"

"그러면 이야기가 복잡해지겠지. 하지만 내 생각에 그 경우엔 남자도, 여자도, 그 생명체도 다 함께 멸망할 것 같아. 좀 전의 경우에는 각자 살아남거나 단성생식 생명체만 먼저 멸망하거나 할 것 같고. 오, 나 방금 굉장한 생각이 났다. 전설 속 천사라든지 고대의 현인이 멸망한 단성생식 생명체인 거 아닐까? 성별을 초월한 존재는 어느 나라 전설에나 있잖냐. 그게 분명히 그런 생물이었던 거야. 멸망해 가는 생물의 후예."

"그렇게 혼자 흥분하지 말고 순서대로 차근차근 설명해 봐. 어째서 제3의 생명체가 남자, 여자 둘 다 될 수 있으면 남자랑 여자까지 멸망하는데?"

세쓰코가 갑갑한 듯 물었다.

아키히코는 냉장고에서 우롱차를 꺼내면서 고개를 끄덕였다.

"그럼 순서대로 설명하지. '붉은 여왕 가설'이란 거 들어봤어?"

"붉은 여왕 가설?"

모두 어리둥절한 얼굴이다.

"응, 붉은 여왕. 루이스 캐럴의 《거울 나라의 앨리스》에 나오잖냐. 뭐든 거꾸로 뒤집힌 나라. 꽤 유명한 설인데."

"아키히코, 혹시 그거 부인한테 전수받은 거 아냐?"

세쓰코가 놀렸다. 아키히코가 오랜 독신 생활 끝에 두 살 연상인 국립대학 이공학부 교수와 전격 결혼한 지 이제 겨우 1년이다.

"아냐, 아냐. 무슨 책에서 읽었어."

아키히코는 쓴웃음을 지으며 고개를 흔들었다.

"어째서 간단하게 분열해서 단기간에 동족을 대량증식할 수 있는 단성생식 생물이 아니라 암컷과 수컷으로 나뉘어 유성생식하는 생물이 지구상에 번성하는지, 어째서 애초에 암컷과 수컷, 두 개의 성이 있는지를 설명하는 가설인데."

"오, 그거 흥미로운데. 어디 한번 들어보자."

마키오가 힘차게 고개를 끄덕였다. 나도 호기심을 느꼈다.

"붉은 여왕 가라사대, '거울 나라에서는 같은 곳에 머무르려면 있는 힘껏 뛰지 않으면 안 돼. 다른 곳으로 이동하려면 그보다 몇 배는 더 빠르게 뛰어야 하고'. '붉은 여왕 가설'은 여기에서 나온 거야. 즉 생물이 종을 유지하고 많은 자손을 남기기 위해서는 엄청난 노력을 기울여야 한다는 거지. 훨씬 비싼 대가를 치르고 훨씬 위험성이 따르는 노력을 해야 한다는 가설."

"저런. 간단하게 말하면?"

"간단하게 말하면, 성이라는 건 적에 맞서 싸우는 수단으로 발달됐다는 이야기야. 생물의 적은 뭐지? 바이러스, 세포, 기생충. 항생물질을 개발하고 또 개발해도 금세 내성균이 등장해. 병원감염이 요새 문제가 되는데, 현재 최강의 내성균이라는 VRE는 아직 항생물질이 개발되지 못했거든. 결핵균도 소멸한 줄 알았더니 과거보다 훨씬 내성이 강한 게 나타나서 요즘 서서히 환자가 늘어나고 있고. 그런가 하면 HIV 바이러스는 백신을 아직 못 만들었어. 진화하는 속도가 너무 빠르기 때문이지. 날마다 변화하는 적과 싸우려면 어떻게 해야 할까? 이쪽도 늘 새로운 무기를 개발해서 끊임없이 변화해야 해. 구체적으로 말하자면 적에 대항할 수 있는 온갖 가능성을 끊임없이 시험하는 거야. 신약을 개발할 때 남국의 듣도 보도 못한 꽃씨를 빻아서 섞는다든지, 화석을 갈아서 넣어본다든지 하는 것하고 같은 이야기지. 종류가 다른 것들끼리 엮으면 무한한 조합을 만들어낼 수 있어. 유성생식은 이 무한한 조합을 만들어내는 데 유효한 수단이야. 반면에 단성생식은 유전적 다양성 면에서 유성생식에 크게 뒤떨어진단 말이지. 변화가 거의 없는 데다 속도도 느리니까. 유성생식은 단기간의 세대교체로 다양성이 보다 풍부한 자손을 남길 수 있어. 혈통서가 있는 개보다 잡종 개가 튼튼하고 병에도 잘 안 걸린다는 것도 이 논리를 뒷받침하는 셈이야."

"열대우림 채벌이 문제가 되는 건 산소 공급량보다 유전적 다양성의 손실 때문이라고 어느 책에서 읽은 적이 있는데."

내가 그렇게 말하자 아키히코는 만족스레 고개를 끄덕였다.

"응, 바로 그거야. 가능성의 일부를 버리는 셈이니까. 그거하고 반대로 신종 바이러스는 채벌된 숲에서 나왔다는 설도 꽤 강력하지. 그래서 아까 하던 이야기로 돌아가자면, 단성생식 생명체의 콜로니는 이런 논리로 생각해도 남녀 콜로니보다 생명력이 약하잖냐? 그러니까 어떤 질병의 침입이 계기가 돼서 단기간에 멸종할 가능성이 있는 거야."

"그렇게 되면 아까 아키히코가 이야기한 설은 이상하지 않니? 남자, 여자 둘 다 될 수 있고 단성생식도 할 수 있는 생명체라면, 거기에 남자랑 여자까지 있으니까 다양성이 많은 세계잖아. 훨씬 많은 다양성을 시험할 수 있으니까 세 종류가 공동 번영할 것 같은데? 그런데 아키히코는 세 종류가 같이 멸망한다고 했잖아?"

"그래서 '붉은 여왕 가설'인 거야. 아까 내가 한 설명 기억나냐? 생명의 전략에 '적당히'는 용납되지 않아. 늘 죽을 각오로 싸워야 하는 거야. 여왕 꿀벌은 일부러 새로운 집단을 찾아 아무 보장도 없는 길을 떠나지. 새도 있고, 도마뱀도 있고, 미지의 세계는 위험으로 가득해. 하지만 그러지 않으면 안 되거든. 자, 그런데 제3의 생명체는 어떠냐. 남자도, 여자도 될 수 있어. 어느 쪽이든 상관없어. 이 '어느 쪽이든 상관없다'가 함정인 거야. 물은 낮은 곳으로 흐르잖냐? 인간도 당연히 쉬운 방향으로 가게 마련이야. '어느 쪽이든 상관없다'란 건 선택을 저버렸다는 뜻이야. 그 시점에서 이미 전선을 이탈한 거지. 항생물질이 효과가 없게 된 건 '광범위한 세균에 그럭저럭 듣는' 약이 대량 보급됐기 때문이야. 원래는 세균의 종류를 밝힌 다음 그 세균에만 효과가 있는 항생물질을 쓰면 되지. 하지만 상세한 진단을 내리기 전에 우선 몇 가지 세균에 효과가 있는 항생물질을 투여하면 증상이 가라앉아. 그런데 그러면서 결코 나쁘지 않은, 원래 몸속에 있던 세균까지 죽이기 때문에 그 세균 대신 내성균이 번식할 여지가 생기는 거야. 그럼 제3의 생명체는 어떨까. 현대 사회에 제3의 생명체가 존재했다면 어떻게 될 것 같냐? 이 바쁘고 빠른 정보화 사회 시대에 우리랑 같은 지적 생명체, 단성생식이 가능한 생명체가 존재한다면?"

나는 그 생명체를 상상해 봤다. 어쩐지 얼굴이 밋밋하고 무표정한, 밀랍 인형 같은 여윈 이미지만 떠올랐다.

"내 생각엔 아마 그 녀석한테 생식을 의존하게 될 것 같아. 분명히 사회도 그걸 장려하게 될 테지. 여성의 출산이 고통을 수반하고 생산활동을 일시 중지해야 하는 데 비해 단성생식은 그런 위험이 거의 없으니까. 간편하게 자손을 늘릴 수 있고, 성장 속도도 빠르니까 양육 기간도 짧아. 다들 살기 바쁘고 자기 발전을 위해서도 쉴 수 없다고 한다면 그럼 단성생식이 가능한 사람들한테 낳으라고 하자, 그렇게 생각하게 되지 않겠어? 정부는 노동력만 확보되면 그만이니까 간단한 단성생식으로 인구를 늘려 비용을 절감하려고 할 테지. 그렇게 되면 유전적 다양성은 바랄 수 없어. 제3의 생명체가 어느 날 뭔가를 계기로 멸망해 버리고, 그들한테 의존하던 남자와 여자도 그다음 전략을 찾지 못해 멸망, 이렇게 되는 시나리오인 거지."

"그렇군. 하지만 멸망하기 전에 우선 고용 문제부터 생길 것 같다. 기업도 같은 지적 수준이면 남자나 여자보다 제3의 생명체를 고용하려고 할 테니까."

"그렇게 되면 남자, 여자랑 제3의 생명체 사이에 대립이 일어날지도 몰라. 고용 확보를 위해서 제3의 생명체의 생식을 제한하게 된다든지."

다들 떠오른 생각을 중얼중얼 말했다.

'적당히'는 용납되지 않는다. 아키히코의 말이 머릿속을 떠나지 않았다.

그래서 인간의 마음속에 이렇게 복잡한 감정이 소용돌이치는 걸까. 아파하고, 괴로워하고, 자기혐오에 몸부림치는 것도 자손의 번영을 위해서일까.

문득 허무감이 느껴졌다.

"그래서 남자와 여자도 다른 걸까."

마키오가 중얼거렸다. 나는 또다시 그가 나와 비슷한 생각을 하고 있었다는 것에 움찔했다.

"언뜻 보면 비슷한 생물처럼 보이지만 실은 구조적으로 다른 생물이라는 것도 전략의 하나일까. 자기하고 비슷한 생물이니까 당연히 이해할 수 있을 거란 착각이 생길 법도 하네. 다들 이해하겠다고 노력을 거듭해. 하지만 실제로는 다른 생물이니까 스트레스와 갈등이 생기지."

어쩐지 말투에서 체념 비슷한 게 느껴진 것은 기분 탓일까.

아키히코가 득의양양하게 고개를 끄덕였다.

"암, 그렇지. 남자와 여자는 보다 나은 자손을 남기기 위해 상대의 자질을 확인하려고 매일 싸우는 거야. 말 그대로 연애는 전투. 날마다 진지하게 전투를 벌여 '붉은 여왕 가설'을 입증하는 거지. 남녀가 서로 완전하게 이해하고 받아들이면 안 돼. 영원히 넘을 수 없는 벽, 미묘하게 평행선을 그리는 부분이 있어야 하지. 왜냐하면 우리에겐 해피엔드가 허락되지 않으니까. 오래오래 행복하게 살았습니다, 같은 걸로 생명은 살아남을 수 없어. 늘 현상現狀에 의문을 품고 장래에 불안을 느끼는 상태가 생물 본연의 모습인 거야."

"마음이 쉴 틈 없겠다."

나는 한숨을 쉬며 중얼거렸다.

"그렇지. 그게 옳은 모습이야."

아키히코는 진지한 표정으로 몇 번이고 고개를 끄덕였다.

"해피엔드가 허락되지 않는다, 라."

침대 위에 짐을 풀고 내일을 준비하며 무심코 중얼거리자, 마찬가지로 준비에 쫓기고 있던 세쓰코가 되물었다.

"응? 뭐라 그랬어?"

"아냐, 아무것도 아냐. 난 멸망해도 되니까 해피엔드 쪽이 좋아."

나는 긴소매 티셔츠를 개며 나지막이 중얼거렸다.

세쓰코가 나를 돌아보며 웃었다.

"응, 당연하지. 미래의 자손 따위 내가 알 게 뭐야."

"진짜."

"그나저나 남자는 진심으로 그런 생각을 할까? 핏줄에 관해선 남자가 더 연연하는 것 같지? 여자는 자기 아이는 예쁘지만 그건 자기 자손이라 그런 게 아니라 자기가 낳았기 때문이잖아. 손자가 예쁜 것도 자기가 낳은 아이가 낳아서고."

"남자는 자기가 낳는 게 아니라서 연연하는 거야. 거꾸로, 그렇게 연연하면서 신경을 곤두세우고 감시하지 않으면, 안 그래도 진짜 자기 아이인지 아닌지 모르는 판국이니까 자기 핏줄의 행방 따위 순식간에 아리송해지잖아?"

"후후, 그러네. 불안하겠지."

"마키오도 용케 아이를 둘 다 부인한테 넘겼네. 안 싸웠나?"

"글쎄, 모르지. 하지만 아키히코가 말하는 투로 봐선 전적으로 마키오의 잘못이란 분위기였으니까 양보할 수밖에 없었던 게 아닐까?"

목에 감을 타월. 목장갑. 쌍안경. 반창고. 바느질 도구. 침대 위 물건이 점점 늘어났다. 세쓰코가 목장갑을 봤다.

"어머, 목장갑 갖고 왔구나. 쓸 일이 있을까?"

"뭔가를 붙잡고 걸어야 할지도 몰라서 준비했는데. 세쓰코, 물통 갖고 왔니?"

"아니. 500밀리미터 페트병으로 했어. 그게 더 가볍잖아. 페트병을 두 개 준비해서 하나는 배낭 속에 넣고, 하나는 겉에 달아두려고 해. 헹궈서 끓인 물을 식혀 넣으면 여러 번 쓸 수도 있고."

"1리터만 있으면 하루 걷는 데 충분하겠지?"

"그렇지 않을까? 물 마시는 데도 있을 것 같고."

"아웃도어 용품 전문점에 가서 Y섬에 간다고 했더니 점원이 신이 나서 이것저것 권해주는 거야. 좌우지간 비가 많이 온다고 하길래 스패츠니 뭐니 잔뜩 사들였지 뭐야."

"한 달에 35일 비가 온다고 하니까."

"비 생각을 하면 우울해. 아래쪽은 맑아도 산은 저렇게 늘 구름이 끼어 있으니 역시 우비는 챙겨 갈 수밖에 없으려나?"

"얼마 만에 이런 중장비를 짊어지는지 기억도 안 나. 게다가 이런 거 꽤 비싸잖아. 하지만 통기성이 다르다느니 방수성이 있다느니 하면 그만 사버리고 만다니까."

"그러게. 쓸 일도 별로 없는데."

제대로 된 배낭과 트레킹슈즈 등이 없었던 터라 실은 이번에 지출이 꽤 컸다. 솔직히 타격이 없지는 않았지만, 장시간 야외활동을 하면서 도구를 얕보면 고생한다는 것쯤은 짐작할 수 있었으므로 큰마음 먹고 샀다. 앞으로 이런 여행을 할 기회가 또 있을지는 알 수 없었지만, 어떤 의미에서 이 여행이 내게 중요한 게 되리라는 생각이 들었기 때문이다.

"알람 몇 시에 맞출까?"

"7시에 아침 먹을 거면 30분 전이면 충분하지 않을까?"

알람을 맞추고 침대에 눕자 아주 오랜만에 눕는 기분이

들었다. 오늘 하루 비행기에, 배에, 택시까지 탔으니 각각의 진동을 몸이 기억하고 아직 혼란스러워하는 듯했다.

몸은 피곤한데 어쩐지 정신적으로 흥분해서 머리는 맑았다.

"불 끌게. 어디 한 군데 켜둘까?"

세쓰코가 조명 스위치로 손을 뻗었다.

"아니. 캄캄해도 괜찮아."

"응, 그럼 끈다."

방이 어둠에 파묻혔다. 그러나 눈을 감아도 의식은 환했다. 머릿속에 오늘 우리가 한 이야기가 뒤죽박죽돼 있었다. 각자의 표정도. 평소에 얼마나 대단한 이야기를 하지 않고 사는지 알겠다. 의례적인 대화, 내가 아니어도 되는 대화, 사회적 역할 때문에 의무적으로 하는 대화.

오늘 같은 화제는 전무에 가깝다. 오랜만에 머리를 쓰며 이야기한 기분이다.

"저기, 리에코."

세쓰코도 비슷한 상태인지 목소리가 유난히 또렷했다.

"응?"

"실례되는 질문 하나 해도 돼?"

"실례되는 질문?"

천장에 우리의 목소리가 빨려드는 것 같았다. 나는 어쩐지 가슴이 철렁했다.

마키오와 관계된 이야기다. 순간적으로 그렇게 생각했다.

"뭔데? 괜찮아."

나는 태연한 척 일부러 무덤덤한 목소리로 천장을 향해 대답했다.

"화내지 마? 나 말이야, 마키오가 헤어진다는 이야기 들었을 때 잠깐 너랑 다시 합치는 건가 생각했어."

세쓰코의 태평한 목소리가 귀에 들어왔다. 나는 어안이 벙벙했다.

"그럴 리 없잖아. 대체 왜?"

나도 모르게 목소리가 커졌다.

"그러니까 내가 그냥 멋대로 그렇게 생각한 것뿐이야."

세쓰코의 쓴웃음이 보이는 듯했다.

"뭐야, 나도 남편이랑 헤어질 것처럼 보였어?"

"아니. 하지만 넌 포커페이스잖아."

"마키오에 비하면 어린애 수준이지."

"너희는 둘이 정말 닮았어."

오랜만에 듣는 말이었다.

둘이 정말 닮았어. 그런 말을 과거에 친구들에게 종종 들었다. 과거의 내게는 감미로운 말이었다.

"나도 옛날엔 그런 줄 알았는데 전혀 안 그래."

나는 냉담하게 대답했다.

"그래? 난 오늘 다시 한번 그런 생각을 했는데. 진짜 너희 둘이 합치는 일은 없는 거지?"

세쓰코가 재차 확인했다.

"없어, 없어. 현재 우리 가정은 나름대로 원만해. 분명히 마키오한테 다른 여자가 생긴 거야. 자기 감정을 전혀 속이지 않는 사람이잖아."

"그렇게 포커페이스면서?"

"그거랑은 다른 부분에서. 물론 자제심도 강하고 배려할 줄도 아는 사람이지만, 최종적으로 우선하는 건 자기 기분이야. 대개 가까이서 보면 알잖아? 망설이고 있다든지, 주저하고 있다든지, 마음이 내키지 않는다든지. 하지만 마키오는 엉큼하게도 본인이 자기 기분을 이해하기 전까지는 그 과정을 남한테 보여주지 않아. 그리고 일단 결정하면 그걸 번복하지 않고."

"이상한 남자야."

"응, 신기한 사람이지."

먼 길을 왔구나. 문득 그런 생각이 들었다. 이런 게 어른이 된다는 걸까. 과거에는 입에 올리는 것조차, 생각하는 것조차 불가능했던 일을 이야기할 수 있게 됐다.

"저기, 설마 아키히코도 너처럼 생각하는 건 아니겠지?"

나는 갑자기 불안해져 어둠 속에서 세쓰코를 쳐다봤다.

"글쎄. 하지만 아키히코는 마키오한테 좀 더 자세한 사정을 들었을 테니까."

"아, 그렇구나. 둘이 친하니까. 자주 만나나?"

"1년에 두세 번이라는 것 같던데."

"그 정도로 만나면 상당한 거네."

침묵이 찾아들었다. 하지만 서로 적당한 말을 찾고 있다는 것은 분위기로 알 수 있었다.

"세쓰코, 아키히코가 말한 숙제, 정말 생각해 왔니?"

"아아, 그거? 몇 개 안 되지만. 남편이랑 애들한테도 물어보고."

"그렇구나. 그래서 뭐 있었어?"

"별건 없어. 게다가 '뭐 수수께끼 같은 이야기 없어?' 하고 대놓고 물어본다고 대답이 나올 수 있을 것 같아? '오늘은 뭐 먹을래?'라든지 '뭐 어려운 일 없어?' 하고 물어보는 거랑 똑같아."

나는 어둠 속에서 나지막이 웃었다. 횡격막이 움직이는 게 느껴졌다.

"그러게. '뭐 없어?' 하면 '없어' 하고 대답해 버리는 게 사람이지."

"애들한테는 원하는 걸 물어보면 안 돼. 애들만 그런 건 아니지만."

"안 된다니?"

"질문이란 거 어렵잖아? 질문함으로써 대답을 한정해 버려. 여론조사니 설문조사니 하는 것들은 거의 유도심문이라고 해야 할지, 미묘한 뉘앙스를 제거해 버린, 칼로 벤 것 같은 대답밖에 나오지 않는 질문이라든지, 이 답을 본다고 과연 이쪽 기분을 알 수 있겠나 의심스러운 설문뿐이지. 이렇게 대답해 주면 좋겠다, 이런 결과가 나오면 좋겠다, 하는 의도가 환히 비쳐 보일 때도 있고. 애들도 '뭐 먹고 싶니?'라고 물으면 '월급날 전이고, 날씨도 나쁜데 너무 멀리 가기는 싫고, 되도록 가까운 패밀리레스토랑에 가면 좋겠는데' 하고 생각하는 걸 빤히 알거든. 결국 저는 애들이 뭘 원하는지 꼭 물어본답니다, 하고 핑계 대는 것뿐이야. 그러다 보면 접점이 이쪽에서 하는 질문밖에 없게 돼. '뭐 없어?' '없어' 하고 끝."

"흐음. 옛날부터 네가 이야기하는 걸 좋아하는 줄은 알았지만, 분석하는 것도 꽤 좋아하는구나."

"그러게. 그럴지도 몰라. 마키오랑 반대로 난 늘 똑똑히 설명해야 한다는 강박관념이 있거든."

"그렇구나. 설명할 의무감을 느낀다는 거네."

"응. 난 어렸을 때부터 그런 게 너무너무 싫었거든. 부모님도 선생님도 다들 설명하기 귀찮아하잖아. 대강 알 수 있을 거라느니, 꼭 거기까지 말해야 아느냐는 식이지. 뭐, 결국 자기가 확실하게 말로 표현할 만큼 정리가 안 돼서 설명을 못 한 거겠지만. 미려한 말로 유창하게 설명해 주지 않아도 되니까 자기 자신의 말로 성실하게 설명해 주면 되는데, 하고 늘 생각했었어. 그래서 난 내가 할 수 있는 만큼 많이 설명하고 싶거든. 언제나 이건 어떻게 설명하면 좋을까, 그런 생각을 해."

"대단하다. 에너지가 엄청 필요한 일이잖아."

"응, 가끔씩 지치는 건 사실이야."

"그럼 '수수께끼 같은 이야기'는 세쓰코 네가 직접 체험한 거야?"

"응. 그냥 시시한 이야기들이지만. 아키히코의 누름돌처럼 드라마틱하지 않아. 넌?"

"난 전혀 생각 못 했어. 어쩌지? 아키히코가 진심일 줄 몰랐어."

"그게 보통이야."

기요시의 송별회를 한 날 밤, 거나하게 취한 우리는 수첩을 펴서 10월 중순에 '여행'이라 적어 넣고 헤어졌다.

반년도 더 남은 스케줄인 터라 솔직히 나는 금세 잊어버렸다. 그런데 한 달쯤 지났을 때부터 아키히코에게서 'Y섬 투어 계획'이라는 메일이 날아오기 시작했다. 그가 진심이라는 것은 컴퓨터 화면으로도 잘 알 수 있었다. 그가 우리와 함께 갈 작정으로 착착 계획을 세우고 현지에 관해 예습하는 중이라는 것을.

아마 세쓰코나 마키오도 나와 상황은 다르지 않았을 것이다. 하지만 정기적으로 날아오는 아키히코의 메일은 오히려 가족이 이 여행을 결정된 일로 인식하는 데 도움이 됐다.

남편도 그의 메일을 보며 대학 친구들과 골프 여행 계획을 세우기 시작한 것은 분명하다.

여행을 한 달 앞두고 아키히코에게서 기묘하고 짤막한 메일이 왔다.

> 이번 여행의 테마를 생각해 봤다. 테마가 없는 여행은 쓸쓸하다.
> 따라서 나는 다음 테마를 제안한다. 우선 비일상. 그리고 서브테마는 '안락의자 탐정 기행.' 어른의 여행에 어울리는 테마다.
> 대자연 속에서 정신을 해방하고 녹슨 사고능력과 육감을 갈고닦아, 평소 우리가 잊고 지내는 인생의 수수께끼를 생각하자.
> 자, 그래서 인생의 수수께끼를 대모집합니다. 어린 시절의 기억, 매일 지나다니는 길모퉁이에서 본 것, 바람결에 들은 소문, 수수께끼의 종류는 뭐든 오케이.
> '아름다운 수수께끼'를 지참할 것. 여러분의 참가를 고대하겠습니다.

이상한 사람이군. 혹시 추리소설 마니아?

메일을 읽은 남편이 킬킬 웃었다. 나중에는 남편 쪽이 아키히코가 보내는 진지한 것 같으면서 우스운 메일을 기다리게 됐다.

응, 괴짜 추리소설 마니아야.

나는 진지한 얼굴로 고개를 끄덕였다. 남편은 큰 소리로 아하하 웃었다.

"⋯⋯아름다운 수수께끼라."

나는 어둠 속에서 천장을 노려보며 중얼거렸다.

"아키히코는 무슨 생각으로 그런 말을 꺼냈을까."

"그냥 변덕 아니겠어, 아키히코라면?"

"그럴 가능성이 가장 크긴 해."

몸이 따뜻해지고 손발이 어디에 있는지 알 수 없게 됐다. 몸은 이미 잠든 것이다. 그러나 머리는 아직 맑았고 입술은 뭔가 말을 하고 싶어 했다. 이런 충동을 느끼는 것도 오랜만이다.

세쓰코는 어떨까. 나는 귀를 기울여 옆 침대의 동정을 살폈다. 적어도 아직 잠든 것 같지는 않았다.

"있잖아, 리에코."

또렷한 목소리가 들려왔다. 목소리에 감도는 긴장감에 퍼뜩 놀랐다. 몸의 어느 부분이 잠에서 깨어난 기분이었다.

"뭐야, 그런 무서운 목소리로."

"자꾸 같은 이야기를 반복하는 것 같아서 미안하지만 너희 왜 헤어졌어?"

"응? 나랑 마키오 말이야?"

"응."

나와 마키오. 무심코 그렇게 입 밖에 낸 순간, 마음 한 부분이 찌릿했다. 쓸쓸하고 그리운 감각. 과거에 친숙했던, 늘 맛봤던 감각이다.

잊지 못했구나. 나는 어둠 속에서 입술을 일그러뜨렸다.

"진짜 모르니?"

되레 되물었다. 우리가 졸업한 고등학교는 동창회도 활발하고 동기들 간 관계도 긴밀하다. 수도권에 있는 학교라 상당수가 도쿄에 있는 대학에 진학한다. 그중에서도 내가 들어간 대학은 우리 학교 출신이 많아서 서로의 근황을 쉽게 알 수 있는 상황이었다. 나와 마키오가 헤어진 것은 대학 4학년 가을이었는데, 아무에게도 말하지 않았는데도 어째선지 이듬해 1월에 이미 모두가 안다는 것을 고등학교 때 친구를 통해 알게 되어 놀란 기억이 있다.

세쓰코는 사근사근하고 호감을 주는 성격이라, 고등학교를 졸업한 뒤로도 중계국 같은 존재였다. 그녀의 귀에 들어가지 않았을 리 없었다.

"소문은 듣긴 했지만."

"어떤 소문?"

"마키오가 한눈을 팔았다고."

"아냐. 마키오 경우엔 한눈이 아냐. 진심이지."

"글쎄, 그건 그럴지도 모르지만. 그 무렵, 너랑 마키오랑 둘 다 신경이 날카로워져 있어서 도저히 물어볼 분위기가 아니었잖아."

"나는 몰라도 마키오는 날카롭지 않았다고 생각하는데."

신경이 날카롭지는 않았을 것이다. 속이 탔을지는 몰라도.

"글쎄, 과연 그럴까? 난 그때처럼 마키오의 분위기가 험악한 걸 본 적이 없었는데."

"그래? 난 객관적인 판단은 못 하겠어. 있지, 우리가 헤어진 건 마키오가 내 친구를 좋아하게 됐기 때문이야."

"혹시 그 연극하는 애?"

"응."

"흠. 좀 뜻밖이네. 마키오가 좋아할 타입 같지 않았는데."

"나도 그런 줄 알았어."

"하지만 마키오의 부인도 굳이 따지자면 너 같은 타입이잖아?"

"에이, 말도 안 돼."

만난 적도 없으면서 나는 투덜거렸다.

"난 만난 적 있거든. 뭐랄까, 리에코 널 좀 더 축소시킨 느낌이야."

"그게 뭐야."

나는 쓴웃음을 지었다.

"뭐, 지극히 보통 사람이야."

"지금 나 칭찬하는 거야, 욕하는 거야?"

"칭찬하는 거야."

"영 의심스럽네."

"그래서 마키오는 그 애랑 사귀었어?"

세쓰코가 내 쪽으로 고개를 돌리는 것을 알 수 있었다. 목소리가 옆쪽에서 들려왔다. 이제부터가 본론인 모양이다.

나는 냉정하게 생각해 본 다음 입을 열었다.

"그걸 잘 모르겠어. 난 그 뒤로 마키오를 만난 적이 없기도 하고. 내가 알기로 유리는 마키오랑 사귈 생각이 없었어. 그건 정말이라고 생각해. 하지만 유리도 나한테 신경을 썼을 테니까. 몇 번쯤 만나지 않았을까 싶기는 한데, 두 사람이 사귀었는지 아닌지는 지금도 잘 모르겠어."

유리의 이름을 입 밖에 내자 이번에는 가슴 저릿한 그리움이 되살아났다. 나는 그녀를 미워하지 않는다. 그것을 확인한 듯해서 마음 한구석이 가벼워졌다.

"흐음. 그래서 그때 그 연극 이래로 그 애하고도 안 만난 거야?"

"응, 뭐."

나는 말끝을 흐렸다. 역시 세쓰코는 유리가 행방불명된 것을 모르는 모양이다. 내가 만나려 한 것도. 내가 그녀에 대해 어떤 기분이었는지도. 세쓰코가 삼각관계 때문에 여자의 우정이 허무하게 깨졌다고 생각할 일이 다소 유감이었지만,

여기서 그녀가 행방불명됐다고 말하면 안 될 것 같았다. 한편으로 이번 여행 중에 이 이야기를 반드시 하게 되리라는 확신 같은 것도 있었지만.

"지금도 무대에 설까?"

세쓰코의 목소리가 또다시 천장을 향했다.

그건 나도 알고 싶었다. 하지만 아니리라는 확신이 있었다. 나는 대학 때부터 무대 정보를 체크하는 편이었다. 연극인으로서 그녀의 커리어가 순조로웠던 만큼, 대학 때도 그녀의 이름을 자주 발견할 수 있었다. 실제로 그녀는 기술면에서도 능숙한 데다 보는 이를 매료하는 힘도 있었다. 그렇기에 만약 무대활동을 계속했다면 분명히 나름대로 이름이 알려졌을 것이다. 그런 그녀의 이름이 보이지 않는다는 것은 역시…….

문득 코언저리에서 부드러운 냄새가 난 듯했다.

어째서 이렇게 돼버렸지.

유리가 한숨을 쉬듯 나지막이 중얼거리는 소리가 들려왔다.

발성 훈련으로 쌓은 목소리는 작은 속삭임조차 또렷하게 들리고 음악처럼 기분이 좋았다.

초봄의 어두운 밤에도 그 방은 밝았다. 장지 밖이 하얗고, 멀리서 파도 소리가 들려왔다. 장식용 단상에 해당하는 부분에 둥근 창이 나 있고, 그곳에 장식된 수선화 한 송이가 짙은 향기를 풍겼다. 강렬한 향기에 가슴이 술렁거려 잠이 오지 않았다.

어째서 이렇게 돼버렸을까.

나도 조용히 중얼거렸다.

이런 결말이 찾아올 줄은 몰랐다. 우리는 서로 둘도 없는 친구일 줄 알았다. 우리는 내가 고등학교 때부터 사귄 친구들처럼 졸업한 뒤로도 계속 친구로 남을 줄 알았다. 이런 함정이 도사리고 있을 줄이야. 이렇게 시시한, 그러면서 이렇게 강력한 함정이 있을 줄이야.

서로를 잘 알고 있었던 만큼 어떻게도 할 수 없었다. 서로 무슨 생각을 하는지 자기 마음처럼 알 수 있었다. 서로 좋아하는데, 어떻게든 이런 상황을 타개하고 싶다고 생각하는데, 수복이 불가능한 뭔가가 결정적으로 부서져 버렸다는 것도 깨닫고 있었다.

유감이라는 말이 난 늘 싫었어. 다들 자기 탓이 아닌 것처럼 그 말을 쓰잖아. 잘난 사람, 뻔뻔한 사람이 쓰는 말이잖아. 늘 싫었어.

유리는 이불 속에서 두 손을 빼내 얼굴을 가렸다.

그런데 지금 무슨 말인가 하려고 하면 그 말밖에 안 나와. 유감이라고. 그게 너무너무 분해. 불쾌한 말. 뻔뻔한 말.

성난 목소리가 들려왔다.

나는 슬프리만큼 공감하며 밝은 어둠 속에 누워 있었다.

움직일 길 없는 어떤 차가운 것이 가슴속 깊이 가라앉아 있는 게 느껴졌다. 유감이다. 유감이다. 진짜 그러네, 유리. 정말 그런 말밖에 못 하겠어.

문득 그 전 해에 일어난 비행기 사고가 생각났다. 기장의 필사적인 노력에도 불구하고 추락하게 된 점보제트기에서 몇몇 승객이 유서를 남겼다. 그중 한 구절이 불현듯 생각난 것이다.

아빠는 정말 유감이구나.

그게 그 말의 가장 적절한 용법이 아니었을까.

이상하게 눈물은 나지 않았다. 그 무렵 나는 이미 한바탕 힘들어할 만큼 힘들어한 끝에 빈껍데기만 남은 듯한 피로감을 느끼고 있었다.

유리를 마키오에게 소개한 내 잘못이었을까. 하지만 유리가 나와 가장 가까운 친구인 이상 역시 언젠가는 소개했을 테고, 그렇다면 결국 같은 결말을 맞이했을 것이다. 머지않아 언젠가는 맞이했을 결말인 것이다.

나는 멍하니 그런 생각을 했다. 이루 셀 수 없을 만큼 여러 번 나 자신에게 둘러댄 구실이었다. 별 위로가 되지 않는다는 것은 이미 경험상 알고 있었지만, 언뜻 보면 타당한 그 논리에 매달리고 있었다.

언제부터 그의 마음이 달라지기 시작했을까.

옆에 있는, 그의 마음을 사로잡은 여자의 존재를 느끼며 나는 반쯤은 자학적으로 그런 생각을 했다. 유리를 소개한 것은 2년쯤 전이었다. 그의 마음은 어떤 식으로 변했을까? 바위를 뚫는 빗방울처럼 매일 조금씩이었을까? 아니면 어떤 계기로 수문이 열리고 만 걸까? 그는 내게 그 사실을 고하는 그날까지 나를 어떤 눈으로 보고 있었을까? 혐오감, 연민, 아니면 무관심? 그 감정은 얼마만큼 빨리 그의 마음을 바꿨을까? 그를 조금도 의심하지 않는 나의 웃는 얼굴을 보며 내 얼굴 너머로 그녀의 옆얼굴을 떠올리고 있었을까?

완전히 말라비틀어졌을 마음에 순식간에 균열이 생기고 또다시 선혈이 뿜어 나왔다. 나는 순간 옆에 누운 여자의 존재를 잊고 온 힘을 다해 그의 존재를 미워했다.

싫어, 싫어, 리에코. 미안해, 리에코.

갑자기 비명이 들렸다.

순간 내가 낸 소리인 줄 착각했으나 곧 그게 아니라는 것을 깨닫는 동시에 옆에 있던 유리가 몸을 일으키더니 내 목에 몸을 던지듯 매달렸다.

나는 당혹하고 또다시 심한 피로감을 느꼈다. 아냐, 유리. 아냐. 내가 미안하다는 말을 듣고 싶은 건 네가 아니라 마키오야. 나를 이렇게 힘들게 하는 그 남자가 진심으로 용서를 비는 걸 듣고 싶어. 그렇게 마음속으로 멍하니 생각했지만 말이 되어 나오지는 않았다.

유리는 부들부들 떨며 상처 입은 짐승처럼 신음했다.

나는 온몸의 힘을 뺀 채 유리의 머리카락 감촉을 느꼈다.

아냐, 유리, 그런 게 아냐.

언제 그렇게 격앙됐나 싶게 온몸이 다시금 싸늘하게 식고 땅속으로 꺼져들 듯한 느낌이 들었다. 두 번 다시 일어나지 못할 것 같았다. 면도칼로 감귤류의 열매 표면을 살짝 긁은 듯한 수선화 향에 유리의 부드러운 머리카락 냄새가 섞였다. 부드럽고 달콤한 향기에 숨이 막혔다.

마키오는 이미 이 머리카락 냄새를 맡았을까.

마음 한구석에서 냉정하게 그런 생각을 하는 자신을 깨닫고 나는 이번에야말로 마음속 깊이 절망했다.

"사실은 나 봤어."

또렷한 목소리를 듣고 흠칫했다.

커다란 방, 넓은 천장이 어둠 속에 어렴풋이 느껴졌다.

하얀 장지도, 수선화 꽃병도 없다. 여기가 어디지? 옆에 있는 건 누구야?

순간 혼란에 빠졌으나 그로부터 십수 년이 지나 현재 Y섬에 와 있다는 게 생각났다. 그렇구나. 옆에 있는 건 세쓰코였지.

"뭘?"

그렇게 묻는 자신의 목소리는 지극히 침착했다.

"지금이니까 하는 이야기인데. 그날 밤 마키오가 그 애랑 함께 있는 걸."

"뭐?"

세쓰코가 한 말이 갑자기 커다란 의미를 가지고 마음속에서 팽창했다.

"잠깐 기다려봐. 그날 밤이라니 설마."

"응, 그 애가 연극한 날."

"아무리. 그날 결국 마키오는 안 왔잖아? 네 옆자리, 비어 있지 않았어?"

나도 모르게 점점 힐문하는 어조가 됐다.

"응, 실은 나도 까맣게 잊고 있다가 아까 택시에서 한꺼번에 생각난 거야. 하지만 그땐 마키오가 있었으니까 이야기할 수 없었어."

세쓰코의 당혹한 목소리가 돌아왔다. 그런가. 그때 그녀는 나름대로 되살아난 기억에 당혹하고 있었던 셈이다.

"그날, 우리 낮에 택시 탔을 때랑 똑같은 상태로 앉아 있었잖아? 내 오른쪽에 너, 앞에 아키히코. 그리고 내 왼쪽에는 원래 마키오가 앉을 예정이었지."

마음속 깊이 절망해도 이윽고 잠이 찾아왔다.

사람은 결국 마지막에는 잠을 잔다. 기뻐한 다음에도, 슬퍼한 다음에도, 절망한 다음에도.

이튿날 아침, 방 안에 비쳐드는 어린아이의 웃음처럼 밝은 빛에 눈을 떴다.

유리가 언제까지 내 목에 매달려 있었는지는 기억나지 않았지만, 그녀도 자기 자리로 돌아가 자고 있었다.

나는 부스스 몸을 일으켰다. 빛이 눈부시게 밝아 수선화의 초록색에 눈이 시렸다.

기척을 느꼈는지 유리도 잠에서 깼다. 눈을 비비고 몸을 꼼지락대더니 나를 돌아봤다. 눈이 부어 있었다.

큰일이야, 유리. 눈이 부었어. 오늘 공연이 있었으면 큰일 날 뻔했다, 얘.

나는 잠에 취한 목소리로 그렇게 말했다.

어머나, 어떻게 하지. 냉찜질해야겠네.

유리가 황급히 거울을 찾는 게 우스워서 나는 웃었다. 나 자신도 놀랄 정도로 순수한 목소리였다.

유리도 덩달아 웃기 시작했다. 둘이서 한참을 웃었다.

나는 크게 기지개를 켜고 게으르게 하품했다.

어째 배고파. 아침 먹기엔 아직 이르지만 그만 일어날까?

그러자. 온천에 한 번 더 갈래?

오늘은 거기 갈 거지, 낙화 미술관.

응. 전부터 가보고 싶었어.

꼼지락꼼지락 일어나 장지를 열었다. 창 한가득 들이비치는 햇빛. 모든 게 빛 속으로 사라졌다.

유리의 밝은 목소리가 등 뒤에서 들려왔다.

졸업 공연에 꼭 와줘야 해. 가지와라 유리의 일인극, 〈봄의 종鍾〉. 너희 자리는 지정석으로 준비해 둘게.

"응, 그랬지. 그렇게 자리를 배치한 건 유리였어. 동네 라면집에서 빌려온, 동그란 초록색 쿠션이 붙은 검은색 접이식 의자. 의자마다 번호가 붙어 있어서 어엿한 지정석이었지. 그래서 유리가 의자 번호가 적힌 카드를 나눠줬어."

"이름까지 쓰여 있었잖아. 용케 내 이름을 알았다고 감탄한 기억이 있어."

"내가 알려줬거든. 너한테는 그때까지 유리를 소개한 적이 없었지?"

"응, 리에코 너한테 전부터 이야기는 들었었지만."

"응. 유리도 나한테 네 이야기는 많이 들었거든. 그래서 유리가 그럼 이번 기회에 같이 와달라고 해서 자리를 얻은 거야."

기억의 세부가 명확해졌다.

고탄다 주택가의 작은 아틀리에. 평범한 가정집 뒷문으로 들어가 마당을 가로지른 곳에 아틀리에가 있었다. 간판이 없었다면 지나가는 사람 아무도 그런 곳에서 연극을 하리라고 짐작하지 못했을 것이다.

나무 쪽문을 열자 축축한 팔손이나무가 맞이했다. 목조 모르타르 건물인 이층집을 따라 포석 위를 걸어가, 정면에 있는 모퉁이를 돌고 모퉁이를 한 번 더 돌자 바로 앞에 독립된 별채가 보였다.

그래 봤자 보이는 것은 입구와 건물 일부뿐이었다.

서른 명이 들어가면 꽉 차는 곳이었다. 우리가 들어갔을 때는 이미 암막이 쳐져 있던 탓에 잘 알 수 없었지만, 건물은 목조건물이었고 출입구는 한 곳뿐. 투명 유리를 끼운, 드르륵 소리가 나는 목제 미닫이문이었다. 안쪽 천장에 유리 말대로 천창이 있고, 그 밑에 유리가 앉을 의자가 놓여 있었다. 그쪽이 무대가 되는 셈이다. 그 의자도 관객과 똑같은 라면집 동그란 접이식 의자에 천을 한 장 씌워두었을 뿐이었다. 객석은 한 줄에 여섯 명씩 앉고 다섯 줄인가 여섯 줄 있었다. 천장에는 작은 무대 조명이 몇 개 달려 있었다.

"입구 안쪽에 작은 테이블이 있고 그 위에 스탠드가 있었잖아. 안으로 들어가면 깜깜하니까 바닥이 보이게 하려고 한 거겠지만."

"응, 진짜 그랬지."

세쓰코도 선명하게 기억하고 있었다. 말도 안 되게 컴컴한 레스토랑 있잖냐? 아키히코의 목소리가 되살아났다. 발치를 비출 각등이 필요할 정도라고. 그래, 스탠드가 있었다. 주황색 불빛.

바닥은 콘크리트 바닥이었다. 잘 보면 그림물감 같은 게 얼룩덜룩 묻었기는 해도 깨끗이 청소되어 있었다. 의자마다 번호를 쓴 카드와 유리가 직접 쓰고 복사해 만든 간단한 팸

플릿이 놓여 있었다. 또박또박한 글씨가 눈에 보이는 것 같다. 〈봄의 종〉.

"〈봄의 종〉. 그런 제목이었지."

역시 아틀리에를 떠올리는지 세쓰코가 중얼거렸다. 문득 지금도 캄캄한 아틀리에에 앉아 유리의 무대가 시작되기를 기다리는 듯한 착각이 들었다. 당장이라도 붉은 리본을 들고 유리가 어둠 속 어딘가에서 나타날 것 같았다.

객석의 조명이 꺼지고 멀리서 종소리가 들리기 시작한 순간, 나는 비로소 긴장을 풀 수 있었다.

언제 마키오가 나타날지 몰라 불안해했던 탓이다. 사이에 세쓰코가 앉아 있다고는 해도 마키오와 그렇게 가까이 있는 것은 이별을 통고받은 날 이래로 처음이었다. 오히려 세쓰코와 아키히코가 있다는 게 스트레스였다. 두 사람에게 내가 아무렇지도 않다는 것을 보여줘야 하니까. 마키오가 나타나도 자연스러운 태도로 인사를 주고받아야 한다. 그런 의무감이 나를 말수가 많아지게 했다. 괜히 취직 이야기를 늘어놨다. 그때는 경기가 상승세였던지라 취직은 밝은 화젯거리였다. 나는 대형 손해보험회사, 세쓰코 역시 대형 가전회사 종합직, 아키히코는 당시 인기 있던 광고회사에 취직하기로 정해져 있었다. 마키오는 아직 외국계기업이 뜨기 전이었는데도 외국계 금융기업의 연구소를 택했다. 모두 전도양양, 눈앞에 열린 밝은 미래에 뛰어들기를 기다리기만 하면 되는 상태였다. 하지만 나는 전해 가을 나 자신의 일부를 어딘가에 두고 온 듯한 느낌을 지울 수 없었다.

나는 늘 스스로를 냉정하고 실용적인 성격에 미련이 없는 편이라고 생각했던 터라 그런 허탈감에 충격받지 않을 수 없었다. 자신에 대한 인식이 날마다 소리 내어 무너져가는 것을 지켜보기란 낙하하는 엘리베이터를 타고 공포에 떨며 속수무책으로 추락하는 기분과 비슷했다. 이제 곧 사회에 나갈 마당에 나는 혼란에 빠져 있었다. 나 자신의 평형을 회복하지 못했다.

마키오가 오면 어떻게 하지. 처음에 뭐라고 말을 붙이지. 혹시 마키오가 말을 걸면 어떤 표정을 지어야 하나. 끝도 없이 돌아가는 테이프처럼 머릿속에서 그런 의문들이 반복해서 떠올랐다. 아마 그는 아키히코에게 먼저 말을 걸 것이다. 이어서 세쓰코에게 한마디. 그리고 그다음 내 얼굴을 본다. 내 눈을 본다. 그 순간을 생각하면 복잡한 아픔이 온몸을 휩쓸고 지나갔다. 식은땀이 나고 겁이 났다. 그는 어색한 기색은 전혀 보이지 않을 것이다. 느긋한 눈빛으로 평온하게 나를 볼 수 있을 것이다. 그게 무서웠다. 그에게는 내가 아무 가치 없는 존재였다는 사실을 알게 될 그 순간이.

개막 시간이 다가오면서 심장 고동 소리가 멋대로 존재감을 드러내기 시작했다.

오지 마! 제발 오지 마!

어느새 나는 자존심을 팽개치고 마음속으로 필사적으로 빌고 있었다. 적어도 대화를 피할 수 없는 시간이 지난 다음에 와줘! 제발 부탁이야!

테이프에 녹음된 유리의 사무적인 목소리가 곧 시작하겠습니다, 라고 했을 때는 안도의 한숨을 내쉬었다. 이제는 와도 주변 사람들에게 말을 걸 틈이 없다. 이야기할 필요가 없어졌다. 그냥 연극에 집중하는 척하면 된다. 안도한 나머지 현기증이 났을 정도였다.

연극이 시작되어도 그가 나타나지 않는 것을 시야의 한 귀퉁이로 확인하고 나는 한층 깊은 안도감에 휩싸였다. 객석의 조명이 꺼진 순간, 내 표정을 감추어줄 어둠을 이만큼 고맙게 생각한 적이 없었다. 테이프에 녹음된 효과음 종소리가 더없이 기분 좋게 들렸다.

그러나 유리가 붉은 리본을 양손에 받들듯 들고 무대에 나타났을 때, 이번에는 다른 생각이 떠올라 내 마음을 싸늘하게 찔렀다.

나를 만나기 싫은 것이다.

유리가 조용히 무표정한 얼굴로 걸어 나와 스포트라이트가 비추는 의자에 천천히 앉았다. 그 모습을 보고 내 확신은 더욱 커졌다.

내 얼굴을 보고 싶지 않아서 오지 않는 것이다. 유리의 기념할 만한 무대인데. 정면의 좋은 좌석을 준비해 놨는데. 그녀를 사랑하는 남자라면 꼭 앉고 싶을 자리일 텐데.

피해망상은 점점 부풀어 올랐다. 풍선보다도, 이 아틀리에보다도 더 크게. 나는 마구 소리를 지르고 싶어졌다. 여러분, 원래 저 자리에 앉았어야 할 마키오는 하나 걸러 옆자리에 헤어진 여자가 앉는 게 싫어서 저 아름다운 유리의 일인극을 눈물을 머금고 포기했답니다.

객석에 전혀 관심이 없는 것처럼 보여도 나는 유리가 이미 관객을 순식간에 체크했다는 걸 알고 있었다. 무대에서 보면 객석이 구석구석까지 훤히 보인다고 한다. 맨 끝에 앉은 사람이 몰래 빵 먹는 것까지 바로 안다니까. 유리는 곧잘 그런 말을 하곤 했다. 이상하게 객석에 앉은 사람들이 꼭 사진 찍은 것처럼 머릿속에 박히거든. 그러니까 나중에 저 사람이랑 저 사람은 저쯤에 앉아 있었다든지 저 사람은 여럿이 함께 왔다든지 죄다 기억나. 아는 사람이 오면 대체로 알 수 있고.

지금 유리는 마키오가 오지 않은 것도 분명 알아차렸을 것이다.

"어째서 그 애는 마키오를 불렀을까. 사귈 마음은 없었다며?"

세쓰코가 중얼거렸다. 희미한 비난을 담고 있다고도 볼

수 있는 목소리였다.

"배우니까. 배우란 인종은 원래 표 파는 일에 목숨을 걸잖아."

나는 가볍게 넘겼다. 그녀가 '총결산'이라 했다는 말은 하고 싶지 않았다.

"그럼 그 애가 마키오한테 표를 팔았다는 이야기인데, 그것도 역시 좀 이상하지 않니? 아키히코한테 표를 판 사람은 리에코 너였잖아? 넌 그때 '표가 마침 석 장 있으니까'라고 했었어. 그럼 처음부터 다 같이 오라고 너한테 마키오 표도 주면 되잖아. 네가 마키오한테 팔기는 거북했을지 모르지만, 마키오랑 친한 아키히코가 있으니까 아키히코를 통해 주면 그만이고, 사실 마키오를 안 불러도 되는 거잖아. 이런 경우엔 보통 너한테 맡길 것 같은데. 만약 마키오가 오면 그 애가 직접 마키오랑 연락했다는 걸 네가 알게 되잖아. '사귈 마음이 없다'란 여자가 할 일이 아니지 않아?"

"응, 그러네."

나는 건성으로 대답했다. 세쓰코가 하는 말의 의미를 비로소 이해할 수 있었다. 지금까지 그런 가능성은 생각해 본 적도 없었다. 나는 유리의 '이건 지금까지의 내 총결산이니까'라는 기묘한 각오 같은 말을 들은 터라, 막연히 유리 자신과 깊은 관계가 있는 이를 모두 불렀으리라 생각하고 있었다. 그런데 듣고 보니 확실히 이상하다.

느낌이 좋지 않았다. 지금까지 내가 가지고 있던 유리의 이미지가 깨질 듯한 예감이 들었다. 뭔가 알고 싶지 않은 일을 알게 될 것 같은.

그러나 이제는 돌이킬 수 없었다. 나는 바싹 말라붙은 입을 열어 물었다.

"있지, 그때 어디서 두 사람을 봤어?"

잠시 침묵이 흘렀다.

"연극을 했던 아틀리에에서. 그때 연극 끝나고 우리 셋이서 같이 역 쪽으로 갔잖아? 기왕 만났으니까 어디 가서 한잔하자고 말이야. 도중에 내가 아틀리에로 돌아갔었는데 기억나?"

세쓰코가 낮은 목소리로 말했다. 이 앞에 뭔가가 도사리고 있다.

"아, 그러고 보니 정말 그런 일이 있었네."

나는 긴장을 감추려 애쓰며 대답했다.

"그날, 취직하기 전에 읽겠다고 낮에 욕심내서 책을 한꺼번에 많이 샀거든. 부피가 크니까 아틀리에 한구석에 놔뒀다가 잊어버린 거야. 그게 생각나서 너희 둘한테 먼저 천천히 가고 있으라고 하고 서둘러 돌아갔어. 그때 본 거야."

또다시 어색한 침묵이 찾아들었다. 세쓰코는 망설이는 것 같았다.

"가르쳐줘. 거기까지 이야기하고 그만두는 건 너무해."

나는 태연하게 말하려고 애썼지만 별로 성공하지 못했다.

"두 사람이 아틀리에로 이어지는 뒷문 통로에 있었어. 그 애는 내 쪽을 등지고 서 있었고, 그 뒤로 마키오의 얼굴이 보였어. 두 사람 다 입을 다물고 있었는데 굉장히 험악한 분위기였어. 마키오의 그런 무서운 얼굴, 난 처음 봤어. 그 뒤로도 본 적이 없고. 도저히 끼어들 수 있는 분위기가 아니라서 무슨 도둑놈처럼 팔손이나무 뒤에 숨어 있었거든. 그랬는데……."

세쓰코의 목에서 꿀꺽 소리가 났다.

"마키오가 그 애 뺨을 때렸어."

나는 내 귀를 의심했다.

때렸다고? 마키오가 유리를?

전혀 예상하지 못한 답이었다.

"때렸어? 마키오가? 유리를?"

혼잣말처럼 중얼거리자 세쓰코는 힘차게 고개를 끄덕이는 눈치였다. 나는 심호흡을 하고 다시 한번 말했다.

"마키오가 여자를 때리다니 말도 안 돼. 다른 사람한테 폭력을 쓸 사람이 아냐."

동요가 목소리에 드러났다. 내 것 같지 않은 힘없는 목소리였다.

"나도 그렇게 생각했었고, 지금도 그렇게 생각해. 하지만 그때 마키오는 그 애를 때렸어."

세쓰코는 다시 한번 분명하게 말했다. 어둠 속에 그녀의 말이 둥실둥실 떠 있는 것 같았다.

"유리는? 그때 유리는 어떻게 반응했어?"

갑자기 생각나서 황급히 물었다. 베개 위에서 세쓰코가 고개를 흔드는 것을 알 수 있었다.

"그냥 있었어. 맞은 자세 그대로, 고개를 조금 돌리고 잠자코 가만히 서 있었어."

그 반응도 잘 이해되지 않았다. 유리는 불합리한 일을 당하고 가만있을 사람이 아니다. 오히려 그런 상황에서는 유리가 마키오를 때리는 편이 더 수긍이 간다. 어째서 마키오가 화를 냈을까. 어째서 유리는 맞고 가만있었을까. 그건 즉 맞아도 어쩔 수 없는 약점이 유리에게 있다는 뜻이 아닐까.

마키오의 노여움. 그것 역시 이해되지 않는 일 중 하나였다. 그는 그다지 감정을 드러내는 사람이 아니다. 그렇다고 감정이 빈곤하다는 말은 아니지만 노여움이나 불쾌함을 노골적으로 드러내는 일을 몹시 싫어했었다. 그런 그가 여자의 얼굴을 때릴 만큼 화낼 일은 대체 뭐였을까.

유리에게 거절당한 걸까.

맨 처음 떠오른 것은 그런 생각이었다. 마키오는 좌절이나 굴절을 모르는 사람이다. 성적도 좋고 운동도 뭐든 잘했으며, 훤칠한 체격과 온화하고 지적인 외모도 나쁘지 않다. 옛날부터 그는 은근히 여자들에게 인기가 있었다. 눈에 띄게 인기를 모으는 타입은 아니었지만 실은 다들 마음속으로 점찍는 남자애였다. 친구도 많고, 콤플렉스와는 전혀 인연이 없다. 실은 내가 생각했던 것보다 훨씬 자존심이 센 사람일지도 모른다. 나는 우리 둘이 어울린다고 생각했지만, 그는 나 따위는 자기에게 어울리지 않는다고 생각했는지도 모른다. 보다 근사한 여자, 보다 자기 수준에 맞는 여자. 유리는 그런 기준에서 선택된 여자였는지도 모른다. 그런 그녀가 자신을 거부하자 울컥해서……. 그런 생각을 하면서도 나는 석연치 않은 기분이었다.

어쩐지 마키오답지 않다. 그건 아니라는 생각이 든다.

내가 조용해지자 세쓰코는 오해한 모양이었다.

"저기, 리에코, 이건 내 감이지만, 그 두 사람, 뭔가 다른 이유로 연결되어 있었다는 생각이 들어. 연애관계가 아니라 더 복잡한, 이해관계라고 할까, 까칠까칠하고 건조한 뭔가로. 그게 뭔지는 모르겠지만 그때 두 사람을 보고 그런 느낌이 들었어."

연애관계가 아닌 까칠까칠하고 건조한 관계.

세쓰코가 받은 인상이 옳다는 생각이 들었다. 그렇다면 대체 뭐였을까. 두 사람 사이에 무슨 일이 있었을까. 우리의 삼각관계는 연애를 둘러싼 게 아니었나?

별안간 지금까지 느낀 적 없는 종류의 불안이 솟았다.

유리를 좋아하게 됐어. 리에코하고는 이제 안 만나.

맑은 눈으로 나를 응시하며 마키오가 입술을 움직인 순

간이 지금도 몸속 한구석에 새겨져 있다. 얼굴에 차가운 물을 뒤집어쓴 것 같은 충격이. 내가 무슨 말을 들었는지 이해되지 않는 공백의 순간이.

유리를 좋아하게 됐어. 리에코하고는 이제 안 만나.

그 말은 대체 무엇이었나.

고요한 종소리가 사라질 때까지, 유리는 의자에 걸터앉아 가만히 붉은 리본을 양손으로 받들듯 들고 있었다.

이윽고 무대에 정적이 찾아들고, 객석이 하나의 의식이 되어 무대를 향하는 순간이 찾아왔다.

스포트라이트에 유리의 손에 들린 붉은 리본이 반들반들 광택을 발했다. 빨강이라기보다는 진홍색에 가까웠다.

유리가 천천히 양손을 무릎에 내려놓고 한숨을 쉬었다.

알겠습니다. 그럼 오늘 밤은 제 기억 속에 남아 있는 한 소녀의 이야기를 하죠. 그러면 절 해방시켜 주시는 거죠? 약속해 주실 수 있나요?

유리는 얼굴을 슥 쳐들고 그곳에 없는 상대방의 얼굴을 봤다. 관객은 이미 그녀와 테이블을 마주하고 앉은 상대방이 되어 있다.

가만히 상대방의 얼굴을 쳐다보던 유리는 이윽고 안심한 듯 미소를 지었다. 그녀의 제안이 수락된 모양이다.

그럼 그녀 이야기를 하죠. 그전에 부탁을 하나 드릴게요.

제가 이야기하는 동안에는 질문을 하지 말아 주세요. 도중에 누가 끼어들면 그녀는 제 안에서 사라져 버릴 거예요. 전 그녀의 목소리를 잃어버리게 됩니다. 그녀는 제게 아주 소중한 사람이었어요. 지금도 소중한 사람이에요. 힘든 일, 참을 수 없는 일이 있을 때 그녀와의 기억을 꺼내서 저 자신을 위로해요. 그러니까 부탁드립니다. 제 이야기를 중단시키지 말아 주세요. 비평하지 말아 주세요. 그저 조용히 그녀에 관한 추억을 들어주세요.

부탁이에요.

그렇게 유리가 눈앞에서 애원하는데 들어주지 않을 사람이 있을까. 관객들은 마음속으로 고개를 끄덕이고 그녀가 이야기하기를 기다린다. 그녀가 과거에 함께 지냈던 소녀, 그녀가 과거에 누구보다도 사랑했던 소녀, 레이코라는 이름의 소녀의 이야기를.

기묘한 이야기였다. 북쪽 지방, 아마도 홋카이도의 습원 한가운데에 부유한 학생들만이 들어갈 수 있는 기숙사 학교가 있고, 그곳에서 많은 소년 소녀가 유폐나 다름없는 상태로 살고 있다. 생활은 안락하고 사치스럽지만 외부와의 연락은 허용되지 않는다. 그 학교 학생들은 돈은 많아도 복잡한 가정 사정 때문에 사회로부터 격리된 아이들이 많았다.

업계에서 으뜸가는 잉꼬부부로 널리 알려진 저명한 배우의 사생아로 태어난 소녀는 철이 들자마자 학교로 보내진다.

고독과 반발과 초조함의 나날. 연극을 사랑한 소녀는 혼자 열심히 연기 연습을 한다. 온전한 정신을 유지하는 수단으로, 마음이 썩어가는 것을 막는 방법으로. 소녀는 안일하게 살고 있는 다른 학생들 틈에서 고립되고, 아이들을 온순하게 사육하려는 학교 측으로부터도 골칫거리 취급을 받는다.

그러던 어느 날, 한 편입생이 들어온다. 이 학교는 도중에 갑자기 들어오는 학생들이 많다. 레이코라는 이름의 소녀. 그런데 소녀는 아무리 봐도 소년이었고 소년의 차림새를 하고 있었다. 이상하게 생각한 소녀는 그 남장 소녀에게 점점 마음이 끌린다…….

어두운 옛날이야기 같은, 다소 비현실적인 이야기였다.

그래도 그 이야기에는 기묘한 매력이 있었다. 아들을 잃은 광신적인 여자에게 입양되어 아들의 대용품으로서 남자로 길러진 레이코. 무서울 정도로 순수한 그녀는 원래부터 위태로웠던 정신의 평형을 서서히 잃어간다. 그것을 막으려 필사적으로 노력하면서도, 한편으로 그녀가 아무것도 고민하지 않아도 되는 아름다운 세계의 주민이 되는 것을 도와주고 싶은 마음에 망설이는 소녀. 황량한 습원 한복판에 갇혀버린 우화 같은 세계.

유리의 연기는 뛰어났다. 회색 브이넥 스웨터와 바지뿐인 심플한 의상이었지만, 소녀들을 연기할 때는 손에 든 붉은 리본을 재빨리 목에 묶었다. 그렇게 해서 교복을 나타내는 동시에 기숙사 학교라는 우리에 갇혀 유폐된 것과 다름없는 소녀들의 상황도 표현하는 듯 보였다.

관객은 하나가 되어 유리의 연기에 몰입했다. 비좁은 아틀리에 안에 소우주가 생겨나, 나는 마키오에 대해서도, 잃어버린 나 자신에 대해서도 잊었다.

어느덧 사태는 비극적인 방향으로 나아간다.

레이코의 정신은 점점 더 균형을 잃어 이윽고 그녀는 급우들을 죽이기 시작한다. 레이코의 범죄를 은폐하다 못해 급기야 협조까지 하게 되는 소녀. 그곳에 있는 것은 사랑하는 사람의 노예가 되어버린 비참함뿐이다. 소녀의 눈은 고뇌에 차고 입술은 역겨움에 일그러지지만, 그러면서도 그녀는 안타까운 표정으로 레이코의 뒤를 밟는다. 그러다 더는 레이코를 보호할 수 없는 지경에 이르자 그녀는 레이코를 데리고 도망치기로 결심하지만, 그 순간 천진한 표정으로 그녀를 끌어안은 레이코가 손에 든 칼로 자신을 찌른 것을 깨닫는다……

그 뒤 어떻게 되었는지는 설명이 없다. 긴 침묵.

보세요, 종소리가 들리지 않으세요? 그렇죠?

과거의 이야기를 마친 여자는 문득 귀를 기울이고, 그때까지 그녀의 이야기를 듣고 있던 상대에게도 똑같은 행동을 하도록 재촉한다.

그렇죠? 들리시죠, 저 소리? 여자가 얼굴을 빛낸다.

오랜만에 듣네요. 저건 저희 학교 종소리랍니다. 저희 학교는 파란 언덕 위에 있었는데, 습원에 꽃이 피기 시작하면 종을 울리거든요. 겨울이 기니까 그 종소리를 들으면 얼마나 기쁜지 몰라요.

여자의 얼굴은 점점 더 기쁨으로 가득 찬다. 얼굴에 언뜻 그림자 같은 것이 스친다.

종이 울리기 시작한다. 연극이 시작됐을 때 들었던 종소리가.

아이참, 예쁘기도 하지. 어쩜 이렇게 예쁜 꽃이 있을까.

여자는 일어서서 종소리에 맞춰 리본을 흔들며 춤을 추기 시작한다. 어린애처럼 무심한 표정으로 춤추는 여자. 아마도 과거에 그녀를 찌른 레이코와 같은 표정으로.

종소리에 맞춰 춤추면서 퇴장하는 유리.

마침내 종소리도 페이드아웃으로 사라지고, 무대는 정적에 휩싸인다.

암전.

진심 어린 박수가 작은 아틀리에를 가득 메웠다.

불이 켜지니 무대 위에는 여느 때와 똑같은 유리가 서 있었다. 그녀가 정중하게 절하자 박수 소리가 한층 더 커졌다. 다시 조명이 꺼지고 객석에 불이 들어왔을 때 이미 유리의 모습은 사라지고 없었다.

감사합니다. 나가실 때 발치를 조심하세요.

녹음된 유리의 목소리가 나오고, 관객들은 줄줄이 출구 쪽으로 움직였다.

쪽문 밖에 유리가 서서 관객들에게 인사하고 있었다. 모두 그녀에게 한두 마디 건네고 돌아갔다. 극단 동료처럼 보이는 화려한 분위기의 사람들이 그녀를 둘러싸고 있기에 우리는 '연극 좋더라'라고만 하고 그곳을 떠났다.

유리는 나를 발견하고는 후련한 얼굴로 손을 흔들었다.

유리는 졸업했구나.

뒷맛은 나쁘지 않았다. 오기 잘했다고 솔직하게 생각했다.

우리는 골목에서 나와 어두운 주택가를 걷기 시작했다.

그 순간, 모든 감각이 배로 늘어난 것처럼 화사하고 생생한 기운을 느꼈다.

뭐지, 이 느낌은. 나는 순간 혼란에 빠졌다.

아직 공기는 싸늘하지만 분명 움직이기 시작한 봄철의 밤. 그 에너지가 온몸의 구멍이란 구멍으로 죄다 들어오는 듯한 기묘한 감각이었다. 나는 그 순간, 내가 오랫동안 마음을 닫고 살았음을 새삼 깨달았다. 잠에서 깨어난 기분이었다. 1초, 1초가 또렷하게 느껴지고, 아키히코와 세쓰코의 옆얼굴도 똑똑하게 보였다. 길가에 있는 것조차, 발밑에 떨어진 담배꽁초조차 선명하게, 아름답게 보였다. 어딘가에서 벚꽃 봉오리가 움트기 시작하는 것까지 느낄 수 있었다.

너무나도 오랜 시간 잊고 있던 감각이었다.

그래, 나도 졸업했구나.

나는 오랜만에 평화로운 기분으로, 이른 봄의 어둠 속을 아키히코와 세쓰코와 셋이 느긋하게 걸었다.

그 봄날 밤에 느꼈던 공기가 선명하게 떠올랐다.

그리움과 숨 막히는 느낌이 동시에 솟아 나도 모르게 얼굴을 쓱쓱 문질렀다.

"이야기가 꽤 길어졌네. 미안. 그만 자자."

세쓰코가 이야기를 끝내려는 듯이 말했다. 내가 얼굴을 문지른 것을 오해했는지도 모른다.

"응……. 저, 세쓰코."

"뭐?"

"이 이야기를 '아름다운 수수께끼'로 제출하면 그 두 사람은 답을 생각해 줄까?"

세쓰코가 어둠 속에서 입을 다물었다.

"글쎄. 흥미로운 이야기라고는 생각하고, 개인적인 호기심만 생각하면 나도 궁금하긴 해. 이미 오래전 일이기도 하고. 하지만 우리의 아름다운 우정을 지키기 위해선 그만두는 편이 좋을 것 같은데."

"그렇겠지? 맞아, 아름다운 우정이지. 응, 알았어. 그럼 잘 자."

"잘 자."

이제 오늘 밤에는 더 이상 깨지지 않을 침묵이 찾아왔다. 세쓰코가 돌아눕는 것을 알 수 있었다. 나도 따라 돌아누웠다. 피로가 왈칵 밀려와 의식을 메우려 했다.

오늘 밤은 너무 긴 시간 과거와 함께 있었다. 문득 그런 생각을 한 순간, 주황색 뭔가가 머릿속에서 플래시백되었다.

온몸이 움찔하며 굳었다.

방금 내가 본 게 뭐지?

밀려오던 잠이 다시 멀어지는 것을 느꼈다.

나는 어둠 속에서 눈을 떴다. 목덜미에 식은땀이 주르르 흘렀다.

충격이었다.

이제 알았다. 내가 어째서 이 여행에 대해 그렇게 불안해했는지. 어째서 마키오에 대해 그런 의혹을 느끼게 됐는지.

마키오의 얼굴이 눈앞에 떠올랐다.

그날 밤 일이 생각나기 시작했을 때 나는 이미 그 사실을 깨달은 것이다. 세쓰코가 그날 밤 일을 떠올린 택시에서 이미.

갈증이 느껴져 목을 눌렀다. 그러나 그 행위에서 다른 행위를 연상하고 흠칫 몸을 떨었다.

아까 아키히코와 마키오의 방에서 느꼈던 기시감. 간접조명. 마키오의 얼굴이 스탠드 불빛을 받고 있었다. 기묘한 웃음. 조명 없이 하려고? 내 목소리가 들려온다. 그건 무리고. 아무리 그래도 조명은 써야지. 유리 목소리도 들려온다. 장지 밖에서 드는 빛. 간접조명. 말도 안 되게 컴컴한 레스토랑 있잖냐? 아키히코의 목소리. 무슨 담력 시험하는 것도 아니고 발치를 비출 각등이 필요할 정도라고.

어느새 가볍게 몸이 떨리기 시작했다.

자, 여러분. 그렇다면 무엇이 미스터리인가? 미사키 아키히코가 생각하는 미스터리는 어떤 것인가? 그것은 한마디로 말해 '과거'다. '과거'에야말로 진짜 미스터리가 있는 것이다.

머릿속에서 아키히코의 목소리가 낭랑하게 들려왔다. 몸이 흔들리는 듯한 착각에 사로잡혔다. 그 프롤로그를 들은 것은 배에서였다. 몸은 똑똑히 기억했다.

지금 손안에 남아 있는 작은 조각에서 우리는 과거로 거슬러 올라가 거기에 무엇이 있었는지, 어떤 일이 일어났는지를 탐색한다. 물론 그것은 대단히 어려운 작업이다.

세쓰코만이 아니다.

나도 봤다. 그날 밤, 나는 그곳에서 마키오를 목격했다.

유리가 손에 들고 있던 붉은 리본. 아키히코의 목소리는 아직도 계속된다.

그럼에도 불구하고 나는 '과거' 속에 진실이 있다, 답이 있다고 생각하고 싶다. 그리고 '아름다운 수수께끼'의 탐구는 인간이 무의식중에 희구하는 활동이라 생각하고 싶다.

그때, 유리의 얼굴에 얼핏 뭔가가 스쳤다. 기분 탓이 아니다. 마지막에 유리가 일어서서 리본을 들고 춤추기 시작했을 때, 유리의 얼굴을 그림자가 가로질렀다.

멋진 아틀리에야. 천창까지 있어. 날씨가 좋으면 달빛이 들지도 몰라.

유리의 머리 위에 천창이 있었다. 거기에서 뭔가 움직인 것이다.

천창 부근에서 뭔가가 움직인 것을 감지한 나는 무의식중에 아틀리에 밖에 누가 있지 않나 생각했을 것이다. 그리고 이 또한 무의식중에 아틀리에 입구를 흘긋 돌아본 것이다. 정말 한순간이었다. 자신이 돌아본 것조차 잊어버릴 만큼.

그러나 나는 그 짧은 순간에 똑똑하게 보고 말았다.

미닫이문 밖에 선 마키오를. 입구 작은 테이블에 놓인 스탠드, 그 불빛에 비친 마키오의 무표정한 하얀 얼굴을.

첫 만남의 기억은 언제나 선명하다.

그건 언제부터 시작되는 걸까. 언제부터 그게 되는 걸까.

이런 데에서도 사람은 기억을 수정한다. 자신이 꺼내기 쉬운, 바라보기 쉬운 곳에 예쁘게 싸서 넣어두는 것이다. 특히 기념이 되는 기억은 가장 꺼내기 쉬운 곳에 진열되어 있다.

내 경우, 기념이 되는 기억은 이것이다.

장마가 걷힌 오후. 슬슬 열기를 띠기 시작한 햇빛이 여름을 예고하는 시골 동네. 질척한 논두렁길로 고등학교 2학년인 나는 집에 가고 있다. 아침까지 비가 내린 길이다. 논두렁길은 온통 진흙탕이라 나는 발치에서 눈을 뗄 수 없다. 이럴 줄 알았으면 괜히 부끄러워하지 말고 장화를 신을 걸 그랬다. 그러나 그맘때 소녀에게 장화는 꼴불견이다. 장대비가 쏟아지면 또 몰라도, 오후에는 장마가 걷힐 것이라는 아침 뉴스를 듣고 장화를 신고 나가는 열일곱 살 소녀가 있을까.

 기말고사 이튿째였다. 친구는 오늘 시험 결과가 어지간히 충격이었는지, 집에 가면 아무래도 자꾸 늘어지니까 도서관에서 공부하고 갈래, 하고 기운 없는 목소리로 말했다. 이른바 지방 명문고다. 2학년 여름방학을 앞두고 슬슬 입시 공부라는 게 시야에 들어올 무렵이다.

 여느 때는 가장 지름길인 국도로 다니지만, 나는 국도가 싫었다. 차는 요란하게 맹렬한 기세로 달리는데 인도는 좁고 그 좁은 인도로 자전거까지 다닌다. 아스팔트 여기저기가 커다랗게 움푹 팬 탓에 비가 그친 다음에는 차가 연못 속을 달리는 것 같아진다. 그런 때 인도를 걸으면 트럭이 꼭 일부러 그러는 것처럼 흙탕물을 끼얹고 지나간다.

 그래서 멀리 돌아가기는 해도 사방이 탁 트였고 다니는 사람도 많지 않은 학교 뒤쪽 논두렁길로 가기로 했다. 시험은 그럭저럭 예상했던 대로 출제됐고, 집에 가서 곧장 내일 시험 준비를 할 마음이 나지 않았다. 조금만, 이 십몇 분간만 머리를 비우고 햇빛을 받으며 걷고 싶다.

 그러나 논두렁길도 상황은 그리 좋지 못했다. 이쪽도 온통 진창이다. 우아하게 햇빛을 만끽할 겨를이 없었다. 나는 책가방을 끌어안고 물웅덩이를 피해 걷는 데에 온 신경을 집중했다.

가까운 운동장에서 환성이 들려왔다. 우리 학교는 운동장이 두 개 있다. 하나는 잘 정비된 정문 쪽 남쪽 운동장. 건물 뒤쪽에 있는 북쪽 운동장은 주변 논밭에 면한 공터 같은 작은 운동장이다. 시험 기간 중인데도 축구부가 연습을 하는 모양이다. 단체 연습이 아니라, 어지간히 자신이 있는지 아니면 남은 시험을 이미 포기했는지, 몇 명이 개인적으로 패스 연습을 하는 듯, 들려오는 목소리도 몇 안 된다. 가까운 곳에서 목소리가 들린 것 같았지만 나는 발치에 신경 쓰느라 돌아볼 여유가 없었다.

어이쿠, 위험해!

등 뒤에서 목소리가 들리더니 누가 뛰어오는 소리가 났다. 퍽, 하고 귓가에서 뭔가가 부딪치는 소리가 나서야 비로소 놀라 걸음을 멈추었다.

머뭇머뭇 옆을 보자, 발밑에서 흙투성이 축구공이 논두렁길 밖으로 굴러떨어지는 참이었다.

어? 이게 혹시 방금 이쪽으로 날아온 거야?

나는 귓가에 뭔가 있는 것을 깨닫고 흠칫 놀라 뒤를 돌아봤다. 진창이 묻은 주먹이 나와 있고, 그 끝에 온화한 얼굴의 교복을 입은 남학생이 있었다.

아, 큰일 날 뻔했다. 물웅덩이만 신경 쓰고 있으면 위험해.

웃으면서 아무렇지도 않은 듯 말했다.

아, 응, 미안해. 고마워. 일부러 뛰어와서 주먹으로 축구공을 쳐낸 거야?

나는 자신이 전혀 눈치채지 못했다는 사실에 허둥댔다.

응. 나는 다카다보다 훨씬 뒤에서 오고 있었거든. 상당히 애먹으며 걷는 것 같길래 저 엉터리 1학년 녀석이 공을 날려도 모르겠구나 생각하면서 보고 있었어. 그랬더니 진짜 그렇게 됐잖아?

죄송합니다, 하는 목소리가 북쪽 운동장 쪽에서 날아왔다. 티셔츠를 입은 1학년이 머리를 긁적이고 있다. 쓰지 마키오는 성큼성큼 논두렁에서 내려가더니 가볍게 공을 찼다. 공은 운동장까지 깔끔한 포물선을 그리며 날아갔다.

고맙습니다. 나이스 킥.

마키오는 다시 논두렁으로 돌아왔다.

미안해. 고마워.

나는 미안해하며 고개를 숙여 인사했다.

천만의 말씀.

마키오는 가볍게 내 옆에 서서 걷기 시작했다. 그와 나는 1학년 때 같은 반이었지만 말을 해본 적도 거의 없었고 특별히 관심을 가져본 적도 없었다. 느낌이 괜찮은, 남자애다운 남자애라는 인상밖에 없었다.

남자애들은 아직 성장 중인가 보다. 같은 반이었을 때보다 한층 키가 크고 든든해 보이는 그의 모습에 나는 조금 가슴이 설렜다. 옆을 바라보면 그의 어깨가 있어 살짝 올려다봐야 한다는 것도 신선했다.

시험 잘 봤어?

마키오는 붙임성 있는 태도로 물었다.

응, 그럭저럭.

여유 있네.

하지만 본인이 그럭저럭 봤다고 생각할 땐 거의 대개 못 봤지.

맞아, 맞아. 그거 왜 그럴까. 완전히 망쳤다고 생각할 때가 오히려 낫고 그러잖아.

그럭저럭 봤다고 생각할 때는 결국 문제를 제대로 안 읽었을 때가 많지. 완전히 망쳤다고 생각할 때는 거기랑 거기에서 막혔다고 확실하게 알 만큼 문제를 자세하게 파악하고 있는 거고.

일리 있네.

쓰지네 집 이쪽이었어?

어느 쪽으로 가도 갈 수 있어.

물웅덩이를 조심스럽게 피하며 나는 햇살보다 더 따뜻한 것을 볼에 느끼고 있었다. 자신이 들떠 있는 것을. 곁을 걷는 소년이 일부러 걸음을 늦춰가면서까지 자신과 나란히 걸으려 하는 것을.

그냥 소소한 이야기를 하는데도 그 짧고 담담한 한순간이 한없이 사랑스럽다. 한순간 옆을 향했을 때 마주치는 시선이 한없이 기쁘다. 그 장면은 이런 식으로 내 안에 보관되어 있다. 비 갠 뒤의 논두렁길, 가까이서 본 미소가 그날부터 한 소녀에게 특별한 의미를 갖게 된다.

자주 가던 가게가 어째서 이렇게 빛바래 보일까.

감탄이 나올 만큼 쾌청한 가을날이었다. 노랗게 물들기 시작한 은행나무가 높다란 하늘에 의기양양하게 우뚝 솟아 있다.

마키오는 감정을 밖으로 잘 드러내지 않는 사람이지만 그 무렵 나는 그가 어딘가 이상하다는 것을 눈치채지 않을 수 없었다.

언뜻 보면 전과 다른 데가 없었다. 소소한 이야기를 하고, 진지한 이야기도 한다. 공통되는 친구들 소문을 이야기하며 웃고, 주말에는 어느 한쪽 집에서 가볍게 술을 마시고 음악을 듣는다.

그런데 어쩐지 이상했다. 어디가 이상하다고 분명하게 집어 말할 수는 없다. 하지만 어딘가 다르다. 어딘가 이상하다.

저기, 혹시 무슨 고민 있어?

그렇게 물은 적이 몇 번 있었다. 처음 그런 느낌이 들기 시작한 것은 몇 달도 더 전이었던 것 같다. 하지만 내가 그렇게 물으면 그는 어리둥절한 표정으로 나를 봤다.

나 말이야? 고민? 그런 거 없어.

그가 아무렇지도 않게 웃음을 띠며 태연한 어조로 그렇게 말하면 그럼 다행이고, 라고 대답할 수밖에 없었다.

졸업이 얼마 남지 않았기 때문일까, 하고 생각도 해봤다. 마지막 학창 시절이 끝나고 이제 곧 사회에 나가게 되는 것이다. 특히 남자의 경우, 진짜 승부는 이제부터 시작된다. 지금까지 고생을 모르고 순조롭게 살아왔어도 앞으로 어떻게 될지는 아무도 모른다. 물론 비슷한 불안은 나도 있었지만, 나는 마키오만 있으면 된다고 생각하고 있었다. 그가 곁에 있으면 어떤 생활도 헤쳐나갈 수 있다. 지금까지도 잘해왔으니까.

나는 우리 관계에 만족하고 있었고, 내가 아는 어떤 커플보다도 잘해나가고 있다는 자신이 있었다. 일생을 함께할 반려를 이미 찾았다는 안도감도 있었다. 그런데 나만 그렇게 생각했다는 사실이 그 뒤 곧 판명됐다.

우리는 원래 그다지 하소연을 하거나 불평불만을 말하는 커플이 아니었다. 둘 다 다른 사람의 고민을 들어주는 타입인 데다, 나는 그에게 불만이 거의 없었던 터라 불평할 필요가 없었다.

그 부분에서 우리는 이미 어긋나기 시작했는지도 모른다.

적어도 나는 우리가 비슷한 타입이라 생각하고 있었다. 언제나 비슷한 생각을 하고, 비슷한 가치관에 의해 움직인다고 생각했다. 예를 들어 우리는 남에게 의지하지 않았다. 남과 의논할 생각을 별로 해본 적이 없었다. 혼자서 고민하고, 대체로 혼자서 해결했다. 남들의 하소연과 고민을 듣는 데 익숙한 탓에 같은 일을 남에게 하기는 창피하다는 느낌이 막연히 있었는지도 모른다. 하지만 남이 고민을 털어놔 주지 않으면 서운하다는 것은 잘 알고 있었던지라, 나도 마키오도 서로에 대한 신뢰를 증명하기 위해 가끔씩 일부러 고민 비슷하게 털어놓는 일은 있었다. 각자의 친구에 관해, 또 서로에 관해. 그런 부분의 평형감각은 지금도 비슷하다고 생각한다. 다른 사람의 발언에 대한 감상, 어떤 행위를 꼴불견이라고 생각하는지, 다른 사람과의 관계에서 어디쯤이 적절한 선인지, 집단에서 어떤 위치에 설지. 그런 세세한 부분의 평형감각은 마치 형제처럼 비슷했다. 하지만 그건 결국 세세한 부분에 불과하다. 아마 본질적인 부분에서는 처음부터 큰 차이가 있었을 것이다. 나무를 보고 숲을 보지 못한 것이다. 사람들은 처음 사귀기 시작했을 무렵에는 비슷한 점만 발견하고 기억하지만, 이별의 예감이 들기 시작하면 상대방과의 차이점을 찾기 시작한다.

나는 마키오를 감정의 과정, 사고의 과정, 선택의 과정을 설명하지 않는 남자라고 생각하는데, 지금 생각하면 나도 그와 별반 차이가 없었다. 사소한 일로 그때마다 호들갑을 떨어 마키오가 진저리 내게 하기는 싫었다. 그를 즐겁게 해주고 편하게 해줄 화제가 아닌 것은 별로 꺼내고 싶지 않았다. 트러블이나 하소연도 때때로 악센트가 되어주지만 평소에는 피하는 편이 무난하다. 응석이나 변덕을 귀엽다고 착각하는 여자는 되고 싶지 않았다. 나와 함께 있을 때는 그가 즐거웠으면 좋겠고, 그에게 내 좋은 점을 보여주고 싶다. 거꾸로 말하면 내 약점이나 추한 부분은 보여주고 싶지 않다.

이런 생각이 어디가 잘못된 걸까. 나는 알 수 없었다. 이제 조금은 알 수 있을 것도 같지만 지금도 역시 기본적으로 내 생각은 변함없다. 그게 문제였을까? 마키오는 제멋대로 응석을 부리는 여자가 좋았을까? 딱 달라붙어 의존하는 여자가, 질투하는 여자가 좋았을까? 모르겠다. 혹시 알았다 해도, 나는 그럴 수 없다.

어디서부터 잘못됐을까. 어떻게 하면 좋았을까. 답이 있기는 했을까. 내가 취해야 할 수단이 있었을까.

약한 면을 드러내고 솔직해지라고들 한다. 잡지에도 그렇게 쓰여 있다. 아무리 봐도 어렸을 때부터 남의 연애만 관찰했을 뿐, 자신이 연애의 주역이 된 적은 없을 것 같은 남녀가 잡지마다 온갖 잘난 척은 다 하면서 신탁을 내린다.

리에코는 너무 침착하고 빈틈이 없어. 빈틈을 좀 보여. 울면서 매달려. 어린애처럼 애원해. 여자가 그러면 어떤 남자든 휘청 넘어간다. 그런 말을 들은 적도 있었다.

그러나 나는 할 수 없다. 하고 싶지도 않다. 자존심이 세다, 자기가 제일 중요하다고 해도 어쩔 수 없다. 나는 그런 한심한 짓은 하고 싶지 않다. 자신이 마땅히 져야 할 책임을 남에게 맡겨버리는 짓은 하고 싶지 않고, 하면 안 된다고 생각한다. 그런 생각이 잘못이라 여기지 않는다.

다람쥐 쳇바퀴 같다. 일도, 연애도 결과가 전부. 뭐가 문제였을까, 어떻게 해야 했을까. 그런 것은 아무도 알 수 없는 일이다. 나는 막다른 길에 갇혀 있었다.

그리고 모든 게 그 순간으로 돌아간다.

내가 마지막으로 그 가게에 간 날로. 우리가 잘 가던 가게. 그 뒤 두 번 다시 가지 않은 가게. 은행나무 가로수 길에서 조금 들어간 곳에 있는, 바bar보다는 술의 가짓수가 적고 바보다 음식의 가짓수가 많은 가게.

그날은 너무나도 갑자기 찾아왔다. 투명한 가을 하늘. 황금색으로 빛나는 은행나무.

평소와 똑같은 자리에 앉은 그를 발견하고, 평소와 똑같은 웃는 얼굴로 자리에 앉는다. 평소와 똑같은 위치에.

그 무렵 여러 번 느꼈던 마키오에 대한 위화감을 잊고 있었다.

오랜만에 만나는 것이었다. 나는 졸업논문을 쓰는 중이었고, 취직을 앞두고 어학 공부를 시작한 마키오는 숙제가 상당히 많은 모양이었다.

음식을 주문하고 근황을 주고받는다. 마키오가 매번 주문하는 시저샐러드. 내가 매번 주문하는 구운 토마토와 치즈.

나온 음식을 접시에 덜며 다음 화제로 넘어가기 위해 우리는 마주 봤다.

그 순간, 나는 눈앞에 있는 남자에게 이질감을 느꼈다. 이유는 알 수 없다. 마치 마키오라는 인간의 알맹이가 송두리째 바뀐 듯한 느낌이었다.

불길한 기분이 들었다.

무슨 일 있어?

그의 눈을 보며 물었다.

그는 느긋했다. 늘 느긋한 사람이지만 그때까지 본 적이 없을 만큼. 그의 눈은 나를 보고 있었다. 어린애처럼 솔직한 눈으로. 어린애가 처음 소개받은 사람을 보는 눈. 그래, 그런 눈이다. 그날, 그는 처음으로 나를 자기 애인이 아니라 타인으로 보고 있었다.

할 말이 있어.

마키오는 음식에 손을 대지 않은 채 테이블 위에 손을 깍지 끼고 있었다. 꼭 비즈니스 같네. 얼핏 그런 생각이 들었다. 고객에게 불리한 조건을 설명하는 영업사원의 손 모양.

나는 대답하지 않고 온몸이 물음표가 된 채로 그의 다음 말을 기다렸다.

우리 꽤 오래 사귀었지.

이미 과거시제라는 것을 깨달았다.

리에코한테 도움도 많이 받았고, 늘 즐거웠어. 리에코는 늘 내 정신안정제가 되어주었어.

과거시제가 반복된다. 도움을 받았다. 즐거웠다. 되어주었다. 어미가 반복될 때마다 과거시제가 가슴을 세차게 찔렀다. 그 아픔, 잔혹함에 심장이 휘청거리고 곳곳에서 피가 줄줄 흐르기 시작했다.

하지만 더는 안 되겠어. 나는 내 감정을 속일 수 없어.

마키오는 담담하게 말을 이어갔다. 나는 멍하니 마키오의 목소리를 들으며 말을 참 잘한다고 마음속 한구석으로 감탄했다. 뜻밖이다. 저런 영화 대사 같은 말을 일상생활에서도 쓰는구나. 내 감정을 속일 수 없어. 그런 건 원래 멜로드라마 대사가 아니던가. 스크린 속에서 팔랑팔랑한 레이스 옷깃을 단 옛날 귀족이 할 법한 말이다. 나는 내 감정을 속일 수 없어. 하늘을 우러러 팔을 치켜든다. 창밖에서 벼락이 친다.

이제 더는 리에코하고 사귈 수 없어. 이걸로 끝내고 싶어.

그의 목소리는 조금도 떨리지 않았다. 미안해하지도 않고 내 눈을 똑바로 쳐다보고 있다.

먼저 눈을 돌린 사람은 나였고, 희미하게 목소리가 떨리기 시작한 것도 나였다.

어째서?

침착하게 물으려 했지만 까칠까칠하게 갈라진 목소리가 나왔다.

마키오는 그 순간만은 눈을 살짝 내리깔았다. 그러나 곧 다시 맑은 눈빛으로 나를 봤다.

그러고는 어딘지 모르게 자랑스럽게도 들리는 목소리로 이렇게 말했다.

유리를 좋아하게 됐어. 리에코하고는 이제 안 만나.

숲은 살아 있다.

우리는 깊은 숲속을 나아가게 될 것이다.

숲속에는 뭐가 기다리고 있을까. 신종 바이러스일까, 현대인의 치유일까. 사방에 머리 숙여 부탁해서 휴가를 얻고, 선물을 약속하고, 서류에 포스트잇을 덕지덕지 붙여 메모를 남기고, 그렇게 해서 우리는 소음으로부터 도망쳐 온다. 장거리를 이동해, 자기 몸뚱이를 600미터 들어 올리기 위해서 숲에 찾아온다.

그 너무나도 고통스러운 순간을 생각할 때마다 늘 동시에 되살아나는 말이 있다. 이 또한 기억 수정의 소행이다. 무의식중에 세트로 기억하고 있는 내 뇌.

분명 보리스 비앙의 소설 속 한 구절일 것이다. 이제 더는 사랑하지 않는다든지 아무도 사랑하지 않는다고 말해도 잘못은 아닙니다.

정확한 표현은 잘 기억나지 않지만 아무튼 그런 문장이었다.

진실은 어째서 늘 이렇게 고통스러울까.

물론 나는 그와 사랑의 계약을 맺은 것도 아니었고, 명확하게 장래를 약속한 것도 아니었다. 내게 그를 비난할 권리는 전혀 없다. 기껏해야 오랫동안 내 기득권처럼 여겼던 애정을 앞으로 누릴 수 없게 된 데에 손해배상을 청구하는 정도일까. 비난의 근거는 그 정도일 것이다.

전에는 당신을 좋아했지만 이제는 아니다.

아무도 좋아하지 않고, 당신도 좋아하지 않는다.

당신보다 그 사람을 더 좋아한다.

죄는 아니다. 어느 말도 죄는 아니다. 그런데 어째서 이렇게 고통스러울까. 어째서 이렇게 아플까. 어째서 이렇게 가슴을 찢어놓는 말이 죄가 아닐까.

어느 날, 숲속에서 곰을 만났다.

만남에 순서는 있을까.

행복할 때는 사고가 종종 똑같은 패턴에 빠지기 쉽지만, 불행해지면 실로 여러 가지를 생각하게 된다. 특히 소중하게 생각하던 것을 잃었을 때는 더더욱. 마키오를 잃은 것은 큰 타격이었지만 나는 그때 꽤 많은 것을 배운 것 같다.

만남의 순서는 내가 한때 즐겨 생각하던 테마였다. 사람은 몇 번째로 자기 반려를 만나는 게 가장 좋을까. 어떤 의미에서 정신적으로 막다른 곳에 몰려 있던 나는 그런 생각을 진지하게 했다. 사람은 한평생 몇 명쯤 사랑할 수 있을까. 정이 헤프다는 것과는 다르다. 정말로, 진심으로, 그 사람의 존재를 전부 자기 것으로 하고 싶은 애정은 기껏해야 한두 명일 것이다. 그러지 않으면 평범한 사람은 몸도 마음도 남아나지 않을 것이다. 사랑은 모든 것을 집어삼킨다. 그 뒤로는 한동안 풀 한 포기 나지 않는다.

어째서 나와 마키오는 맨 처음에 만났을까. 어째서 그렇게 일찍 시작됐을까. 진짜 사랑을 마키오로 시작할 수 있어서 나는 행복했지만 한편으로는 불행하기도 했다. 인간은 쉽게 싫증 내는 동물. 이것저것 새로운 것을 시험해 보고 싶어진다. 나이가 젊어 눈앞에 긴긴 시간이 있으면 다른 것도 먹어보고 싶어지는 것은 당연한 일이다.

맨 처음에 반려를 만나버린 사람은 불행하다고 생각한다. 횟수를 거듭한다고 해서 더 좋은 것을 만나지는 않기 때문이다. 처음에 진짜 사랑을 만나버리면 그 이상을 만나지 못하는 한 늘 부족함을 느끼게 된다. 진짜 사랑은 나중에 찾아오는 편이 낫다.

지금도 가끔 생각한다. 마키오와 좀 더 나중에 만났더라면, 하고. 고등학교 때는 남몰래 마음속으로 괜찮다고 생각했던 남자애와 대학을 졸업하고 나서 재회한다. 혹시 그런 관계였다면 우리는 아마 골인했을 것이다. 드디어 완벽한 반려를 만났다고 서로 만족하면서.

그러나 우리는 그날, 질척질척한 논두렁길에서 만나고 말았다. 나는 이 사람을 뛰어넘을 사람은 더 이상 나타나지 않을 것이라 생각하고 말았다. 그 선명하고 강렬한 생각만이 지금도 세월을 넘어 되살아난다. 물론 지금은 추억도 흙투성이가 되어, 그와 보낸 나날을 고통 없이는 돌이켜 생각할 수 없다. 이제 그에게 당시와 같은 애정을 품기는 어려울 테고, 그도 나도 세월이 흘러 다른 사람이 됐다. 그래도 그 순간, 그 확신만큼은 완벽한 것으로서 내 안에 선명하게 새겨져 있다.

지금은 증오와 아픔이 뒤섞인 복잡한 대상이 되고 말았지만, 그가 내가 진심으로 사랑한 남자라는 위치만큼은 평생 변함없을 것이다.

분하지만 어쩔 수 없다. 마키오에게 내 위치는 그렇지 않을지도 모르지만 그것도 어쩔 수 없다.

결국 나는 이번 여행 첫날에 이미 그것을 실감한 것이다. 아픔과 미움과 굴욕을 느끼면서도, 역시 마음 한구석에서 그를 지금도 사랑한다는 사실을.

그러나 아니, 그렇기에, 나는 그날 밤 그가 무슨 일을 했는지 알아야 한다. 내 가장 친한 친구와 무엇을 했는지. 내 가장 친한 친구를 어떻게 했는지. 그리고 내가 사랑하는 남자가 어떤 사람인지.

나는 포기하지 않을 것이다. 조급하게 굴면 안 된다. 이번 여행 중에 반드시 그의 입으로 직접 설명을 들어야 한다. 어떤 방법이 있을지 천천히 생각하자. 나는 냉정한 여자가 아닌가. 분명 좋은 방법이 있을 것이다. 마키오가 스스로 그 이야기를 할 수밖에 없는 상황을 만들어낼 방법이.

문득 강박관념 같은 것을 느끼고 눈을 번쩍 떴다.

6시 20분. 신기하게도 알람을 맞춰둔 시각 조금 전에 눈이 떠진다. 몸이 무의식중에 알람이 울리는 것을 거부하는지도 모른다.

부스스 일어났다.

깊게 잤는지, 수면 시간이 짧은 것치고는 몸도 머리도 개운했다.

커튼 밖은 이미 밝았다. 평온한 하루, 화창한 하루의 기운이 조용한 공기 중에 느껴졌다. 이제부터 하루가 시작된다는 실감이 솟았다. 아침식사를 준비할 필요도 없고 출근할 필요도 없다. 완전한 하루. 나 자신을 위한 하루.

작은 기쁨이 마음속에 천천히 스며들었다,

옆 침대의 세쓰코도 이불 속에서 꼼지락꼼지락하고 있다. 그러더니 갑자기 이쪽을 향해 눈을 번쩍 뜨고 주변을 둘러봤다. 옷을 갈아입으며 말했다.

"잘 잤어?"

"지금 몇 시야?"

"6시 23분. 아직 알람 안 울렸어."

"그렇구나, 다행이다. 밖이 꽤 밝아서 늦잠 잔 줄 알았어."

세쓰코도 일어나 화장실로 들어갔다.

나는 커튼을 걷었다.

고요한 아침 바다가 눈앞에 펼쳐져 있었다. 빛이 많아 수평선이 허옇게 보였다.

그것을 보고 있는 것만으로도 마음이 행복했다. 아침에 일어나니 창밖에 수평선이 보인다. 이런 게 바로 비일상. 이런 게 바로 사치가 아닐까.

"수평선이 꽤 높은 위치에 있네."

양치질을 하며 세쓰코가 다가와 옆에 섰다.

"수평선은 원래 자기 눈높이로 보인대."

"정말? 몰랐어."

세쓰코가 쭈그리고 앉았다.

"진짜네."

"맞지?"

"왜 그런 거야?"

"그건 몰라. 전에 누가 그랬어."

"어째 신기하네."

"달 같은 거 아닐까?"

"달?"

"달은 너무나 먼 곳에 있으니까, 아무리 이동해도 늘 달이 자기를 따라오는 것처럼 보이잖아? 그것처럼 바다도 너무나 넓으니까, 키가 2미터도 안 되는 사람이 어디서 보든 늘 눈높이로 보이는 거지. 그런 게 아닐까 내 맘대로 생각하고 있었어."

"그래?"

세쓰코는 납득한 것도 같고 아닌 것도 같은 표정으로 고개를 끄덕였다.

태양이 서서히 떠오르면서 바다도 빛이 강해지고, 색이 강해지고, 밝기가 강해진다.

세쓰코가 화장하는 데에 의외로 시간이 걸려 놀랐다. 화장은 여자마다 각기 미묘한 주장이 드러나는지라 재미있다. 화장 방법이 똑같은 사람은 한 명도 없고, 생활에서 차지하는 위치도 다 다르다. 남이 화장하는 모습을 지켜보고 있노라면 흥미롭다. 요새 전철에서 화장하는 젊은 여자를 자주 보는데, 옳고 그름을 떠나 그 모습을 보면 요즘 젊은 사람들은 브러시 같은 도구를 능숙하게 사용한다는 생각이 든다. 흔들리는 전철에서 진지하게 콤팩트를 들여다보는 얼굴을 보면 집중력에 감탄하지 않을 수 없다. 언제든지 여자는 늘 자기 자신이 최대 관심사. 콤팩트를 닫고 얼굴을 든 순간, 갑자기 무표정하게 풀어지는 게 우습다. 사람은 거울을 볼 때 얼굴과 보지 않을 때 얼굴이 노골적으로 다르다. 얼마나 다들 거울을 보면서 '자기 자신이라고 생각하는 얼굴'을 꾸미고 있는지 잘 알겠다.

언니와 둘이 사는 친구가 있는데, 동생이 취직하면서 그때까지 크게 차이가 났던 두 사람의 출근 시간이 겹치게 됐다. 어느 날, 두 사람이 같이 집에서 나와 역을 향해 발걸음을 재촉하는데, 도중에 어느 이발소 문에 비친 모습을 동시에 돌아보면서 문 속에서 눈이 마주치는 바람에 깜짝 놀라고 몹시 민망했다고 한다. 그 문은 색과 빛이 반사되어 전신이 뚜렷하게 비치는 터라, 두 사람 모두 아침마다 그 앞을 지나며 옷매무새를 확인했다는 것이다. 그런 곳은 나도 있다. 역 앞 빵집의 쇼윈도에 온몸이 비치기 때문에 무의식중에 반드시 확인하게 된다. 가만히 살펴보면 다른 행인들도 똑같다. 그곳이 가까워지면 모두들 어깨를 펴고 '자기 자신이라고 생각하는 얼굴'을 꾸미기 시작한다.

거울은 신기하다. 보고 싶은 게 보이고, 보고 싶지 않은 것은 보이지 않는다. 백화점의 거울은 '자기도취 거울'이라 실제보다 날씬해 보인다는 말이 한때 나돌았는데, 그런 말이 나오는 것도 모두 거울 속에서 자신이 수정한 모습을 보기 때문일 것이다.

나는 기초화장품에는 꽤 투자하지만 그 외에는 별로 신경 쓰지 않는 편이다. 매니큐어도, 립스틱도, 마음에 든 색 몇 개를 두고두고 쓴다. 반면에 세쓰코는 시즌마다 반드시 새로운 색조화장품을 산다고 한다. 그게 거의 계절 행사처럼 됐다는 모양이다.

세쓰코가 먼저 내려가라 하기에 그녀는 혼자 원 없이 눈화장에 전념하라 하고 어슬렁어슬렁 레스토랑 앞으로 갔다.

아키히코가 소파에 거만하게 버티고 앉아 창 너머 바다를 바라보고 있었다.

진짜 입만 다물고 있으면 미남인데 말이야. 또다시 그런 생각이 들었다.

"잘 잤어?"

내가 말하자 아키히코는 나를 보고 웃으며 "안녕"이라고 했다.

"마키오는?"

"그 녀석 웬 목욕을 그렇게 오래 하냐. 후딱 나올 줄 알았더니 보기하고 달리 욕실에 들어앉아 나올 줄을 모른다."

성격 급한 아키히코가 견디다 못해 먼저 나왔을 생각을 하니 웃음이 났다.

나는 아키히코의 맞은편에 앉았다.

"세쓰코는 화장 중이지?"

아키히코가 선수를 치는 바람에 놀랐다.

"어떻게 알았어?"

"그 녀석, 자기가 무슨 연극배우라도 되는 것처럼 화장

도구 세트를 들고 왔잖냐. 그저께 밤에 갑자기 마가 껴서 잠깐 그 녀석 짐을 들어줬는데 무거워 죽는 줄 알았다. 대체 안에 뭐가 들었냐, 시체라도 들었냐 했더니 화장품이라고 하더라. 내 다시는 그 녀석 짐을 들어주나 봐라."

혼자 열을 내기에 나는 후후 웃었다.

"뭐, 사람마다 자기만의 의식이 있는 법이니까."

"리에코는 옛날 그대로군."

"다들 그대로야."

"그렇지도 않다, 너."

"아키히코, 행복해 보여. 아키히코의 부인을 만나보고 싶은걸. 엄청난 재원이라며?"

"미리 말해두는데 와이프가 하는 일을 나한테 물어봤자 전혀 모른다."

"물어볼 생각도 안 해."

"마키오가 헤어진다는 이야기 알아?"

아키히코가 단도직입으로 물었다. 나는 조그맣게 고개를 끄덕였다.

"세쓰코한테 들었어. 벌써 정식으로 결정된 거야?"

"서류는 보냈다더라."

"그럼 아직 모르는 일이네. 저쪽에서 사인한 것도 아니잖아."

"하지만 마키오의 마음은 이미 굳어졌으니까."

"이유는 들었어?"

아키히코는 눈살을 찌푸리며 당혹한 얼굴로 고개를 갸웃했다.

"그걸 잘 모르겠어. 혼자 있고 싶다는 말만 하네."

"아키히코한테도 말 안 해?"

"그 녀석은 자기 일은 전혀 말 안 해. 남한테 말을 시키는 건 잘하는데 말이지."

뜻밖이었다. 그렇게 친한 남자들이라도 그런 걸까.

"그런 거 화 안 나니?"

"아니? 왜? 마키오가 말 안 하고 싶다면 난 상관없어."

아키히코가 이상하다는 표정이기에 나는 조금 감탄했다. 그렇구나. 오히려 남자들은 이런 거구나. 여자들의 경우 중요한 문제를 털어놓지 않는다는 것은 관계의 파탄으로 연결된다.

"아키히코, 순순히 고백하시지."

나는 장난스러운 웃음을 띠며 몸을 앞으로 내밀었다. 아키히코가 순간 가슴이 뜨끔한 듯한 표정을 지었다.

"뭘?"

"아, 저 동요하는 것 좀 봐. 찔리는 게 너무 많아서 지금 머릿속에 수많은 죄가 주마등처럼 스쳐 지나갔지?"

"바보 같은 소리 마. 리에코, 너 심술궂은 건 여전하군. 뭐야, 찔리는 거라니. 그런 거 없다."

"가르쳐줘."

나는 정색하며 소파에 바로 앉았다.

아키히코의 큰 눈에 얼핏 불안이 스친 듯 보였다. 그도 분명히 뭔가 생각하는 바가 있다. 그게 뭔지는 아직 알 수 없었지만.

"어째서 이 여행을 기획했어?"

"어째서라니?"

아키히코가 대답을 회피했다. 초조하게 손목시계를 빙글빙글 돌렸다.

"옛 친구들과 우정을 다지는 여행이야. 정말로 Y섬에 와 보고 싶었어. 너희를 만나고 싶기도 했고. 나도 가끔은 옛날이 그리워질 때가 있지 않겠냐?"

어딘지 모르게 변명처럼 들리는 대답이었다. 어쩐지 안절부절못하는 것 같다.

나는 일부러 잠깐 뜸을 들이며 아키히코를 가만히 관찰했다. 아니나 다를까, 그는 거북한 듯 한층 안절부절못하기 시작했다.

"너 하는 짓이 꼭 우리 누나 같다. 그렇게 빤히 나를 쳐다보면서 내가 자멸하기를 가만히 기다리는 거지."

"어머, 뭔가 자멸할 일이 있어?"

"없어."

"그럼 그 이상한 메일은 뭐야?"

"이상한 메일? 내 회심의 역작 'Y섬 투어 계획' 말이냐?"

"아니, 여행 직전에 보낸 마지막 메일."

"아아, 그거? 그게 뭐 어때서?"

"어째서 갑자기 그런 말을 꺼내나 싶잖아. '아름다운 수수께끼'가 뭐야, 뜬금없이."

"그래? 재미있잖아. 어제도 재미있지 않았냐? 난 재미있던데."

"그런 뜻이 아니라……. 너 혹시 우리한테 물어보고 싶은 게 있는 거 아냐?"

이번에야말로 아키히코가 동요했다. 그 얼굴을 가만히 쳐다봤다.

"아니, 뭐 딱히……. 없어, 그런 거, 특별히."

아키히코가 시선을 피했다.

"메일을 보냈을 때 무슨 일 있었어?"

나는 틈을 주지 않고 바로 물었다.

아키히코의 표정을 주시하면서도 난 지금 대체 뭘 하는 거지, 하는 생각이 얼핏 뇌리를 스쳤다. 시야 한쪽 끄트머리에는 아름다운 바다가 펼쳐져 있다. 기다리고 기다리던 비일상. 고생해서 손에 넣은 바캉스. 그런데 나는 리조트 호텔의 호화로운 소파에 앉아 친구에게 현실에 얽매인 '일상'의 이야기를 들이대고 있다.

문득 그런 자기 자신이 싫어져 나는 조그맣게 웃었다.

"미안. 모처럼 즐거운 여행을 와서. 내가 잘못했어."

두 팔을 벌리며 몸을 뒤로 기댔다.

"테마는 '비일상'인데 말이야. 나도 참, 왜 이러지. 자꾸 이렇게 실생활을 끌어들이고."

아키히코는 신기한 것을 보는 듯한 눈빛으로 나를 쳐다봤다.

"너희 진짜 닮았다."

"너희?"

"리에코하고 마키오 말이야."

나는 쓴웃음을 지었다. 씁쓰레한 기분이 들었다. 마키오와 재회하자마자 이 모양이다. 두 사람은 닮았다. 내게는 많이 그립고, 많이 고통스러운 말.

"아냐. 전혀 안 닮았어."

"적어도 그런 테크닉은 엄청 닮았어. 남한테 이야기를 끌어내는 테크닉. 줄다리기하는 재주가 있어. 그런 식으로 빼면 말할 수밖에 없잖냐."

투덜대면서도 아키히코는 자신도 털어놓고 싶다는 눈치를 풍겼다.

나는 우선 질문을 바꿔보기로 했다.

"마키오는 그럼 요새 혼자 살아? 난 분명히 누가 같이 사는 사람이 있을 줄 알았어."

"아니, 혼자 살걸. 사는 곳도 원룸이고."

잠시 침묵이 흘렀다. 두 사람 모두 상대방이 어떻게 나올지 지켜보고 있다.

나는 여기서 강력한 카드를 내보기로 했다. 아키히코와 단둘이 이야기할 기회는 앞으로 많지 않을지도 모른다.

"아키히코는 가지와라 유리에 대해 얼마나 알고 있어?"

이름을 말한 순간, 아키히코의 눈에서 표정이 사라지는 것을 알 수 있었다. 그러나 그도 그 이름을 기다리고 있었다는 생각이 들었다.

아키히코는 체념한 듯 한숨을 쉬었다.

"언젠가 나올 이름이라고 생각은 했지만 어제 택시에서 그렇게 갑자기 나올 줄은 몰랐다."

"응, 나도 몰랐어."

"리에코는 졸업한 뒤로 정말 한 번도 안 만났냐?"

"응. 찾기는 했지만 소식이 완전히 끊겼어. 단서가 될 만한 것도 전혀 없었고. 그 애, 어렸을 때 아버지가 재혼했나 봐. 그래서 그때부터 가족이랑 멀어져서 할머니 댁에서 학교 다녔다고 했어. 할머니도 그 애가 대학에 입학할 무렵에 돌아가셨기 때문에, 본가랑은 전혀 교류가 없었던 것 같아. 어차피 생활의 대부분은 극단이 차지하고 있었고. 나, 그 애의 본가 연락처를 한 번도 들은 적이 없지 뭐야. 간사이 쪽인 것 같다는 것밖에 몰라. 학생과나 극단에서도 안 가르쳐주고."

"가지와라 유리는 실은 내 먼 친척이야."

처음 듣는 사실이었다. 나도 모르게 놀라 아키히코의 얼굴을 쳐다봤다. 서양 사람처럼 아름다운 얼굴이라는 점에서는 분명히 공통점이 있지만 그런 생각은 해본 적도 없었다.

아키히코는 손을 가볍게 내저었다.

"그래 봤자 나도 별로 안면은 없어. 그쪽에서도 나를 알고 있었는지 아닌지도 모르고. 하지만 난 옛날부터 그 애에 대해 알고 있었어. 어떤 의미에서 유명했다고 할지, 일종의 터부 같은 존재였거든."

말에 거침이 없는 아키히코치고는 상당히 완곡한 표현이었다.

"터부?"

나는 이상스레 그를 쳐다봤다.

"간단히 말해서 그 애, 가부키계 거물의 사생아야."

이번에는 분명히 대답했다. 나는 또다시 어리벙벙해졌다.

"사생아? 그럼 재혼한 아버지라는 게······."

"원래부터 친아버지가 아냐. 어머니가 돌아가신 뒤에 의붓아버지가 재혼한 거지. 두 사람 다 그 애와 전혀 혈연관계가 없으니까 가족과 멀어지는 것도 당연해."

"그럼 그 연극은······."

"응, 아마 자기 처지에 빗대었다고 봐도 되겠지. 뭐, 꽤 황당무계한 이야기였으니까 각색은 상당히 했겠지만."

유폐에 가까운 학교생활. 남자로 길러진 여자애. 두려움에 떨면서도 그녀의 범죄를 돕는 소녀.

나는 내가 믿었던 것의 일부가 휘청 흔들리는 것을 느꼈다.

이미 어제 하룻밤만으로도 내 유리에 대한 인식, 나아가 마키오에 대한 인식은 미묘하게 달라졌다. 그런데 그것도 겨우 제1단계에 불과했던 모양이다. 앞으로 미지의 새로운 카드들이 연달아 눈앞에 들이밀어질 것 같은 불길한 예감에 가슴이 짓눌리는 듯했다.

"유리는…… 유리는 살아 있을까."

나도 모르게 의혹이 입 밖으로 튀어나왔다.

아키히코가 흠칫 놀라는 것을 알 수 있었다.

더는 본심을 가장하고 있을 수 없게 됐다. 여기서 비장의 카드를 쓰기로 했다.

"웃지 말고 들어줘. 내 근거 없는 망상일 뿐이지만, 난 아무래도 유리는 이미 죽은 게 아닐까 줄곧 생각하고 있었어. 이유는 나도 모르겠지만, 그 애는 이미 이 세상에 없는 게 아닐까 줄곧 그런 확신이 있었어."

물론 마키오가 죽였을지도 모른다는 말까지 할 수는 없었다.

아키히코는 꼼짝하지 않고 나를 응시했다. 나는 왠지 모르게 마음이 홀가분해졌다. 오랜 세월 가슴속에 응어리져 있던 것을 내뱉고 나니 마음이 진정되는 것 같았다.

아키히코가 입을 열 눈치가 없기에 나는 말을 이었다.

"나랑 유리는 가까운 사이였어. 그런 일이 있긴 했어도 이렇게 오래 그 애가 나한테 연락을 안 할 리 없어."

아키히코가 우리의 삼각관계를 알고 있다는 확신이 있었기 때문에 직접적으로 말하지는 않았다. 그는 역시 아는 모양이었다.

"무슨 사정이 있었는지도 모르잖아."

아키히코는 망설이듯 중얼거렸다.

나는 그 말투가 마음에 걸렸다. 마치 그가 최근까지 그녀의 사정을 알고 있었던 듯한 말투였다.

"아키히코, 설마 최근에 유리를 만난 적이 있는 거야?"

아키히코의 얼굴에 난처해하는 표정이 떠올랐다.

"아니, 만난 적은 없어."

"하지만 먼 친척이라며? 본가에 그 애에 관해 무슨 얘기가 들어오거나 하는 일 없어?"

"으음."

아키히코는 주저하고 있었다. 그러나 내가 생각하는 것과는 다른 부분에서 주저한다는 인상을 받았다.

나는 기다렸다. 그도 이야기를 하고 싶은데 분명 자신도 잘 설명이 안 되는 일인 것이다. 기다리다 보면 그가 정리해서 이야기해 줄 것이라는 자신감 같은 게 있었다.

레스토랑에서 단체 손님인 듯한 사람들이 줄줄이 나왔다. 웅성웅성한 말소리가 우리 곁을 지나갔다.

조바심이 나기 시작했다. 아무리 목욕과 화장을 오래 하는 두 사람이라도 슬슬 나타날 때가 됐다.

같은 생각을 했는지 아키히코는 '좀 더 생각해 본 다음에 이야기하고 싶었는데'라는 표정으로 입을 열었다.

"실은 내가 고민하는 부분이 그 점이야. 우리 친척들도 이젠 유리네 집안과 직접 교류하는 사람이 아무도 없는 모양이지만, 그래도 가끔 풍문처럼 얘기가 들어올 때가 있거든. 그런데 올여름…… 묘한 소문을 들었어."

아키히코는 순간 망설였다. 나는 기대에 차 그를 쳐다봤다. 그가 체념한 듯이 말을 이었다.

"아무래도 최근에 가지와라 유리가 죽은 듯하다는."

"뭐?"

올여름. 최근. 둘 다 나를 당혹시키기에 충분한 말이었다.

그럼 바로 얼마 전까지 유리는 살아 있었다는 말인가. 내게 연락하지도 않고, 무대에 서지도 않은 채 조용히 살고 있었다는 말인가.

가슴속에 품고 있던 이미지가 또 한 번 무너져 내리는 것을 느꼈다. 역시 유리는 나를 피하고 있었던 걸까. 나를 성가시게 여겼던 걸까. 형태 없는 불안이 내 안에서 일렁였다.

"원인은? 어디서?"

내가 멍하니 묻자 아키히코는 한숨을 쉬며 고개를 흔들었다.

"그런 건 전혀 몰라. 그저 죽은 것 같다는 이야기밖에 없었어."

"죽었으면 산소는 어디에 있을까."

"아무튼 아무것도 알려진 게 없어. 유리의 외가가 미사키가의 먼 친척뻘 된다는 희박한 관계일 뿐이라서. 유리 어머니가 돌아가신 뒤로 그쪽 집안은 완전히 퇴락한 모양이고."

"그…… 유리의 친아버지는 그 애랑 접촉이 있었을까?"

"그것도 수수께끼. 경제적인 원조는 해준 것 같은데 말이야. 유리는 대학 때도 일을 안 했고 돈에 궁한 것 같지 않았잖아?"

"응, 아르바이트한다는 이야기는 들은 적이 없었어. 그렇게 영화를 많이 봤으니 돈도 꽤 들었을 텐데."

유리의 산소에도 가지 못하는 건가. 나는 갑자기 피로감을 느꼈다.

"그래서 그 이야기의 어디가 그 이상한 메일이랑 연결되는 거야?"

다시 묻자 아키히코는 '이 녀석 아직도 포기 안 했나' 하는 표정을 지었다.

"그런데…… 그 소문을 들었을 때를 전후해서 갑자기 마키오한테서 술 마시러 가자는 전화가 왔어. 그전에도 그런 일은 여러 번 있었고 나도 자주 불러내곤 했는데, 그날은 녀석이 분위기가 영 이상한 거야. 장례식에 갔다 오는 길인 것 같았어."

장례식에 갔다 오는 길.

"검은 양복 입고 검은 넥타이 매고 말이야. 술도 마시기 전부터 눈에 힘이 들어가 있는데 어쩐지 무서웠다. '장례식 갔었냐?' 하고 물었더니 '그런 셈이지' 하고 대답하더라. '그런 셈이지'라니, 이상한 대답 아니냐? 장례식이었으면 장례식이라고 대답하면 그만이잖아. 차림새는 완벽하게 장례식 차림새면서. '누구?' 하고 물었더니 '옛날에 나한테 지독한 짓을 한 녀석'이라고 하는 거야. 말투는 또 엄청 싸늘하지……. 결국 같이 마시고 있어도 녀석은 정신이 거의 딴 데 팔려 있었어. 그게 누구였는지는 끝까지 알아내지 못했고."

아키히코는 당혹한 어조로 거기까지 말하더니 일단 말을 멈추었다.

옛날에 나한테 지독한 짓을 한 녀석. 그 뉘앙스를 잘 모르겠다. 마키오가 유리를 때리는 장면이 뇌리에 떠올랐다. 이 경우, 지독한 짓을 당한 사람은 유리 아닌가.

"술값을 계산하는데 지갑을 꺼내려다가 녀석의 주머니에서 비단 수건이 떨어지더라. 속에 들어 있던 게 밖으로 튀어나왔는데, 그게 뭐였느냐면……."

그 광경을 떠올리듯 아키히코의 눈빛이 흐리멍덩해졌다.

"붉은 벨벳 리본인 거야. 어라, 이거 어디서 본 적이 있는데 싶었지. 그러다 최근에 가족들한테 들은 소문이 생각났어. 가지와라 유리가 죽은 모양이다. 그리고 그 두 가지가 내 머릿속에서 엮여버렸다는 이야기."

나도 모르게 고개를 끄덕였다. 붉은 리본. 유리가 그날 밤 두 손으로 받쳐 들고 있던 리본. 그건 유품이었을까. 어째서 마키오가 그걸 받았을까. 어째서 내가 아니었을까.

"근거 없는 연상이라는 건 잘 알아. 그게 그때 그 리본이란 증거도 없고, 마키오가 간 게 유리의 장례식인지 아닌지도 몰라. 그래도 난 그 두 가지를 연결해서 여러모로 망상을 부풀려 봤어. 그래도 전혀 알 수 없었어. 그런 답답한 기분이 그런 메일을 쓰게 했는지도 모르겠다."

"잘 알았어."

나는 무거운 한숨을 쉬었다.

"마키오와 유리에 관해선 옛날부터 잘 이해가 안 됐었어. 뭔가 기묘한 느낌이었어. 마키오가 설명하고 싶지 않으면 안 해도 된다고 생각하면서, 한편으로는 이 기회에 알고 싶은 마음도 컸었어. 저속한 호기심일 뿐이라는 건 잘 알지만."

아키히코는 자조적인 미소를 띠었다.

"응, 나도 그 기분 잘 알아."

나는 깊은 공감을 담아 고개를 끄덕였다.

엘리베이터 홀 쪽에서 세쓰코와 마키오가 잇따라 오는 게 보였다. 아키히코는 아무 일 없었던 것처럼 씩 웃으며 손을 흔들었다.

밝은 아침의 레스토랑에는 한가롭고 아름다운 공기가 흘렀다.

  안에 들어서자 어젯밤 화제에 올랐던 세 부인의 테이블이 눈에 들어왔다.

  오늘 아침도 역시 묵묵히 식사를 하고 있었다. 대화가 오가는 기미는 전혀 없다.

  세쓰코와 나는 살짝 마주 보며 웃었다. 과연 진상은 뭘까.

  단체 손님들의 식사가 끝났는지 식당은 한산했다. 우리는 바닷가 테이블을 골라 자리를 잡고 교대로 뷔페의 음식을 가지러 갔다.

  "오래 걸린 것치고는 별로 덕지덕지 안 발랐잖아."

  아키히코가 노골적으로 세쓰코의 얼굴을 빤히 봤다.

  "어머, 그렇게 뻔한 건 요즘 유행이 아냐. 대세는 내추럴 메이크업이라고. 내추럴 메이크업이라는 건 보기보다 공이 많이 든단 말이야."

  세쓰코가 아키히코를 째려봤다. 아키히코는 마키오에게 말을 돌렸다.

  "마키오는 욕조에서 안 빠져 죽었냐?"

  "목욕할 때마다 늘 이대로 빠져 죽어도 되는데, 하고 생각하는데 아직 안 빠져 죽네."

  토스트에 마가린을 바르며 마키오가 태평하게 대답했다.

  즐겁다.

전망 좋은 테이블에서 오래된 친구들과 맛있는 아침식사를 한다. 간밤의 다람쥐 쳇바퀴 도는 것 같던 감정과 의혹의 그림자는 사라져 밝은 아침의 소소한 잡담 속에는 보이지 않았다.

내 맞은편에 아키히코가 앉고, 그 옆에 마키오가 있다. 이렇게 네 사람이 함께 명랑하게 식사를 하고 있다는 사실이 믿기지 않았다.

"무인도에 어떤 걸 가지고 가겠느냐는 질문은 난센스 아니냐? 멀쩡하게 생각하면 당연히 성냥이니 생수니 텐트 같은 답이 되지 않겠어? 어째서 아직까지 그런 질문을 하는지 난 도무지 이해를 못 하겠더라."

"어머, 난 그 질문 꽤 좋아하는데. 책을 한 권만 들고 간다면, 이라든지, 레코드를 한 장만 들고 간다면, 이라든지. 괜히 다른 사람들한테 물어보고 싶어지지 않니?"

"좋아, 그럼 내가 물어봐 주지. 세쓰코가 다단계 판매로 무지몽매한 사람들한테 사기를 치고는 3년 6개월 동안 도망 다닌 끝에 붙잡히고 말았어. 이런 여자는 건전한 경제활동에서 격리해야 한다고 남쪽 바다 외딴섬, 물과 판잣집은 있고 굶어 죽지 않을 정도로 식료품도 보급해 줄 수 있는 곳에 처넣고 반성하게 하기로 했어. 없는 온정이나마 베풀어서 레코드 한 장, 책 한 권은 허용해 주기로 하지. 자, 뭘 가져갈래?"

"어째 되게 기분 나쁘네. 왜 그런 설정인데?"

"현실감이 있어서 생각하기 쉽지 않냐?"

"좀 더 즐거운 설정으로 해주면 안 되겠어? 어머니의 사랑을 모르는 반항적인 미소년이랑 단둘이 무인도에 표류했다, 소년에게 사랑을 가르쳐주기 위해 읽히고 싶은 책 한 권이라든지, 아니면 좋아하는 영화배우랑 단둘이 무인도에 표류했다, 자기를 이해해 주길 원할 때 그에게 읽히고 싶은 책 한 권이라든지."

"아주 영화를 찍어라. 그런 건 안 돼. 역시 혼자여야지."

두 사람의 대화가 우스워서 나는 후후 웃었다.

"난 레코드는 정해져 있어. 그거야, 〈라디오 체조의 노래〉."

"세상에, 뭐니, 그거. 혼자 라디오 체조 하려고?"

나도 모르게 웃음을 터뜨렸다.

"이상해? 그거라면 매일 들어도 지겹지 않고 도움도 되잖아? 얼마나 넓은 무인도인지는 모르지만 운동도 될 테고 규칙적인 생활을 하는 데도 도움이 되지. 온 세상 사람들이 똑같은 체조를 한다고 생각하면 기운도 나고."

"어, 음, 그런 식으로 생각할 수도 있긴 하겠다."

마키오가 유난히 시들한 목소리로 대답했다. 그 목소리가 우스워 다들 웃었다.

"그럼 책은?"

아키히코가 물었다. 세쓰코는 "그러게" 하고 한참 생각하더니 입을 열었다.

"소리 내서 읽었을 때 듣기 좋은 책이 좋아. 암송할 수 있을 걸로. 암송해 두면 두고두고 도움이 될 것 같은 책. 모처럼 혼자 느긋하게 암송할 수 있으니까 긴 것도 좋겠다."

"성경이나 코란, 반야심경 같은 건 어때?"

"번역된 건 싫어. 종교 관련도. 반야심경은 괜찮을지도 모르지만. 암송했을 때 재미있는 게 좋을 것 같아. 서사 작품 같은 것. 헤이케 이야기라든지, 사토미 팔견전 같은 것도 재미있겠다."

"그래서 세쓰코는 라디오 체조로 몸을 단련하고 헤이케 이야기를 외우면서 재충전한 다음, 속세로 돌아와 이번엔 사이비 비파 법사가 돼서 사람들을 속이는 거군."

"어머, 무슨 그런 실례되는 말씀을."

"어째서 다들 뭘 갖고 가고 싶어 하는 건지 몰라. 무인도에 표류한다는 시추에이션은 조난당했다는 이야기 아냐? 조난당할 때 레코드 같은 걸 갖고 있을 리 없잖아. 게다가 레코드를 한 장 갖고 있어봤자 포터블 플레이어가 섬에 달랑 놓여 있을 가능성은 전혀 없고, 처음부터 포터블 플레이어를 들고 간다면 레코드도 왕창 들고 갈 수 있을 거 아냐."

마키오가 느긋한 목소리로 중얼거렸다.

"어머 얘, 그런 문제가 아니잖아. 어디까지나 아무것도 없는 곳에서 한 장만, 한 권만, 이란 게 조건으로서 재미있는 거 아니겠어? 궁극의 한 장이라는 게 포인트란 말이야."

"나 같으면 한 장만이라고 하면 아무것도 안 가지고 가겠어. 모처럼 아무것도 없는 곳에 갈 수 있게 됐는데 기왕이면 철저하게 아무것도 없는 편이 좋잖아. 그래서 아무것도 없군, 매일 참 따분하군, 하면서, 지금 집으로 돌아간다면 뭘 듣고 싶을까 생각하는 게 재미있을 것 같아. 그런 상태로 있다가 집에 돌아가서 뭔가 들으면 엄청 감격스러울 것 같고."

"그럼 마키오는 그런 상태일 때 뭐가 듣고 싶을 것 같아?"

"글쎄, 뭘까. 지금은 생각나지 않지만 끝내주게 센티한 게 듣고 싶어질지도 모르겠는걸."

"〈마이 웨이〉라든지."

"그거 좋은데. 무인도에서 돌아와 수염이 덥수룩한 얼굴, 앙상한 손가락으로 맨 먼저 프랭크 시나트라의 레코드부터 찾아 튼다. 〈마이 웨이〉를 들으며 눈물을 줄줄. 야, 정말 눈물난다."

"리에코는?"

"글쎄. 나도 음악은 필요 없겠는데. 그렇게 아무것도 없는 데서 음악을 틀면 무서울 것 같거든. 망망대해 한복판에 아무것도 없는 섬이잖아? 레코드 한 장 틀어봤자 소리가 흡수돼서 오히려 무력감이랑 고독감만 커질 것 같아. 그럴 바엔 주위에서 들려오는 소리를 듣는 편이 낫겠어."

"어쩐지 리에코다운 대답인데. 책은?"

"사전."

"사전?"

"난 꽤 책을 좋아하는 편이니까 분명히 이것도 읽고 싶고 저것도 읽고 싶고 그럴 테지. 하지만 책은 아무것도 없고 달랑 사전만 있어. 할 수 없다, 그럼 내가 읽고 싶은 책을 써보자, 이렇게 돼서 사전의 단어를 연결해 머릿속으로 소설을 쓰는 거야."

"그렇군."

"아키히코한테도 물어봐 줄까? 실은 자기도 물어봐 줬으면 좋겠지?"

세쓰코가 씩 웃으며 아키히코를 봤다.

"홍. 나도 지금까지 쌓은 지식을 총동원해서 외딴섬에서 살인사건이 일어나는 추리소설을 쓸 거다. 레코드는 레드 제플린 한 장이면 오케이."

"호오, 제플린."

하얀 컵 속의 커피, 잼을 얹은 요구르트, 오렌지와 자몽. 유리 화병에 꽂힌 꽃. 전형적인 평화로운 아침식사 정경.

인간의 마음은 정말이지 재주 좋고 복잡하다. 지금 이 자리에서도 여러 층의 감정이 저마다 가슴속에 가라앉아 있을 터. 그런데도 이렇게 다른 마음을 연기할 수 있다. 지금은 친구들의 즐거운 아침식사 장면을 연기할 수 있다. 이렇게 연기하고 있다는 것에 즐거움마저 느낀다.

사랑도, 증오도, 의혹도 같은 곳에 흐르고 있는데.

"점심은 어떻게 해?"

"호텔에 도시락을 부탁해 놨어. 오늘은 차로 이동하니까 차에 보관할 수 있을 거야."

"운전은 어떻게 하지?"

"나랑 아키히코가 교대로 운전할 거다. 내가 먼저 할까?"

"응, 부탁한다."

우리는 자리에서 일어나 방으로 돌아가기 위해 출구 쪽을 향했다.

우리가 앉아 있던 테이블을 흘깃 돌아봤다.

하얀 냅킨이 흩어져 있는 텅 빈 테이블. 창밖의 파란 바다.

아침식사 장면은 끝났다.

트레킹슈즈로 갈아 신고 끈을 꽉 조여 맸다.

매일 두 시간씩 신어 발에 익게 하긴 했지만 장시간 걸어도 괜찮을까.

허리 파우치백 속 귀중품을 확인했다.

목에 타월을 두르고 배낭을 맸다. 속에 든 것은 물이 든 페트병과 우비가 대부분. 생각보다 무겁지 않았다.

모자를 썼다. 이것으로 준비 끝.

"그럼 갈까."

"응, 드디어 출발이구나."

둘이서 빠뜨린 물건이 없는지 확인하고 객실 문을 닫았다.

"우리처럼 급조된 아웃도어 인간은 이런 차림새가 영 창피하지 않아?"

"응, 창피해."

주위를 의식하며 엘리베이터를 타고 아래층으로 내려갔다.

마키오와 아키히코는 렌터카회사 직원과 이야기하고 있었다. 마키오가 든 비닐봉지가 점심 도시락인 모양이다.

"와아, 저거 봐, 리에코."

세쓰코의 환성에 그쪽을 돌아봤다.

로비의 거대한 창 너머로 산면이 선명하게 보였다. 아침 햇빛에 반짝이는 모습은 장엄하기까지 했다. 어제 이곳에 도착했을 때는 위쪽이 거의 구름에 가려져 있었던 터라 처음 보는 산꼭대기 부분은 상상 이상으로 높은 위치에 있었다.

"꽤 높네. 거의 수직이잖아. 위쪽은 완전히 맨 바위네."

"등산가란 사람들이 이해가 안 가. 어째서 저런 데 올라가고 싶은 거지?"

"우리는 저기 오를 게 아니라서 정말 다행이야."

창 앞으로 다가가 찬찬히 올려다봤다. 어제는 보이지 않았는데 산이 여러 겹으로 포개져 있어서 맨 뒤에 보이는 산 너머로도 산꼭대기가 과밀해 보일 만큼 이어졌다. 묵직한 양감이 올려다보는 이에게 압박감을 준다.

"정말 대단한 지형이야. 저 바로 뒤가 해안선이니 몇 킬로 안 가서 해발 0미터인 셈이잖아? 어떻게 그 바로 옆에 저런 담벼락 같은 게 우뚝 솟아 있을까."

"어머."

나는 가까운 곳에 앉아 담소하는 두 나이 지긋한 부인을 봤다.

어제 본 여성 트리오 중 두 명인 듯했다. 식사 때와는 전혀 딴판으로 화기애애하게 이야기하고 있었다.

세쓰코도 두 사람을 눈치챈 듯했다. 식사 때와 너무 딴판이라 어안이 벙벙한가 보다. 완전히 다른 사람들 같았다.

우리가 빤히 보는 것을 알아차렸는지 두 사람이 가볍게 인사했다. 허둥지둥 이쪽도 머리를 숙였다.

"J삼나무를 보러 가시나요?"

듣기 좋은 목소리로 한 사람이 말을 걸었다.

"네. 그렇지만 오늘은 아직 워밍업이에요. 언제까지 계시나요?"

세쓰코가 곧바로 붙임성 있게 대답했다. 아무래도 세 사람 관계의 진상을 추적할 작정인가 보다.

"저희는 오늘로 나흘째랍니다. 아직 더 있을 거예요."

두 사람은 얼굴을 마주 보고 호호 웃었다.

"저, 또 한 분은요?"

세쓰코는 자연스레 로비를 둘러보는 척했다. 은발이 아름다운 부인이 아, 네, 하고 고개를 끄덕였다.

"그이는 방에서 쉬고 있어요."

"어디 편찮으신가요? 모처럼 관광을 오셨는데, 아쉬우시겠어요."

역시 세쓰코는 대단하다. 교묘한 질문이다. 세쓰코가 그렇게 말하자, 두 사람은 흘깃 마주 봤지만 세쓰코의 얼굴을 보니 이야기해도 지장이 없겠다고 판단했는지 웃는 표정으로 돌아갔다.

"아뇨, 실은 관광이 아니랍니다. 요양과 그 동행이죠. 저희는 음악학교 동기거든요. 세 사람 다 성악을 가르쳐요. 아주 오래된 사이죠. 그런데 여름에 한 명이 목에 폴립이 발견돼서 얼마 전에 수술했어요. 수술은 무사히 끝났는데 의사가 최소 2주일은 절대로 말을 하면 안 된다고 하지 뭐예요. 하지만 집에 있으면 그게 어렵잖아요? 전화도 걸려오죠, 장사하는 분들도 찾아오죠, 또 이웃분들과의 사교도 있고요. 그래서 여기에 온 거예요. 호텔에 머물면서 저희가 함께 있으면 말할 필요가 없으니까요. 식사 시간 외엔 혼자 방에서 쉬고, 식사 때엔 저희가 함께 가서 식사를 주문해요. 물론 식사 중엔 저희도 피치 못할 경우를 제외하고는 말을 안 하기로 했답니다. 힘들기는 하지만 저희가 이야기를 하면 아무래도 끼어들고 싶어질 테고, 가장 힘든 사람은 그이니까요."

성악을 가르치는 사람답게 말씨가 곱고 발성이 좋은 젊은 목소리였다. 나는 유리의 훈련된 또렷한 목소리가 생각났다.

"어머나, 그러셨군요."

세쓰코는 감탄한 듯 여러 번 힘차게 고개를 끄덕였다.

"훌륭한 친구분들이세요. 빨리 쾌차하시면 좋겠네요."

"고마워요. 저희는 이렇게 한가롭게 지낼 뿐이지만요."

두 사람은 소녀처럼 장난스레 웃었다.

"저희는 두 분이 부러운데요. 멋지네요, 부부 동반으로 등산을 하시고."

"아, 예에."

세쓰코는 말을 얼버무렸다. 확실히 부부 두 쌍으로 보이는 것도 무리는 아니다.

"저, 그럼 저희는 이만 가보겠습니다."

우리는 인사를 나누고 그곳을 떠났다.

"아항."

"그런 거였구나."

"실은 아름다운 우정 이야기였던 셈이네."

"역시 곁에서 보는 것만으로는 모르나 봐."

고개는 앞을 향한 채 소곤거렸다.

"어이, 가자."

하얀 왜건에 이미 올라탄 두 사람이 손을 흔들었다.

차는 비탈을 내려가 어제와 같은 해안선 국도로 들어섰다.

초목이 울창하다. 초목이 도로변에 범람하고 있다.

차창 밖으로 흐르는 바다. 흐르는 숲. 남국의 색채를 띠고 있다. 앞바다를 나아가는 배가 반짝반짝 빛난다.

차 안에서는 세쓰코가 당장 조금 전에 들은 세 부인의 침묵에 관한 진상을 공표하고 있었다.

"그렇군. 실은 감동적인 이야기였어."

"그렇지?"

"그럼 그 호텔에 2주씩이나 묵는단 말이냐? 우정엔 감탄하겠지만 세 사람 다 돈이 어지간히 많은가 보군."

"유유자적이란 느낌이지? 애초에 성악을 공부했을 정도니까 좋은 집 딸들일 거야."

도로는 단조로운 외길. 앞쪽이 오르락내리락, 높아졌다 낮아졌다 하는 게 보인다. 섬을 뒤덮으려는 수다스러운 초목. 수평선에서 불어오는 바람.

모든 게 눈부셨다. 세상 모든 것이. 아름다운 풍경 속에서 나는 생각했다. 나에 관해서, 마키오에 관해서, 아키히코에 관해서, 세쓰코에 관해서, 그리고 우리의 '과거'에 관해서.

'과거'는 대체 뭘까. 아키히코는 되찾는 것이라고 했다. 실제로 그는 되찾을 생각이다. 나와 마찬가지로. 그는 어떻게 해서 그걸 되찾을 생각일까. 다름 아닌 아키히코라면 승산이 있을지도 모른다.

앞쪽에 강어귀가 보이기 시작했다. 오르막길 끝에 다리가 있다.

강 건너편은 차분한 분위기의 오래된 집들이 늘어서 있

었다. 돌을 깐 물가에 오래된 집이 조화롭고, 늙은 나무들이 가지를 벌리고 서 있다. 유유하게 흐르는 강물은 짙은 녹색으로, 그곳만 보고 있으면 마치 옛날 일본 영화를 보는 느낌이었다.

"아름다운 곳이네."

나도 모르게 그렇게 말하자 마키오가 "응" 하고 대답했다. 순간 희미한 아픔을 동반한 기시감이 찾아들었다. 그랬다. 우리는 아름답다고 생각하는 것도 비슷했다.

정말 싫다. 나는 마음속으로 깊은 한숨을 쉬었다. 이렇게 일일이 아파하고 있으면 언제까지고 제자리다. 얼른 익숙해지면 좋겠다. 얼른 둔감해지면 좋겠다.

"자, 드디어 입산, Y삼나무랜드로 향합니다."

내비게이터를 맡은 아키히코가 내를 따라가다가 좌회전하라는 지시를 내렸다.

Y섬에 있는 삼나무 중에서도 수령 1000년이 넘는 것을 Y삼나무라고 부른다.

Y삼나무랜드는 Y삼나무가 모여 있는 산간 지역에 산책로를 만들어 알기 쉬운 코스로 돌아볼 수 있게 한 곳이라고 한다.

순식간에 바다는 등 뒤로 모습을 감추고 오른쪽은 내, 왼쪽은 밭과 촌락을 면하게 됐다. 이윽고 산길이 시작됐다.

"오오, 드디어 산속으로 들어갑니다."

순식간에 길이 가팔라졌다.

"세상에, 이렇게 높이 올라가는 거야?"

해안선을 벗어나 아직 5분도 채 지나지 않았는데 주변은 완전히 산악지대로 변했다. 내는 깊은 계곡이 되어 산속 깊은 곳으로 우리를 유인했다. 밀도가 높은 울창한 초목이 산면을 가득 메웠고, 이어지는 산들은 아무리 앞으로 나아가도 끝이 보이지 않았다.

"정말 신기하다, 이게 섬이라니."

"진짜. 꼭 혼슈 내륙 지방, 기후나 나가노 같은 데서 산길을 달리는 것 같지."

우리는 흥분해 차창 밖 풍경에서 시선을 떼지 못했다. 그 정도로 깊은 산속이었고, 게다가 하늘을 보면 산봉우리는 끝없이 계속되는 듯 보였다.

"맞아. Y섬은 산이 많아서 표면적이 엄청 넓거든. 그래서 차로 해안선을 달리면 네 시간이면 충분히 한 바퀴 돌 수 있지만, 산에 들어가면 보기보다 훨씬 길이 길고 맨 안쪽까지 들어가는 데도 오래 걸려."

아키히코가 뒷좌석에 앉은 우리를 돌아보며 말했다. 나도 모르게 고개를 끄덕였다.

차는 오르락내리락하며 계속해서 안쪽으로 들어갔다.

구름이 없는 파란 하늘에 짙은 능선이 또렷하게 새겨져 있었다.

다들 입을 다물고 풍경에 압도되어 있었다.

안으로, 더 안으로.

앞 유리창으로 엎어질 듯 다가드는 푸른 아치에서 햇빛이 새어 나와 눈을 찌른 순간, 유리의 목소리가 들린 것 같았다.

사랑은 어디서 시작되는 걸까. 대체 어디가 경계인 걸까.

난 그런 건 잘 모르겠어. 나는 어디서 시작돼도 상관없고, 어디가 경계선이라도 괜찮아.

유리가 목에 붉은 리본을 매고 천창 밑에 서 있다.

그녀의 갈색 머리털에 반사되는 조명. 아니면 달빛이었을까.

다들 그 애를 가엾다고 하지만 난 그렇게 생각하지 않아. 왜냐하면 난 두려워하면서도 역시 그 애를 사랑하니까.

가엾다는 말, 그건 아마 누군가의 사랑을 바깥쪽에서 봤을 때 표현하기 위한, 유리처럼 차가운 말. 누군가가 누군가를 사랑한다는 것을 아는 것과, 그 사람이 그 누군가를 사랑하는 것과는 다르건만. 누군가의 사랑은 자기 사랑이 아니야. 누군가를 사랑하는 누군가는 자기 마음을 흔들어놓지 못해. 애정을 한 발자국 뒤로 물러나 바깥쪽에서 볼 때 사람들은 그 말을 써.

그 애의 갸름한 손, 그 애의 마노처럼 검은 눈동자, 그 애의 밤처럼 검은 머리카락. 나는 그 모든 것을 사랑해. 나는 그 애가 갈기갈기 찢는 살도, 그 애가 바라보는 달도, 그 애의 머리칼에 닿는 밤바람도 모두 사랑해.

무서운 것과 아름다운 것의 경계는 어디에 있어? 상냥함과 잔혹함은? 친절과 심술은? 미움은 어디서 시작해? 그게 사랑과 어디가 다르다는 거지? 웃는 얼굴로 때리면 미움이고, 울면서 때리면 사랑이 되는 거야?

그건 어디서 시작되는 걸까.

빛에 싸인 마키오의 머리털 윤곽을 보며 나는 멍하니 생각했다.

길은 한산했다. 가끔 반대편에서 차가 오기도 하지만, 대체로 우리 차만 산을 따라 구불구불 도는 잿빛 길을 달렸다.

갑자기 풍경이 눈앞에 열렸다.

하늘이 넓다. 하늘이 파랗다.

산 중턱을 깎은 그곳에 Y삼나무랜드 입구가 있었다.

주차장과 산장풍 휴게소가 있다. 사람은 얼마 없다.

차를 세우고 내렸다.

그곳은 정말 산속이었다. 고요한 정적이 흐르고 우리 존재마저 산면을 뒤덮은 초목에 집어삼켜질 것 같았다.

도로를 빙 둘러싼 나무들 사이로 입구가 보였다.

"으음, 벌써 꽤 높이 온 것 같네."

세쓰코가 크게 기지개를 켜며 소리쳤다.

공기는 오존과 숲 냄새가 충만했다. 태고의 냄새, 두려움의 냄새, 생생한 생명활동의 냄새, 내 마음속에 있는 불안의 냄새.

조용했다. 어째서 이렇게 조용할까. 나는 살짝 주위를 둘러봤다.

하지만 그 조용함은 웅변 같았다. 마치 사랑이 시작될 때의 침묵처럼. 그건 들리지 않는 음악으로, 이야기되지 않는 말로 가득 차 있었다. 시작은 언제나 슬그머니 찾아온다. 나중에 가서 그때가 그것이었구나, 하고 깨닫는 게 고작이다.

"여러분, 그럼 가실까요."

아키히코가 하얀 이를 내보이며 손을 들었다. 우리는 그의 뒤를 따라 걷기 시작했다.

입구는 바로 저기. 도로 한구석에 있는, 사람 한 명 지나갈 정도의 나무들 틈새로 발을 들여놓을 뿐.

그러나 이게 진짜 시작이라는 것을 나는 알고 있었다.

발을 들여놓자 빛은 곧 나무들이 이루는 천장의 어둠 속에 빨려 들어갔다.

냄새가 한층 짙어져 내 콧구멍과 눈과 귀와 목으로 스며들었다. 누구나 안에 감추고 있는 두려움과 의혹의 냄새가.

시작은 이곳이다.

우리 여행의 시작. 우리의 '과거'로 돌아가려는 시도의 시작은.

2부

아키히코

숲에 들어서면 늘 누군가에게 사랑받는 기분이 든다.

물론 그것은 로맨틱한 착각이다. 하지만 숲에 발을 들여놓는 이 순간만은 늘 부드러운 손이 나를 맞아주는 듯한 안도감을 느끼게 되니 어쩔 수 없다.

그런 생각을 하게 된 것은 요새 들어서다. 학생 때처럼 휴일마다 산에 오르기는 고사하고 1년에 한 번 가면 감지덕지한 생활이 계속되다 보니, 어쩌다 산에 올라도 예전 감각을 되찾기가 어려워진다. 한동안 입지 않았던 셔츠를 걸쳤을 때 희미한 위화감을 느끼듯 산이 전처럼 받아들여 주지 않게 된다. 평소에 아무리 스포츠클럽에서 근육을 단련해도, 전신 운동인 등산은 어차피 쓰는 근육이 다르다 보니 금세 비명을 지르는 자기 몸뚱이가 서글퍼진다.

같이 등산하는 사람들과 곧잘 하는 이야기인데, 산을 오르다 보면 누가 보고 있는 것 같은 기분이 든다. 그건 산기슭을 출발하기 전부터 이미 시작되지만, 정상이 가까워지고 보다 고된 국면에 접어들면 급기야 누군가가 빤히 쳐다보는 듯한 생각이 들기 시작한다. 대체 누구의 눈일까? 산신? 우리의 무의식 밑에 존재하는 신일까? 아니면 자기 자신의 눈일까?

그리고 또 일종의 유체 이탈 상태가 될 때가 있지. 누가 그렇게 말하자 모두 일제히 고개를 끄덕였다. 육체와 정신의 피로가 극한상황에 도달하고 거의 본능만으로 위를 향해 갈 때 의식은 텅 비게 된다. 그럴 때 자신의 의식이 바깥쪽에서 자신의 몸뚱이를 보는 듯한 체험은 누구나 겪은 적 있다.

산에는 괴담이 많다. 생사의 경계를 체험하는 곳에는 괴담이 따르는 법. 나는 애석하게도 현실적인 인간이라, 등산 경험도 꽤 있고 위험한 상황에도 여러 번 처했지만 그런 경험은 한 번도 해본 적이 없다. 그렇지만 일상에 얽혀드는 죽은 자의 의사를 느낄 때는 있다. 괴담이 아니라 인간의 삶이 남긴 찌꺼기로서.

누름돌 이야기를 했을 때는 나 자신도 신기한 기분이 들었다. 실제로 그때까지 까맣게 잊고 지냈던 이야기였다. 기억은 무엇을 계기로 되살아나는 걸까. 냄새라느니, 목소리라느니, 소리라느니 하지만, 회사 책상 앞에 앉아 기획서를 쓰다 말고 갑자기 어린 시절 기억이 되살아날 때가 있다. 과거의 부끄러운 기억, 봉인해 둔 기억이 느닷없이 돌아와 혼자 얼굴을 붉히고 왁 소리 지르고 싶어진다.

선두에 서서 울창한 숲속의 좁은 길을 내려가기 시작했을 때, 내 머릿속을 스친 것은 비에 젖은 수국이었다. 어디에 있는 수국일까. 어디서 본 풍경일까. 속에서 은은하게 빛을 발하는 듯한 수국.

물론 눈앞의 풍경 속에 수국이 있는 것은 아니다. 머릿속에 비추어진 풍경. 인간은 대체 뭘 보고 있을까. 어떤 것을 봤다고 얼마만큼 자신 있게 말할 수 있을까. 눈앞 풍경에 멋대로 자기 기억을 끼워 넣으면서.

숲의 냄새. 어린 시절 행복의 냄새. 불현듯 눈물이 날 것 같은 향수를 느낀다. 어렸을 때 나는 늘 나라는 존재가 거북하게 느껴져 성이 나 있었던 터라 그리 행복했다는 기억은 없다. 그래도 지금 와서 생각해 보면 양지바른 마당에서 뛰노는 것 같은 평온한 시절이었다고 인정하지 않을 수 없다.

숲은 스펀지다. 특히 Y섬은 비가 극단적으로 많은 곳이라, 숲에 발을 들여놓은 순간 숲이 저장해 둔 물기가 농후하게 느껴졌다. 아아, 정말 Y섬에 왔구나, 하는 실감이 솟는다. 나는 Y섬에 있다. Y섬의 숲속을 걷고 있다.

다만 이곳은 산책로를 정비해 간편하게 돌아볼 수 있게 관리된 Y섬 자연의 축약판에 불과하다. 내일부터는 더 고될 것이다. 그래도 입문편으로서 숲의 분위기는 충분히 맛볼 수 있을 것 같다.

리에코는 무슨 다른 목적이 있어서 내가 여행을 기획했다고 의심하는 모양이지만, 순수하게 Y섬에 오고 싶었던 것은 사실이다. 세계유산에 등록되면서 일약 주목을 받게 됐지만, 산이 많고 변화가 풍부한 지형의 Y섬은 전부터 꼭 한번 와보고 싶었던 곳이었다.

여행은 이상하다. 각 장소에 갈 타이밍이 정해져 있는 것 같다. 가령 어떤 곳에 관심이 생겨 언젠가 가보고 싶다고 생각한다. 휴가 계획을 세울 때마다 그곳이 후보에 오른다. 하지만 이번에는 아직 아니다, 이번은 아니다, 라고 생각한다. 그러다가 어느 날, 어느 때, 좋아, 가자, 하고 결심하는 순간이 있다. 그때부터 계획을 세워 실제로 실행에 옮길 때 마침내 그곳에 갈 때가 된 것이리라. 이번에 이렇게 네 사람이 이곳에 왔다는 것은, 바꿔 말하면 지금이 우리가 이곳에 와야 할 시기였다는 뜻이다. 나는 운명론자는 아니지만, 이번 여행은 우리 인생 중 바로 지금 이 시기에 이루어질 운명이었다는 생각이 든다.

숲에는 저마다 성격이 있어서 걷다 보면 그들의 인품이 전해져 온다. 피둥피둥하게 살찐 관대한 숲. 한창 성장 중인 젊은 숲, 악의로 가득 찬 숲, 품위 있는 숲, 속이 텅텅 비어 재미가 없는 숲, 피로에 찌들어 무뚝뚝한 숲. 이 숲은 그중 어느 것도 아니다. 숭고, 태연, 숙성, 풍요, 신비, 순결. 내가 받은 느낌을 표현할 말을 찾아본다. 모두 조금씩 들어맞는 것 같아도 숲의 이미지를 완전히 파악했다고 하기는 어렵겠다.

숲에 들어가는 순간에는 긴장하고 있었는데, 시간이 지나면서 몸이 풀리고 기쁨이 끓어오른다. 짙푸른 하늘에 깜빡이는 별처럼 나뭇잎 새로 새어드는 햇빛을 보기만 해도 지금 내가 아름다운 곳을 걷고 있다는 행복을 실감할 수 있다.

뒤에서 따라오는 세 사람도 처음에는 말이 없었다. 숨을 멈추고 주위를 두리번두리번 둘러보는 것을 알 수 있다. 처음으로 직접 접하는 Y섬의 숲, 그 숲과의 만남을 맛보는 것이리라. 첫 데이트에 나온 중학생처럼 우물쭈물하며 상대방이 자신을 마음에 들어 하는지 눈치를 살피고 있다. 마음 편하게 상대방과의 대화를 즐기고 정면에서 똑바로 얼굴을 볼 수 있게 되려면 아직 좀 더 있어야 할 것이다.

"아하하하."

바로 뒤를 걷고 있던 세쓰코가 갑자기 괴상한 소리로 웃는 바람에 흠칫 놀랐다.

"뭐냐, 기분 나쁘게."

"응, 어쩐지 기분이 좋아서 갑자기 막 웃고 싶어졌어."

고개를 돌려 노려보니 세쓰코는 천연덕스러운 표정으로 주위 풍경을 두리번대고 있었다.

"이상한 녀석."

그렇게 중얼거리기는 했어도 세쓰코의 기분은 알 것 같

았다. 지금 이렇게 세속적인 이해관계와는 무관한 마음 편한 친구들과 근사한 곳에서 휴가를 즐기고 있다. 그 사치스러움에 새삼 기쁨이 치밀어 자연스레 마음이 들뜬다.

행복한 순간은 이런 게 아닐까. 진학이니 취직, 결혼, 출산, 성공 같은 인생 게임의 항목들이 일반적인 행복이겠지만, 진정으로 행복한 순간은 이런 소소한 한순간일지도 모른다. 나는 지금 넷이서 나뭇잎 새로 반짝이는 햇빛 속을 걸으며 행복했다. 이만큼 행복한 순간이 과거에 설마 없었겠느냐고 좀스럽게 기억을 더듬어 보니, 문득 뺨에 보드라운 빛과 바람이 느껴졌다.

과거, 엄격한 남학교에 다니던 시절이었다. 길었던 기말고사가 끝나고 자전거에 둘씩 올라타 "만세! 끝났다!" 하고 괴성을 지르며 일제히 교문을 뛰쳐나가는 순간의 해방감. 그 순간의 그 무엇과도 비할 수 없는 행복. 그래 봤자 기껏해야 찻집에 가서 토마토케첩 스파게티를 먹는다든지, 서점에서 죽치며 잡지를 읽는다든지, 예쁜 애들이 많은 것으로 유명한 여학교 근처를 어슬렁댈 뿐이었지만 그래도 그 순간은 각별했다. 세계는 빛으로 가득했고 무한하게 보였다.

아키히코, 우리가 일등으로 나가는 거다.

애송이들은 하여간 사소한 일에 목숨을 건다. 한동안 시험이 끝나고 누가 일등으로 교문을 나서는지에 극히 일부 학생들이 자존심을 걸던 시기가 있었다.

당시 친했던 도모키는 이런 일에 유난히 정열을 불태우는 남자였다.

아키히코, 달려어!

그냥 혼자 가지 싶은데 도모키는 왜 그런지 나도 같이 가야 한다고 굳게 믿었다(그런 영 알 수 없는 논리로 고지식한 녀석이었다). 둘이서 가방에 필기도구를 대충 넣고 복도를 전력 질주해서 신발을 신는 둥 마는 둥 자전거 보관소로 달려간다. 도모키는 조금이라도 시간을 단축하기 위해 교문에서 가까운 자리를 맡아두곤 했다. 나는 자전거가 최소한의 커브로 출발할 수 있도록 밖에서 대기하다가 달리기 시작한 도모키의 뒤에 펄쩍 뛰어 올라탄다. 그러고 보니 방과 후에 둘이 자전거 뒤에 신속하게 올라타는 연습까지 했던 것 같다. 애송이들은 정말이지 바보다.

우리가 달리기 시작할 때, 다른 학생들도 제각기 교문을 향해서 달리기 시작한다.

에잇, 간다아!

아드레날린이 최대급으로 분비되고 우리 둘의 머릿속에는 일등으로 교문을 나간다는 생각뿐이다. 끼익끼익 비명을 지르는 자전거도 아랑곳없이 우리 둘은 다른 학생들을 추월해 단숨에 교문 밖으로 뛰쳐나간다.

아키히코, 달려어!

지금도 그 목소리가 기억 속에 남아 있다. 그런데 얼굴이 생각나지 않는다.

도모키. 그가 달려가는 뒷모습은 이렇게 선명하게 기억나건만 어째서 그의 얼굴은 떠오르지 않는 걸까.

"굉장히 조용하네."

리에코의 조용한 목소리에 정신이 들었다. 낮고 차분한 목소리. 그렇다고 괜히 잘난 척하는 것처럼 들리지도 않는 온화한 목소리다. 이 목소리를 다시 이렇게 가까운 거리에서 들을 수 있게 될 줄은 몰랐다.

"그렇지? Y섬은 이렇게 식물상이 풍부한 데 비해 새의 종류와 수가 극단적으로 적다더라."

"어째서?"

"잘은 모르지만 6000년쯤 전 화산활동 때문에 상당수의 동식물이 멸종됐다나 봐. 식물은 부활했지만 새는 부활하지 못한 게 아닐까."

"그렇구나. 하지만 곤충은 많잖아?"

"많지. 거머리도 많고."

"아휴, 싫어라. 곤충이 많으면 새가 늘어날 법도 한데 말이야."

"그러게. 그게 신기한 부분이지만 먹이사슬은 원래 미묘하니까 이것저것 예상 밖의 사건이 생겼는지도 모르지."

"진짜 이렇게 울창한 숲인데 새소리가 거의 안 들리네. 하다못해 도쿄에서도 아침에 새소리로 잠을 깨는데."

세쓰코도 동의하듯 숲을 둘러봤다.

다른 관광객의 모습은 보이지 않았다. 계류를 따라 한 바퀴 도는 코스인 듯, 앞쪽에 열린 공간이 있다는 예감이 느껴지고 멀리서 계곡 물소리가 들려왔다. 잘 정비된 산책로는 걷기 편해서 모두들 점점 긴장이 풀리는 것을 알 수 있었다.

확실히 조용하다. 때때로 멀리서 바람 소리가 들려올 뿐.

그렇지만 농밀한 공기가 정적을 느끼게 하지 않는다. 높다란 천장까지 선반마다 책이 꽉꽉 들어찬 오래된 도서관 안에 있는 느낌이다. 오랜 역사 속에 축적되어 온 인류의 지식에서 무수한 목소리를 느끼고 압도되는 것과 마찬가지로, 이곳에는 묵묵히 계속되어 온 끝없는 사색 같은 게 존재한다.

시야를 가로막는 숲, 그 너머로 이어지는 육중한 산의 예감에 이곳이 섬이라는 사실을 잊고 있었다는 것을 새삼 깨닫고 신기하게 생각한다.

나뭇가지가 높이, 나뭇잎은 더 높은 곳까지 층층이 쌓이며 하늘을 뒤덮는다. 산비탈에는 쓰러진 나무들이 모닥불 땔감처럼 쌓아 올려져 가로선과 세로선 대각선이 숲속에 초목을 데생한다. 보드라운 이끼로 빽빽이 뒤덮인 줄기는 꼭 녹색 벨벳 스프레이를 뿌린 것 같다. 거기에 예외는 없다.

강철 케이블로 지탱되는 출렁다리를 건너자 갈림길이 나

왔다. 금속제 입간판에 30분 코스, 80분 코스 등이 적혀 있다. 산책로는 30분 동안 숲의 분위기를 맛보려는, 다리 힘에 자신 없는 단체 관광객용일 것이다. 당연히 우리는 긴 코스 쪽으로 접어들었다. 그러자 느닷없이 좁은 산길이 시작되고 축축한 판자가 계단 모양으로 놓여 있었다.

"허파에 든 공기를 모조리 새로 간 느낌이야."

세쓰코가 심호흡을 하며 중얼거렸다

"헤헹. 속세 냄새가 전부 빠졌냐?"

"이런 데서 살면 세포가 깨끗해져서 병이 나을까?"

"전지요양이 그런 거 아니냐."

"이상하지, 인과관계란 거."

"인과관계라니, 바람이 불면 통장수가 득 본다˚, 같은 것 말이냐?"

"응."

세쓰코가 뒤에서 고개를 끄덕이는 것을 알 수 있었다. 천천히, 발에 힘을 주어가며 주의 깊게 걷는다. 내 리듬에 맞춰 뒤에서 세 사람이 따라오는 것을 느낄 수 있었다. 점점 걷는 리듬이 일치하기 시작한다. 완만한 오르막길이 꺾여 나무들 사이로 사라진다. 굽이를 돈 순간, 햇빛이 정면에서 눈을 찔렀다. 나도 모르게 실눈을 떴다.

---

* 어떤 일이 생겼을 때 의외의 곳까지 영향을 미친다는 일본 속담.

"나 어렸을 때 티끌 모아 태산이란 속담이 무서웠어."
"어머나, 왜?"

세쓰코 뒤를 따라오는 리에코의 목소리가 길이 꺾이는 곳 뒤쪽에서 들려왔다. 목소리가 구슬을 꿴 것처럼 줄줄이 길을 따라 들려오는 게 왠지 모르게 우스웠다.

"지금 생각하면 여러 가지가 겹쳐서 그렇게 된 것 같아. 사회 시간에 미나마타병이랑 이타이이타이병 배웠잖아? 상류 쪽 공장에서 흘러온 화학물질이 물고기 몸속에 축적되고 그게 인간의 체내에 쌓여서 병에 걸린다는 게 충격이었어. 게다가 당시 나랑 친했던 여자애네 집이 절이었거든. 그 애 아버지가 좌우지간 훈계하는 걸 좋아하는 분이라 말이야. 그 집에 놀러 가면 낙숫물이 댓돌을 뚫는다, 인간은 뭣보다도 끈기가 중요하다, 같은 이야기만 몇 번을 들어야 했는지 몰라. 그러면서 절 마당의 바위에 뚫린 구멍까지 보여주는 거야. 매일매일 물이 똑똑 떨어지면 구멍이 뚫린다는 게 어쩐지 너무너무 무섭더라. 절 처마 밑에 묶여서 머리 위에 낙숫물이 똑똑 떨어지면 어떻게 하나, 그런 생각이 들어서 밤에 잠도 못 잤어."

"그런 고문도 있지 않아? 컴컴한 방 안에 못 움직이게 묶어놓고 똑, 똑, 일정한 간격으로 이마에 물을 떨어뜨리는 거."

마키오의 목소리가 멀리서 들려왔다.

"진짜야?"

"어머, 너무한다. 난 그런 일을 당하면 금세 미쳐버릴 거야."

리에코와 세쓰코의 목소리가 나뭇가지에 부딪쳐 돌아왔다.

"그게 목적이었다나 봐. 하루만 그렇게 해도 육체적으로는 별문제가 없는데 정신이 견디질 못한대."

마키오가 담담하게 대답했다.

"매일 조금씩. 그런데 그게 어느새 쌓여서 돌이킬 수 없을 만큼 커졌다는 거 무섭지. 초콜릿에 도토리를 섞는 원숭이 이야기 있잖아? 조금이니까 모르겠지, 하고 섞다 보니까 나중엔 초콜릿보다 도토리의 비율이 높아졌다는 이야기. 나 그 이야기를 처음 들었을 때도 오싹했어."

세쓰코가 메마른 목소리로 나지막이 말했다.

리에코가 끼어들었다.

"어머, 그 반대 경우도 있잖아. 조금씩 돈을 모은다든지, 조금씩 운동해서 몸을 단련한다든지, 그런 긍정적인 사례들도 있잖아? 매일 나무를 한 그루씩 심었더니 어느새 울창한 숲이 됐다는 이야기를 생각하면 되잖아. 나 작년 연말에 회사 크리스마스 파티의 빙고 게임에서 500엔짜리 동전 전용 저금통을 탔거든. 별생각 없이 연초부터 모으기 시작했는데 얼마나 많이 모이는지 몰라. 5, 6만 정도 금세 모이더라. 이번 여행비용도 그 덕을 얼마나 많이 봤는데."

"아, 나도 그거 해. 그거 진짜 의외로 빨리 모이더라. 거스름돈으로 500엔 동전을 받으면 어쩐지 득 본 기분이 들거든.

야호, 이걸로 저금해야지 하고."

"응. 집에 가서 저금통에 넣어야지 했는데 물건을 사면서 쓸 수밖에 없게 되면 그렇게 아쉽고 말이야."

리에코와 세쓰코의 주부다운 알뜰한 이야기를 듣다 보니 문득 위화감이 느껴졌다.

매일 조금씩. 어느새 돌이킬 수 없을 만큼 커졌다.

나뭇잎 새로 햇빛이 흘러든다. 뺨에 빛을 느낀다.

"인과관계 이야기가 나와서 말인데."

세쓰코가 갑자기 생각난 듯 말했다.

"우리 아파트 옆 동에 불이 났었거든."

"어머나, 위험해라. 그러고 보니 세쓰코, 집 산 거지?"

"응. 하지만 심각한 건 아니었어. 책상 위에서 종이가 모락모락 연기를 피우고 있었을 뿐 아직 불꽃이 일기 전이었다고 하니까."

"세상에, 방화야?"

"아니. 그것도 단기간에 그런 일이 여러 번 있었어. 불난 동은 간선도로에 붙어 있는데 주택 말고 사무실도 입주해 있거든."

세쓰코의 아파트는 대규모 단지로, 몇 개 동으로 나뉘어 있다고 들은 적이 있다.

"그럼 불이 난 곳은 사무실이었군."

마키오가 끼어들었다.

"응. 인테리어디자인 회사라던가? 2층 방 세 개짜리 세대를 사무실로 썼대. 그런데 소문을 듣자니 그 사무실에서 몇 달 전부터 직원들 이름표를 도둑맞은 일이 있었다는 거야. 그 왜, 스케줄 보드에 붙이는 자석 이름표 있잖아. 직원이라 해봤자 네 명뿐이니까 보드에 붙여둔 이름표가 없어져서 새로 만들어 붙이면 또 없어지고, 그런 일이 여러 번 반복됐다 하더라고."

"그렇군. 네 사람의 험악한 인간관계가 문제였던 거야."

"그런 생각이 들잖아? 하지만 그게 아니었어. 여자들만 있는 회사인데 오랫동안 큰 건설회사에서 같이 일하며 돈을 모은 끝에 드디어 소원 풀이해서 독립한 직후였다는 거야."

내가 한마디 하자 세쓰코가 반박했다. 나는 코웃음을 쳤다.

"여자들만 있는 회사라며. 겉으로는 사이좋아 보여도 진짜는 어떤지 알 게 뭐냐."

"그야 그렇지만. 남자들은 어째서 저렇게 여자들은 모두 사이가 나쁘다고 생각하나 몰라. 물론 사이가 나쁜 사람들도 있지만 남자는 더하잖아? 이상하게 희희낙락하는데. 그거 봐라, 여자는 우정을 몰라, 여자들끼리는 사이가 나빠, 하면서. 하지만 내가 보기엔 남자들 쪽이 훨씬 험악하더라."

세쓰코가 투덜댔다. 이야기가 곁길로 샐 것 같기에 나는 황급히 입을 열었다.

"그럼 방화가 원인이 아니었군."

"응. 얼마 있다가 드디어 어떻게 된 일이었는지 밝혀졌어. 그래서 인과관계인 거야."

"어디가?"

마키오의 목소리가 들렸다.

"그러니까 처음에 어떻게 된 거냐면, 그 사무실은 2층에 있었거든. 그런데 에어컨이 고장 났어."

세쓰코는 가끔 이런 식으로 이야기한다. 본인은 맥락이 있다고 생각하겠지만 듣는 사람은 도무지 종잡을 수 없다. 성격이 급한 나는 금세 안달이 난다.

"야, 순서대로 말해, 순서대로."

"하고 있잖아, 처음부터. 이게 맨 처음 원인이었다고. 게다가 창문이 동향이고 맞은편에 다른 아파트 쓰레기장이 있었거든."

"어디가 '게다가'냐. 접속사는 좀 적절하게 써라."

"아이참, 남이 이야기하는데 방해하지 말래?"

나와 세쓰코가 이야기를 하면 대체로 이렇게 된다. 서로 템포가 맞지 않아 먼저 내가 인내심이 바닥난다. 인내심이 바닥나서 이죽대기 시작하면 이번에는 세쓰코가 이야기를 못 하겠다며 화를 낸다.

"알았다."

마키오가 중얼거렸다.

"도둑맞은 이름표는 금속제였지? 광택이 나는 비싼 것."

"응. 마키오는 알았나 보네."

세쓰코가 힘차게 고개를 끄덕였다. 나는 재미없다.

"난 모르겠구먼."

"아파트 쓰레기장에 금속이라고 하면 까마귀 아니겠어?"

뒤쪽에서 마키오의 침착한 목소리가 들려왔다.

"맞아. 범인은 까마귀였던 거야. 에어컨이 고장 나서 사무실 창문을 열어놨더니, 쓰레기장 주변에 모여 있던 까마귀가 창문 근처 스케줄 보드에 붙은, 빛을 반사해서 반짝반짝하는 이름표가 마음에 드셨나 보지. 살짝 들어와서 이름표를 훔쳐 다가 바로 앞 나무 위에 있는 둥지에 숨겨놨더라고. 거기에 모아둔 이름표에 햇빛이 반사되고, 그게 도로 볼록거울에 반사되고, 그래서 사무실 책상 위에 초점을 맞춰서 불이 났다는 이야기. 꼭 꾸며낸 이야기 같지?"

"희한한 이야기군. 용케 알아냈네, 그런 일을."

"고양이를 막으려고 물을 담아 세워둔 페트병이 렌즈 역할을 해서 불이 났다는 이야기는 들은 적 있는데."

"이름표를 플라스틱으로 바꿨더니 없어지지 않았대. 이상해서 창밖을 관찰했더니 까마귀가 은색 볼펜을 물고 창문 바로 앞에 있는 나무로 날아가더라는 거야. 그래서 둥지를 뒤져봤더니 없어진 이름표가 모조리 있었다나 봐."

"아하, 그래서 인과관계란 말이지. 에어컨이 고장 나면 불이 난다."

"어때, 아키히코 취향의 이야기지?"

"뭐, 그럭저럭."

건성으로 대꾸했다. 네 여자의 숨은 갈등보다는 재주 좋은 까마귀가 아름다운 수수께끼이려나.

"아, 그러고 보니 옛날에 문패 도둑이 있었지, 고3 때."

문득 생각난 듯 리에코가 말했다.

"아, 맞다, 있었지."

마키오의 목소리가 동조했다.

리에코와 마키오의 목소리를 연달아 들으면 왠지 모르게 움찔하게 된다.

두 사람의 목소리는 닮았다. 이 두 사람은 인상도 비슷하다. 뭐라 말하면 좋을까, 다른 사람에게 주는 느낌이 비슷한 것 같다. 과거에 커플이던 시절에는 참 비슷한 사람끼리 만났구나 싶었다. 하지만 두 사람이 헤어져 각자 가정을 이루고 이만큼 세월이 흐른 지금도, 과거에 사귀었던 두 사람이라는 역할까지 공유하면서 함께 연기하는 듯한 인상을 준다.

"고전적인 징크스잖아. 입시 철이 되면 가끔 있었어."

그러고 보니 나를 빼고 세 사람은 같은 고등학교에 다녔다. 그래서 지금 이렇게 넷이서 여행하고 있는 셈이니 인연이란 참 신기하다. 이것이야말로 인과관계다. 원인은 물론 마키오다. 내가 대학에서 마키오와 같은 반이 아니었으면 지금 이곳에 없었을 것이라 생각하니 기분이 묘하다.

"이야기는 들은 적 있지만, 정말 그런 짓을 하는 녀석이 있냐? 남의 이름을 떼어낸다, 즉 그 녀석을 떨어뜨린다는 의미잖아?"

"응. 기타간토의 시골이니까 당시엔 아직 단독주택이 많았고 나무 문패도 많았거든. 그러니까 가능한 이야기였지. 지금 같으면 다들 아파트에서 살지, 단독주택이라도 문패를 현관 옆 기둥에 붙여놓는 집이 별로 없으니까 문패를 훔치고 싶어도 못 할걸."

"뭣보다 먼저 문패를 훔칠 시간이 있으면 공부하라 이 말이야."

작은 웃음소리가 나무들 가운데 메아리쳤다.

여전히 다른 관광객이 나타날 기미가 없으니 웃음소리는 탄력을 잃고 순식간에 주변에 빨려들었다. 그 때문에 되레 정적이 실감 나서 모두 입을 다물었다.

하기야 차츰 산 깊숙이 들어오면서 걷기 불편하게 된 탓에 다들 발치에 주의를 기울이게 됐고 동시에 조금씩 숨이 차기 시작한 탓도 있었다.

숲속은 싸늘하고 축축하다. 군데군데 솟아 나오는 물이 비탈의 땅을 뒤덮은 미니어처 전나무처럼 생긴 수많은 이끼를 무수한 물방울로 장식하고 있다. 물방울이 빛을 반사해 반짝인다. 모든 물방울이 똑같은 풍경을 비추고 있다.

"온통 나무뿌리네. 산 전체가 꼭 흙보다 나무뿌리로 되어 있는 것 같아."

세쓰코가 중얼거렸다. 그녀의 말대로 쓰러진 나무들이 발치에 천연의 길을 만들고 있다. 숲의 진화 과정에서 힘이 다한 나무가 있으면 그 자리 위 하늘에 빈틈이 생기고 쓰러진 나무 위에 새로 싹이 트는 것이다. 이 숲은 마치 숲의 진화에 나타나는 여러 과정을 전시하는 것 같다. 움푹 팬 옹이구멍에 나뭇잎이 쌓이고 이끼가 그 틈을 메운다. 거대한 나무가 쓰러져 만든 터널 밑을 빠져나가려니 그림책에 나오는 어린애 같은 기분이 들었다. 빠져나가는 순간, 그 찰나의 어둠.

문득 또다시 수국이 보인 듯했다. 비를 맞는 수국. 적자색으로, 연보라색으로, 연분홍색으로 빛나는 수국. 어둠 속. 아니, 칠흑 같은 어둠은 아니다.

비 오는 날 저물녘.

온몸에서 땀이 왈칵 솟았다.

걷고 있어서가 아닌, 다른 종류의 땀.

"아니, 그거 말고. 우리 학년에 이상한 문패 도둑이 있었던 거 기억 안 나?"

생각에 잠겨 있었던 듯 한동안 조용했던 리에코가 갑작스레 한 말에 현실로 돌아왔다.

"이상한 도둑?"

"응. 세쓰코, 너희 반 아니었니? 같은 반 애들네 문패가 하룻밤 새에 도둑맞았다가 며칠 지나서 또 하룻밤 새에 죄다 돌아왔잖아."

"아, 맞다, 그런 일이 있었지. 우리 집은 나무 문패가 아니라 타일에 박아 넣는 식이라 없어지지 않았거든. 그땐 난리 났었지. 까맣게 잊고 있었네."

두 사람이 신나서 이야기하는 것을 들으니 흥미가 생겼다.

"그럴 때 문패에서 지문채취도 하고 그러냐?"

"에이, 아무리. 바로 돌아왔으니까 경찰에 신고도 안 했는걸. 그냥 악질적인 장난이라고 결론을 내렸던 것 같아. 입시가 코앞인데 그런 일에 연연할 경황도 없었고, 다들 금세 잊었어."

기묘한 이야기였다. 냉정하게 생각하면 아무런 소득도 없는 징크스를 실행하는 녀석이 훔쳐 갔던 물건을 돌려줄 것 같지는 않은데.

"흐음, 몇 명이나 도둑맞았는데?"

"꽤 많았어. 열일곱 명쯤 됐던가?"

"헉, 그렇게나 많이? 그걸 하룻밤에 다? 보통 일이 아닐 텐데."

놀랐다. 기껏해야 서너 명쯤이겠거니 했다.

리에코가 맞장구를 쳤다.

"그러게. 그래서 기억에 남았어. 시골 공립고등학교니까 시내 말고도 멀리서부터 통학하는 애들도 많았단 말이야. 현내에 뿔뿔이 흩어져 있는 곳에서 하룻밤 새에 문패를 훔치려면 여간 힘든 일이 아닐걸. 그래서 이건 분명히 단독범행이 아니라 조직적인 범행이라고 생각했던 기억이 있어."

"그거 재미있는걸. 게다가 그대로 돌아왔다?"

"응."

매력적인 수수께끼의 냄새가 났다.

"문패에 어디 손을 댄 부분은 없었고?"

"내가 알기로는 없어."

세쓰코가 딱 잘라 말했다.

높다란 가지 끝에 하늘이 보였다.

산길에서 다시 계류를 따라가는 산책로로 돌아온 모양이다. 소요시간을 쉽게 조정할 수 있도록 요소요소에서 나가는 길로 돌아갈 수 있게 되어 있나 보다. 주변이 밝아지고 온몸에 빛이 느껴졌다. 좔좔 흐르는 물소리가 상류 쪽에서 들려왔다. 한숨을 돌린 듯한 분위기가 네 사람 사이에 감돌았다.

걷기 불편한 축축한 길에서 산책로로 돌아와 계곡을 보며 잠시 휴식을 취했다.

거대한 바위가 계류를 메우고 있었다. 물은 그리 많지 않았다. 바위는 하얗게 말라붙었고 물은 맑았다. 급류라 비가 와도 눈 깜짝할 새에 하류로 흘러가 버릴 것이다.

제각기 물을 마시거나 사탕을 입에 넣었다. 모두 얼굴에 땀이 송골송골 맺혀 있다. 어깨 힘이 빠진 모양이다. 장시간을 걸을 경우, 처음 출발했을 때는 마음과 몸이 영 일치하지 않는다. 머릿속 속도와 발의 속도가 맞지 않아 삐걱댄다. 머리가 가야 할 거리만 생각하는 탓에 온몸이 긴장하는 것이다. 하지만 얼마 동안 걷다 보면 점점 의식하지 않게 되면서 정신과 신체가 완전히 일치하게 된다. 의식이 다리가 되고 심장이 된다. 그러면 얼마든지 걸을 수 있을 듯한 기분이 들면서 많이 걸을 수 있다. 슬쩍 세 사람의 얼굴빛을 살폈는데 다들 끄떡없는 듯 보였다. 이런 페이스로 몸을 풀면 괜찮을 것 같다.

"그러고 보니 두 명은 문패가 안 돌아왔어."

페트병 뚜껑을 닫으며 갑자기 세쓰코가 말했다.

"어머, 그랬어? 그건 몰랐네. 누구?"

리에코가 놀란 듯 세쓰코를 쳐다봤다. 나와 마키오는 아직도 그 이야기냐고 어이없다는 듯 얼굴을 마주 봤다. 두 사람은 아랑곳하지 않고 이야기를 계속했다.

"하마다랑 이시구로."

"하마다? 아아, 그 착실한 여자애? 입시 철에 문패를 도둑맞아서 기분 나빴겠네."

"그러게. 하지만 그 애는 그때 벌써 수시에 합격한 다음이었거든."

"어머나, 그랬구나. 다행이네."

팔짱을 끼고 있던 마키오가 문득 뭔가를 깨달은 듯 표정이 달라졌다.

"이시구로? 혹시 그……?"

"응, 죽은 애."

세쓰코가 미리 앞질러 대답했다. 나는 고개를 들어 세쓰코를 봤다.

"살인사건이냐?"

세 사람이 쓴웃음을 지었다. 세쓰코가 손을 가볍게 흔들었다.

"아냐, 아냐. 병이었어. 급성백혈병이었던가? 여름방학 전에 입원했는데 겨울방학 시작하기 전에 죽었어. 고등학생은 대개 자기가 죽는다는 생각을 전혀 안 하잖아? 동급생이 죽었다는 게 굉장한 충격이었어. 다 같이 장례식에 갔는데 관 속에 누운 얼굴을 봐도 꼭 그냥 자는 얼굴 같은 거야. 그 애랑 친했던 남자애가 이것저것 관에 넣어줬어."

그 광경이 눈앞에 떠올랐다. 눈앞에 불쑥 나타난 죽음이라는 것의 존재에 충격을 받아 창백한 얼굴로 향을 피우는 학생들. 아들과 동갑인 학생들을 보며 가슴이 찢어지는 심정으로 고개 숙여 답례하는 부모. 어째서 이 애들 중 누군가가 아니었나. 어째서 우리 아들이었나. 마지막 작별 인사를 해주세요, 라고 하면서도 억울함에 가슴이 먹먹하다. 어째서 하필이면 이 아이, 우리 아이인가요?

그건 학생들도 마찬가지다. 이제 두 번 다시 열리지 않을,

몇 시간 뒤면 이 세상에서 사라질 눈꺼풀을 보면서 어째서 여기 누워 있는 게 자신이 아닐까 생각한다. 어쩌면 자신이 었을지도 모른다. 한참 뒤의 일일 줄 알았는데 실은 내일 당장이라도 여기에 눕는 순간이 찾아올지도 모른다.

아키히코, 달려어!

머릿속에서 아득히 먼 목소리가 들린다.

너무 오래 쉬어도 좋지 않은지라 긴장이 완전히 풀리기 전에 다시 걷기 시작했다. 다들 여유가 생겼는지 농을 주고받는다.

기온이 빠른 속도로 올라가기 시작했다. 파란 하늘도 더 기운차 보인다. 햇빛이 드는 계류와 숲이 맞닿는 경계 부분에서 엄청난 속도로 수분이 증발하는 것을 알 수 있었다. 숲 속에 있을 때는 시원하지만 이런 더위는 체력이 소모된다. 오후에 서부 임업 도로를 돌 생각을 하면 오전 중에 너무 무리하는 것도 좋지 않다. 내일과 내일모레는 더 힘들어질 텐데 근육통이 생기면 곤란하다. 하기야 비가 많은 섬에서 이렇게 날씨가 좋은 것도 운이 좋았다 할 수 있다. 역시 평소에 내가 착한 일을 많이 한 덕이다.

"진짜 이런 기회, 별로 없지."

리에코가 나지막하게 중얼거리는 말을 듣고 나는 뒤를 흘깃 돌아봤다. 아까와는 순서가 달라져 리에코가 바로 뒤를 걷고 있었다. 그 뒤를 따라오는 세쓰코와 맨 끝의 마키오는 뭔가 잡담을 하는 모양이다. 두 사람에게 우리의 대화가 들리지 않을지 살그머니 확인하는 나 자신을 깨달았다. 바로 뒤를 걷는 사람이 리에코면 어째서 긴장하게 되는 걸까.

"이런 기회라니?"

시치미를 뗐다. 어쩐지 리에코의 이야기를 좀 더 듣고 싶었다. 그녀는 쓸데없는 말을 그다지 하지 않는 타입이라 이쪽이 말해야 하는 상황에 처하기 쉽다. 오늘 아침, 식사하기 전처럼.

"다들 각자 배우자가 있잖아? 오늘 아침에도 호텔에서 다른 투숙객이 부부 두 쌍이 여행 왔다고 생각하더라고."

"하긴 그렇지. 이 나이에 남녀 둘씩이면 대개 그렇게들 생각할 거다."

"여자 친구들하고도 여행 가기 쉽지 않거든. 가는 사람이야 가겠지만. 어째서 결혼했다고 친구랑 여행 가는 데 그렇게 죄책감을 느껴야 하는 거야?"

리에코가 진심으로 이상하게 여기는 모습이 우스워 나는 쿡 웃었다.

"뭐가 우습니?"

그녀의 뾰로통한 표정을 상상하며 앞을 향한 채 대답한다. 그녀의 목소리를 등 뒤에서 느낀다. 목소리는 파동이다. 소리는 파동이다.

"모두 결혼이 고행이라고 생각하기 때문이야."

"고행?"

"응. 의무. 인내. 언젠가 득도할 날을 꿈꾸면서 하루하루 인내하며 쌓는 수행."

이번에는 쿡 하고 웃는 소리가 등 뒤에 닿았다.

"청소 당번을 땡땡이치는 것하고 같은 거지. 청소를 안 하는 건 기뻐도 청소하는 사람한테 죄책감이 들잖아? 고행은 힘들지만 땡땡이치면 죄책감이 들어."

"아직 신혼인 주제에 말은 잘해요. 게다가 아키히코는 아무리 봐도 솔선수범해서 청소 당번을 땡땡이칠 사람 같은데."

"그런 문제가 아니지. 인간은 역시 힘든 일을 겪어봐야 된다는 기분이 어딘가에 있는 거야. 이러면 안 되지, 힘든 일을 겪어봐야 성장할 수 있어, 하고 말이야. 나는 거기에 결혼의 헤아리기 어려운 본질이 있다고 생각하거든. 겉으로 보기엔 전혀 힘들어 보이지 않는다는 점이 아주 교묘해. 입구는 재미있어 보이지. 어째서 이렇게 재미있는 걸 싫어하는 걸까 이상하게 생각하면서 신나서 적극적으로 그 길을 택해. 나중에 그게 고행이 돼서 부메랑처럼 자기한테 돌아올 줄은 꿈에도 몰라. 아아, 이 얼마나 교묘한가. 환멸, 그것은 인간이 효과적으로 성장해 노숙해지게 하기 위한 것이다. 그리고 결혼만큼 환멸이 존재 안에 내포된 것은 없다. 그러므로 결혼은 인간을 단기간에 노숙해지게 한다. 증명 끝. 보라, 결혼 생활

1년 못 미쳐서 나는 이 진리를 깨달았느니. 그나저나 부부 두 쌍이라니 어떤 조합으로 보이려나? 아마 리에코하고 마키오는 커플로 보일 테니까, 아니, 그럼 설마 나하고 세쓰코가 커플이라는 거냐? 그것만은 정말 사양하고 싶다. 내 미의식이 용납 못 해."

스스로 생각해도 용케 이런 말이 술술 나온다 싶다. 직장 생활은 무서운 것이다. 사실 머릿속으로는 별생각이 없다. 인간은 훈련만 하면 제법 그럴싸한 말을 제법 그럴싸하게 연설할 수 있다. 두뇌의 논리적 영역에서 처리해야 할 문제를 정서적 영역으로 이관해 보존. 스위치만 누르면 소네트라도 암송하듯 나불나불 떠들기 시작한다. 여느 때 같으면 얼마든지 이런 식으로 동료를 현혹할 수 있는데.

리에코의 소리 없는 웃음이 등 뒤에서 느껴져 어쩐지 안심됐다. 그러나 그 뒤 입을 열었을 때 그녀의 얼굴에서 웃음기가 가신 것을 알 수 있었다.

"이제 와서 나랑 마키오라니 그런 건 우스갯소리도 아니다, 얘."

내 얼굴에서도 웃음기가 가신 것을 알았다. 등 뒤에서 둔한 아픔의 파장이 느껴졌기 때문일 것이다.

아직 못 잊었구나.

앞을 본 채 마음속으로 리에코에게 말했다. 그녀는 그것을 깨닫지 못한 듯(당연한 일이지만) 자기 안에 틀어박혀 입을 다물고 걸었다.

역시 잊을 수 없겠지.

흐릿한 잿빛 파장은 아직도 내 안에서 출렁이고 있었다. 그녀의 아픔. 그리고 나 자신이 까맣게 잊고 있던 작은 아픔이.

맨 처음 거목과의 조우는 싱겁게 찾아왔다.

단순히 내가 깜빡했던 탓도 있다. Y삼나무랜드에도 J삼나무에 뒤지지 않게 유명하고 근사한 노목이 여럿 있다는 사실을.

게다가 극단적으로 큰 거목은 아니라도 육중하고 관록 있는 나무들은 지천으로 깔렸으니 다들 눈이 고급이 되어 있었다.

그런데 하얀 안내판을 발견하고 문득 위를 보자, 범상치 않은 존재감을 지닌 것이 꼼짝 않고 서 있었다.

"우와, 엄청 크다."

마키오가 탄성을 지르며 하늘을 올려다봤다.

층층으로 얽힌 나뭇가지들에 가려져 있기는 해도 그 범상치 않은 존재가 하늘 높이 이어져 있다.

세 뿌리 삼나무. 밑동직경 14.5미터. 가슴높이직경 3.1미터. 높이 36미터. 수령 1100년.

무뚝뚝하게 적힌 숫자. 수령이 1000년이라고 한들 실감이 나지 않는다. 십수 년 전인 쇼와 시대마저 이미 먼 과거가 됐는데. 100년도 살지 못하는 인간에게 1000년이라는 시간은 상상하기 쉽지 않다.

"1100년 전이라면 서기 900년. 휘파람새 우는구나 헤이안쿄*가 794년. 헤이안 시대군. 이것밖에 생각 안 나는데."

"스가와라 미치자네가 다자이후로 좌천된 게 900년쯤이었을걸."

"높이가 36미터면 10층 건물보다 높은 거지?"

이름의 유래는 바로 알 수 있었다. 거대한 둥치가 카메라 삼각대처럼 셋으로 갈라져 있다. 하기야 이런 거목은 오랜 세월을 지나면서 몇 그루가 하나로 합쳐지기도 하니까 원래는 여러 그루였을지도 모른다.

발밑을 보며 걸었더라면 눈치채지 못했을 것이다. 어른 넷이 팔을 벌려도 모자랄 것처럼 굵은 줄기도 숲의 풍경 속에 조용히 묻혀 있다. 나무는 옛날부터 이곳에 이름도 없이 살아왔다. 그것을 '발견'하고 이름을 붙인 것은 이미 오래전에 세상에서 사라졌을 미미한 인간이다.

일본 최강의 원령이자 신이 되어버린 스가와라 미치자네는 오늘날에도 학문의 신으로 추앙받는데, 눈앞에 우뚝 솟은 이것은 실로 원념이라고 할 수밖에 없는, 인지를 초월한 의식이 빽빽하게 들어찬 것처럼 느껴졌다. 거목이 신앙의 대

---

* 일본에서 일본사 연대를 외우는 방법 중 하나.

상이 될 만도 하다. 물리적으로나 시간적으로나 용량이 작은 인간은 도저히 미칠 수 없는 커다란 뭔가가 명백히 그곳에 존재한다.

"밤중에 이런 데를 걸으면 무섭겠다."

리에코가 겁에 질린 목소리로 말했다. 그녀는 이성적이고 현실적인 사람인데 의외의 부분에서 어린애 같은 상상력을 발동시킬 때가 있다. 본인은 모를지도 모르지만 리에코에게는 어딘가 단 한 곳, 몹시 연약한 부분이 있다. 이상한 것은 그 연약한 부분이 때에 따라 달라진다는 점이다. 전에는 연약했던 부분이 지금은 강고하다 싶으면, 전에는 괜찮았는데 오늘 눌러보니 어이없을 만큼 간단하게 부서져 버리더라 하는 부분이 있다. 남자 입장에서 보면 그건 그녀의 매력인 동시에 그녀를 어렵게 느끼게 하는 부분이기도 했다.

"어두워서 걷지도 못해."

나는 간결하게 대답했다. 밤중에 이곳에 혼자 서 있는 상상을 해본다. 도시 생활에 익숙한 나는 진짜 어둠이 어떤 것일지 상상조차 하기 어렵다. 빛이 없는 어둠, 모든 것을 덮어버린 어둠. 소리를 질러도 송두리째 정적이 삼켜버린다. 밤의 밑바닥에 깔린 침묵에서 달아나려 몸부림쳐도 자기 존재조차 확인할 수 없다. 공포가 심장을 움켜쥔다. 등 뒤에 누군가의 기척이 느껴지고 눈앞에는 과거의 망령이 나타난다. 공포에서 달아나기 위해 무슨 일이든지 하겠노라고 악마에게

기도한다. 악마는 어둠 속에서 속삭인다. 그곳에서 달아나려면 광기에 네 혼을 팔아넘겨라, 방법은 그것뿐이다, 라고.

"깊은 산에 들어가서 득도한다는 것도 이해가 되네. 이런 데서 하룻밤만 지내면 인생이 달라지겠지. 엄청난 스트레스를 받으면 정말 하룻밤 새에 머리가 새하얗게 되기도 하잖아."

마키오가 나무줄기를 올려다보며 중얼거렸다.

그 옆얼굴이 옛날과 조금도 변함이 없어 새삼 놀랐다.

가끔 누군가를 만나면 사람에 따라 이렇게까지 노화 속도가 다른가 하고 놀라게 된다. 마흔을 눈앞에 둔 나이가 되면 그 차는 현저하다. 몰라보게 아저씨 아줌마가 된 녀석도 있고, 전보다 오히려 젊어진 녀석도 있다. 그건 육체의 노화 속도가 아니라 정신의 노화 속도일 것이다. 인간의 육체가 정신의 그릇이라는 것을 통감한다. 요새 들어 특히 느끼는데, 그 사람의 생활권이 노화 속도를 좌우한다. 직장과 거주환경, 접하는 사람들의 종류, 드나드는 가게. 따분한 직장에서 따분한 일을 하고 따분한 사람과만 사귀는 놈은 당연히 빠른 속도로 따분한 인간이 된다.

그런 점에서 이 세 사람은 언제 만나도 어이가 없을 정도로 늘 변함이 없다. 겉모습도, 속 알맹이도 대학 때 인상 그대로다. 물론 그래도 나이는 순조롭게 먹고 있으니 조금은 달라졌겠지만, 모두 자신이 가진 줄 하나를 놓치지 않고 이어나가고 있다는 느낌이 든다. 사람에 따라서는 줄이 어디서 끊어지기도 하고, 올이 풀리기도 하고, 다른 줄과 이어지기도 하는데, 그들의 줄은 온전하게 하나로 머나먼 과거까지 이어져 있다는 게 한눈에 보인다.

마키오도, 리에코도, 세쓰코도 한 사람 한 사람 따져보면 전혀 다른데 그래도 같은 고등학교를 나왔다는 느낌이 있다. 그들을 비롯해 지방의 인문계 명문교를 나온 사람은 다들 어딘지 모르게 닮은 데가 있다. 때 묻지 않은 건전함, 자신들의 촌스러움을 자조하면서도 자랑하는 듯한, 의도적인 건전함이 느껴진다. 지방에서는 선택의 여지가 없으니 성적이 좋은 학생은 이 학교에 간다는 코스와 가치관이 공통된 인식으로 심어져 있을 것이다. 확고한 가치관 속에서 의심도, 망설임도 없이 살아온 그들은 자기 존재에 만족하는 것처럼 보인다. 그게 때로는 질투 나고, 때로는 화가 난다.

내 시선을 깨닫고 마키오가 씩 웃었다.

그것을 신호로 다시 모두 걷기 시작했다.

마키오는 내가 아는 남자 중에서도 탁월하게 정신적으로 터프한 인간이다. 낙심하지 않고, 조바심치지도 않고, 지치지도 않는다. 그렇다고 근거 없이 낙천적인 기회주의자도 아니다. 마키오의 유연한 강함을 생각할 때, 내 머릿속에는 늘 거친 바다에서 서프보드 위에 올라 움직이지 않고 냉정한 얼굴로 균형을 잡는 그의 모습이 떠오른다.

그러나 마키오는 리에코와 닮았다. 그도 어딘가 몹시 연약한 부분이 한 곳 있다. 그가 리에코와 다른 점은 그것을 결코 남에게 내보이지 않는다는 것이다. 어딘가에 연약한 부분이 있다는 것은 직감으로 알 수 있는데, 그게 어디인지는 전혀 알 수 없다. 리에코는 그 부분을 건드린 순간 그곳이 약한 곳이라고 알 수 있지만, 마키오는 그 부분을 건드려도 그곳인지 눈치채지 못한다. 그런 생각을 하면 나는 가끔 내가 모르는 새에 마키오에게 상처를 주지 않았는지 불안해진다. 혹시 그렇다 해도 그는 그 때문에 남을 원망하거나 비난할 남자가 아닌지라 모든 것을 혼자 처리해 버릴 것이다. 그게 마키오가 마키오다운 점이다. 그는 그다지 부정적인 감정을 갖지 않으며 가져도 담아두지 않는다. 감정을 억제한다는 느낌은 아니다. 그는 자기 감정에 집착하지 않는다. 굳이 따지자면 아무래도 상관없다는 느낌이다.

아니, 느낌이었다, 라고 과거 시제를 써야 한다. 그날, 마키오가 떨어뜨린 비단 수건 속 붉은 리본을 볼 때까지는 그런 줄 알았다고.

"지금까지 본 영화 중에서 어느 게 제일 좋아?"

나무들 틈으로 비쳐드는 빛을 받으며 뒤에서 리에코가 반쯤은 혼잣말처럼 중얼거렸다.

"어?"

"아키히코한테 묻는 거야."

"나한테? 영화?"

"응."

"여자들은 하여간 뭐 중에서 뭐가 제일 좋으냐는 질문을 좋아하더군."

"'아키히코는 우리 반 여자애 중에서 누가 제일 좋으니?' 라든지."

리에코가 재미있어하는 목소리로 말했다.

"별것 아닌 질문인 척하면서 우회적으로 조금씩 남자를 코너에 몰아넣지, 여자는."

세쓰코가 천연덕스럽게 말했다. 나는 고개를 끄덕였다.

"맞아, 맞아. 여자는 기저귀 찬 어린애까지 그런 테크닉을 완벽하게 습득하고 있어서 무서워. 유치원 때도 초등학교 때도 그 질문 정말 숱하게 받았다. 자기 이름을 말해줬으면 하는 냄새는 풀풀 나는데, 꼭 그런 걸 묻는 건 이쪽은 전혀 마음이 없는, 착각도 유분수인 여자들뿐이라니까. 그래서 나중엔 귀찮아서 그 녀석하고 제일 친한 애 이름을 대는 게 습관이 됐다."

"세상에, 너무한다."

두 여자가 입을 모아 불평했다. 나는 어깨를 움츠렸다.

"어쩔 수 없잖아. 그런 걸 묻는 여자들은 대개 끈질기다고. '딱히 없어', '생각해 본 적 없어' 해도 납득을 안 한단 말이지. 이름을 댈 때까지 절대로 안 물러나. 게다가 이름을 대면 꼭 소문을 내고. 그러니까 그 녀석이 절대로 소문내고 싶지 않을 상대, 소문을 내는 데 굴욕감을 느낄 상대의 이름을 대는 게 당연하지 않겠냐?"

"뭐, 기분은 이해하지만. 그래서 그 애는 친구랑 사이가 틀어지는 거네?"

"그렇지. 열이면 여덟아홉은 험악해지지. 그러니까 난 여자의 우정을 믿지 않는다 이 말씀이야."

"어머, 무슨 그런 실례되는 말을. 그렇게 말하면 남자도 사랑이냐 우정이냐 하는 건 괴테 시대부터 이어져 오는 테마 아냐?"

"자자, 이제 그만. 다른 이야기가 돼버렸잖아."

리에코가 달래듯 말했다.

"난 남들이 무슨 영화를 좋아하는지 관심이 있거든. 무슨 영화를 고르는지 보면 그 사람이 어떤 사람인지 알 수 있을 것 같아."

"너 또 그렇게 해서 남을 몰래 분석하는 거군?"

"어머, 내가 뭘. 그렇지만 궁금하지 않아? 다들 의외의 대답을 한단 말이야. 하지만 이야기를 들어보면 그렇구나, 그 사람답네, 하고 납득할 때가 많아."

"그렇게 말하면 점점 더 대답하기 어렵지. 네가 먼저 말해봐."

"나? 나는 그거. 클로드 를루슈의 〈남과 여〉."

리에코는 간단하게 대답했다.

"호오. 다바다바다, 다바다바다, 말이지. 어째서?"

"글쎄. 잘 표현을 못 하겠어. 거리감이 좋은 걸까. 연애를 냉정한 시선으로 바라보잖아? 등장인물들도 자기를 잘 몰라. 당혹하고 있어. 그런 점이 좋아."

그건 너도 비슷해, 하고 속으로 중얼거렸다.

"흐음. 진짜 의외군. 하지만 납득했다."

"그것 봐."

"나도 궁금해, 아키히코."

세쓰코가 뒤에서 압력을 가했다.

"잠깐. 난 마지막이니까 세쓰코부터 말해."

"지금 생각 중이야."

"좋아, 그럼 마키오. 마키오 넌?"

큰 소리로 묻자 태평한 대답이 돌아왔다.

"나는 하세가와 가즈히코의 〈태양을 훔친 남자〉."

그 대답을 들었을 때, 리에코와 마키오가 전에 둘이 이 이야기를 한 적이 있구나 생각했다. 이미 대답한 적 있는 질문에 대한 익숙함 같은 게 마키오의 목소리에서 느껴졌다.

"마키오가 일본 영화라니 의외네. 나 그거 본 적 없는데."

세쓰코가 중얼거렸다. 나는 마키오에게 물었다.

"왜? 젊은 물리 교사가 혼자 원자폭탄 만드는 이야기지?"

"그 영화를 봤을 때 주인공의 기분을 아주 잘 알 것 같았어."

"호오. 너하고 안 지 오래됐지만 그 이야기는 처음 듣는군."

"우리 그다지 문화적인 친구가 아니었으니까."

"늘 술만 마셨지."

"과거를 그리워하지만 말고 가르쳐줘, 아키히코. 실은 이미 정했지?"

매서운 목소리로 리에코가 물었다. 젠장. 역시 여자는 원하는 대답이 나올 때까지 포기하지 않는다.

"웃을 거면서."

나는 부루퉁한 목소리로 마지못해 대답했다.

"안 웃을게."

리에코가 살살 꾀는 목소리로 말했다. 리에코가 이런 목소리로 말하면 누나가 생각난다. 그 여자도 걸핏하면 이런 목소리로 나를 곤경에 몰아넣곤 했다.

"〈작은 사랑의 멜로디〉."

얼떨결에 말하자 바로 세쓰코가 새된 목소리로 웃어대기 시작했다.

"깔깔깔. 아이, 귀여워라. 전혀 의외 아냐. 청순가련한 아키히코한테 딱 맞는데 뭐."

"안 웃는다고 했잖냐."

"그렇게 말한 건 리에코인걸. 난 아닌걸. 딱 맞아, 딱."

"너 정말."

나잇값도 못 하고 얼굴이 빨개지는 바람에 점점 마음이

급해졌다.

"트레이시 하이드의 팬이었어? 아니면 비지스?"

리에코는 순수하게 호기심을 느끼는 모양이다.

"어렸을 때 영화는 대개 어제도 이야기한 가마쿠라 친척 집에서 텔레비전으로 봤거든. 나 원래 어린애들이 연애하는 이야기에 약해. 〈프렌즈〉라든지, 〈리틀 로망스〉라든지."

"어머나, 다이앤 레인."

"그중에서도 〈작은 사랑의 멜로디〉는 애들이 어른들한테 반항하는 이야기라 마음에 들었어. 게다가 뭣보다 마크 레스터의 친구 중에 좀 나쁜 놈 같아 보이는 녀석이 있었잖냐? 그 녀석한테 엄청 감정이입해서 말이지, 내 인생에서 맡을 역할은 이거다, 생각한 기억이 있어."

"아, 응, 좀 불량소년 같긴 해도 주인공들이 도망치는 걸 도와주는 애 말이구나."

"방금 생각났는데, 불량이란 말 요즘엔 안 쓰더군."

"후후, 그러네. 지금 생각하면 목가적인 느낌이네. 그래서 어떤 역할인데?"

"실은 주역이 될 만한 실력이 있고 멋지고 근사한데, 일부러 세계의 중심에 서지 않고 조역을 맡는 역할."

뒤에서 따라오는 세 사람이 동시에 코웃음을 쳤다. 당연히 무시했다.

"그래, 그랬지. 어렸을 때부터 다들 나한테 주역을 맡을 것만 기대하더라고. 뭐, 내 입으로 말하긴 좀 뭐하지만 누가 봐도 주역을 맡을 소질이 있었다는 이야기지. 하지만 난 그럴 마음이 전혀 없었어. 그게 아냐, 난 아냐, 하고 줄곧 생각하던 차에 그 영화를 보고 그렇군, 난 이런 포지션을 취해야겠군, 하고 생각한 거지."

그렇게 오른쪽 뇌로 다소 위악적으로 이야기하면서도 나는 내가 방금 한 이야기에 신선한 놀라움을 느끼고 있었다. 그래, 틀림없다. 어린 시절, 세계에 대해 느꼈던 위화감과 노여움은 그런 의미였던 것이다.

의혹이 풀린 듯한 개운한 감각이었다. 말로 표현하고 나서야 비로소 깨닫는 일도 있다.

"납득되지?"

"응, 잘 알았어."

뒤를 돌아보자 다들 어쩐지 냉랭한 표정으로 고개를 끄덕였다.

"세쓰코, 정했냐?"

"으음. 〈택시 드라이버〉랑 〈디어 헌터〉랑 둘 중에 뭐로 할까 고민 중."

세쓰코가 께름한 듯한 목소리로 대답했다.

"야, 이거 또 뜻밖인걸. 사회파냐?"

"하지만 세쓰코가 로버트 드 니로를 좋아한다는 거, 알 것 같아."

"울적한 걸 좋아하는군. 자기가 울적하지 않아서 그런 거지?"

"시끄럽거든. 역시 〈택시 드라이버〉로 할까 봐."

"어째서 〈택시 드라이버〉로 정했어?"

마키오가 물었다. 세쓰코는 잠시 생각하다가 대답했다.

"아마 〈택시 드라이버〉 쪽이 냄새가 있으니까."

"흐음."

어째서 리에코는 이런 질문을 했을까.

문득 그런 의문이 마음속에 숨어들었다. 별 의미 없는 흔한 질문이라고 생각하면서도 어딘가 한 지점에서 의심한다.

마키오의 대답을 들으려고? 어째서? 그녀는 이미 마키오가 어떻게 대답할지 알고 있을 텐데? 과거에 그녀에게 했던 것과 같은 대답을 하는지 확인하고 싶었을까?

뭣 때문에?

다시 산길이 시작됐다. 오르막길이 가팔라졌다. 숨이 차기 시작한다. 온몸이 후끈 달아오른다. 땀이 눈 속에 스며든다. 뒤에서 들려오는 숨소리가 거칠어졌다. 다들 묵묵히 자기 몸을 들어 올리는 일에 전념하고 있다.

수수께끼다. 다른 사람이 무슨 생각을 하는지, 뭘 하려고 하는지. 아니, 자신이 뭘 하고 싶은 건지, 실은 뭘 원하는 건지조차 알지 못한다. 나는 대체 뭘 하러 여기에 왔나. 어째서 이런 곳에서 몸을 들어 올리기를 계속하는가. 그게 최대의 수수께끼다.

도시에서 산에 와 맨 처음 당혹하는 것은 지면이 평평하지 않다는 점이다. 자신이 얼마나 평평하게 골라진 지면에 익숙해져 있는지, 얼마나 평형감각을 잃고 사는지 절감하게 된다. 세 사람이 조심조심 붙잡을 것을 찾는 모습을 보면 무섭겠지, 하고 생각한다. 하지만 인간은 반대로 평형감각을 되찾는 것도 빠르다. 내일이면 손을 쓰지 않고도 균형을 잡을 수 있게 될 것이다.

익숙한 감각이 서서히 몸속에 되살아난다. 한 발 한 발 주의 깊게, 끈기 있게 산을 나아가는 감각. 조바심치지 않고 조금씩, 숨죽이며 올라가는 시간. 그럴 때 목적지는 까마득히 먼 곳에 있는 것처럼 느껴진다. 너무나도 작은 한 걸음, 느려터진 자기 자신이 답답하고, 어리석은 존재처럼 느껴진다. 괜히 이런 멍청한 짓을 시작했다고 자기 자신을 욕하면서 이번이 마지막이다, 이제 두 번 다시 안 한다고 결심한다.

조금씩. 한 걸음씩.

나뭇가지가 바람에 흔들리며 눈부신 빛이 새하얗게 눈을 찔렀다.

그 순간, 깨달았다.

나도 모르게 그 자리에 섰다.

뒤에서 따라오던 리에코가 앞으로 고꾸라질 뻔한 것을 알 수 있었다.

"왜 그래?"

나는 땀투성이가 된 리에코의 얼굴을 돌아봤다. 리에코가 내 얼굴을 보고 놀란 표정을 지었다. 나는 흥분에 차 소리쳤다.

"알았다."

"뭘?"

리에코의 어리둥절한 얼굴이 클로즈업됐다. 붉게 상기된 하얀 얼굴을 보며 나는 대답했다.

"문패를 훔친 범인."

비탈을 다 올라간 곳에서 휴식을 취했다.

이다음부터는 계속 내리막길이다. 계류까지 가면 나가는 길은 그리 시간이 걸리지 않을 것이다.

"난데없이 무슨 소리를 하나 했네."

리에코가 타월로 이마의 땀을 훔치며 중얼거렸다.

"그 이야기는 벌써 아까 잊어버렸단 말이야."

세쓰코는 팔짱을 끼고 나를 째려봤다. 마키오는 여전히 담담한 표정이다.

"난 역시 천재야. 나도 잊어버린 줄 알았는데 뇌 한구석에서 몰래 생각하고 있었나 봐."

나는 기분이 좋아서 혼자 들떠 있었다. 이 끝내주는 카타르시스, 이 상쾌함. 그래서 수수께끼 풀이가 좋다.

"자화자찬은 그쯤 해두고 얼른 설명해 봐. 누가 범인이란 거니?"

세쓰코가 해답을 재촉했다.

"발단은 문패였다."

나는 폼을 재며 이야기를 시작했다. 명탐정은 본래 그런 법이 아니던가. 모든 답을 혼자만 알고 있으면서 답을 한꺼번에 밝히지 않고 듣는 사람을 애태우는 즐거움이란.

"그런 건 우리도 알아."

세쓰코가 어이없다는 듯 말했다. 나는 침착하게 검지를 좌우로 흔들었다.

"쯧쯧. 뭘 모르는군. 입시 철 문패 도둑이라면 당연히 남을 떨어뜨리는 게 목적이다. 다들 그렇게 생각했어. 하지만 과연 그게 진실이었을까?"

"그 외에 뭐가 또 있다는 거야?"

"단순히 문패를 원했던 게 아닐까. 그것도 특정 문패를. 하지만 그 문패가 목적이란 사실을 들키고 싶지 않아서 여러 집 문패를 훔친 거야."

"그럼 하마다랑 이시구로의 문패가 진짜 목적이었다는 말이야?"

세쓰코가 의심스레 물었다. 나는 가볍게 고개를 끄덕였다.

"그렇지. 정확히 말하자면 하마다란 여자애 문패가 목적이었어."

"하지만 왜? 아까도 말했지만 그 애는 수시에서 이미 합격했기 때문에 문패를 훔쳐봤자 효과가 없는걸."

"그러니까 그 애한테 악의가 있어서 훔친 게 아니라니까."

"악의가 아니면 뭐야?"

"'악'을 '호'로 바꿔봐라."

"응?"

"'악'을 '호'로 바꾸면 '호의' 아니냐. 호의. 사랑. 좋아하는 사람의 물건이 갖고 싶었던 적 없냐? 좋아하는 사람 이름을 보고 가슴이 콩닥콩닥 뛴 적 없어?"

세쓰코의 얼굴에 놀란 빛이 떠올랐다.

"뭐야, 그럼 스토커란 말이야?"

"그런 식으로 말하면 좀 가엾지만."

"문패 같은 걸 가져서 좋을까 몰라."

"글쎄다. 난 별로 아닐 것 같은데. 하지만 십 대의 첫사랑이었다면 좋았을지도 모르지."

"그럼 이시구로 건?"

리에코가 물었다.

"아마 하마다의 문패가 갖고 싶었던 게 이시구로였을 거야."

뭐! 경악에 찬 외침이 터져 나왔다.

"아니, 갖고 싶어 했는지 아닌지는 알 수 없어. 하지만 이시구로는 분명히 하마다를 좋아했어. 녀석의 친구는 그걸 알고 있었어. 그래서 친구가 두 사람의 문패를 훔친 거야. 아마 하마다네 집 문패에는 가족 모두의 이름이 들어가 있었겠지.

지금도 가끔 있잖아, 세대주 이름 옆에 부인하고 애들 이름이 있는 문패. 이시구로도, 그 친구도, 이시구로가 곧 죽을 걸 알고 있었어. 그 때문에 본인도, 친구도 여자애한테 좋아한다는 걸 알려서 부담을 주긴 싫었어. 입시 철이니까 문패를 도둑맞아도 웬 절박한 입시생의 소행이려니 할 테고, 하마다는 어차피 이미 대학에 합격한 상태였어. 그러니까 문패가 없어져도 별로 영향을 안 받을 거라고 생각했겠지."

"그렇구나. 그럼 다른 애들 문패는? 그것도 전부 그 친구가 훔친 거야?"

세쓰코는 수긍이 간다는 얼굴로 고개를 끄덕이며 다른 질문을 던졌다.

"아니. 도둑맞은 건 그 두 개뿐이야."

"무슨 소리야?"

"그러니까 나머지는 같은 반 녀석들이 협조한 거야. 다른 녀석들도 이시구로가 하마다를 좋아하는 걸 알고 있었겠지. 하마다네 문패만 없어지면 그 애를 좋아하는 사람이 범인이라고 의심받을지도 몰라. 나뭇잎을 숨기려면 숲속에. 한꺼번에 열일곱 명씩이나 문패를 도둑맞으면 범인이 닥치는 대로 훔쳤다고 생각들 할 거 아냐? 나머지 열다섯 명은 밤중에 자기 집 문패를 떼어다가 숨겨두면 그만이었어. 입시 철이니까 다들 혼자 밤늦게까지 깨어 있었겠지. 식구들은 다들 잠들었으니까 그 틈을 타서 문패를 들고 들어와도 되고, 식구들이다 들어오고 나면 밖에 붙은 문패를 눈여겨볼 사람이 없으니까 문단속하는 척하면서 감춰도 돼. 그리고 며칠 지나서 다 같이 짜고 돌려놓으면 되는 거야."

"그러고 보니 문패를 도둑맞은 애들, 하마다만 빼고 죄다 남학생이었어. 다 같이 대동단결한 거였구나. 이시구로가 하마다를 좋아하는 줄 몰랐네."

"세쓰코, 너 아까 친했던 남자애가 관에 뭔가 넣어줬다고 했지? 분명히 그게 하마다네랑 이시구로네 문패였을 거다."

"아휴, 그런 거였구나. 감동했어."

세쓰코가 손을 깍지 꼈다.

"어때, 이제 아름다운 추억이 됐지?"

"응, 납득했어. 그런데 왜 이제 와서 그런 생각이 든 거야?"

리에코가 이상스레 쳐다봤다.

"글쎄, 나도 잘 모르겠어. 그냥 삼나무 안내판을 보고 이름이 여러 개 있는 문패를 연상했는지도 몰라. 그다음부터는 '브라운 신부'의 인도로."

"뭔 소리래."

나는 대단히 만족하고 다른 사람들도 나름대로 납득한 상태로 산을 내려가기 시작했다.

---

* 영국 작가 G.K. 체스터턴이 창조한 단편 추리소설 시리즈의 주인공. 과학적 증거나 논리보다는 인간 본성에 대한 이해를 통해 사건을 해결한다.

호흡이 편해지고 근육이 편해지면 숲에 몸이 녹아드는 것 같은 착각이 든다.

몸의 힘을 빼고 의식을 숲에 내맡긴다. 서서히 의식이 숲속에 확산된다. 동시에 나무들의 기척을 느낄 수 있게 된다. 숲속에 고요히 선 나무들의 존재. 낡은 건물 사무실의 컴퓨터 뒤에 먼지를 뒤집어쓴 채 복잡하게 엉켜 있는 코드처럼 굵은 나무뿌리가 뒤엉켜 있다. 가지인지 뿌리인지 분간이 안 되는 잿빛 줄이 학교 축제가 끝난 뒤의 천장처럼 곳곳에 늘어져 있다.

쓰러진 나무는 연한 부분부터 먼저 썩는 터라 단단한 마디 부분만 남은 게 마치 나무에서 가시가 튀어나온 것처럼 보인다. 그런 나무들이 온갖 동물의 얼굴로 변한다. 당장이라도 말을 걸 것 같다. 나는 이대로 숲에 빨려들어 사라져 버리지는 않을까 희미하게 불안을 느낀다.

그런데 그때, 가까이에서 뭔가 농후한 기미가 느껴졌다. 기이한 존재.

"우와, 세상에, 이게 뭐야."

"무섭다."

그곳에 또 거목이 있었다.

하지만 그런 것은 그때까지 본 적이 없었다.

그 삼나무에는 얼굴이 있었다.

"부처 삼나무래."

"진짜 스님이 합장하는 것처럼 보인다."

그 삼나무는 거대한 줄기를 비틀고 있는 것 같았다. 굵은 뿌리는 바위를 감싸 쥐듯 구부러졌고, 나뭇결은 유선형을 그리며 움직이는 듯 보였다.

그리고 줄기 한가운데에 사람 머리를 조각한 듯한 거대한 혹이 있었다. 그것을 본 순간 야채며 과일을 모아 사람 얼굴을 그린 유럽의 그림이 생각났다. 자세히 보면 우둘투둘한 나무 표면인데 점차 늙은 까까머리 승려처럼 보이게 된다.

약동감 넘치는, 생생하게 살아 있는 나무 조각처럼 보이지 않는 것도 아니었다. 옛날 한 유명한 불사佛師가 나무 안에 있는 부처를 깎아낼 뿐이라고 말했다는 일화가 있는데, 어쨌든 이 생김새는 나무에서 승려를 깎아내는 도중이라 설명해도 통할 것 같다.

"가만히 보고 있으려니 점점 기분이 으스스해지는데."

마키오가 얼굴을 바짝 대고 조형을 유심히 살펴봤다.

"사람 얼굴을 한 개가 아니라 사람 얼굴을 한 삼나무군. 이런 게 나무마다 붙어 있으면 진짜 싫겠다."

"아휴, 하지 마."

인간은 어디서든 얼굴을 찾아낸다. 어제도 그런 이야기를 하지 않았던가? 가고시마에서 건너오는 배에서 했던 이야기가 벌써 먼 옛날 일 같았다.

시간이란 신기하다. 어제나 오늘이 평소의 24시간과 같다고는 도저히 생각되지 않았다. 회사에 출근해 전화를 여기저기 걸어대다 보면 어느새 점심때, 상사와 함께 거래처를 한 곳 방문하면 어느새 저녁이다. 야근하면서 서류를 작성하다 보면 금세 9시, 식사를 하고 한잔하면서 숨을 돌리면 어느새 다음 날이다. 그것을 다섯 번 반복하면 금요일 밤이 된다.

그런데 지금 여기에서 보내는 이 시간은 왜 이렇게 길까.

주위에 범람하는 온갖 녹색의 그러데이션을 멍하니 바라보며 생각했다.

육체가 정신의 그릇이라면 정신은 시간의 그릇이 아닐까.

문득 그런 생각이 들었다.

괜히 부처 삼나무에 합장하고 어슬렁어슬렁 걷기 시작했다. 길이 넓어지더니 포장된 산책로가 나왔다. 대열을 흩뜨려 걷기 시작했다. 여기서부터는 길을 잃어버릴 염려가 없다. 리에코와 세쓰코가 앞장서서 거침없이 걸어가고 그 뒤를 마키오와 둘이 따라갔다.

"큰마음 먹고 오길 잘했어."

마키오가 곁에서 중얼거렸다. 그 목소리에는 기묘한 울림이 있었다.

"무슨 소리야, 처음에 어디 가고 싶다고 한 게 너였잖냐."

"그건 그런데."

마키오는 쓴웃음을 지었다.

"그런 말은 누구나 하잖아. 다들 술만 마시면 아아 어딘가 가고 싶다, 그런다고. 그건 영업 목표 같은 거야. 실적보다 훨씬 높게 책정되어 있으니까 달성할 수 있을 리 없어. 아무도 실현될 거라고 생각 안 해."

"흥. 난 오고 싶었다. 난 할 땐 하는 사람이다 이거야."

"실현될 줄 몰랐어."

어조에서 어딘지 모르게 불안을 느낀 것은 왜였을까. 내내 마음에 있던 질문을 모르는 척해 보기로 했다.

"혼자 사는 건 익숙해졌냐?"

어젯밤 호텔에서는 오늘 일정만 이야기하느라 이런 화제는 꺼내지 못했다. 서로 피했는지도 모른다. 둘만 있는 방에서는 아무래도 분위기가 무거워지기 때문이다. 하지만 이렇게 숲속을 걷고 있으면 거북함도 숲이 빨아들여 줄 것 같았다.

마키오는 순순히 고개를 까딱했다.

"응, 생각보다 쉽게 익숙해졌어. 아니, 그보다 난 가족하고 같이 살았을 때도 혼자 산 거나 마찬가지였구나 싶더라."

"뭐, 애가 있으면 아무래도 부인은 그쪽에 맞춰 생활하게 되니까. 생활이 엇갈리게 되지."

상투적인 위로로 받아넘기자 마키오는 무표정하게 고개를 가볍게 흔들었다.

"그런 뜻이 아냐. 난 같이 있을 때도, 휴일에도, 가족 생각은 손톱만큼도 안 했어. 늘 내 생각만 했고 아내도, 애들도 아무래도 상관없었어."

가슴속이 싸늘해졌다. 나는 어렴풋이 동요하면서도 동시에 강한 호기심을 느꼈다. 마키오는 뭔가 중대한 이야기를 하려 하고 있다. 그는 자기 기분을 말할 때면 늘 솔직하지만, 좀처럼 그렇게 하지 않는다.

"그럼 결혼은 왜 했나?"

스스로 생각해도 거지 같은 질문이었다. 아까 리에코에게 피력한 결혼론이 머리를 스쳤다.

"글쎄. 분명히 당시엔 사회적으로 그게 무난하다고 생각했겠지."

마키오는 관심 없다는 표정으로 어깨를 으쓱했다.

"한 번만 더 묻자. 진짜 여자가 생긴 건 아닌 거지?"

마키오는 여자를 밝히지는 않지만 싫어하지도 않는다. 오히려 연애는 꽤 선수였다. 회사에서도 상당히 인기가 많았던 것 같고, 성가신 문제를 일으키지 않는 범위 내에서 적당히 놀았다는 것은 어렴풋이 눈치챌 수 있었다. 마키오는 자신이 사귀던 여자 이야기를 전혀 하지 않는다. 일반적인 이야깃거리로 아는 여자 이야기는 하지만 사귄 여자를 과시한 적은 없었다. 이런 일에 깨끗할 것도 더러울 것도 없지만, 마키오는 상대를 신중하게 골라 깨끗하게 논 부류에 들어가지 않을까. 그래도 그가 부인과 헤어진다는 말을 들었을 때, 맨 먼저 다른 여자가 생겼나 생각한 것도 사실이다.

마키오는 나른한 태도로 고개를 흔들었다.

"아냐. 여자라면 이제 진저리 난다."

"꼭 그런 녀석이 금세 재혼하고 그러더군. '앞으로 두 번 다시 연애 같은 거 하나 봐라' 하고 악쓰던 여자일수록 곧바로 다음 남자한테 걸려들잖냐."

아하하하 하고 마키오가 무심하게 웃었다.

"적어도 경제적으로는 당분간 무리일걸, 상대방이 어지간한 부자가 아니면. 딸아이가 결혼할 때까지 양육비를 대야 해. 아파트 대출받은 것도 갚아야 하고."

집을 처자식에게 넘겨주고 그는 직장 초년생이 살 법한 싸구려 원룸에 세 들었다. 현관 앞까지 간 적이 있는데, 멋이고 뭐고 없는 감옥 같은 낡은 아파트였다.

어떻게 이런 곳에, 라고 내심 놀라면서도 아무렇지도 않은 척했는데, "오래 기다렸지?" 하며 나온 마키오의 얼굴을 보고 또 한 번 놀랐다. 그는 마치 학생처럼 젊어 보였다. 처자식과 헤어져 집까지 넘겨주고 홀로 초라하게 살게 된 남자 같지 않았다. 얼굴에는 싱글싱글 미소를 띠고 그저 한없이 편해 보였다. 순간, 이곳이 대학 시절 마키오가 살던 시모이구사의 연립주택 앞이고 지금부터 같은 연구실 녀석들과 단체 소개팅에 나갈 참인가 착각했을 정도였다.

"아키히코, 이거 비밀이다. 나 지금 꽤 행복해."

마키오는 비밀을 털어놓듯 입가에 손을 댔다. 나는 당혹했다.

"그 말 맞다. 웬만하면 남들 앞에선 그런 말 하지 마라."

"응, 괜히 변명하는 것처럼 들릴 테니까. 하지만 나 정말 행복해. 더할 나위 없이 행복해."

마키오는 거듭해서 '행복하다'라고 했다. 이 남자 입에서 그런 말이 나오다니 어쩐지 어울리지 않았다. 나는 조금 전의 불안이 되살아나는 것을 느꼈다.

"내내 혼자고 얼마든지 입 다물고 있을 수 있어. 누가 설명해라, 말 좀 해봐라, 하지도 않아. 이게 나한테는 뭣보다도 고마운 일이야."

마키오는 말을 곱씹듯 천천히 중얼거렸다.

마치 스스로를 설득하는 것 같다는 생각이 들었다. 좀처럼 없는 일이다.

무슨 일이 있었던 거냐?

그 말이 목구멍까지 올라왔지만 소리 내어 묻지는 못했다. 물었다 해도 마키오는 절대 대답하지 않으리라는 확신이 있었다. 다만 그의 '여자라면 진저리 난다'는 말에서 '여자'가 그의 부인도 아니고, 여자 친구도 아니고, 가지와라 유리를 가리킨다는 것은 직감으로 알 수 있었다.

밝은 산책로를 따라 올라가니 Y삼나무랜드 출구가 나왔다. 멀리 주차장에 우리가 타고 온 왜건을 보니 마음이 놓였다.

"삼림욕 한번 잘했다. 아, 만족스러워."

세쓰코가 기지개를 켰다. 이 정도면 상당히 순조로운 출발이다. 시계를 보니 11시가 막 지났다. 시간상으로도 예정대로다.

주차장 앞 휴게소에서 재떨이를 본 순간 담배 생각이 났다. 마키오도 마찬가지인 듯, 우리는 공범자처럼 눈짓을 주고받고 주머니에서 담배를 꺼내 주섬주섬 불을 붙였다.

"어머나 세상에, 어째서 이렇게 공기 좋은 데서 그렇게 몸에 나쁜 걸 피우는데?"

세쓰코가 어이없다는 듯 말했다.

"뭘 모르는군. 공기 좋은 데니까 피우고 싶은 거야. 아름다운 대자연 속에서 담배를 피운다. 그 이상 행복한 담배가 있겠냐?"

나는 조곤조곤 설명해 주었다.

"숲속에선 피우고 싶은 눈치 없었잖아."

"응, 까맣게 잊어버리고 있었어. 역시 조건반사인가 봐. 재떨이를 보면 담배를 피운다는 행위가 생각나는 거지."

마키오가 재떨이를 끌어당기며 느긋하게 고개를 끄덕였다.

이런 마키오에게 나는 늘 경탄하게 된다.

무표정한 얼굴로 '여자라면 진저리가 난다'라 하면서 세쓰코와 친근하게 이야기한다. 설명하라고, 말하라고 요구당하지 않아서 행복하다면서 붙임성 있는 태도로 정보를 공개한다. 하기야 그가 말하는 '여자'는 연애 대상으로서의 여자일 테니까, 세쓰코는 '고등학교 때 친구'일 뿐 '여자'에 포함되지 않을지도 모른다.

아무튼 마키오에게는 모순이 아닌 것이다. 자신이 겉과 속이 다르다든지 상대방에 따라 태도가 달라진다는 의식은 없을 것이다. 그건 어디까지나 자기 나름의 TPO에 준한 당연한 태도이고, 그에게는 모든 '자신'이 하나로 이어져 있다.

그런 마키오의 얼굴을 희미한 비난을 담아 쳐다봤다.

물론 마키오가 내 그런 시선에 담긴 의미를 알아차릴 리 없다. 혹여 알아차린다 해도 꿈쩍도 하지 않을 것이다.

하지만 리에코는?

마음속으로 물었다.

지금 너한테 리에코는 '여자'에 포함되냐?

마키오에게 등을 돌리고 주차장을 향해 걸어갔다.

차에서 다소 뜨뜻해진 도시락을 꺼내 들고 돌아왔다. 녹차캔, 그리고 매실장아찌와 연어구이가 든 큼지막한 주먹밥이 세 개. 반찬은 단무지뿐이지만 간기가 있는 주먹밥만으로도 배가 충분히 불렀다.

식후 휴식 시간을 여유 있게 갖기로 하고 각자 휴식을 취했다.

정말로 교묘하게 혼잡한 시간을 피한 듯 다른 관광객은 거의 보이지 않았다. 연휴 때는 사람이 많아 북적댔다는 게 믿기지 않았다. 단체 관광객도 나타날 기미가 없지만 오후가 되면 또 모른다.

날씨도 좋으니 호사스러운 기분으로 휴게소 긴 의자에 드러누웠다. 눈을 감자 생각보다 피로가 느껴졌다. 가이드로서 다소 어깨에 힘이 들어가 있었던 모양이다.

문득 이것도 준비된 무대처럼 느껴졌다. 우리 네 사람을 위해 누군가가 준비한 무대. 우리 넷이서 뭔가를 밝혀내게 하기 위해, 쓸데없는 외부 사람이 끼어들지 못하도록 누군가가 이 여행을 세팅하고 있다.

바보 같은 망상에 나도 모르게 혼자 쓴웃음을 지었다.

만약 그렇다면 대체 무엇을? 나는 뭘 밝혀내야 하나?

물론 답은 알고 있었다. 오늘 아침 리에코와 나눈 대화. 본가에서 들은 풍문.

가지와라 유리.

기묘한 존재다. 나와는 직접 관계가 없고 세쓰코와도 없다. 리에코도 오래전에 소식이 끊긴 모양이고, 유일하게 접점이 있을 마키오는 입을 다물고 있다. 그런데도 지금 이 여행에서 우리 네 사람을 하나로 묶는 것, 여행의 중심에 있는 존재는 그녀라는 생각이 자꾸 든다.

그녀는 살아 있나, 아니면 죽었나? 살아 있다면 지금 어떻게 지내나? 죽었다면 언제 죽었나? 왜 죽었나? 그리고 그녀의 생사에 마키오는 어떻게 연관되어 있나?

뇌리에 붉은 리본이 떠올랐다.

마키오는 핵심 가까이에 있다. 내 직감이 그렇게 고했다. 나는 내 직감을 믿기로 하고 있다.

하지만 이 수수께끼의 해답은 여행이 끝날 때까지 기다려야 알 수 있을 것 같다.

그것도 내 직감이었다.

왔던 길을 돌아가 계곡을 따라 산을 내려갔다.

오전 중에 신중하게 걸은 덕인지 다들 섬에 익숙해져 여유로운 공기가 차 안에 감돌았다. 함께 지내는 시간이 늘어나면서 점점 대학 시절의 얼굴로 변해간다. 평소 남들에게 보이는 사회적인 얼굴이 점점 떨어져 나간다. 짧은 시간이나마 등산이라는 난관을 경험하면서 마지막 남아 있던 조심스러움이 자취를 감추었다.

백미러로 리에코와 세쓰코의 긴장이 풀린 무표정한 얼굴을 보고 있으려니 인간이 대외적으로 얼마나 노력해서 표정을 꾸미고 사는지 실감됐다.

"텅텅 비어서 기분 좋긴 한데, 평소 휴일에 꽉 막힌 도로만 보고 살았더니 이래도 되는 건가 싶네."

계속해서 운전을 맡은 마키오가 웃었다.

"설날 오테마치* 수준이군."

---

* 도쿄의 비즈니스 지역.

나도 비슷한 어조로 대꾸했다.

진초록으로 뒤덮인 계곡 너머 산비탈에 빛이 반사된다.

활짝 열어젖힌 창문으로 들어오는 바람에 뒷좌석에 앉은 두 사람의 머리칼이 나부끼는 것을 깨닫고 물었다.

"창문 닫으랴?"

"아니. 바람이 기분 좋으니까 이대로도 괜찮아."

세쓰코가 고개를 흔들고 리에코도 옆에서 같이 끄덕였다.

두 사람이 각자 멍하니 몽상에 잠겨 있는 것을 몰래 훔쳐봤다.

둘 다 정말 인상이 대학 때와 별로 달라지지 않았다.

리에코는 날씬하고 얼굴 생김새가 일본적이다. 눈에 띄는 미인은 아니지만 단정하고 호감을 주는 얼굴이다. 말끔함과 기품이 있고 보통의 일본 남자가 생각하는 여자다움이 느껴진다.

세쓰코는 그와는 대조적으로 서구적인 느낌이 강하다. 아담한 체구는 들어갈 데 들어가고 나올 데 나왔으며, 긴 검은 머리는 선천적인 곱슬머리에 얼굴도 작고 이목구비가 뚜렷하다. 객관적으로 볼 때 상당한 미인인데, 소탈한 성격에 가려져 전혀 미인처럼 보이지 않으니 신기할 따름이다.

세쓰코를 보면 외모가 본인의 마음가짐이요, 자기를 내보이는 방식이라는 것을 잘 알겠다. 그녀가 자기 자신을 미인이라 생각하고 그런 식으로 행동했더라면 요염한 미인으로 인식됐을지도 모른다. 그런데 세쓰코에게 그럴 마음이 전혀 없는 탓에 상대방도 그에 감화되어 미인과 마주하고 있다는 감동을 느끼지 못한다.

여자들의 우정은 믿지 않지만 이 두 사람을 보면 억지스러운 부분이 없이 자연스럽다는 생각이 든다. 괜히 친한 척하지도, 상대방을 속박하지도, 필요 이상으로 간섭하지도 않는다. 뭐, 이제 와서 나나 마키오 앞에서 남자가 근처에 있을 때 여자들이 곧잘 그러하듯 유난스레 친한 척할 필요도 없겠지만.

대학 시절 친구를 만날 때 느끼는 편안함은 어차피 용써봤자 이미 오래전에 다 들통났다. 그 어리석고 자의식만 비대했던 십 대 말과 이십 대 초를 공유한다는 자포자기의 심정이 태반을 차지한다. 거꾸로 말하면, 사회에 나와 얻은 친구들은 직장에서 동고동락한다는 연대감으로 묶여 있으며, 평생 친구로 남을 녀석이라도 인생 제2부의 친구라는 틀에서 벗어나지 못한다. 애초에 토대가 다르다 보니 제1부 사람과 제2부 사람을 중복시키기가 어렵다. 사람은 제2부에서 소원했던 인생을 손에 넣고 제2부의 자기 자신에 안주하는 것 같아도, 시간이 흐르면 자신의 본질은 역시 제1부에 있었다고 생각하게 마련이다.

그 점에서 마키오나 이 두 사람은 본래 제1부 사람인데도 제2부와 괴리되지 않고 성공적으로 관계를 지속할 수 있었던 드문 사례인 것 같다.

사람과 사람의 관계는 소소한 일로 유지되기도 하고 깨지기도 한다. 우리 넷의 이번 여행이 성사된 것은 너무 멀지도 가깝지도 않은 거리, 멀리 떨어져 있어도 서로가 서로를 잘 안다는 미묘한 균형 덕에 서로 부담이 되지 않기 때문일 것이다.

계곡이 얕아지면서 하얗게 빛나는 수면이 보이기 시작했다. 수폭이 눈에 띄게 넓어지고 물살이 느려졌다. 강어귀에 가까워진 것이다.

쾌청한 가을날, 해안선 도로를 달리는 상쾌함.

끝없는 수평선을 보며 오르락내리락 길게 뻗은 2차선 도로를 달린다.

로드무비의 주인공이 된 기분이다. 스크린 속에서 하얀 왜건이 아스팔트 도로를 달려간다. 이건 어떤 영화일까? 결말은 맺어졌을까? 비극일까, 희극일까?

다리를 여럿 건넜다. 연간 강수량이 9000밀리미터나 되는 이곳에서는 섬 중심의 산악지대에서 방사상으로 개천이 여러 줄기 흐른다.

도중에 들르고 싶은 곳이 있었다.

"거기서 왼쪽으로 들어가서 세워봐."

지도를 보며 마키오에게 부탁했다.

마키오는 강변 들판에 차를 몰아 들어갔다.

커다랗게 굽이치는 강물이 자연 상태 그대로의 기슭을 따라 강어귀를 향해 유유히 흘러갔다. 기슭에 가지를 펼친 나무들이 물속 깊이 그림자를 드리웠다.

차에서 내려 빛 속으로 걸어나간 우리 네 사람은 유장한 시간의 흐름에 당혹하는 것 같았다. 사방팔방에서 빛이 내리쬐니 눈이 부셔 눈을 뜰 수 없다.

"이러다 타겠다."

"위험해."

두 여자는 부랴부랴 모자를 가지러 돌아갔다.

마키오는 내가 보여주고 싶었던 곳을 발견한 듯 천천히 걸어갔다.

연녹색 셔츠가 바닷바람에 펄럭였다. 홀로 걸어가는 그의 뒷모습에 어딘지 모르게 허무감이 감돌았다.

"여기는 거의 바다군."

여울목에 젖은 갈색 흙이 펼쳐져 있다. 커다란 삼각형 공간에 무수한 싹이 수직으로 어딘지 모르게 유머러스하게 돋아나 있었다.

"응, 만조 땐 여기까지 물이 밀려든다는데."

"어머, 이게 뭐야. 귀엽다."

금세 돌아온 세쓰코가 큰 소리로 말했다.

"홍수紅樹야. 바다에서 가깝고 간만의 차가 큰 강어귀 부근에 번식하지. 염분에 강하고. 일본에선 몇 안 되는 아열대 식물. 이게 성장하면 맹그로브가 되는 거야."

"어머. 난 맹그로브란 이름의 나무가 있는 줄 알았어."

"아냐. 이런 데서 자라는 식물 몇 종류가 모여서 수풀이 됐을 때 그 식물군 전체를 맹그로브라고 해."

나는 예습의 성과를 희희낙락하며 자랑했다.

"호오."

다들 얌전하게 경청하는 모습에 우쭐했다.

"애초에 이 섬이 세계유산으로 지정된 건 Y삼나무나 J삼나무 때문이 아니라, 이제부터 갈 서부 임업 도로를 포함해 섬 남서부에서 섬 중심의 산꼭대기까지 일대가 가장 큰 이유거든."

"어머, 그래?"

리에코가 뜻밖이라는 표정으로 물었다.

"물론 그것도 있기는 하지만, 가장 높이 평가를 받는 건 아열대에 가까운 조엽수림 원생림부터 북방지대 기후에 가까운 수목한계선까지 특이하게 한 곳에 수직분포한다는 점이라더군."

"이야, 공부 많이 했구나."

세쓰코가 감탄한 얼굴로 나를 쳐다봤다.

"전부터 와보고 싶었던 곳이니까. 이것저것 연구는 해놨지."

"아름답다. 강기슭이 자연 상태 그대로라 참 좋아."

리에코가 실눈을 뜨고 강물이 흐르는 바로 앞에 섰다.

"그 때문에 흙이 자꾸 유입돼서 건조화가 진행되는 바람에 홍수가 생식할 수 없게 돼가는 중이라더라."

바닷바람이 불어왔다. 강어귀를 향해 크게 커브를 그리기에 여기서 바다는 보이지 않았지만, 바로 가까운 곳에 바다가 있다는 것은 바람의 냄새로 알 수 있었다.

"우리 어쩐지 청춘드라마 등장인물들 같다."

세쓰코가 쿡 웃었다.

"그러게 말이다."

비슷한 생각을 하고 있던 터라 맞장구를 쳤다. 질리지도 않고 못된 기분이 뭉게뭉게 솟았다.

"이제는 젊지 않은 네 남녀. 과거의 추억을 가슴에 품고 여행길에 올랐다. 향수 어린 눈빛으로 바다를 바라보며 물가에 선 네 사람. 각자 추억에 잠겨 있다. 그리고 여기서 과거를 회상하는 장면이 삽입되는 거지."

"응, 그런 느낌. 애달프고 씁쓰레한 청춘영화."

"서스펜스영화도 좋지 않냐? 청춘 시대에 벌어진 수수께끼의 살인사건. 저마다 가슴속에 묻어두었던 생각. 그리고 십수 년 만에 폭로되는 진상."

아차 했을 때는 이미 말해버린 뒤였다.

"그것도 좋다, 얘. 두 시간 만에 해결되면 좋겠는데."

세쓰코는 내 주저에 전혀 아랑곳하지 않았다. 나는 흘깃 리에코를 봤다.

순간 그녀와 시선이 마주쳤다. 날카롭게 관통당한 느낌이 들었다.

리에코는 시선을 슥 돌리고 웃음을 띠며 말했다.

"범인은 누구려나?"

모두 왠지 모르게 마키오를 쳐다봤다.

마키오는 태연한 표정이었다. 회색 바지 주머니에 손을 넣고 바람을 맞으며 유유히 서 있다. 입가에는 희미한 웃음을 띠었다.

그때, 그가 유난히 멀리 있는 것처럼 보였다.

어쩌면 마키오는 지금 이렇게 넷이 있어도 혼자 여행하는 중인지도 모른다.

마키오는 싱긋 웃었다.

"범인은 분명 나야."

나무들이 끝도 없이 휙휙 지나간다.

들르고 싶은 곳이 한 군데 더 있는 터라 차는 다시 강을 따라 내륙지대를 향해 달리는 중이다. 큰 폭포가 근처에 있을 것이다.

"어째서 폭포가 있다고 하면 보고 싶어질까."

마키오가 태평한 어조로 중얼거렸다.

"글쎄. 다이내믹한 풍경을 볼 수 있어서 아닐까? 어린애가 처음에 움직이는 물체에 흥미를 보이는 것처럼 결국 다들 움직이는 걸 좋아하는 거지."

창턱에 팔꿈치를 얹고 대답했다.

아까 본 마키오의 모습이 뇌리에 박혀 사라지지 않았다.

"하지만 호수가 있다고 해도 보고 싶어지잖아? 호수엔 움직임이 없다고."

"물이 좋은가 보지."

적당히 대꾸했다.

"분명히 먼 옛날부터 인류가 물을 간구했기 때문일 거야. 물 때문에 갖은 고생을 다 했으니까 물이 있는 곳에 무조건 끌리는 게 아닐까?"

뒤에서 세쓰코가 끼어들었다.

"그렇군. 생존에 없어선 안 되니까."

조금 감탄해 고개를 끄덕였다.

"떨어지고 싶어서 그래."

리에코의 조용한 목소리가 또렷하게 들려왔다.

"어?"

나는 귓가에 손을 대고 설명을 요구했다. 리에코는 좀 더 큰 목소리로 말했다.

"폭포 말이야. 높은 데서 물이 떨어지잖아. 그걸 보고 모두들 자기가 떨어지는 모습을 무의식중에 상상하는 거야. 무서운 것일수록 호기심이 동하는 것처럼, 저기서 떨어져 보고 싶다는 소망이 마음 한구석에 있는 게 아닐까? 이를테면 버추얼 번지점프처럼. 다들 폭포를 보면서 가상 체험을 한다는 생각이 들어."

"그렇군. 돈 안 드는 유령의 집 같은 거라 이거지."

이번에는 상당히 감탄했다.

"응. 등산도 비슷하지 않아? 위험을 겪어보고 싶다, 자기를 위험에 빠뜨려 아슬아슬한 체험을 하고 싶다, 그런 거 아냐?"

리에코가 나를 향해 몸을 내밀었다. 궁둥이 언저리가 근질근질했다.

"하긴 그래. 어제 이야기했던 위험애호 유전자가 많든 적든 누구한테나 있다는 이야기군."

"응. 인간은 공포를 너무너무 좋아해서 일상적인 대화의 대부분이 공포에 관련된 이야기란 말을 듣고 납득한 적 있어."

리에코는 침착한 어조로 말을 이었다.

"그런가?"

세쓰코가 고개를 갸웃했다.

"비가 올 것 같다. 거울을 보다가 주름을 발견했다. 불경기라 일자리를 잃을지도 모른다. 병에 걸릴지도 모른다. 교통사고를 당할지도 모른다. 이런 게 죄다 공포의 화제잖아? 그렇게 되면 곤란하다, 그렇게 되기 싫다. 그런 이야기를 하길 좋아하는 거야."

"듣고 보니 그러네. 그럴지도 모르겠는걸."

"세쓰코 넌 뭐가 제일 무섭니?"

리에코가 메마른 목소리로 물었다.

어째서 그런 질문을 할까. 또다시 그런 의문이 머리를 스쳤다.

"뭐냐, 또 '제일' 시리즈냐?"

내가 야유하자 리에코는 부드럽게 미소를 지었다.

"응, 동심으로 돌아가서 질문하는 입장이 되어보고 싶어. 늘 질문을 받는 입장, 선택을 해야 하는 입장이니까. 뭐든지 '제일'을 고른다는 일, 사실 꽤 힘들지 않아? 그것 말고는 모조리 버리라고 하는 것 같잖아."

"그러고 보니 다니카와 슌타로 책 중에 《서른세 가지 질문을 하다》라는 게 있었지."

갑자기 생각났다.

"희한한 질문들뿐이었어. 여러 사람한테 질문해서 답을 모아 낸 책이었을걸."

"어머, 어떤 질문?"

세쓰코가 관심이 생겼는지 얼굴을 들이댔다.

"그런데 그게 전혀 생각이 안 나지 뭐냐."

"뭐야. 물어보고 싶었는데."

나도 아쉬웠다. 분명 다른 사람들에게 물어보면 재미있을 질문이 있었을 것이다. 시간 때우기에 안성맞춤이었을 텐데.

리에코가 고개를 끄덕였다.

"그러고 보니 그것도 재미있겠다. 당신은 어떤 질문을 하겠습니까? 어떤 사람이랑 결혼할지 말지 결정할 때 질문을 하나 할 수 있다. 그때 어떤 질문을 할까?"

"아, 그거 재미있겠다. 이젠 너무 늦었지만."

"나는 안 늦었어. 아직 기회가 있을지도 모르잖아. 도움이 될 것 같은 기획인걸."

"맞다. 써먹을 수 있을지도 모르니까 마키오는 잘 들어둬."

아무렇지도 않게 끼어든 마키오 때문에 순간 가슴이 철렁했으나, 이 또한 아무렇지도 않게 세쓰코가 받아넘겨 가슴을 쓸어내렸다. 생각해 보니 아직 마키오의 이혼이 공식적인 화제로 등장한 적이 없었다. 이대로 정착하게 될지 아닐지는 몰라도 우선 첫 관문은 돌파한 듯했다.

"그래, 생각해 봐. 하지만 그전에 우선 제일 무서운 것."

리에코도 아무렇지도 않게 들어 넘겼다.

"리에코 넌?"

"여러 개 있지만 지금은 학교에서 돌아온 딸이 말이 없을 때."

"아, 그거 맞아."

"원래 별로 말수가 많은 애는 아닌데 평소엔 학교에서 오면 저녁 먹을 때까지 제 나름대로 그날 있었던 일을 보고하거든. 그런데 가끔 한마디도 안 할 때가 있는데, 알고 보면 뭔가 언짢은 일이 있었을 때 그래."

리에코는 담담하게 이야기했다.

"전에 애가 한마디도 말을 안 한 날이 있었어. 이상하다 싶었는데, 밤이 돼서 자려고 하니까 벌써 잠들었어야 할 애가 안 자고 나와 머리맡에 서 있는 거야. 그러더니 절박한 표정으로 돈을 빌려달라고 그러더라. 깜짝 놀라서 어디에 쓰려고 그러느냐고 물었더니, 학교에서 오다가 친구 집에 갔는데 유리 장식품을 깨버렸대. 집에 오자마자 이야기해 주면 좀 좋아? 그럼 그 애 집에 바로 전화해서 나도 같이 미안하다고 사과할 수 있잖아."

"야단맞을 줄 알았나 보지. 뭐 어때, 돈을 달라는 것도 아니고 빌려달라는 데에서 자립심이 느껴지는구먼."

자식이 없는 나는 무책임하게 말했다.

"그런 게 아니라 그 애는 누가 도와줄 거란 생각을 안 하는 것 같아."

리에코는 곰곰이 생각하며 말을 이었다.

"아닌 게 아니라 나이에 비해 야무진 애라고 생각하지만, 아직은 무슨 일이 생기면 엄마한테 울면서 매달려도 되는 나이잖아. 그런데 그렇게 안 해. 부모 자식 간의 단절 같은 건 아냐. 그 애가 우리를 좋아한다는 건 알 수 있으니까. 하지만 무슨 일이 있었을 때 다른 사람과 상의한다든지, 다른 사람한테 해결해 달라고 부탁한다든지, 그런 가능성 자체가 그 애한테 없다는 생각이 들어. 우리를 포함해서 다른 사람에 대한 기대가 전혀 없는 거야. 그게 무서워. 그래서 어쩌다 가끔 그 애가 말이 없으면 이번엔 또 혼자 무슨 고민을 하나 지레 겁이 나."

"으음. 하지만 어차피 세상이 다 그렇지 않냐? 무슨 일이 있으면 왜 빨리 말 안 했느냐, 왜 상의 안 했느냐 하고 화내지만, 그런 사람일수록 평소엔 바쁘다고 이야기할 틈을 안 준다든지, 시시한 일로 말 시키지 말라고 한다든지 그러잖냐."

"그야 그렇지만. 역시 내가 나도 모르게 애한테 그럴 타이밍을 안 준 걸까."

리에코는 어두운 표정으로 고개를 끄덕였다.

"남하고 상의하느냐 안 하느냐는 상의할 내용보다 그 사람의 가치관에 따라 달라지는 것 같지 않니?"

갑자기 세쓰코가 입을 열었다. 리에코가 이상스레 물었다.

"무슨 뜻이야?"

"무슨 일이 있어도 남하고 상의하는 사람은 상의하고, 상의 안 하는 사람은 안 해. 난 사람은 남하고 상의하는 데 거부감이 있는 사람이랑 없는 사람, 두 종류로 나뉜다고 생각해."

"그렇게 말하자면 난 아주 거부감이 커. 문제 해결을 위해 어쩔 수 없이 상의하지만."

"그것 봐. 나는 아무렇지도 않거든. 아키히코도 의외로 아무렇지도 않지?"

"뭐냐, 그 '의외로'는? 하지만 그럴지도 몰라."

"마키오는 어느 쪽인지 잘 모르겠네."

세쓰코가 마키오 쪽을 봤다.

마키오의 옆얼굴을 보니 앞을 향한 채로 눈이 얼핏 움직이는 것을 알 수 있었다.

입가에 아까 본 것 같은 희미한 웃음이 떠올라 있었다.

"난 거부감 없는데."

"어머, 그래? 하지만 마키오가 다른 사람하고 상의하는 거 한 번도 본 적 없는걸."

"상의한다는 생각을 해본 적이 없으니까 거부감이 생기려야 생길 수 없지."

"그런 뜻이었구나. 그런 거라면 이해가 되네."

순간 싸늘한 바람이 가슴속을 스친 듯했다.

"나 지금 이야기로 아까 질문의 답을 정했어."

리에코가 좌석에 몸을 묻었다. 세쓰코가 리에코를 쳐다봤다.

"아까 질문이라니?"

"결혼할지 말지 정할 때 딱 하나 물어볼 수 있다고 하면 이렇게 물을래. '무슨 일이 있으면 그 일이 좋은 일이든 나쁜 일이든 바로 전부 내게 솔직하게 말해줄 수 있습니까?'라고."

"좋은 질문이네. 긴긴 인생을 함께하는 데 있어 중요한 포인트야. 너희 남편은 '네'라고 대답할 것 같아?"

"응. 오히려 뭐 하러 거기까지 이야기하나 싶을 정도로 뭐든지 이야기하는 사람이야."

"잘됐네. 이 질문을 했더니 '아니요' 할 사람 같으면 충격이잖아."

"저기, 만약 리에코가 똑같은 질문을 받으면 '네'라고 대답하겠어?"

갑자기 마키오가 끼어드는 바람에 움찔했다.

리에코도 흠칫한 듯 입을 다물었다.

순간 차 안에 정적이 찾아든 것 같았다. 실제로는 달리는 차 소리가 꽤 시끄러웠지만.

리에코는 살짝 고개를 갸웃했다.

"글쎄. 솔직히 잘 모르겠어."

"하지만 상대방은 '네'라고 대답해 줬으면 좋겠지?"

마키오가 담담한 목소리로 물었다. 문득 여기에 온 뒤로 두 사람이 이야기하는 것을 거의 처음 본다는 생각이 들었다.

"응. 좀 치사하지?"

리에코는 순순히 인정했다.

"하지만 조합의 문제야. 난 그렇게 대답해 줄 사람이 필요한 거야. 우리 남편은 '좀 들어봐' 하면서 뭐든 다 나한테 이야기해 버리고 개운해지는 사람이거든. 그렇게 해서 그이는 카타르시스를 얻는 거야. 하지만 난 그이가 나한테 죄다 쏟아놓고 개운해지는 걸 보는 게 카타르시스야. 내 경우는 되레 필요 이상으로 털어놓거나 쏟아놓는 게 스트레스가 돼.

그이도 만약 상대방이 자기랑 비슷한 타입의, 그러니까 아까 질문에 '네'라고 대답하고 실행에 옮길 타입이라 자기가 내 위치에 놓이게 되면 분명히 스트레스받을걸."

"흐음. 그렇구나."

그렇게 맞장구를 친 것은 세쓰코였다. 마키오는 대꾸하지 않고 변함없는 포커페이스로 운전대를 잡고 있다. 리에코도 그의 반응을 기대하는 것 같지는 않았다.

지금 두 사람이 한 이야기가 두 사람이 파국을 맞이한 이유라고 생각했다. 많이 닮은 두 사람은 자신들의 닮은 부분에 공감한다. 어째서 이렇게 생각이 비슷할까 감동한다. 그러나 이심전심은 이윽고 공허가 되고, 커뮤니케이션의 부재가 된다. 서로 닮았기에 상대방의 결점도 거울 속에 비친 모습처럼 그대로 자기 결점이 된다. 그건 자기혐오로 이어지고 결국 상대방에 대한 증오로 이어진다. 똑같은 부분이 결여된 두 사람은 아무리 애써도 모자란 부분을 서로 보완해 줄 수 없다.

"아까 세쓰코가 한 질문도 재미있지 않아? 사람을 두 종류로 나눌 때, 당신은 뭘 기준으로 분류하겠습니까?"

리에코는 금세 화제를 바꿨다. 나도 그 내용에는 흥미가 있었던 터라 바로 맞장구쳤다. '아름다운 수수께끼'를 주장하기는 해도 재미있는 이야깃거리라면 뭐든 환영이다.

"응, 그거 좋다. 그거 하자."

"아니, 그전에 제일 무서운 거라니까."

리에코가 웃었다.

"마키오는?"

이번에는 리에코가 물었다. 기분 탓인지 어조에서 스스럼없음이 느껴졌다. 솔직하게 자기 기분을 털어놓은 덕에 마키오로 인해 어깨에 들어가 있던 힘이 빠졌는지도 모른다.

"난 지금은 우편함."

마키오도 어딘지 모르게 즐거워하는 분위기마저 풍기며 대답했다. 이런 점도 아직까지 이심전심인 모양이다.

"얼마나 무서운지 알아? 헤어진 아내한테 툭하면 청구서 같은 게 날아온다고. 아직 정식으로 서류 정리를 한 게 아니니까 애들 학교의 보호자 서명이 필요한 서류 같은 것도. 그보다 더 무서운 건 장인 장모하고 우리 부모가 보내는 편지. 딱히 비난하는 말이 쓰여 있는 건 아닌데 침착하고 점잖은 내용이 그렇게 무서울 수 없어. 작년 이맘때에는 손자와 다 함께 보냈지요, 같은 말이 쓰여 있으면 소름이 좍 끼친다. 요새는 퇴근해서 우편함을 열어보고 그 자리에서 얼어붙는 게 취미야."

솔직한 말투에 모두 사정없이 웃어댔다.

"마키오네 부모님은 이제 손주를 못 만나셔?"

세쓰코가 거리낌 없이 물었다.

"아냐. 아내하고 우리 부모는 원래 사이가 아주 좋았거든.

좌우지간 나쁜 놈은 나 하나지. 우리 부모하고 장인 장모하고 아내가 결탁해 가지고는 한 덩어리가 돼서 날 비난하는 중이야."

"집중포화를 받고 있군."

"그런 거지."

마키오의 태평한 말투 덕에 점점 이 화제에 익숙해지는 나 자신을 깨달았다.

"난 화장을 안 지우고 잔 다음 날 아침인가 봐."

세쓰코가 절실한 표정으로 중얼거렸다.

"세상에, 너 아직도 그렇게 스무 살 새내기 같은 짓을 한단 말이야?"

리에코가 어이없다는 표정으로 세쓰코를 봤다.

"할 수 없잖아. 나 영업부인 데다 관리직이니까 회식이 많단 말이야. 스무 살 새내기였다면 상관없지만, 내일모레면 마흔인데 아침에 깨서 화장을 안 지운 걸 알았을 때의 그 공포! 그거 정말 상상을 초월해."

"네 입으로 말하냐? 그 기분은 잘 상상이 안 되네. 이를 안 닦고 잠들었다는 걸 다음 날 아침 깨달았을 때 느끼는 찝찝함 같은 거냐?"

"그렇게 단순한 게 아냐. 그 100배는 더 충격이라고."

"흐음. 넌 워낙 뭘 많이 찍어 바르니까."

마키오는 킬킬 웃고 있다.

"그러는 아키히코는 뭔데?"

세쓰코가 불만스러운 얼굴로 쏘아봤다.

"나?"

왠지 모르게 허를 찔린 기분이었다. 생각하기도 전에 먼저 말이 나왔다.

"수국."

"뭐?"

모두 나를 이상스레 쳐다보는 것을 알 수 있었다.

나 자신도 다른 사람들 못지않게 당혹하는 것을 깨달았다.

젖은 수국이 뇌리에 떠올랐다.

어둡다. 어째서 이렇게 어두울까. 비가 내리고 있다. 비를 맞고 있는 수국.

"수국이라니 꽃 수국 말이야?"

세쓰코가 확인하듯 물었다.

"응. 그거 말고 뭐가 또 있냐?"

"아니, 왜?"

"글쎄."

"글쎄라니, 무슨 이유가 있을 거 아냐?"

"그걸 잘 모르겠어. 하지만 수국이 무서워."

"유년기 트라우마려나?"

"으음, 짐작 가는 게 없는데."

내가 고개를 갸웃거리는 모습을 보고 다들 이상하게 생

각한 모양이다. 하지만 나 자신도 이상하니 어쩔 수 없다. 정말로 이상했다. 뭣보다도, 수국을 무서워한다는 사실 자체를 방금 전까지 몰랐다. 아까 〈작은 사랑의 멜로디〉 때처럼 입 밖에 내고 비로소 자각한 것이다.

"그거야말로 '수수께끼'네. 추구해 볼 여지가 있을 것 같은데."

리에코가 재미있어하는 어조로 말했다.

"그 이야기는 나중에 다시 하지. 아무래도 목적지에 다 온 것 같으니까."

마키오가 그렇게 중얼거리며 운전대를 크게 꺾었다.

빛나는 산의 능선이 새파란 하늘에 또렷하게 떠 있다.

산 너머로 새하얀 구름이 두둥실 이동하고 있다.

처음에는 멀리 거리의 웅성거림 같던 소리가 점점 커다란 소음이 되어 가까워졌다. 싸늘한 공기가 감돌기 시작하는 것과 같은 속도로.

그러더니 압도적인 존재감과 질량을 가진 뭔가가 느닷없이 눈앞에 나타났다.

"꺅, 상쾌해라."

세쓰코가 두 팔을 벌리며 달리기 시작했다.

낙차가 88미터라는 거대한 폭포다.

산비탈은 대부분이 잎이 무성한 나무들로 뒤덮였는데 한

부분만 깎여 푸르스름한 바위가 울퉁불퉁하게 드러나 있다. 그 위를 새하얀 폭포가 에메랄드색 용소에 날카롭게 꽂히듯 무시무시한 속도로 떨어졌다.

폭포瀑布라는 말은 참 그럴듯하다는 생각이 든다. 바위 위를 하얀 거즈로 살짝 덮어놓은 것처럼 보인다. 그리고 양옆으로 가늘게 몇 줄기로 갈라져 흐르는 작은 폭포는 실로 바위 위에서 늘어뜨린 하얀 실이라고 형용할 수밖에 없다.

천지에 진동하는 폭포 소리는 그러면서도 어쩐지 고요한 정적을 느끼게 했다.

고운 물보라가 주변 일대에 연막처럼 피어올라 용소 위로 작은 무지개가 걸렸다.

세쓰코가 환성을 지를 법도 했다. 폭포 주변에 감도는 뭐라 형용할 수 없는 시원한 청량감에 나도 모르게 다시 소생한 기분이 들었다.

세쓰코와 리에코는 커다란 바위를 타고 폭포 정면까지 다가가 짙은 벽옥색 용소를 들여다보고 있었다.

"으음, 역시 다이내믹하군."

"진짜 저런 곳에서 떨어져 보고 싶을 것 같긴 하다."

마키오와 나란히 서 폭포를 올려다봤다.

폭포는 정점에 접어들려는 태양과 대치하는 듯 보였다. 타인이 들어설 여지가 조금도 없는, 쓸데없는 것은 모조리 잘라낸 것 같은 결백함이 느껴지는 광경이었다.

"속이 확 풀리는 것 같다."

"부럽다. 물은 높은 데서 떨어져도 무섭지도 않고 아프지도 않을 테지."

"무슨 그런 당연한 소리를 하냐?"

웃으며 마키오를 보자 무심한 표정으로 폭포를 올려다보고 있었다. 어린애처럼 열심인 모습에 왜 그런지 웃음이 얼어붙었다.

"나도 질문이 하나 생각났다."

마키오는 폭포를 올려다보며 중얼거렸다.

"뭔데?"

"인간 이외의 것으로 다시 태어날 수 있다면 뭐가 되고 싶은가."

"호오, 마키오치고는 동화적이군. 뭐가 되고 싶은데?"

"당연히 물이지. 온갖 형태를 따라 흐르면서 영원히 하늘과 바다를 순환하고 싶어."

나는 그 이상 아무 말도 할 수 없었다.

차는 다시금 해변 도로를 달렸다. 길이 좁아지고 양쪽을 활엽수림이 메우기 시작했다.

"저게 뭐냐?"

도로 앞쪽에 점점이 회갈색 덩어리가 보였다.

"꽤 많은데. 아, 원숭이야!"

낯설게 생긴 원숭이가 일여덟 마리 갓길에 앉아 있었다. 속도를 줄여 원숭이 무리 앞에 멈춰 섰다.

"야, 먹을 것 주면 안 된다."

"아이, 그 정도는 나도 안다니까."

"귀엽다. 일본원숭이보다 꽤 작네."

"저 털 긴 것 좀 봐. 폭신폭신한 게 예쁜데."

창밖으로 몸을 내밀어 원숭이를 관찰했다. 전체적으로 다들 아담한 크기다. 발그스름한 얼굴로 아스팔트 위에 세모꼴로 동그마니 앉아 있다. 새끼 원숭이는 한층 더 작아서 어미 옆에 앉아 있으면 부들부들한 잿빛 공이 땅에 놓여 있는 것 같다. 잘 살펴보니 숲 안쪽에도 나이를 좀 더 먹었을 것 같은 원숭이가 앉아서 이쪽을 보고 있었다. 사람에게 익숙한지, 도망칠 기미는 전혀 보이지 않았다. 이쪽으로 다가오려 하지도 않고 어리둥절한 표정으로 가만히 쳐다보고 있을 뿐이다. 괜히 이쪽이 당황하게 된다. 무리 중 몇 마리는 가드레일 위에 뛰어올라 능숙하게 걸어갔다.

"거실 바닥 위에 놔두고 싶다."

"새끼 동물은 어째서 저렇게 귀여울까. 개도 그렇고, 고양이도 그렇고, 바다표범도 그렇고, 너무너무 귀엽잖아."

"적이 공격 의욕을 상실하게 하려는 거 아냐?"

"바다표범 같은 것도 다른 동물들이 봐도 귀엽다고 생각할까? '에구, 귀여워라, 도저히 못 죽이겠구먼.' 그렇게 말이야."

"으음, 글쎄, 그건 어떨지 모르겠다."

원숭이를 피해서 다시 차를 몰기 시작했다. 원숭이들은 여기저기 떼를 지어 도로 위에서 한가롭게 소문 이야기에 꽃을 피우는 것처럼 보였다.

정말이지 이 섬은 다양한 자연환경을 품고 있다. 조금만 가도 풍경이 완전히 달라지고 처음 보는 장면이 나타난다.

뭔가 이것과 비슷한 게 있는데. 어쩌 그런 생각이 들었다. 대체 뭐와 비슷한 걸까.

"그러고 보니 아무도 카메라 갖고 온 사람이 없네."

갑자기 세쓰코가 고개를 들고 중얼거렸다.

"그러고 보니 그렇군. 지금 처음 생각났다."

"이 멤버로 일부러 사진까지 찍는다는 생각을 전혀 못 했어."

"특이하네. 이런 명승지에 오면서."

다들 제각기 한마디씩 했다.

아닌 게 아니라 왜 그런지 카메라를 챙겨 갈 생각을 하지 않았다. 하기야 나는 원래 다른 사람과 여행을 갈 때 카메라를 가져가지 않지만, 그래도 짐을 싸면서 누가 카메라를 가져오겠거니 정도는 생각한다. 그런데 이번에는 아예 머리에 떠오르지도 않았다. 만약 이게 혼자 하는 여행이었다면 맨 먼저 카메라부터 챙겼으리라 생각하니 이상하기는 했다.

"하긴 이 멤버로 생긋 웃으면서 사진 박을 생각을 하면 좀 새삼스럽기는 하네."

세쓰코가 별로 곱지 않은 눈빛으로 우리를 둘러봤다.

"그렇군. 다 같이 사진 찍어두는 게 좋을까. 역시 진짜 Y섬에 왔다는 증거를 남겨둬야지."

마키오가 생각에 잠겨 중얼거렸다.

"그러게. 가족분들이 벌써 새 여자하고 어디 놀러 갔나 보다고 생각하면 점점 더 입장이 난처해지시겠지."

나는 심술궂게 웃었다. 마키오가 얼굴을 찡그렸다.

"어머, 아키히코도 사진 찍는 게 좋지 않겠어? 아직 신혼이잖아. 아키히코가 없는 동안 누가 아키히코한테 살인범이란 누명을 씌울지도 모르고."

세쓰코가 몸을 내밀어 귓가에서 속삭였다.

"하하하. 그거 좋다. 철벽의 알리바이를 깨뜨려라! 외딴섬과 도쿄를 잇는 비밀의 점과 선!"

여행지에서 사진을 찍는다는 것은 사회적인 행위라고 생각한다. 동행한 사람과 사회적인 유대를 확인하는 행위. 그야말로 증거 만들기, 알리바이 만들기다. 그렇기 때문에 거꾸로 이만큼 스스럼없고 이해관계가 개입하지 않는 동행자일 경우에는 그럴 필요성을 잊어버리게 된다.

증거를 남기지 않아도 되는 여행. 여행 그 자체를 즐기고, 그곳에 갔다는 기억만이 몸속에 남는 여행. 그런 여행이 가능하다면 운이 좋은 것이다. 그리고 아마도 이 여행은 그 운

좋은 여행 중 하나다.

빛나는 나무들을 바라보며 충실감을 맛봤다.

그러나 어쩌면 이건 증거를 남기지 않는 편이 좋은 여행일지도 모른다.

그런 생각이 문득 싸늘한 감촉과 함께 마음속에 떠올랐다.

끝난 순간, 즉시 잊어버리는 편이 좋은 여행. 기억하지 않는 편이 좋은 여행. 이건 그런 여행일지도 모른다. 그래서 아무도 카메라를 준비하지 않았는지도 모른다.

"세쓰코, 넌 혼자 여행한 적 있어?"

리에코가 물었다. 세쓰코는 고개를 힘차게 흔들었다.

"글쎄 한 번도 없지 뭐야. 전부터 한 번쯤 해보고 싶다고 생각은 했는데, 난 이상하게 단체 여행 비율이 높아. 휴가 때가 되면 대개 누군가의 여행 계획에 끼워져 있는 거야. 둘이 여행한 적도 거의 없는걸. 늘 서너 명. 인원수가 많은 여행 경험은 수두룩한데 말이야."

"세쓰코답네. 확실히 단체 여행을 계획할 때 널 넣어두면 안심이지."

"왜?"

"여자가 몇 명 같이 여행을 가면 며칠 안 돼서 꼭 싸우게 되잖아. 넌 늘 변함이 없으니까 그럴 때 완충재가 되어주거든."

"별로 안 기쁘다, 얘. 넌 있어, 리에코?"

"한 번 시도해 봤는데 별로 안 맞는다는 걸 알았어."

"쓸쓸했어?"

"아니, 전혀. 난 재미있었는데 아무래도 남들 눈에는 내가 쓸쓸해 보이나 봐."

"아, 응, 무슨 말인지 알아. 리에코 넌 얼핏 보면 얌전해 보이니까. 여자가 혼자 여행하면 이것저것 성가신 일이 많지. 사람들 시선이라든지."

"맞아. 난 그럴 생각이 전혀 없는데, 숙소 사람들이라든지 지나가는 사람들이 어찌나 걱정을 하는지. 요즘 시대에 여자가 혼자 여행한다고 자살이 목적이라고 생각하는 사람이 어디 있어? 그런가 하면 남자를 찾는가 보다고 착각하질 않나. 그런 걸 일일이 설명하느라 얼마나 불쾌했는지 몰라. 덕분에 신물이 나서 그만두기로 했어. 혼자 여행에 어울리는 외모가 따로 있나 봐. 너 같으면 혼자 여행해도 주위에서 이상하게 생각하지 않을 것 같아."

"응. 세쓰코 같으면 남미대륙을 여자 혼자 종단한다고 해도 그러려니 할 거다."

나는 이야기에 끼어들었다. 세쓰코는 화도 내지 않고 커다란 눈을 한층 더 크게 뜬 채 무슨 생각인가를 하고 있다.

"하지만 난 분명 혼자 여행할 일이 없을 것 같아. 아까 이야기한 분류로 말하자면, 본인이 원하든 원치 않든 혼자 여행할 수 있는 사람이 있고 할 수 없는 사람이 있다고 생각해."

아까 본 마키오의 뒷모습이 다시 뇌리에 떠올랐다. 늘 혼자 여행하고 있는 마키오.

바람에 펄럭이는 녹색 셔츠.

"그러네. 혼자 여행하고 싶다고 생각하는지 안 하는지도 큰 기준이겠다."

리에코가 고개를 끄덕이며 나를 쳐다봤다.

"아키히코는? 등산은 혼자서도 할 수 있는 거야?"

"좋아하는 사람은 자주 혼자 가지. 하지만 난 산에 혼자 오른 건 한 번밖에 없다."

"그렇구나. 무섭지 않았어? 혼자 조난당하든지 그럴까 봐."

"올라가기 전에는 무서웠지. 하지만 오르기 시작하니까 아무렇지도 않더라."

그렇게 대답하고 나서 어쩐지 움찔했다.

분명히 나는 혼자 산에 오른 적이 있다. 언제였더라?

고등학교 2학년 여름방학이었다. 여름의 호타카. 나 외에도 산에 오르는 사람은 수두룩했고, 조난당할 코스도 아니었다.

어째서 그때 나는 혼자서 산에 올랐을까.

식은땀이 등을 타고 흐르는 것을 깨달았다.

"마키오는 혼자 여행하는 거 좋아할 것 같은데?"

세쓰코가 묻는 소리가 들렸다.

"응, 중학교 때 처음 가나자와에 갔을 때부터 자주 다녔어. 낯선 거리를 걸어 다니는 게 좋아서. 하지만 난 세쓰코하고는 반대로 혼자 아니면 둘이서 여행한 적밖에 없는걸. 대학 때 MT나 회사에서 간 여행을 빼면 세 명 이상 단체로 여행한 거 실은 이번이 처음이야."

"그것도 신기하네."

"아."

"왜 그러냐?"

마키오가 놀란 표정을 짓기에 무슨 일인가 해서 앞쪽을 봤다.

천장처럼 도로 위를 덮은 푸른 나뭇잎 그림자 외에는 아무것도 보이지 않았다.

길은 완만히 커브를 그리며 푸른 그림자 속으로 이어졌다.

"그러고 보니 최근에 이상한 일이 있었어. 아는 사람 장례식이 있어서 교토에 갔을 때 일인데."

"'아름다운 수수께끼'냐?"

"아름다운지 아닌지는 모르겠지만 좀 묘해. 여러모로 생각해 봤지만 아직 모르겠어."

"얼른 말해봐."

그렇게 말하고 나서 아는 사람의 장례식이라니 누구였을까 생각했다. 그가 말하는 '최근'은 언제를 가리키는가. 사람에 따라서는 몇 달 전을 가리키기도 하거니와, 마키오가 일부러 시기를 늦춰서 '최근'이라고 했을지도 모른다. 지나친 억측일까.

"토요일 오전이었어. 난 '히카리'* 2인용 좌석 창가에 앉아 있었고, 옆자리엔 아무도 없었어. 승객이 별로 없었지. 멍하니 차창 밖을 보면서 갔거든. 처음 정차한 곳이 신요코하마. 잠시 섰다가 금세 다시 출발했어. 그런데 플랫폼 끝에 할머니 한 명이 서 있는 게 눈에 들어오더라. 차분한 보라색 기모노를 입은 품위 있는 할머니였어. 깃을 세련되게 뒤로 젖혀서 입었길래 혹시 게이샤였을까 생각했지. 하지만 그런 생각도 잠깐뿐이었어. 금세 보이지 않게 됐으니까. 곧바로 졸기 시작해서 숙면 모드에 들어갔거든. 그다음 눈을 떴을 때는 나고야에 도착하기 조금 전. 사람은 역이 가까워지면 꼭 잠이 깨더라. 깊이 잠든 것 같아도 실은 어딘가에 깨어 있는 부분이 있는가 보지. 이윽고 나고야에 도착했어. 그래서 아무 생각 없이 플랫폼을 봤다가 깜짝 놀랐지 뭐야."

"설마 그 할머니가 또 있었다는 말은 아니겠지?"

나는 망설이며 끼어들었다. 그러자 마키오는 힘차게 고개를 끄덕이는 게 아닌가.

"잘 아는군. 아까 신요코하마역에서 본 할머니가 플랫폼에 서 있더라고."

경악에 찬 외침 소리가 차 안에 울려 퍼졌다.

"어머, 말도 안 돼."

---

* 신칸센 특별급행열차의 등급 중 하나.

"딴 사람을 잘못 봤겠지."

"잠이 덜 깨서 헛것을 본 거 아니니?"

일제히 비난이 쏟아지자 마키오는 쓴웃음을 지었다.

"나도 그렇게 생각했다고. 하지만 아무리 봐도 아까 본 할머니인걸. 똑같은 보라색 기모노를 입고 똑같은 각도로 깃을 뒤로 젖혔어. 들고 있는 검은색 클러치백도 똑같아. 에이, 말도 안 돼, 그럴 리가 없어, 하고 찬찬히 살펴봤다고. 나고야 역에 2분쯤 정차했을걸. 그동안 내내 쳐다봤는데 역시 동일 인물이라고 생각할 수밖에 없었어. 그렇다고 확인할 방법도 없지. 그러다 다시 열차가 움직이기 시작했어."

"그럼 할머니는 열차에 탄 게 아니군?"

"응."

"너하고 같은 열차에 타고 왔을 가능성은 없냐?"

"그건 불가능해. 신요코하마에서 할머니를 발견했을 때 열차가 이미 출발한 다음이었단 말이야. 그 뒤에 열차에 탄다는 건 절대로 불가능해. 신요코하마에서 나고야까지 한 번도 정차하지 않으니까 중간에 타는 것도 불가능하고."

"'노조미'가 앞질렀다든지."

"아무리. '고다마'라면 또 몰라도 '히카리'가 다른 열차에 뒤처질 리 없잖아."

"할머니는 플랫폼에서 뭘 하고 있었어? 배웅 나온 거야?"

"글쎄. 아무튼 그냥 조용히 서 있었어. 플랫폼에서 이쪽을 쳐다보고 있었으니까 신요코하마 때는 배웅 나온 모양이라고 생각했지. 하지만 나고야에서도 그냥 가만히 서 있기만 하고 누구랑 이야기를 하는 것 같지는 않았어."

"플랫폼 어디쯤에 서 있었어?"

"신요코하마는 플랫폼 끄트머리. 신칸센 하행선에 탔을 때 맨 앞쪽일걸. 나고야는 한가운데쯤이었어."

"마키오는 어디쯤 앉았고?"

"나는 한가운데보다 좀 뒤쪽."

"실은 할머니가 폭주족 출신이라 맹렬한 속도로 차를 타고 쫓아왔다든지."

"그럴 리 있어? 주말이었단 말이야. 차로 신요코하마에서 나고야 쪽으로 오려면 길이 막혀서 열차를 못 쫓아와."

"비행기는?"

"갈아타기가 더 불편하겠다."

재미있는 이야기이긴 했지만 추리는 순식간에 암초에 올라앉고 말았다.

"교토역엔 없었어?"

세쓰코가 물었다.

"응. 혹시 여기에도 있으면 어쩌나 했는데 안 보여서 안심했어."

"교토역은 워낙 크니까 마키오가 못 봤을 뿐이고 실은 있었을지도 몰라. 사람들 틈에 서서 마키오를 가만히 쳐다보고 있었을지도."

리에코가 괴담을 이야기하듯 속삭였다. 마키오가 소름이 오싹 끼친 표정을 지었다.

"어휴, 하지 마."

"쌍둥이나 자매가 아니었을까? 우리 할머니도 연세 드신 다음에 특히 그랬는데, 한 살 아래인 이모할머니랑 따로 보면 거의 분간이 안 됐거든. 식구끼리도 그런데, 더군다나 처음 보는 할머니라면 더하지 않겠어? 여자들은 친한 사람들끼리 옷이나 장신구 같은 걸 똑같이 사는 일도 많고."

세쓰코의 설명에는 설득력이 있었다. 마키오도 그렇게 생각한 모양이다.

"그래, 그 두 할머니가 자매라고 치자. 그럼 왜 신칸센에 안 타고 신요코하마역과 나고야역에 서 있었는데?"

"소중한 사람이 그 열차에 타고 있었던 게 아닐까?"

"소중한 사람?"

"만나고 싶지만 사정이 있어서 이야기를 나눌 수 없는 사람. 응, 생각났다. 이런 건 어때? 그 할머니는 유서 깊은 큰 상점의 딸이었어. 그런데 데릴사위로 들인 남편이 노름꾼에 망나니라 가게를 전부 거덜 내고 빚더미에 올라앉더니 술독에 빠져 죽어버렸어. 가게도 기울었지. 할머니는 자식이 셋 있었는데, 경제적으로 쪼들린 탓에 갓 태어난 막내딸을 다른 집에 입양시켰어. 옛날부터 신세 진 사업가네 집인데 자식이 없었거든. 그래서 그 집에선 아이를 친자식처럼 귀하게 키워. 그리고 할머니는 필사적으로 일해서 가게를 다시 일으켜. 가게는 다시 번창하고, 두 아들이 훌륭하게 성장해서 뒤를 잇고 며느리도 들여서 손주도 봤어. 할머니는 겨우 한시름 놨지. 마음에 걸리는 건 옛날에 입양 보낸 딸아이뿐. 하지만 딸은 행복하게 자라서 길러준 부모를 친부모라 생각하고 있는 거야. 할머니는 딸을 한 번이라도 보고 싶지만 양부모 눈치도 보이고 해서 내내 가슴속에 묻어두고 살아. 그런데 어느 날, 할머니는 자기가 병에 걸린 걸 알게 돼. 이제 시간이 없어. 어떻게든 딸을 꼭 보고 싶어. 거기에 옛날부터 할머니랑 고락을 함께해 온 지배인이 등장. 할머니 사정을 잘 아는 그 사람이 뒤에서 손을 써서, 아름답게 성장해 시집간 딸이 아이를 데리고 그날 교토에 간다는 정보를 입수했어. 맞아, 딸의 양부모는 간사이 사람인데 지금은 은퇴해서 교토에 살거든. 딸은 결혼해서 도쿄에 살고. 그래서 지배인은 할머니한테 딸이 탄 신칸센이 지나가는 시간에 플랫폼에 서 있으라고 해. 역 플랫폼에 서서 차창 너머로 보는 장성한 딸과 처음 보는 손자. 야, 눈물 난다."

눈을 반짝반짝 빛내며 줄줄이 읊어대는 세쓰코를 나는 진기한 동물을 보듯 빤히 쳐다봤다.

"너 멜로드라마를 너무 많이 봤다. 그것도 70년대 아침 멜로드라마."

"그나저나 나머지 한쪽은 왜 나오는데?"

마키오는 압도당했는지 망연자실한 얼굴로 물었다. 리에코는 혼자 키들키들 웃고 있다.

"그건 말이지."

세쓰코가 입술을 핥았다.

"여동생은 젊었을 때 잘못된 길로 접어들어서 집이랑 의절한 상태였어. 가게가 어려워지고 실의에 빠진 부모가 죽자, 가게를 언니한테 떠맡기고 자기는 집을 나가서 물장사에 뛰어든 거지. 애초에 딸을 남의 집에 주라고 언니한테 조언한 게 동생이었어. 가게가 망하면 자기 몫이 없어질까 봐 언니가 장사에 전념할 수 있게 꾀를 쓴 거야. 동생은 그래도 처음엔 언니한테 협조할 마음에 아이는 자기가 보살피겠다고 맡았지만 겨우 이삼일 만에 싫증이 나서 놀러 나가. 그래서 사업가가 자식을 원한다는 걸 알고 교묘한 말로 언니를 구슬려서 아이를 양녀로 보내게 한 거야. 사업가한테 몰래 소개비까지 챙기고. 그래서 동생도 조카랑 언니한테 미안한 마음이 있었던 거지. 동생은 언니한테 온갖 폐를 다 끼쳤기 때문에 이제 와서 언니 앞에 얼굴을 내밀지도 못해. 하지만 나름대로 조카를 걱정하고 있었거든. 그런데 지배인만은 동생을 저버리지 않고 언니 몰래 동생이랑 연락하고 지냈어. 자포자기한 동생이 가게 손님이랑 사이에 아이가 생겼을 때도 그 사람이 아이를 지울 비용을 마련해 주고 그랬어. 그래서 동생한테는 자식이 없어. 그것도 세월이 지난 지금 동생을 괴롭히는 한 요인이지. 지배인은 동생의 그런 죄의식을 알고 있어. 그래서 동생은 다른 역에서 조카를 볼 수 있게 가르쳐 준 거야. 어때? 죄다 설명되잖아?"

"와, 놀랍다. 대단하네."

마키오가 진심으로 감탄한 어조로 입을 열었다. 세쓰코는 득의양양했다.

"그렇지, 완벽한 추리지?"

"아니, 너 말이야. 잘도 그렇게 엄청난 망상을 꾸며내는구나."

"어머, 왜 망상이야? 추리야, 추리."

리에코는 사정없이 폭소하고 있다. 나도 모르게 덩달아 웃음이 터져 나왔다.

"굉장한 추리긴 하다만 어째서 두 사람이 같은 기모노를 입고 같은 백을 들었는데? 오랫동안 안 만나고 살았다며?"

웃음을 참으며 묻자 세쓰코는 부루퉁한 표정으로 대답했다.

"그건 역시 자매니까 그렇지. 외모도 닮았고 취미도 닮은 거야. 어쩌면 그 백은 언니가 결혼하기 전에 둘이 같이 긴자에서 기념으로 맞춘 추억의 물건일지도 몰라."

"대하 멜로드라마군."

세쓰코의 대담무쌍한 설에 얼이 빠져 있던 마키오도 겨우 웃음이 나는지 어깨를 부들부들 떨었다.

"어머, 다들 너무하네. 마키오한테만 보이는 유령이라는 결말보다 훨씬 창조적이지 않아? 뭐하면 할머니가 신요코하마에서부터 신칸센이랑 나란히 맹렬한 속도로 달려왔다고 해줘?"

"그건 무섭겠다."

"그런 괴담 많지. 택시를 타고 가는데 창밖으로 젊은 여자가 무시무시한 속도로 달려온다든지. 유령한테 스피드가 붙으면 무서워."

"지금 다들 웃다 말고 문득 백미러를 봤더니 뒤에서 그 할머니가 쫓아오더라, 그런 건 어때?"

괜히 오싹해서 다들 무심코 뒤를 돌아보지만, 물론 할머니는커녕 뒤에서 따라오는 차도 없다. 밝은 햇빛은 도로 위를 뒤덮은 푸른 나무들 속에서 깜빡깜빡 점멸하며 앞 유리에 내리비쳤다.

어쨌든 진심으로 웃는다는 것은 기분 좋은 일이다. 아까 홍수 앞에 넷이 섰을 때부터 희미한 긴장감이 감도는 듯했다. 웃음소리가 그것을 불식해 준 것 같아서 나는 마음 한구석으로 안도했다. 확실히 리에코 말대로 단체 여행에는 세쓰코가 한 사람, 필수품이다.

작은 돌다리 옆 도로변에 차를 세웠다.

도로 옆 다소 가파른 비탈면에 나무들이 듬성듬성하게

들어선 숲이 이어졌다.

"여기로 내려가는 거야?"

"응. 이 부근이 아열대에 꽤 가까운 활엽수림 원생림이거든. 아래쪽에 가주마루*의 군락이 있다나 봐."

아까 걸었던 엄숙하고 거대한 숲과는 달리 이곳은 어린 애들이 소풍 올 것 같은, 완만하게 비탈진 숲이다. 나무들도 그리 빽빽하지 않고 발밑은 갈색 나뭇잎이 쌓여 푹신푹신하다. 곳곳에 햇빛이 들어 양지를 만들고, 숲속은 평온한 시간이 흐르고 있다.

이곳에는 따로 길이 없는지라 우리는 제각각 천천히 비탈을 내려가기 시작했다. 바삭바삭 마른 풀을 밟는 소리가 겹쳐서 들렸다.

양달 진 곳에 있는 것은 모두 세피아색으로 보였다. 그야말로 청춘영화의 회상 장면 같다. 조금씩 해가 기울기 시작하면서 소풍이 끝나가는 적막감이 감돌았다.

어렸을 때 소풍날은 하루가 무척 길었다. 이번 여행의 하루보다 훨씬, 훨씬 길게 느껴졌다. 근처의 산도 무척 멀었다. 다들 괜히 흥분해서 들떠 있었다.

그리고 돌아오는 길에는 늘 서운했다. 피곤도 거들어 모두 괜히 다소 거칠게, 떠들썩하게 군다. 지칠 대로 지쳤으니

---

* 고무나무의 일종.

어서 집에 돌아가고 싶지만 집에 가는 것도 섭섭하다. 처음에는 질서정연하던 대열도 흐트러져 어느 틈에 모두 친한 친구가 있는 곳에 가 있다. 은근히 좋아하던 여자애가 어느새 내 옆에 와서 대열 맨 끝에서 이야기하며 걸어간 적도 있었다. 다카코는 땋은 머리가 어울리는 차분한 여자애였다. 돌이켜 생각하면 내게도 귀여운 어린 시절이 있었다.

바다가 가깝다. 그 예감만으로도 여유로운 해방감을 느낀다.

곳곳에 거대한 바위가 박혀 있다. 바위를 휘감듯 뒤덮은 나무뿌리가 마치 바위를 운반하기 위해 포장한 것처럼 보였다.

"저기 봐, 이번엔 사슴이야."

리에코가 목소리를 낮추고 가만히 숲 안쪽을 가리켰다.

가느다란 어린나무 뒤에서 작은 사슴이 이쪽을 보고 있었다.

저도 모르게 다들 멈춰 서서 조용한 생물을 바라봤다. 어째 화투짝 그림이 연상된다.

사슴이란 동물은 움직이지 않을 때는 꼼짝도 하지 않는다. 원숭이는 가만있어도 어딘가 흔들흔들하는 느낌인데, 사슴은 박제라도 된 양 전혀 움직이지 않는다. 나라공원에는 사슴이 수두룩한데, 공원을 걷다가 불현듯 옆을 봤더니 지면을 빽빽하게 메우고 앉은 커다란 사슴 열몇 마리가 하나같이 장식품처럼 꼼짝도 하지 않기에 섬뜩했던 적이 있다.

원숭이도 그렇고, 사슴도 그렇고, 이 섬의 생물은 본토에 비해 다들 한 사이즈 작고 아담하다. 날씬한 이 사슴은 몇 살쯤 됐을까.

"이 녀석도 전혀 겁을 안 내네."

"사슴 2만, 원숭이 2만, 사람 2만이라고 하니까. 분명히 요새 자주 보이는 동물이군, 정도로만 생각할걸."

"눈이 새까매."

검은 유리알 같은 눈이 가만히 이쪽을 쳐다보고 있으니 시선을 뗄 수 없었다.

그 순간, 사슴이 방향을 슥 바꾸더니 가볍게 도약해 숲 안쪽으로 사라졌다. 우아한 발걸음은 마치 발레처럼 사뿐하고 체공시간이 길었다. 그런데도 남긴 것은 사박사박하는 희미한 소리뿐이었다.

"바로 앞에 있으니까 기분이 이상하다, 얘. 괜히 긴장하게 돼."

"먹을 수 있나, 저 사슴?"

"지방은 별로 없을 것 같은데."

"어제 호텔에서 사슴고기 스테이크 나오지 않았냐?"

"그거 이 지역 사슴일까?"

"아니겠지."

"호텔 직원이 몰래 사슴을 잡는지도 모르지. 주방 칠판에 아침마다 주방장이 쓰는 거야. 오늘 목표 몇 마리."

"손님, 오늘 당번은 아직 미숙해서 말입니다, 고기가 별로 좋지 않아요."

바보 같은 이야기를 주고받으며 비탈을 성큼성큼 내려갔다. 계곡 물소리가 들려왔다.

정말로 사방이 정적에 잠겨 있다. 새소리가 들리지 않는 데에는 어느 정도 익숙해졌지만 그래도 가끔 불현듯 정적을 깨달으면 기이하다는 느낌마저 든다. 들리는 것은 물소리, 바람 소리. 날씨가 좋은 오늘은 물소리만 들린다.

정적 속에서 서서히 청각이 예민해진다. 오랫동안 잊고 지냈던 감각. 숲 안쪽, 숲 반대편 소리까지 들으려고 귀의 의식이 사방으로 활동 범위를 조금씩 조금씩 확대한다. 귀뿐만이 아니다. 정수리. 발바닥. 어깨와 등. 그것들이 외부 정보를 최대한으로 얻기 위해 안테나를 세운다. 이윽고 귀의 의식과 피부 센서가 영역을 넓히고 하나로 이어져 온몸이 귀로 변한 것 같은 상태가 된다. 그러면 사물의 존재를 들어서 알 수 있게 된다. 물이라면 물이 갖는 존재감이 소리로 전달되기 전에 '들리는' 것 같다.

어머니가 향도香道를 한 터라 이웃 부인들과 갖는 모임에 나도 불려간 적이 있다. 나는 냄새가 강한 것이 질색이라 향수나 향은 지금도 싫어하지만, "향을 맡는 것을 '향을 듣는다'고 한단다"라는 어머니의 한마디만은 인상에 강하게 남아 있다.

나는 어렸을 때부터 보는 사람의 눈이 휘둥그레지는 미소년이었던 탓에 아직 어린 꼬마였을 때부터 연상의 여자에게 애완동물 취급을 받는 일이 많았다. 지금 생각하면 수난과 박해의 역사였다. 여자들은 나를 새끼 고양이 대하듯 귀여워했지만, 내가 고분고분한 인형이 아니라는 사실을 깨달으면 태도가 180도 달라져 심술궂게 괴롭혔다. 그런가 하면 이웃 꼬맹이들은 처음부터 이유도 없이 나를 자기들 적으로 취급하며 따돌렸다. 순진하고 섬세했던 내가 인간에 대해 심한 불신감을 갖게 된 것도 무리가 아니다.

이야기가 곁길로 샜는데, 어머니의 '겐지향 모임'에 참가했던 때는 지금도 생생하게 기억난다. 넓은 응접실에 복잡한 냄새가 뒤섞여 진동하는 바람에 나는 금세 후각이 마비됐다. 몸속까지 배어들 것 같은 향에 진저리가 났다. 그러나 어머니와 다른 부인들이 차분하게 향합을 양손으로 감싸듯 들고 얼굴 앞으로 가져가 조용히 눈을 감고 향기를 '듣는' 모습은, 실제로 향합 속에서 들려오는 작은 멜로디에 귀를 기울이는 것 같아서 이상하게 아무리 봐도 싫증 나지 않았다.

유대교 관습법인 탈무드에 귀를 입의 세 곱절 일하게 하라는 말이 있다고 한다. 정확한 숫자는 잘 생각나지 않지만 아무튼 주절주절 떠들지 말고 남의 말에 귀를 기울이라는 의미였을 것이다. 듣는다는 것은 가장 겸허함이 요구되는 행위이니 역시 그게 살아가기 위한 기본일 것 같다.

아무튼 이 섬의 계류에는 큰 바위가 많이도 뒹굴고 있다. 우리가 타고 온 왜건만 한 것도 수두룩하다. 바위가 둥글둥글한 것을 보건대, 악천후 때 급류에 휩쓸려 산 위에서 데굴데굴 굴러내려 왔다고 생각할 수밖에 없다. 상상만 해도 무서운 장면이지만 맑은 오후에 잠시 쉬었다 갈 테이블 겸 벤치로는 안성맞춤이다.

"여기에 캔맥주만 있으면 더할 나위 없겠는데."

"여기라면 마셔도 될 것 같아. 아까 Y삼나무랜드에선 하도 황공무지해서 도무지 술 마실 마음이 안 나더라. 거기 같으면 나무뿌리에 술 뿌리면서 기도라도 드려야 될 것 같지."

맥주 대신 초콜릿과 생수로 참았다.

마키오가 윗주머니로 손을 가져가는 것을 보고 덩달아 나도 내 주머니로 손을 가져갔다.

"아이, 또!"

"히히히."

둘이서 만족스레 담배를 피우며 폭포 위쪽을 향해 연기를 내뿜었다. 물론 휴대용 재떨이도 지참하고 있다.

문득 생각나 페트병 뚜껑에 묻은 물방울을 손가락에 묻혀 물기 없는 바위에 손가락으로 선을 그었다.

"이게 뭔지 아냐?"

모두 젖은 선을 유심히 봤다.

"응? 어디서 본 적이 있는데?"

"문자냐? 기호?"

"어머, 이거 겐지향이잖아."

리에코가 큰 소리로 말했다.

"대단한데. 맞아."

"고전 교과서에 나오지 않았어?"

"그렇군. 생각났다. 선이 복잡하게 잔뜩 그어진 그거군?"

"응. 우리 어머니가 자주 했기 때문에 나도 그 그림만은 기억하거든."

"어머, 우아하네."

"어떻게 하는지 알아?"

"나도 실제로 어떻게 하는지는 잘 모르지만, 아무튼 간단히 말하자면 다섯 종류의 향을 다섯 개씩 종이에 싸서 스물다섯 개를 만들어. 그리고 그중에서 무작위로 다섯 개를 골라서 차례대로 태워. 그래서 그 다섯 가지 향기를 맡고, 향도에선 그걸 '듣는다'고 하는데, 다섯 개를 순서대로 듣고 기억하는 거야. 처음에 선을 이렇게 다섯 개 그어두고 시작해."

손가락을 다시 적셔 선을 그었다.

"그리고 같은 향기끼리 오른쪽부터 위쪽을 이어. 예를 들어 첫 번째하고 두 번째 향기가 같고 세 번째는 다르다고 해 봐. 네 번째는 처음 두 개랑 같고, 다섯 번째는 앞의 네 개랑 다 다르다. 그럼 이렇게 돼."

"이렇게 해서 완성. 이런 조합이 쉰두 개 있는 거지. 이걸 《겐지 이야기》의 맨 첫 첩인 〈기리쓰보〉와 맨 마지막 첩 〈헛된 꿈의 배다리〉를 뺀 쉰두 첩에 호응시켜 이름을 붙이는데, 그중에서 이건 〈수로 말뚝〉이야."

"아키히코, 머리 좋구나."

리에코가 감탄했다. 암, 그렇고말고.

"향기를 기억한다는 거 꽤 어렵겠다. 머릿속이 온통 뒤죽박죽될 것 같아. 소믈리에한테 시키면 엄청 잘하겠지?"

"소믈리에의 겐지향 대회라. 와인으로 하면 굉장하겠군."

"〈구름 저 너머로〉는?"

세쓰코가 물었다.

"〈구름 저 너머로〉는 원래부터 쉰네 첩에 안 들어가. 그러니까 겐지향에도 없고."

"어머, 그랬나?"

"그럼 아까 네가 그린 이건 뭐야?"

마키오가 내가 처음 그린 그림을 가리켰다. 이미 거의 사라지려 했다.

"음, 뭐, 실은 거기에 관해 재미있는 이야기가 생각나서 말이지."

나는 우선 달래듯 이야기하기 시작했다. 조금 전 어머니가 하던 겐지향이 생각나면서 그와 함께 기억 밑바닥에서 그 그림이 되살아났다.

"너희들 우리 누나 아냐?"

"우리는 만난 적 없을걸. 아키히코 결혼식 때도 우린 2차에만 갔으니까. 마키오는 만난 적 있지?"

세쓰코가 리에코를 보며 대답했다.

"응, 몇 번 본 적 있어."

"아키히코를 닮아서 엄청난 미인에 성격도 엄청나게 나쁘겠지?"

세쓰코가 말했다. 물론 다른 뜻은 없다.

"누나가 나를 닮은 게 아냐. 내가 누나한테 감화된 거지."

"나이 차가 꽤 있지 않았어? 몇 살 차였지?"

"형하고는 여덟 살, 누나하고는 여섯 살. 지금은 세 아이의 엄마에 점잖은 집 마님으로 자리 잡았지만, 실은 여기서

만 하는 이야기인데 엄청나게 성격이 나쁠 뿐 아니라 엄청나게 음란한 여자였거든."

"누나한테 잘도 그런 말을 쓰는구나."

세쓰코가 경멸 어린 얼굴로 말했다.

"할 수 없어. 달리 말할 방법이 없으니까. 누나 본인도 눈 하나 깜짝 않고 자기를 그렇게 말하곤 했다고. 하지만 내가 말하기는 좀 뭐하다만 전혀 추잡한 느낌이 없어. 자학적인 부분도 없지, 즐거워 보이지, 굳이 따지자면 연구자 같은 자세랄까."

"연구자!"

세쓰코와 리에코가 이구동성으로 말했다. 하여튼 여자가 더 밝힌다.

"그런데 내가 초등학생 시절 막 겐지향을 알게 됐을 때였는데, 보니까 누나가 가끔씩 현관 앞 포석에 이 무늬를 그리더라 이거야."

"어머, 어떻게?"

"역시 이렇게, 현관 바로 옆에 있는 연못 물로 손가락을 적셔서."

"흐음. 무슨 주문 같은 거야?"

"좀 달라. 이게 뭐였느냐 하면, 신호였던 거야."

"무슨?"

세쓰코가 눈치를 못 채는 바람에 실망했다.

"너 내 이야기 들은 거냐, 안 들은 거냐? 그만큼 힌트를 줬는데."

"알았다, 밀회구나."

리에코가 대답했다. 보통 다들 그렇게 생각하지 않느냐 이 말이다. 그나저나 밀회라니 고전적인 표현이다.

"맞아. 당시 어디에 별장을 짓는다고 집에 드나들던 건축가하고 눈이 맞았던 거야. 그래서 그 인간이 우리 집에 올 때마다 그날 저녁은 오케이다 싶으면 누나가 현관 앞에 그 표시를 해둔 거였어."

"건축가가 몇 살이었는데?"

"당시 아마 쉰 살쯤이었을걸."

"뭐? 누나는?"

"고등학교에 들어간 직후였지."

"맙소사. 추행 일보 직전이잖아."

"부럽다."

마키오가 조그맣게 중얼거리자 두 여자가 무서운 눈초리로 그를 째려봤다.

"음, 뭐, 그 작자는 어린 여자를 좀 많이 밝혔나 봐. 아버지가 '저 사람은 재혼할 때마다 부인이 어려진다니까'라고 한 적이 있었거든. 하지만 솔직히 말해서 당시 누나는 전혀 고등학교 1학년처럼 안 보였기도 하고, 분명히 꼬신 것도 누나였을 텐데 뭐."

"누나는 중년 취향이야?"

"아냐. 중년이든 연하든 다 오케이."

"부러워라."

이번에 그렇게 말한 사람은 리에코 쪽이었던 터라 이쪽이 쓴웃음을 지을 차례였다.

"그래서 드디어 아까 처음 기호로 돌아가자면, 실은 이게 〈어린 무라사키若紫〉˚거든."

"어머, 너무 노골적이다."

"그렇지? 상대방이 그 뜻을 알았는지 몰랐는지는 모르겠지만 누나는 알면서 그린 거야. 마음속으로 상대방을 비웃었던 거지. 적어도 자기들 관계를 냉정한 눈으로 보고 있었던 것만은 분명해. 내가 누나하고 그 인간 관계를 안 건 시간이 꽤 지난 다음인데, 누나가 '어린 무라사키' 기호를 그렸다는 걸 깨달았을 때는 뭐 이런 무서운 여자가 다 있나 싶어서 내 누나지만 오싹하더라. 그래서 묘하게 열받아서 누나한테 따졌거든. 누나한테 남자는 다 장기짝일 뿐이냐고."

누나의 방문을 쾅쾅 두들겼다. 안으로 들어가자 성가신 듯 돌아본 누나는 동생이 화난 것을 깨닫고 이상하다는 표정을 지었다.

허리까지 내려오는 굽슬굽슬하게 웨이브 진 밤색 머리털

---

* 《겐지 이야기》 속 겐지는 어린 무라사키에게 매료되어 그를 자신의 이상에 맞춰 교육한다.

이 전등 불빛에 반짝였다. 거울을 보는 듯한 얼굴.

너 뭐가 그렇게 화가 났니?

"'너 뭐가 그렇게 화가 났니?' 하면서 어리둥절해하더라. 그래서 내가 '어린 무라사키' 표시 이야기를 했는데 누나는 그냥 태연자약한 거야."

무슨 소리니? 난 그런 거 그린 적 없어.

"'난 그런 거 그린 적 없어'라고 잡아뗐어. 하지만 그럴 리 없거든. 누나는 어머니하고 같이 향도를 했고 겐지향 모임에 여러 번 참가한 것도 알고 있으니까. 그럼 뭐냐, 하고 물었더니."

여기서 일단 말을 끊고 집중해서 듣는지 확인했다.

"'난 inn이라고 쓴 거야'라더라."

"인?"

"영어의 INN 말이야. I-N-N. 여관."

"우와, 대단하다. 역시 아키히코 누나는 다르군. 혹시 너희 누나도 미스터리 팬?"

"그건 잘 모르겠지만 날 놀려먹을 거리를 찾으려고 몰래 몇 권 읽은 건 알아. 아무튼 그러더니 뻔뻔하게 말하더라. '그건 늘 가는 여관에서 기다릴게요, 라는 뜻이야. 그 사람 변두리의 쓸쓸한 일본 여관을 좋아하지 뭐니. 오래된 다다미 방 바닥이어야 음탕한 느낌이 산다나.' 웃기지 마, 싶잖아? 나는 화가 머리끝까지 치받쳤어. 하지만 아무런 대꾸도 할 수 없었어. 그래서 그냥 돌아섰어."

이길 수 없다. 상대가 되지 않는다. 분함과 굴욕감으로 머릿속이 펄펄 끓는 느낌이었다.

등 뒤에서 희미한 웃음소리가 들렸다.

잠깐만, 아키히코.

"누나는 쿡 하고 웃더니 나를 불러 세우더라. 그러고 나서 하는 말이 얼마나 기가 찬지. '방금 한 말은 거짓말이야. 그건 어린 무라사키가 맞아. 하지만 네가 생각하는 그런 뜻이 아니라 내 이름이 한 글자 들어가 있으니까 사인처럼 쓴 거야. 그러니까 그렇게 화내지 마'라나."

"누나 성함이 뭔데?"

세쓰코가 물었다.

"시오리紫織. '보라를 짜다'라고 써."

여자들 입에서 한숨이 흘러나왔다.

이름을 입에 담은 순간, 불현듯 비에 젖은 수국이 큰 화면으로 머릿속에 되살아났다. 온몸이 바짝 얼어붙었다.

빗소리가 들려온다. 굵은 빗줄기 속에 수국이 안쪽에서 기이한 빛을 발하고 있다.

누가 있다. 거대한 수국 덤불 그늘에.

누군가가 비를 맞으며 수국 그늘에 서 있다.

어두워서 얼굴이 보이지 않는다.

"굉장한 누나구나. 아키히코라도 함부로 못 덤비겠네."

세쓰코의 목소리에 정신이 들었다. 쓴웃음을 지으며 대답했다.

"덤비긴, 그런 무서운 생각은 해본 적도 없다."

"에비, 에비."

마키오가 나지막이 중얼거렸다.

수국의 환영을 머릿속에서 쫓아버리려 노력하던 중에 문득 누나가 이 녀석은 유혹하지 않았나, 하는 생각이 들었다.

누나는 한동안 내 친구들도 건드렸다. 그래서 나는 되도록 누나에게 친구를 소개하지 않았다. 하지만 남자라는 인종은 바보라, 늘 친구들이 누나를 소개해 달라고 졸라대는 통에 얼마나 애먹었는지 모른다.

친구들은 단순한 호기심과 호색적인 마음에서 예쁜 누님에게 한 수 배워보자는 낙천적인 생각으로 접근하지만, 누나는 처음부터 끝까지 주도권을 쥐고 완전히 자기 노예가 될 때까지 놓아주지 않는다. 누나는 남자에게 인격이 있다는 것을 인정하지 않으니 젊은 남자들에게 남는 것은 굴욕과 패배감과 자기혐오뿐이다. 좌우지간 남자를 철저하게 소비하는 탓에 대다수의 남자는 몸도 마음도 빈껍데기가 된다. 나도 나름대로 노력했지만 노력한 보람도 없이 누나는 내 친구 중 자기 취향에 맞는 남자를 차례차례 잡아먹었다. 당연히 먹이가 된 남자는 내 친구 명단에서 사라졌다.

처음 만났을 때부터 죽이 매우 잘 맞았던 마키오와는 대학 시절 꽤 많은 시간을 함께 보낸 탓에 가족에게 소개하지 않을 수 없는 상황이 찾아왔다. 리에코의 존재도 알고 있었거니와 마키오만큼은 누나의 먹잇감이 되는 것을 막고 싶어서 누나와 만나는 일이 없도록 무진 애를 썼지만 결국 어쩔 수 없이 소개하게 된 것이다.

누나의 취향에는 일관성이 없어서, 잘생기고 성격 좋은 남자가 전혀 관심을 끌지 못하는가 하면 도저히 이해가 안 되는 녀석을 마음에 들어 한 경우도 있었다. 마키오가 누나 취향이었는지 아닌지는 알 수 없다. 하지만 아무리 마키오라도 누나가 일단 마음을 먹으면 그냥 넘어갔을 리 없다.

"그만 가자. 가주마루 보고 싶어."

리에코가 나를 봤다.

시계를 보니 어느새 3시가 넘었다.

숲속에 어둑어둑한 부분이 있다.

그곳만 나무가 울창한 것이, 이 세상 것이 아닌 생물이 꿈틀거리고 있을 것 같다.

넷이서 숨을 죽이고 조용히 나아갔다.

"어머, 저거 뭐야. 기분 나쁘게 생겼다."

리에코가 어둠 속을 들여다봤다.

"그게 가주마루야."

"뭐!"

그걸 어떻게 형용하면 좋을까.

대형 인테리어 전문점에 간다고 생각해 보자. 천장이 높고 널찍한 가게다. 커다란 거실을 둘로 나누어 쓰기 위해 점잖은 버티컬블라인드를 찾고 있다. 커튼 코너에 간다. 그러면 천장 가까이에 굵은 레일을 여럿 설치해 컬러풀한 버티컬블라인드가 죽 걸려 있다. 아코디언처럼 깔끔하게 접힌 버티컬블라인드가 높다란 천장 부근에서 몇 종류씩 질서정연하게 늘어뜨린 모습은 장관이다.

가주마루는 그 걸려 있는 블라인드가 모두 잿빛이고 아코디언이 살짝 벌어져 있다. 뿐만 아니라 그게 갈가리 찢긴 상태를 상상해 보면 상당히 근접하지 않을까.

가주마루는 다른 나무에 기생한다. 자신은 그다지 굵은 줄기를 만들지 않고 다른 나무에 들러붙어 줄기를 분지시킨다. 이어서 공기뿌리라고 불리는 뿌리를 나뭇가지에 감고, 가지 끝에서 막대기처럼 단단한 공기뿌리를 여러 개 지면에 내려 잇따라 버팀목을 만든다. 이윽고 공기뿌리로 완전히 둘둘 감긴 나무가 말라죽는다. 하지만 그때는 이미 다수의 공기뿌리로 지탱하고 있으니 그렇게 해서 그 자리를 차지하고 들어앉는 것이다.

울창한 숲속에서 가주마루는 지금도 세력을 넓히고 있었다. 지면을 향해 한창 자라는 중인 공기뿌리가 사방에 서로 다른 길이로 매달려 있다. 지면에 도달한 공기뿌리는 땅에 단단히 꽂혀 잿빛 우리를 이룬다.

"타잔이 타고 다니는 게 이런 거니?"

세쓰코가 조심조심 공중의 공기뿌리를 찔러봤다. 잿빛 공기뿌리가 흔들흔들했다.

"응. 이건 주로 열대하고 아열대 지방에 분포하는 식물이니까."

"꽤 크구나."

위를 올려다봐도 어디까지가 한 그루의 나무인지 알 수 없었다. 가지를 타고 다른 나무에까지 공기뿌리를 뻗어나가기 때문이다.

"어디나 경쟁이 심하군."

마키오가 중얼거렸다.

"'드림스 컴 트루'* 노래에 있었잖아, 가주마루 그늘에서 웃으며, 라고. 난 그래서 가주마루 그늘이 그런 밝고 상쾌한 건 줄 알았더니 이게 뭐니. 이런 무시무시한 곳 같으면 웃는 건 고사하고 사랑을 속삭일 마음도 안 나겠다."

"이건 꽤 크다. 이렇게까지 커지는구나."

"여기 있는 나무들 꽤 기가 허약해 보이잖아. 가주마루의 박력에 눌려서 점령당하고 있어."

나무 위에서는 치열한 영역 싸움이 벌어져 가지와 공기

---

* 1988년에 결성된 일본의 그룹.

뿌리가 그물눈처럼 얽혀 있었다. 그 때문에 이렇게 어두울 것이다.

모두 말없이 올려다보지만 햇빛은 밤하늘의 별처럼 깜빡깜빡할 뿐이다.

등덩굴로 짠 해먹이 사람이 살지 않는 별장 베란다에 방치된 것처럼 뒤엉킨 공기뿌리는 긴 세월을 지나 서서히 말라죽어 가는 모양이다. 늙어서도 여전히 생에 과도하게 집착하는 노인이 생각났다.

"산다는 건 역시 어디서나 쉬운 일이 아닌가 보네요."

"그러게."

너무 인생살이 교훈 같은 말을 중얼거리고 말았다.

어둡고 축축한 곳에서 빠져나와 개울가의 밝은 비탈을 내려갔다.

열린 공간의 예감. 희미하게 바다 냄새가 나는 바람.

"오오, 바다다."

환성이 터져 나왔다.

거대한 바위 무리 너머로 청회색 수평선이 떠 있었다. 바위들 사이로 산 위에서 흘러온 고요한 물줄기가 바다로 돌아간다.

"이 근처에 전망대로 삼기에 안성맞춤인 큰 바위가 있다던데."

"죄다 큰데. 아, 저거 아냐?"

나무 몇 그루 저편에 담벼락 같은 하얀 바위가 보였다.

가까운 나무줄기를 발판 삼아 바위 위로 올라갔다.

고생해서 다 같이 올라가 다시 나란히 앉았다.

뭐라 이루 말할 수 없는 거대한 풍경이었다.

가운데 부분이 살짝 부푼 수평선은 가만히 바라보고 있노라니 점점 더 부풀어 올라 이쪽으로 덮쳐들 듯했다.

가로막는 게 아무것도 없는 수평선을 보면 왜 그런지 늘 거대한 어안렌즈를 들여다보는 듯한 착각이 든다. 세계가 하나의 구체 속에 들어앉으려고 삐걱삐걱 소리를 내는 것 같다.

왼쪽으로 섬 해안선이 펼쳐졌다. 멀리 나무로 뒤덮인 검은 낭떠러지가 가파른 곡선을 그리며 잔잔한 바다로 추락하고 있다.

강한 바닷바람을 정면에서 받으며 모두 말없이 앉아 있었다. 이 순간, 다들 무슨 생각을 할까.

어렴풋이 먹빛으로 물든 구름이 수평선 위로 완만한 줄기를 그렸다. 이제 곧 하늘이 주황색으로 빛나기 시작할 것이다.

누가 먼저랄 것 없이 그만 내려가자고 마주 볼 때까지, 우리 넷은 내내 말없이 정면을 바라보고 있었다.

바위를 내려가 바다가 보이지 않게 된 순간, 갑자기 피로가 몰려왔다.

오늘 해야 할 일은 다 한 기분이다.

배가 잔뜩 불러 이제는 아무리 맛있는 음식이 눈앞에 있어도 더는 먹을 마음이 나지 않는, 그런 기분이었다.

다른 세 사람도 마찬가지인 듯, 모두 무표정하게 숲속으로 느릿느릿 돌아갔다.

"위에까지 얼마나 걸릴까?"

피로에 젖은 목소리로 세쓰코가 중얼거렸다.

"아까 올 때처럼 도중에 여기저기 들르지 않으면 3, 40분쯤일 거다."

그렇게 대답한 뒤 세 사람이 조금만 더 분발하도록 앞장서서 걸음을 재촉했다.

올 때는 그렇게 가슴이 뛰고 빛나 보이던 풍경도 지쳐서 돌아가는 길에는 익숙한 풍경이었다.

최단 코스가 되도록 직선으로 숲속을 나아가면서 나는 시야 한구석으로 가주마루의 어둠을 느끼고 있었다.

어두운 곳. 어두운 장소. 어두운 이른 오후. 몸은 녹초가 됐는데, 표면의 센서는 신경질적으로 작동을 계속하고 있었다.

어깨에 뭔가가 느껴졌다.

뭔가 있다. 뭔가의 존재가.

발이 멎었다. 나는 움직일 수 없게 됐다.

뭔가가 나를 보고 있다. 어깨 방향을 따라 멀찍이 떨어진 곳에서.

온몸의 센서는 당장이라도 바늘이 휙 넘어갈 듯했다.

나는 천천히 시선을 옮겼다.

먼 가주마루의 어둠. 용기를 내 시선 끝에 초점을 맞추었다.

하늘을 향해 마치 덫을 놓듯 잿빛 줄기와 공기뿌리를 펼친 가주마루 밑에 수국 덤불이 있었다.

젖은 수국. 여름날 이른 오후. 부슬부슬 내리는 빗소리가 들린다.

수국 덤불 그늘에 한 소년이 숨듯이 서 있다.

하얀 교복 셔츠. 검은 바지. 셔츠가 비에 젖어 속에 입은 러닝셔츠의 선이 비쳐 보인다.

소년은 꼼짝도 하지 않는다. 허무를 닮은 눈동자로 줄곧 이쪽을 쳐다보고 있다.

"왜 그래, 아키히코? 또 사슴이 있어?"

세쓰코가 말을 건 것도 순간 깨닫지 못했다.

도모키.

도모키다.

교문을 달려 나가는 자전거. 뺨을 어루만지는 바람과 빛.

어째서. 나는 어째서 잊고 있었을까.

나 자신에 대한 거센 노여움이 치밀었다. 무의식중에 두 손 모두 주먹을 꽉 부르쥐고 있었다.

도모키는 그해 여름 죽었다. 여름방학이 시작되기 직전에 갑자기. 그것도 기묘한 형태로.

말로 표현할 수 없는 감정이 큰 물결처럼 몸속에서 요동쳤다.

도모키는 그해 여름 죽었다. 나와 함께 호타카를 오른다는 약속을 지키기 전에.

해안선을 따라 원래 왔던 길을 달리는 중에도 하늘의 색이 점점 달라졌다.

그렇게 구름 한 점 없이 맑던 하늘인데. 저물녘의 구름은 어디에서 오는 걸까.

늘 보던 저물녘이 극장의 대형 스크린에 비친 것처럼 다이내믹하게 보인다.

태양은 비늘구름 무리를 거느리고 까마득한 수평선을 향해 떨어졌다.

"저기 봐, 바다 위에 빛의 길이 생겼어."

"우리 잠깐 내려보지 않을래?"

차창에 들러붙어 일몰 쇼를 구경하던 세쓰코와 리에코가 운전하는 마키오에게 차를 세워달라며 손을 흔들었다. 도로가 커브를 그리는 곳에 생긴 공간에 차를 세우고 줄줄이 내려 가드레일에 기대어 섰다.

주황색으로 번진 빛의 길이 차츰차츰 수평선에 접근하는 태양을 향해 뻗었다.

작은 보트를 타고 저 빛의 길에 둥실 떠 있으면 어떤 기분일까. 흔들리는 보트는 태양의 빛과 물결에 반사되는 빛으로 황금색 배가 된다. 전체가 빛에 싸여 마치 몸이 빛 속에 떠 있는 기분이다.

그대로 태양을 향해 노를 저어가면 천국에 갈 수 있을 것 같은 기분이 들지 않을까.

빛의 길 위로 나아가는 보트에 도모키가 타고 있는 모습을 떠올려 봤다.

그는 태양을 향해 노를 젓고 있다. 역광이라 표정은 보이지 않는다.

윤곽이 황금색으로 빛난다.

하얀 교복 셔츠와 검은 바지. 그는 반소매 셔츠 밖으로 나온 유연한 팔을 규칙적으로 움직이고 있다. 셔츠는 이제 말랐을까.

그가 가는 곳은 어디였을까. 아니면 지금도 그는 태양을 향해 노를 젓고 있을까.

벽 한 면을 가득 메운 커다란 유리창은 목욕탕에 들어찬 김으로 부옇게 흐렸다.

리조트 호텔이면서 대형 욕탕이 있다는 게 이 호텔의 자랑 중 하나다.

창밖은 칠흑같이 어두워 거의 아무것도 보이지 않는 가운데 널따란 호텔 정원만이 보였다. 그 너머에 우뚝 솟은 산들이 있을 것이다.

널찍한 욕탕에 몸을 담그고 나는 창밖 어둠을 바라봤다. 목욕탕은 조명을 그리 환하게 밝히지 않는 터라 해가 져도 아직 어렴풋하게 검은 산의 윤곽이 보였다.

그리고 아래쪽으로 욕탕에 앉아 이쪽을 보는 내 얼굴이 어둡게 비쳤다.

문득 긴장을 늦추면 어둠 속에 서 있는 도모키가 보일 듯했다.

어째서 잊고 있었을까.

그렇게 자문하면서도 나는 이미 답을 알고 있는 자신을 깨닫고 있었다.

무서운 것이다.

가장 무서운 것.

수국의 이미지가 내 마음속 한구석에서 죽은 도모키의 이미지와 연결되어 있었나 보다. 그 수국은 어디 수국일까? 학교 근처 공원에 있던 수국일까. 그러고 보니 우리 집 뒷마당에도 있지 않았나.

창유리를 통해 눈을 감고 욕탕 가장자리에 머리를 얹은 자세로 반듯이 누워 있는 마키오가 보였다. 목욕 시간이 긴 것은 전부터 알고 있었지만, 저렇게 오래 들어앉아 있고도 잘도 현기증 한번 안 나고 멀쩡하다.

몸이 녹아간다. 아까 숲속에서 느꼈던 공포도, 노여움도,

온몸의 표면을 뒤덮고 있던 센서도 따뜻한 수증기와 물에 녹아간다.

알아내야겠다.

마음속으로 결심했다.

바위 위에 손가락으로 '어린 무라사키' 표시를 그린 순간부터 나는 모든 것을 토해낼 결심을 하고 있었다. 내 안에는 간헐천처럼 가끔씩 못된 기분이 뿜어 나온다. 일단 뿜어 나오기 시작하면 괴어 있던 가스를 모조리 배출할 때까지 가라앉지 않는다.

누나 이야기를 꺼냈을 때부터 내 속에서 한층 대량으로 가스가 분출되기 시작한 것 같다. 평소처럼 그냥 가스가 아니라 그 속에 잠들어 있던 마그마 본체가 쉴 새 없이 흘러나와 몸속에 괴어 한시라도 빨리 토해내라고 내 몸을 몰아세운다.

알아내야 한다.

나는 눈을 감고 주문을 외우듯 계속해서 그렇게 중얼거렸다.

어째서 수국이 무서운지. 어째서 도모키가 죽었는지. 오늘 밤을 놓치면 그것을 해명할 기회는 영영 찾아오지 않으리라는 예감이 있었다.

이번 여행 중에 토해내 버려.

또 한 사람의 내가 자신을 격려했다.

그 세 사람이라면 분명히 답을 발견할 수 있게 도와줄 것이다.

가족 같은 얼굴로 테이블 앞에 앉았다.
이미 이틀간 생활을 함께했다는 편안함이 우리들을 하나로 묶었다.
다들 배우자나 자식들과도 연속으로 이틀씩이나 같은 장소에 있는 일이 거의 없다는 사실을 생각하면 신기한 기분이다.
하루 온종일 걸으면서 더러워진 세포가 리셋됐나 보다. 느긋하게 욕탕에 몸을 담근 덕도 있어 온몸이 개운하고 머리도 평소보다 맑아진 느낌이었다. 기분 탓인지 여자들도 피부가 어제보다 반들반들 윤이 나는 것 같았다. 물론 그건 화장을 말끔하게 새로 한 탓도 있다. 익숙해졌더니 확실히 세쓰코가 공들여 화장한 것을 알겠다. 이번에도 틀림없이 꽤나 시간을 잡아먹었을 것이다.
두 사람 다 드레시한 셔츠며 얇은 니트로 갈아입고 처음 보는 보석 액세서리까지 달고 나온 것을 보면 상대가 우리라도 디너는 디너인가 보다.
"야호, 맥주다."
맥주잔이 등장하자 체면이고 뭐고 환성을 지르며 우리는 여행 이틀째의 성공에 축배를 들었다. 유리가 맞부딪치는 소리에 기쁨이 폭죽처럼 터졌다.
네 사람 다 술을 꽤 마신다는 것은 옛날부터 알고 있었지만, 모두 주저하는 눈치도 없이 단숨에 잔을 비우더니 동시에 한숨을 내쉬었다. 왠지 모르게 웃음이 나 마주 보며 웃었다.

바로 두 번째 잔을 주문하고 나니 겨우 한숨 돌린 표정이 나왔다.

"이렇게 마시는 것도 좋지만 한 번쯤 대자연 속에서도 건배해 보고 싶다."

세쓰코가 웨이터가 치우는 빈 잔을 아쉬운 듯 쳐다보며 중얼거렸다.

"하지만 여기 자동판매기도 안 보이던데."

"큰 휴게소가 아니면 캔맥주 같은 건 없을 거다."

"그거 쓰레기 때문이지?"

한동안 내일 이후 대자연 속에서 술을 마실 방법을 이것저것 검토해 봤다. 하지만 왜건을 타고 이동할 생각을 하면 운전할 사람만 못 마신다는 뜻이다. 이런 곳에서 음주 운전을 하다가 사고라도 일으켰다가는 큰 문제다. 게다가 산은 상상 이상으로 체력을 소모하는지라 달랑 캔맥주 하나만 마셔도 피로가 배로 늘어나고 주의력이 산만해질 것이다. 결국 역시 호텔에 돌아와 마시는 게 무난하겠다는 결론에 도달했다.

오늘 하루의 감상을 돌아가며 이야기했다. 마키오는 마지막에 본 바다, 세쓰코는 홍수, 리에코는 Y삼나무랜드에서 처음에 들어간 숲이 인상에 남는다고 대답했다. 코스는 대체로 호평이기에 안심했다. 예습한 보람이 있었다. 내가 얼마나 우수한 가이드인지 입증된 셈이다.

"아키히코는 어디가 좋았어?"

리에코가 물었다.

"나는 뭐니 뭐니 해도 세쓰코의 멜로드라마 설이 인상적이었다."

"아이참, 뭐 어때서."

세쓰코가 입을 뾰족하게 내밀었다.

"아니, 감동했다. 역시 그 정도의 독창성하고 구성력이 없으면 수수께끼는 풀 수 없어."

나는 상당히 진심으로 하는 말인데 세쓰코에게는 빈정거리는 것으로 들리는 모양이다. 뭐, 평소 우리 대화를 생각하면 그럴 만도 하다.

"두 할머니 이야기 말이지."

리에코가 기억을 되살리듯 중얼거리더니 이윽고 생각에 잠긴 눈빛으로 변했다.

오늘은 양식 코스를 선택한 터라 전채로 해산물이 나왔다.

"오, 세쓰코의 망상을 물리칠 새로운 설이 떠올랐냐?"

내가 묻자 리에코는 쓴웃음을 지으며 손을 내저었다.

"턱도 없어. 그런 웅대한 설은 어림도 없고, 다만······."

"뭐 신경 쓰이는 점이 있냐?"

"응, 좀. 아까 어째서 두 사람이 같은 기모노를 입고 같은 핸드백을 들었느냐고 아키히코가 물었잖아? 그게 어쩐지 마음에 걸려서."

 이런 식으로 뭔가를 생각하며 이야기하는 리에코를 보면 머리가 좋은 여자다 싶다.

 그녀는 사물을 찬찬히 비교 검토하며 냉정하게 생각하는 능력이 있다. 외모는 더할 나위 없이 여자다운데, 하는 말을 듣고 있으면 오히려 사고방식은 남성적이라고 느낄 때가 있다. 어제 그녀가 '세쓰코 쪽이 여자답다고 생각하는데'라고 한 것을 보면 본인도 자각이 있나 보다. 그녀는 자신이 머리가 좋다는 것을 알고 있지만 그에 대해 체념 비슷한 감정을 갖고 있는 것 같다. 여자의 어중간하게 좋은 머리가 행복으로 연결되지 않는다는 것을 잘 아는 것이다.

 "두 여자가 같은 기모노를 입는다는 건 어떤 때일 것 같아?"
 리에코가 물었다.

 이번에는 다른 세 사람이 생각에 잠겼다. 답을 기다리지 않고 리에코가 입을 열었다.

 "자기를 빨리 발견해 주기를 바랄 때 아닐까?"
 "발견해 준다고?"
 마키오가 물었다. 리에코가 고개를 끄덕였다.

 "응. 예를 들어 모르는 사람이랑 어디서 만난다고 생각해봐. 사람이 많은 곳에서 만나기로 했어. 처음 만나는 고객이라든지. 그럴 때 회사 봉투를 들고 서 있겠습니다, 라든지 오늘은 이러이러한 옷을 입었습니다, 라고 상대방한테 알려주지 않아? 어제 아키히코랑 세쓰코 이야기에서도, 서로 상대방이 어떤 차림새를 하고 있겠거니 했는데 실제로는 다른 차림새라 발견하는 데 오래 걸린 거잖아?"

"그렇지. 옷차림하고 머리 모양을 알려주면 찾기 쉽지."

나는 오사카의 지하상가를 생각하며 고개를 크게 끄덕였다.

"그럼 똑같은 기모노를 입는 이유도 그런 게 아닐까. 만난 지 오래된 사람이 자기를 발견해 줬으면 좋겠어. 그것도 열차가 정차하는 몇 분 새에. 그래서 요새는 남들이 잘 안 입는 기모노, 그것도 옛날에 즐겨 입던 그 보라색 기모노를 입고 있을게요, 하고 미리 이야기해 두었을지도 몰라."

"그럼……"

"역 플랫폼에서 승객을 찾아내는 게 아니라 승객이 자기들을 발견하게 하려는 게 아니었을까."

리에코는 마키오를 봤다.

"혹시 보라색 기모노는 유니폼이 아니었을까."

"유니폼?"

"일본 여관이나 요릿집 같은 데서 입는 기모노에 보라색이 많잖아? 깃을 뒤로 젖혀 입은 걸 보면 그런 데서 일하던 사람들이었을지도 몰라. 두 할머니가 만나고 싶은 승객한테는 눈에 익은 기모노겠지."

"오오, 그럴싸하네."

마키오가 감탄한 듯 고개를 끄덕였다.

"세쓰코 정도는 아니지만 망상을 좀 부풀려 보면, 살날이 얼마 남지 않은 건 플랫폼에 서 있던 할머니가 아니라 승객 쪽이었어. 그날 그 사람이 도쿄를 떠나면 이제 두 번 다시 만날 수 없는 게 아니었을까. 분명히 그 사람은 그 여관인지 요릿집인지에서 옛날에 할머니들과 함께 일했던 사람이었을 거야. 세 사람 사이에는 깊은 유대감이 있었어. 그날 그 사람이 간사이로 간다는 건 갑작스레 결정된 일이었겠지. 차분히 만날 자리를 마련할 수 없었고. 그래서 미리 약속해서, 그날 각자 사는 곳에서 가까운 역에서 배웅하기로 한 게 아닐까."

으음, 하고 우리는 신음했다.

"백은?"

마키오가 물었다. 리에코가 씩 웃었다.

"백에 관해 말하자면 난 남자 눈을 안 믿어. 검정 클러치백은 모양이 똑같으니까 멀리서 보면 다 그게 그것처럼 보일걸. 한때 기모노에 클러치백을 드는 게 유행하던 시절이 있었잖아. 연령이 비슷한 여자들이 중요한 사람을 만나러 갈 때, 둘 다 검정 클러치백을 들어도 전혀 이상할 것 없어."

"이거 또 당했군. 마키오, 너 오늘 완전히 죽 쑤는데."

"내일은 만회할 테니까 두고 봐."

마키오는 어깨를 으쓱하면서도 즐거워 보였다.

"즉 어떻게 이어 붙이느냐에 따라 얼마든지 이야기를 꾸며낼 수 있는 거네."

리에코는 자기가 설명하고도 석연치 않다는 표정이었다.

"알았다, 분명히 승객은 지금은 없어진 요릿집 주인이었던 거야. 가게는 이제 없어도 예전의 주인어른을 배웅하는 직원들. 분명히 둘이 주인어른의 애정을 다투던 과거도 있었을걸."

세쓰코는 질리지도 않고 이야기를 멜로드라마로 끌고 나가려 했다.

"얼마 만에 이렇게 시시한 이야기를 잔뜩 하는지 생각도 안 난다."

마키오가 중얼거렸다.

"어머, 뭐니, 시시한 이야기라니."

세쓰코가 불만스러운 표정을 지었다. 마키오는 세쓰코를 향해 손바닥을 들어 보였다.

"아니, 오해하지 말아 줘. 기뻐서 하는 소리야. 대학 때면 몰라도 지금은 이런 추상적인 화제하고 전혀 인연이 없잖아. 사적인 이야기 아니면 일 이야기, 기껏해야 경제 이야기. 그렇다고 교양 있는 척하는 녀석들이나 품위 있는 척하는 녀석들과 이야기가 맞는 것도 아니고. 새로 생긴 가게 이야기랑 휘황찬란한 교양을 과시하는 이야기만 듣고 있는 것도 지치잖아. 도대체가 요새는 대화를 즐기는 일 자체가 거의 없다니까."

"그건 그렇지."

여행 중에 이런 이야기만 하고 있는 인간들은 그리 많지 않을 것이다.

"응, 뇌가 현실적인 문제를 우선하고 그런 건 억압하는 모드로 되어 있지. 하지만 난 이제 익숙해졌어. 보통 때랑 다른 부분의 뇌를 사용하니까 재미있다. 머리가 좋아진 것 같아. 아키히코, 뭐 또 없니? 수첩에 한가득 써왔다고 했잖아."

역시 세쓰코는 순응성이 뛰어나다. 그러면서도 멜로드라마라니. 순응성의 방향에 문제가 있는 게 아닐지.

"얘, 우리 와인 시키자. 넷이서 마시면 한 병은 금세 없어질걸."

메뉴에 눈이 가 있던 리에코는 당장 웨이터를 불러 주문했다. 다른 의미에서 그녀는 현실 모드다.

"그야 수첩에 이것저것 적어 오긴 했지만 일에서 해방돼 술 마시면서 쓴 게 실수였어. 그때는 하나같이 세상에 이보다 더 근사한 수수께끼가 있으랴 자화자찬했는데, 아까 슬쩍 펴보니까 어찌나 시시한지 기가 팍 죽었다."

"예를 들면?"

"어째서 우리 상사, 미리 말해두지만 여자다, 하여튼 우리 상사의 가방에 늘 구둣주걱이 들어 있는가."

"그게 왜 이상해? 신발 벗고 들어가 앉는 데서 회식하면 발이 퉁퉁 부어서 펌프스에 잘 안 들어간단 말이야. 뭐, 그런 가게는 대개 구둣주걱이 있기는 하지만."

"그런데 나는 상사가 구둣주걱을 쓰는 장면을 한 번도 본 적이 없거든. 자주 같이 회식에 가는데 말이지."

"어머, 무슨 다른 목적으로 쓴다는 뜻이야?"

"그래."

"혹시 이미 답을 알아?"

"응."

"뭔데?"

"먼저 생각해 봐라. 여자들이라면 알 것 같은데."

"구둣주걱이라. 가방에 들어있다는 건 차통에 든 스푼처럼 생긴 작은 거 말이겠지? 긴 거라면 효자손으로 쓸 수 있지 않을까 했는데."

"이거 봐, 우리 상사는 일에는 엄격해도 행동거지는 굉장히 품위 있는 여자란 말이야. 중년 아저씨도 아니고, 밖에서 효자손 같은 걸 쓸 리 없잖냐."

"그래? 하긴 나랑 같게 생각하면 안 되겠지."

"너 회사에서 효자손 쓰냐?"

"응, 편해. 회의할 때 지시봉으로 쓸 수도 있고."

"우리 사는 세계가 다른 것 같다."

"유감이네."

"구둣주걱이란 말이지. 어디에 끼워 넣나?"

리에코는 자기 나름대로 생각 중인 모양이다.

"오, 좋다 좋아. 그거야."

"비슷해? 하지만 뭐에 끼워 넣을지 생각이 안 나. 안 되겠다, 포기."

"아키히코는 추리해서 알았어?"

마키오가 물었다.

"아니, 계속 신경 쓰이길래 저번에 물어봤어. 그랬더니 주스캔을 딸 때 쓴다잖아."

"아, 그렇구나."

두 여자가 납득한 듯 고개를 끄덕였다.

"늘 완벽하게 네일 케어를 하는 사람이거든. 캔의 그 고리, 가끔 엄청 안 따질 때 있잖아? 손톱에 상처가 생기거나 부러질까 봐 구둣주걱을 쓰기로 했다더라. 겨울엔 별로 안 마시지만, 외근도 많은 일이니까 여름에는 아무래도 주스를 사 마실 때가 많아서 구둣주걱을 쓴다나."

"손톱을 너무 바짝 깎았을 때 캔 따려면 정말 울고 싶지."

"그러고 보니 내 친구 중에 늘 손톱깎이로 따는 애가 있었어. 그 애도 기른 손톱이 목숨만큼 소중한 애였거든."

"그거 봐, 듣고 보면 별로 재미없지? 낭만이 없어."

"안 그래. 무지무지 재미있어."

"아, 생각났다."

리에코가 갑자기 큰 소리로 말했다.

이런 이야기는 계기만 있으면 꼬리에 꼬리를 물고 나오는 모양이다. 나와 세쓰코는 기대에 찬 눈으로 리에코를 바라봤다. 마키오는 싱글싱글 웃으며 이야기를 듣고 있다.

"꽤 오래전 일인데, 우리 동네에서 칼 같은 걸로 발이랑 등을 베인 고양이가 출몰한 적이 있었어."

"어머나, 무서워라."

"응. 일주일 새에 몇 마리씩이나 피해를 입어서 큰 소동이 벌어졌거든. 묻지 마 폭행을 하는 사람이 있는 게 아닐까 해서 아파트에 경찰이 안내문까지 돌렸어. 그런데 얼마 있다가 이번엔 어린애가 손을 베인 거야."

"이런, 그건 심한데."

"우리 아래층 집이었는데, 그것도 얼마나 대담한지, 아버지가 애를 안고 동네 상점가의 인파를 빠져나왔는데 애가 별안간 울기 시작하더라는 거야. 그래서 애를 내려놓고 봤더니 손을 베였더래."

"뒤에서 다가왔나 보군. 뭐 그런 녀석이 다 있냐."

"다들 동네에 칼 든 미치광이가 있다고 한동안 굉장히 무서워했었어. 우리도 아직 아이가 막 초등학교에 들어간 직후였기 때문에 혼자 밖에 나가면 안 된다고 단단히 이르느라 애 많이 먹었고."

"그래서 그 사건은 해결됐어?"

"응. 어느 날 손을 베인 아이네 집에 정중하게 사과하는 편지가 오면서 해결됐어."

"응? 범인한테서?"

"응."

리에코는 태연한 얼굴로 대답했으나 듣고 있던 우리는 의분을 토했다.

"베어놓고 사과는 무슨 얼어 죽을 사과냐?"

"음, 하지만 세쓰코가 낮에 했던 불난 이야기랑 비슷할지도 몰라."

리에코는 고개를 갸웃했다.

"왜? 범인이 까마귀야?"

"까마귀가 편지 쓰겠냐?"

"까마귀 주인이라든지."

리에코가 아하하 웃었다.

"그런 게 아니라, 실은 따지고 보면 근처 상점가에 있는 자동판매기가 원인이거든."

"자동판매기? 왜?"

"자동판매기에서 주스를 사잖아? 목이 말라 주스를 사서 걸으면서 마셔. 다 마시고 만족했어. 자, 세쓰코 너 같으면 캔을 어떻게 하겠어?"

"난 자동판매기에서 주스를 사면 그 자리에서 마셔. 자동판매기 옆에 있는 쓰레기통에 버리고 가는데."

"그게 올바른 행동이지. 문제는 세상에 그런 사람들만 있는 게 아니라는 거야. 걸으면서 마시고, 다 마시면 근처 집 담장 위에 빈 캔을 올려놓고 가는 인간이 수두룩하거든."

"그러게, 많지. 남의 집 관목 덤불에 던져 넣는 녀석, 현관 앞에 세워둔 자전거 바구니에 넣는 녀석. 다 그냥 콱 죽여버리고 싶어지지."

"맞아. 그런데 딱 올려놓기 좋은 높이의 담장이 있는 집이 있다고 해봐. 자동판매기에서 주스를 사서 걸으면서 마시면 딱 그 부근에서 다 마시게 돼서 살짝 올려놓고 싶어지는 담장."

"응, 이제 무슨 이야긴지 알 것 같아."

"그 집 입장에서는 민폐도 그런 민폐가 없지 않겠어? 늘 누가 담장에 빈 캔을 올려놓고 가. 하나 놓여 있으면 다른 사람도 따라서 올려놔. 치워도 치워도 끝이 없어."

"무지 열받겠군."

"그런 매너 없는 행동에 속을 끓이다 못해 결국 피아노선을 담장 위로 매어놨대. 빈 캔을 올려놓으려고 손을 뻗으면 걸리라고. 그런데 맨 처음 거기에 걸린 게 담장 위를 걷던 고양이였던 거야."

"와, 무섭다."

"그럼 아이 손은?"

"그건 애 아버지의 착각이었어. 상점가에서 베인 게 아니라, 상점가를 빠져나왔을 때 아버지한테 안겨 있던 아이가 담장에 손을 뻗은 거야. 아버지는 아이 손을 보고 인위적인 소행이라고 생각했고, 뒤에는 아무도 없었으니까 아까 인파

속에서 당했다고 생각한 거지."

"그럼 편지를 보낸 사람은……."

"그 집 사람. 고양이랑 아이가 다쳤다는 소문을 듣고 깜짝 놀라서 피아노선은 걷어버렸대. 치료비도 보내줘서 사정을 참작해 고소는 하지 않기로 했다나 봐."

"그런 것도 죄가 되지?"

"응, 원래는. 아이참, 어째 꺼림칙한 이야기네, 미안. 주스캔 이야기가 나와서 생각났나 봐."

"무슨. 다들 협력해 줘서 난 기쁘다."

나는 고개를 끄덕이며 혼자 희희낙락했다.

"그러고 보니 아키히코가 무서워하는 것 이야기가 있었지."

마키오가 갑자기 중얼거리는 바람에 뜨끔했다.

"아, 그러네, 수국 말이지."

모두의 시선이 이쪽을 향했다. 젠장. 내가 먼저 말을 꺼내려고 했더니.

"맞아, 맞아. 오늘 밤은 그걸 해명해야 돼."

"언제부터 무서웠는데?"

다들 한마디씩 하는 바람에 나는 주저했다.

"어머, 왜 그래? 수국이 그렇게 무서워?"

수국. 그 수국 덤불은.

"실은 그전에 이야기하고 싶은 사건이 하나 있어."

나는 기분을 바로잡고 자세를 고쳐 앉았다. 다들 어리둥절한 얼굴로 나를 바라봤다.

자기 목소리가 남의 것처럼 들렸다. 또 한 사람의 내가 나에게 이야기하도록 시킨다.

다 토해내 버려.

"나도 잘은 모르겠지만 그 사건이 내가 수국을 무서워하게 된 것하고 무슨 관련이 있다는 생각이 들어. 내가 고등학교 때 사건인데."

"오래전 이야기군."

"무슨 사건인데?"

흥미가 동한 듯한 표정들. 순간 두려움에 사로잡혔다. 나는 지금 하면 안 되는 이야기를 하려는 게 아닐까.

나는 가볍게 숨을 들이마시고 드디어 그 말을 입 밖에 냈다. 가슴속에 봉인해 두었던 말을.

"살인사건이야."

고등학교 2학년 1학기가 끝나고 방학하는 날이었다.

나와 나가사와 도모키는 같은 반으로, 맨 뒷줄에 나란히 앉는 사이였다.

처음에 말을 해봤을 때부터 죽이 맞았다. 이목구비가 뚜렷하고 눈썹이 짙은, 고지식한 녀석이었다. 그의 결백한, 때로는 순진무구한 웃는 얼굴을 좋아했다.

그는 어머니와 단둘이 살았다. 부모가 함께 품위 있는 레스토랑을 경영하다가 아버지가 돌아가신 뒤로 어머니가 혼자 가게를 꾸려나가고 있었다. 도모키와 함께 식사하러 간 적이 몇 번 있는데, 상냥해 보이는 좋은 분이었다. 도모키와 어머니는 사이가 무척 좋았다.

우리는 급속도로 가까워졌다. 고등학교에 들어와 처음으로 생긴 친구다운 친구였다. 도모키는 말수가 적고 낯을 가리는 탓에 쌀쌀맞게 보이는지, 그때까지 가까운 친구가 별로 없었던 것 같다.

우리는 여름방학 계획을 세우고 있었다. 오래전부터 등산이 취미였던 나는 연초부터 그해 여름 호타카에 오를 생각이었다. 도모키에게 같이 가지 않겠느냐고 묻자 그 자리에서 좋다고 했다. 그는 핸드볼 선수였으므로 체력에는 자신이 있는 듯했다.

그날, 도모키는 학교에 나오지 않았다. 벌써 사흘째였다. 그 무렵, 도모키는 몸이 좋지 않았는데 이틀 전부터 여름감기에 걸려 누워 있었던 모양이다. 결국 학기가 끝나도록 못 나온 터라 나는 집에 가는 길에 문병을 갈 생각이었다. 등산 계획도 세워야 했다.

성적표를 나눠주고 담임이 인상을 찌푸리며 여름방학 주의 사항을 이야기하기 시작했을 때, 교실 문을 노크하는 소리가 들리더니 교감이 당황한 표정으로 고개를 내밀고 담임을 손짓해 불렀다.

담임이 나가더니 두 사람은 복도에서 창백한 얼굴로 소곤소곤 이야기했다.

모두 웅성거리기 시작했다. 무슨 긴급사태가 발생한 게 분명했다. 나도 불길한 느낌이 들었지만 설마 그게 옆자리에 앉는 자기 친구와 관련된 일일 줄은 꿈에도 몰랐다.

허둥지둥 돌아온 담임은 정신이 딴 데 팔린 모습으로 황급히 학생들을 해산시켰다. 우리는 아무것도 가르쳐주지 않는다고 투덜거리면서도 집에 갈 준비를 했다.

나는 혼자 교실을 나섰다. 도모키에게 뭘 사가지고 갈까 생각하며 밖으로 나가려는데, 교무실 주변에 이상하게 사람들이 몰려 있는 게 보였다. 선생님들과 행정 직원들이 창백한 얼굴로 연신 드나들고, 학생들은 그 모습을 먼발치에서 지켜보고 있었다.

대체 무슨 일인가 생각은 했지만, 나는 얼른 도모키의 집에 가고 싶어 서둘러 학교 현관을 나섰다. 그때 멀리서 나를 부르는 소리가 들렸다. 같은 반 학생이 입에 거품을 물고 나를 쫓아온 것이다.

평소 그리 친했던 녀석이 아니었으므로 나는 이상하게 생각했다.

"아, 아키히코! 도모키가 죽었나 봐."

그 녀석이 그렇게 큰 소리로 말한 것을 듣고도 나는 순간 무슨 말인지 알 수 없었다.

도모키라는 말과 죽었다는 말이 잘 연결되지 않았다.
"뭐?"
"도모키가 죽었나 봐."
그 녀석은 또 한 번 말했다. 나는 아핫, 하고 이상한 소리로 웃었다.
"뭔 소리야. 거짓말 마라."
"진짜야. 지금 교무실에 난리 났다. 경찰에서 전화가 왔나 봐."
"경찰?"
아직 사실을 받아들이지 못한 나는 멍하니 되물었다.
"이웃집 사람이 도모키가 집에서 죽어 있는 걸 발견하고 신고했대."
"말도 안 돼."
갑자기 노여움 비슷한 것이 치밀어 나는 그 녀석을 그 자리에 버려두고 달리기 시작했다. 늘 도모키의 자전거를 얻어 타고 다닌 터라 뛰어갈 수밖에 없었다.
학교에서 역까지 걸어서 10분. 도모키의 집은 역에서 버스로 30분 정도 걸리는 곳에 있었다.
버스를 타고 가는 사이에 역시 거짓말이라는 생각이 들었다. 나와 도모키는 늘 붙어 다녔으므로 도모키가 결석한 것을 이용해 나를 놀린 게 틀림없다. 그런 생각이 들어 점점 긴장이 풀렸다.

그러나 그런 낙관적인 희망은 그의 집이 보인 순간 눈 깜짝할 새에 사라졌다.

사람들이 구름 떼처럼 몰려 있었다. 경찰차와 왜건이 서 있고, 경찰이 로프를 쳐 사람들을 막는 게 보였다. 지금 생각하면 그곳에 몰려 있는 사람들을 본 순간이 가장 충격이 컸다. 나는 그 순간 도모키가 정말로 죽었다는 것을 깨달았다.

나는 필사적으로 사람들을 헤치고 앞으로 나아가려 했지만 그런 때에 구경꾼들이 발휘하는 힘은 어찌나 대단한지 전혀 파고들 틈이 없었다. 다만 도모키의 집 뒷마당에 핀 수국이 얼핏 눈에 들어왔을 뿐이었다.

"그렇구나. 거기에 수국이 나오는구나."

세쓰코가 와인을 마시며 고개를 끄덕였다.

"친구의 죽음이 수국과 연결된 거네."

나는 힘없이 고개를 흔들었다.

"하지만 그때 봤던 수국을 떠올려도 별로 무섭지 않아."

내가 무서운 것은 수국 옆에 서 있던 도모키다. 그건 실제로 본 광경일까? 단순히 수국이 있는 집에서 그가 죽었기 때문에 멋대로 머릿속에서 그런 이미지를 만들어낸 것뿐일지도 모른다. 게다가 이 풍경에는 비가 내리고 있다. 종업식 날, 비는 오지 않았다. 비가 오기는커녕 구름 한 점 없이 맑은 날이었다.

"그래서? 그 친구는 살해당한 거야?"

마키오가 진지한 표정으로 이야기를 재촉했다.

나는 조그맣게 고개를 끄덕이고 이야기를 계속했다.

내가 포기하고 돌아서려던 순간, 바로 앞에 택시가 한 대 섰다.

얼굴이 종잇장보다 하얗게 질린 여자가 내렸다.

도모키의 어머니였다. 나는 그 얼굴을 보고 충격을 받았다. 평소의 명랑함, 상냥함은 온데간데없이 그 얼굴에는 절망과 혼란만이 자리했다.

"아줌마."

내가 부르자 그녀는 움찔하더니 고개를 돌렸다.

나를 보더니 그 자리에 얼어붙었다. 곧 부들부들 떨기 시작했다.

"도모키가, 도모키가."

공허하고 힘없는 목소리였다. 몸이 쓰러질 듯 휘청하기에 황급히 달려가 부축했다.

"살해당했대."

그 말을 듣고 나는 아연했다. 그때까지 나는 도모키의 사인은 생각도 하지 않았다. 그가 왜 죽었는지 생각할 여유가 없었다. 그가 죽었다는 사실을 확인하는 것만으로 벅차서 미처 거기까지 생각이 미치지 못했다.

"살해당했다니요. 강도나 뭐 그런 거예요?"

나는 멍하니 물었다. 대답은 기대하지 않았다.

어머니는 항상 아침부터 레스토랑에 가 있기 때문에 그의 집은 낮에 늘 아무도 없었다. 혹시 빈집이라 생각하고 침입한 도둑이 우연히 몸져누워 있던 도모키와 맞닥뜨린 게 아닐까 하는 상상이 머릿속에 떠올랐다.

"아냐. 독약을 마셨대."

"독약."

생각지도 못했던 대답에 내 머리는 심한 혼란에 빠졌다.

"독약? 고등학생을 독살한다고?"

리에코가 의아한 표정으로 되물었다.

"응. 그때 상황을 보건대 그렇게 돼. 도모키의 집은 오래된 일본식 가옥이었는데, 도모키는 뒷마당에 있는 별채를 자기 방으로 썼거든. 그날, 별채 문은 활짝 열려 있었어. 그래서 불러도 대답이 없으니까 이상하게 생각한 이웃집 사람이 안을 들여다봤다지. 맞은편 집에 사는 여자였는데, 도모키의 몸 상태가 별로 좋지 않으니까 낮에 한번 들여다봐 달라고 어머니가 아침에 나가면서 부탁했다는 거야."

"저런. 그래서 독약이 남아 있었어?"

"도모키의 방에는 책상 외에 유리판을 얹은 작은 커피테이블이 있었거든. 그 위에 찻잔이 두 개 놓여 있었어. 한쪽엔 녹차가 들었는데 손 댄 흔적이 없었어. 그리고 나머지 한 쪽엔 물이 들어 있었고 반쯤 마신 흔적이 있었어. 그런데 그 찻잔에서 청산가리가 검출된 거야. 도모키는 그걸 마시고 죽었어. 테이블엔 찻잔 외에 감기약 약병도 있었어. 그리고 두 개의 찻잔도, 약병도 지문이 깨끗하게 지워져 있었어."

"아는 사람의 범행이란 이야기네?"

리에코가 진지한 표정으로 말했다. 나는 고개를 끄덕였다.

"결론부터 말하면 그래. 경찰도 그렇게 판단했어. 범인은 병문안을 가장하고 찾아왔어. 자기한테는 녹차, 도모키한테는 물이 든 찻잔을 내서 좋은 감기약이라 속이고 독약을 먹였어. 그리고 도모키가 죽는 걸 지켜본 다음 자기가 건드린 찻잔 두 개와 약병을 닦고 나갔어."

"세상에, 너무한다."

"그나마 다행인 건 독약의 양이 꽤 많았기 때문에 거의 즉사였다는 거야. 감기 때문에 코랑 목이 맛이 가 있었으니 방금 마신 게 이상하다고 알아차리기 전에 의식을 잃었을 거라더라."

그렇게 말하는 자신의 목소리가 희미하게 떨리는 것을 깨달았다.

"용케 그렇게 자세한 상황을 알고 있네. 원래 그런 것까지 알 수 있는 거야? 혹시 그 애 어머니가 가르쳐주셨어?"

세쓰코가 물었다. 당연한 질문이다.

"가르쳐준 건 경찰이야. 내가 용의자였거든."

사람들 틈에 있던 이웃 주민이 피해자의 어머니가 도착한 것을 깨닫고 겨우 길을 비켜주었다. 도저히 혼자 걸을 만한 상태가 아니었던 터라 나는 도모키의 어머니를 부축해 집까지 갔다. 집 앞에는 테이프가 둘려져 있고 여러 사람이 드나들고 있었다.

경관이 도모키의 어머니를 발견하더니 나를 봤다. 도모키의 어머니가 나를 도모키의 가장 친한 친구라고 소개했다. 그 순간, 모든 사람이 기묘한 눈빛으로 나를 보는 것을 깨달았다. 뭐지, 이 묘한 분위기는?

그들은 어머니와 나를 각기 다른 방으로 데리고 가더니 내게 꼬치꼬치 질문하기 시작했다.

"왜? 아는 사람 범행이라서? 그렇게 말하면 시신을 맨 먼저 발견한 사람이 수상하잖아?"

세쓰코가 화난 목소리로 말했다.

"물론 그 사람도 의심을 받은 모양이야. 하지만 목격자가 있었어. 도모키가 죽었을 무렵에 차로 근처를 돌고 있던 세탁소 사람하고 세탁물을 받던 동네 사람이 도모키의 집 뒷마당에서 나오는 검은색 교복 차림의 젊은 남자를 봤다는 거야."

"그렇구나. 두 명씩이나."

"그 애가 죽은 건 몇 시쯤인데?"

"오전 10시 반경. 그 시간에 나는 아직 교실에 있었으니까 알리바이가 있었던 셈이지. 교복을 입은 남자라고 해서 전교생이 조사를 받았지만, 그날 학교에 안 나온 학생은 손꼽을 정도밖에 없었고, 그중에 도모키를 아는 학생은 아무도 없었어. 도모키는 모르는 인간을 방 안에 들일 사람이 아냐. 그래도 끈질기게 학교에 안 나온 학생을 조사한 것 같지만, 친척 장례식에 간 녀석, 식중독으로 병원에 간 녀석, 좌우지간 다들 알리바이가 성립된 모양이지. 결국 들어맞는 인물은 찾아내지 못했어."

"그럼 지금도 범인을 모르는 거야?"

세쓰코가 불안한 얼굴로 물었다.

"응. 아직도 미해결 사건이야."

무거운 분위기에서 밤샘이 치러졌다. 남편을 잃고 사랑하는 아들마저 잃은 도모키의 어머니는 빈껍데기만 남은 것 같았다.

같은 반 학생들은 고개를 수그린 채 줄을 서서 향을 바쳤다.

마지막 작별 인사를 해주세요. 어머니는 초췌한 얼굴로 힘없이 그렇게 말했다. 하지만 교복을 입은 남자가 범인일 가능성이 있다는 이야기를 들었을 테니, 이 중에 아들을 죽인 범인이 있지 않을까 의심하고 있을지도 모른다. 그런 생각을 하니 마음이 착잡했다.

그렇다. 리에코가 이야기한 문패 도둑 사건의 해답을 내가 발견할 수 있었던 것은 무의식중에 이때 경험을 떠올린 덕일지도 모른다.

도모키는 상상했던 것보다 훨씬 편안한 얼굴로 잠들어 있었다.

함께 호타카에 오르기로 했는데.

나는 그에게 주려고 샀던 가이드북을 조용히 관에 넣었다.

여름방학이 되어 다른 학생들과도 만나지 않게 된 탓인지 처음에는 도모키가 죽었다는 실감이 전혀 나지 않았다.

숙제를 하면서 '여름방학인데 연락도 안 하고 진짜 너무 쌀쌀맞은 거 아냐' 하고 생각할 때도 있었다. 그 직후에 어라, 뭔가 좀 이상한데, 하고 생각한다. 그제야 도모키가 이제 이 세상에 없다는 것을 깨닫는다.

그의 부재는 서서히 영향을 미쳤다. 새 학기가 되어도 그가 없다는 것을 생각하면 쓸쓸해 견딜 수 없었다. 처음으로 손에 넣은 진짜 친구였는데.

도모키의 부재를 미워하고, 고독한 자신을 미워했다.

괴로운 가운데 여름방학을 보내면서 나는 혼자 호타카에 오르기로 결심했다.

도모키를 애도하고 자신을 위로하는 여행이었다.

"충격이었겠다."

세쓰코가 조용히 중얼거렸다.

"응, 충격이었다."

나는 조그맣게 고개를 끄덕였다.

"그보다 더 충격인 건 내가 이 사건을 방금 전까지 잊고 있었다는 사실이야. 아마 일부러 잊어버렸을 테지만 그렇게 소중하게 생각하던 친구를 잊어버리다니 한심하다."

"할 수 없어. 뒤에 남은 사람은 살아야 하니까. 그 애 어머니는 안녕하실까?"

"한동안 가게를 쉬었어. 자기가 집에 있었더라면 도모키는 안 죽었을지도 모른다고 많이 자책했나 봐. 하지만 단골 손님들이 끈질기게 권해서 다시 문을 열었을걸."

"그렇구나. 다행이다."

"수국은 역시 그 때문일까?"

세쓰코가 고개를 갸웃했다. 나도 덩달아 고개를 갸웃했다.

"글쎄, 어떨까. 혹시 무슨 관계가 있다고 하면 이 사건밖에 생각나는 게 없는데, 영 감이 오지 않네. 그때 본 수국을 생각해도 아무렇지도 않거든."

그래. 낮에 숲속에서 느꼈던, 등을 타고 땀이 주르르 흘러내릴 듯한 공포는 지금 이렇게 이야기하고 있어도 전혀 느껴지지 않았다.

"이 수수께끼는 어려운데. 우리가 토론해서 과연 범인을 찾아낼 수 있을까."

마키오가 당혹한 듯 나지막이 중얼거렸다.

나는 가볍게 웃으며 팔을 벌렸다.

"이건 해결 못 해도 괜찮아. 경찰도 해결하지 못한 사건인데 뭐. 분명히 내가 모르는 누군가가 범인이겠지. 이 사건을 기억해 내고 이렇게 토해낸 것만으로 충분히 만족했다. 까맣게 잊고 있었거든. 오늘 여기 안 왔더라면 이대로 영영 잊고 살았을지도 몰라. 도모키의 기억을 되찾아서 다행이다. 너희까지 끌어들여 미안하긴 하다만."

식사가 끝나가고 있었다.

어느새 와인을 한 병 더 주문했는지 웨이터가 새 잔에 레드와인을 따라주었다.

그 이야기는 그것으로 끝났다. 그런데 잡담하는 동안에도 리에코는 가만히 입술에 잔을 갖다 댄 채 생각에 잠겨 있었다.

"왜 그러니, 리에코?"

세쓰코가 말을 걸었다.

"응."

건성으로 대답했다.

셋이서 얼굴을 마주 봤다. 나는 갑자기 가슴이 술렁이기 시작했다.

리에코는 지금 무슨 생각을 하고 있나.

우리가 자기를 쳐다보는 것을 깨달은 리에코가 퍼뜩 정

신을 차렸다.

"아, 미안. 넋 놓고 있었지."

"무슨 생각을 하고 있었어?"

마키오가 어딘지 모르게 불안한 얼굴로 물었다.

"음, 아까 아키히코가 이야기한 사건."

"살인사건?"

"응. 저기, 끝난 이야기를 다시 꺼내서 미안하지만 뭐 좀 물어봐도 될까, 아키히코?"

본인도 당혹한 것 같은 목소리였다. 리에코가 흘깃 나를 봤다.

"물론 괜찮지."

나는 짐짓 동의했다.

"어째서 범인은 찻잔이랑 약병을 남겼을까?"

"어째서라니? 지문은 없앴으니까 상관없잖냐."

"하지만 범인이 직접 찻잔을 두 개 내왔다는 건 집 안 사정을 잘 아는 사람이란 뜻이잖아? 그럼 자기가 쓴 잔만 씻어서 원래 있던 자리에 돌려놓으면 그만 아냐? 찻잔을 두 개 놔두면 도모키 외에 다른 사람이 있었다는 게 금세 발각되잖아. 게다가 약병까지 놔두다니 이상하지 않아? 그날 찾아온, 도모키가 아는 사람이 감기약이라고 속이고 독약을 먹였습니다, 하고 죄다 설명해 주는 셈이잖아. 이건 살인사건이에요, 하고 알리는 것 같은 일이야. 만약 찻잔이 하나만 있었다면 자살이었을 가능성도 고려됐을 거 아냐?"

나는 흠칫했다.

자살이었을 가능성.

"하지만 범인은 도모키의 찻잔에도 손을 안 댈 수 없었을 거 아냐. 독약을 먹이기 위해선 찻잔이 필요했어. 도모키는 몸이 아파서 자력으로 물을 가지러 갈 수 없었어. 그러니까 어쨌거나 범인은 도모키의 찻잔에 묻은 지문을 지울 수밖에 없었어. 찻잔이 하나뿐이어도, 지문이 전혀 없으면 그 사람이 죽은 다음에 누군가 다른 사람이 닦아냈다는 게 바로 드러나지. 어차피 살인이라는 게 들킬 거라면, 그의 죽음이라는 목적만 달성되면 뒤처리를 하느라 시간을 끄느니 지문만 없애고 얼른 자리를 뜨는 게 낫지 않겠어?"

세쓰코가 반박했다.

"아아, 그렇구나. 그런 생각도 가능하겠네."

리에코는 감탄한 듯 중얼거렸다.

"하지만 찻잔에서 지문을 없앤 다음 또 찻잔을 만지게 하는 방법도 있지 않을까?"

"자기가 죽인 사람을 건드리기 싫었을지도 모르잖아."

"응, 그건 그렇겠네."

진지하게 이야기하던 두 사람이 퍼뜩 내 얼굴을 봤다.

"미안해, 아키히코의 친구 이야기인데 무슨 물건 취급하듯."

리에코가 살짝 고개를 숙였다.

"아냐, 괜찮아. 오랜만에 그 사건에 관해서 제대로 된 논의를 들었다."

나는 당황해서 손을 저었다. 오히려 감탄하고 있었다. 그 정도 설명으로 리에코가 이런 생각을 해내리라고는 생각도 하지 못했다.

"그럼 하나만 더 물어도 돼?"

리에코는 살그머니 검지를 들었다. 나는 고개를 끄덕였다.

"세탁소 사람이랑 동네 사람이 목격했다는 검은색 교복 차림의 젊은 남자."

리에코가 이야기를 시작했다.

마키오가 묘하게 정색하고 리에코를 보고 있었다. 그녀가 추리하는 모습을, 처음 보는 여자를 보듯 바라봤다.

"이것도 이상하지 않아?"

"이상해? 뭐가?"

나는 이상스레 리에코를 봤다.

"1학기 종업식이라며?"

"그래."

"그럼 하복이잖아?"

그 말을 듣고 말문이 막혔다. 하복. 도모키가 입고 있던 하얀 반소매 셔츠.

"그러고 보니 그렇군."

"어째서 그렇게 덥고 답답한 걸 입는데? 게다가 그런 모습으로 오전 중에 주택가를 돌아다니면 당연히 눈에 띌 거 아냐. 차라리 티셔츠랑 청바지가 훨씬 눈에 덜 띌걸. 그렇게 생각하면 그 사람은 일부러 그런 교복을 입었다고 생각할 수밖에 없어."

설명할 수 없는 불안이 등에 달라붙었다.

"일부러."

나는 힘없이 그녀의 말을 되풀이했다.

"응. 아니면 목격자 두 사람이 거짓말을 했든지 둘 중 하나야. 그 두 사람이 거짓말을 할 이유는 생각나지 않지만."

"실은 그 두 사람이 범인이었다든지?"

"그런 가능성도 있을 수 있겠지만, 잘 모르겠어."

리에코는 납득되지 않는 듯 고개를 갸웃거렸다.

그 표정을 보면서 정체를 알 수 없는 공포가 밀려오는 것을 느꼈다.

뭐지, 이 공포는. 어째서 이렇게 가슴이 술렁이는 걸까.

마키오가 걱정스레 나를 보는 것을 깨달았다. 상당히 동요한 표정인가 보다.

"그래서?"

불안을 억누르며 리에코에게 물었다.

리에코는 느릿느릿 고개를 저었다.

왠지 모르게 안도감이 들었다.

"그것뿐이야. 뭐가 좀 이상하다는 생각이 들었거든. 그 이상은 잘 모르겠어."

일찍 자리를 파했다.
하이킹 첫날이라 피곤한지, 세쓰코와 리에코는 내일을 대비해 일찍 자겠다며 방으로 돌아갔다.
나와 마키오도 얌전히 방으로 돌아갔다.
그러나 바로 잘 마음은 나지 않기에 자연스레 좀 더 마시기로 했다.
"즉 그 녀석들이 와인을 거의 다 마셔버렸다 이 이야기군. 그러니까 잠이 오지."
"그러니 당연히 우리는 정신이 말짱하고."
그렇게 투덜거리면서 위스키에 찬물을 묽게 타 창가 테이블로 가져갔다.
"아키히코 네가 싫어하는 간접조명이지만."
마키오가 스탠드를 들고 와 불을 켰다. 차분하게 가라앉은 어둠 속에 유타카로 갈아입고 마주 앉았다.
둘이서 잔을 들고 다시 건배했다.
"아까는 걱정했다."
마키오가 나지막이 중얼거렸다.
"나 그렇게 얼굴이 새파랬냐?"
"응. 어지간히 안 좋은 기억이었구나."
"아냐. 지금은 그렇게 생각 안 해. 죄다 선명하게 기억해

내서 이야기했더니 그런가. 하지만 당시 나한테는 엄청난 충격이었을 거다. 난 친구가 없는 인간이었거든. 그때까지 친구다운 친구 하나 없다가 드디어 죽이 맞는 놈을 만났나 했더니 갑자기 죽어버렸으니까. 괴로워할 만도 하지."

"그렇겠지."

마키오는 조용히 고개를 끄덕였다.

"그나저나 리에코는 정말 똑똑한 여자야. 당시 경찰도 상당히 끈질기게 수사했지만 오늘 같은 이야기는 전혀 없었어."

술잔을 찰랑찰랑 흔들며 중얼거렸다.

마키오는 흘깃 나를 보더니 금세 시선을 돌렸다.

어쩐지 마키오의 분위기가 이상했다.

"마키오?"

"응?"

"무슨 일 있냐?"

"아니, 별로."

"뭐 하고 싶은 말이 있는 줄 알았다. 네가 그런 생각이 들게 하는 일은 거의 없잖냐."

나는 위스키를 마시며 말했다.

"너 정말로 눈치 못 챘구나."

"어?"

"그럼 됐고."

"무슨 뜻이냐?"

또다시 불안이 솟구쳐 나는 몸을 앞으로 내밀었다.

"아까는 영락없이 리에코가 눈치챈 줄 알고 긴장했다."

마키오는 복잡한 표정으로 그렇게 말했다.

"뭘?"

점점 질문하기가 무서워졌다.

마키오는 대답이 없었다.

"뭘 눈치챘다는 거냐? 도모키 살인사건의 진상 말이냐?"

등골이 싸늘해졌다. 기억에 있는 식은땀이 흐르기 시작했다.

"넌 눈치챘다는 뜻이냐?"

마키오는 고개를 수그린 채 내 물음에는 답하지 않고 혼잣말처럼 중얼거렸다.

"역시 리에코는 모르는 것 같아. 혹시 정말 눈치챘다면 그런 의문은 입 밖에 내지 않았을 테지."

"너는 눈치챘군? 언제 알았냐? 리에코의 이야기를 듣고 나서?"

점점 언성이 높아지는 것을 억누를 수 없었다.

"왜 안 가르쳐주는데? 가르쳐줘."

그만 힐문하는 말투가 됐다.

마키오가 고개를 들고 메마른 눈으로 나를 봤다.

"정말 괜찮겠어?"

차가운 목소리에 순간 온몸이 얼어붙었다.

방 안에 침묵이 찾아들었다. 무슨 일이 일어나려 하는가.

지금부터 무슨 일이 시작되려 하는가.

그러나 나는 알고 있었다. 지금부터 듣지 말 걸 그랬다고 후회할 이야기를 마키오가 할 것이라고. 그래도 역시 나는 그것을 들을 것이라고.

"괜찮아. 이 여행은 그런 여행이라고 정했어."

나는 의자 등받이에 완전히 몸을 기댔다. 각오는 되어 있었지만 등에서 흐르는 식은땀이 내 각오를 배반했다.

"그래. 나도 그렇게 생각해."

마키오는 평소의 어조로 돌아와 위스키를 마셨다.

"너희 집 뒤에도 수국이 있었어."

"그러게, 내 방에서 보였지."

갑작스러운 이야기에 당혹하면서도 나는 고개를 끄덕였다.

"나 너희 집에 처음 초대받았을 때, 집이 어찌나 으리으리한지 바로 못 들어가고 집 주위를 한 바퀴 돌았거든. 뒷마당에 커다란 수국이 군생하고 있고 그 맞은편에 네 방이 보였어. 그리고 그 옆에 시오리 씨 방이 보였고."

나는 흠칫 놀라 마키오를 쳐다봤다.

"보이거든, 그 수국 사이에 서면 네 방하고 시오리 씨 방이."

마키오는 테이블 위 한 지점에 시선을 고정한 채 담담하게 말을 이었다.

불안이 차츰차츰 착실하게 내 속에서 영역을 넓혀갔다.

"도모키는 좋아하는 여자가 있다는 이야기를 한 적 없었어?"

"그만해."

물음이 끝나기도 전에 그렇게 부르짖었다.

마키오는 조용히 앉아 있었다. 내가 끝까지 이야기해 달라고 하기를 기다리고 있었다.

나도 내가 그렇게 말할 것을 알고 있었지만 결심이 서지 않았다.

마키오는 끈기 있게 기다렸다.

나는 드디어 입을 열었다. 마키오의 입에서 그 이름을 들은 순간부터 마음 한구석에서 진실을 깨닫고 있었다. 아니, 어쩌면 리에코의 이야기를 들었을 때부터일지도 모른다.

"그 여자, 도모키를 건드렸군."

내 목소리가 아닌 것 같았다.

마키오는 대답 대신 술을 들이켰다.

처음으로 생긴 친구에 기뻐 어쩔 줄 모르던 나. 집에 가도 가족에게 도모키 이야기만 했다. 그게 누나 귀에 들어가지 않았을 리 없다. 자기 먹이가 될 상대, 동생을 꼼짝 못 하게 하기에 안성맞춤인 상대. 그런 상대에게 그 여자가 관심을 갖지 않았을 리 없다.

자신의 멍청함이 세월을 건너뛰어 마음을 날카롭게 후벼 팠다. 그 여자가 어떤 여자인지 이미 알고 있었으면서. 그 무렵에는 돌에 그린 '어린 무라사키' 표시의 의미도 알고 있었으면서.

나는 일어나서 마키오의 잔을 빼앗아 냉장고로 갔다. 내 잔과 함께 냉장고 위에 놓고 위스키와 물을 새로 따랐다.

그녀가 어떻게 도모키에게 접근했는지는 알 수 없다. 그가 나를 찾아왔을 때였을까. 친구의 누나. 그는 공손하게 대했을 것이다. 그녀는 그가 마음에 든다. 노련한 그녀에게 순수한 소년이 당해낼 수 있을 리 없다.

수국. 비에 젖은 수국.

도모키는 밤에 찾아왔다.

우리 집 뒷마당에. 비를 맞으며 그녀의 방 창문을 바라보고 있었던 것이다. 그리고 내 방 창문도 봤을 게 틀림없다. 자신이 잃을지도 모르는 친구의 방을.

나는 알고 있었다. 시야 끄트머리로 그가 보였다. 도모키가 마당에 서서 그녀의 방을 바라보는 것을 마음 한구석으로 알고 있었다.

그다음 날부터 그는 열이 나서 몸져누웠다.

빈 책상을 보고 어떻게 된 거지, 하고 중얼거렸던 내 모습이 떠오른다.

그 무슨 위선인가. 그 무슨 불성실인가.

관자놀이가 뜨거워졌다. 나도 모르게 혀를 찼다.

도모키가 어떤 지옥에 처해 있었을지 짐작이 가고도 남았다. 얼마나 괴로워했을까. 그의 순수한 부분은 그녀를 경멸하고 멀리하려 한다. 그런데 그녀를 미워하고 싶어도 몸이 말을 듣지 않는다. 질질 끌려가 머리카락 한 올까지 잡아먹힌다. 이제 더는 만나지 않겠다고 생각해도 그녀가 한마디만 속삭이면 얼떨결에 나가고 만다. 그러다 차갑게 대하면 아무것도 손에 잡히지 않게 된다. 머릿속은 온통 그녀 생각뿐, 어디에 가도 그녀의 존재를 머릿속에서 내몰 수 없다. 게다가 그 여자는 친구의 누나다. 학교에 가면 동생과 친하게 지내고, 집에 가면 누나가 은밀히 찾아온다. 도모키는 나와 누나 사이에 끼여 옴짝달싹할 수 없었다. 그녀는 무슨 말로 도모키를 협박했을까. 동생은 자신을 경멸한다고. 자신과 사귀는 남자는 용서할 수 없다 한다고. 분명히 그런 말을 간간이 들려주었을 것이다. 그게 그에게 얼마나 큰 고통을 주는지 알면서.

노여움에 눈앞이 시뻘게졌다. 그러나 그 노여움의 대부분은 나 자신을 향하고 있었다.

어째서 눈치채지 못했나? 아니, 어째서 눈치채지 못한 척했나? 수국. 비에 젖은 수국.

도모키의 집 뒷마당에도 수국이 있었다. 나도 보지 않았던가. 약속 없이 갑자기 그의 집을 찾아간 적이 있지 않았던가.

집 뒤쪽 야트막한 담장에 난 나무 쪽문을 열고 직접 별채로 갔다.

커다란 수국 그늘에서 나는 손님이 있는 것을 깨닫고 바로 발길을 돌렸다.

그러나 나는 눈치채지 않았던가. 그 손님이 누구인지를. 도모키 위로 몸을 굽힌 하얀 등이 자기 누나의 것임을.

보고도 못 본 척한 이유는 단 하나.

어렵게 생긴 친구를 잃고 싶지 않았다. 누나의 존재 때문에 그가 나로부터 멀어지는 것을 견딜 수 없었다.

준비하는 데 다소 오래 걸린 위스키잔을 들고 나는 의자에 털썩 주저앉았다. 하나를 마키오에게 건넸다. 마키오는 무표정하게 받아 들었다.

"도모키는."

그렇게 중얼거리고 조금 마신 다음 말을 이었다.

"자살한 거군."

마키오는 대답하지 않았다. 가만히 자기 손에 든 잔을 내려다보고 있었다.

그는 절망하고 있었다. 선택의 여지가 없는 지옥에서 벗어나려 발버둥 치고 있었다.

하지만 자살할 수는 없었다. 그를 누구보다도 사랑하는 어머니 때문이다. 자신이 어머니의 존재를 마음에 두지 않았다고 여겨질 생각을 하면 괴로웠다.

그래서 그는 살해당할 수밖에 없었다.

"도모키는 살인사건의 피해자가 되어야 했어."

누가 봐도 살인사건이어야 했다.

커피테이블에 찻잔 두 개를 준비한다. 감기약이 든 약병도 가져다 둔다.

그가 죽은 뒤에도 살인자가 그곳에 있었음을 증명하기 위해서는 공범자가 필요했다.

"누나가 협조했군."

도모키는 공범자로 그 여자를 선택했다. 자신을 지옥에 떨어뜨린 여자. 자신에게 인격이 있다고 생각하지 않는 여자. 자신이 눈앞에서 죽는 모습을 눈 하나 깜짝하지 않고 지켜볼 수 있는 여자.

누나는 교복을 입고 도모키의 방에 찾아왔다. 자신이 여자라는 것을 감추기 위해, 눈에 쉽게 띄기 위해서였다. 자신이 도모키의 방에 드나드는 것을 목격당할 필요가 있었다. 게다가 그녀는 교복을 손쉽게 손에 넣을 수 있었다. 동생의 동복이다. 그녀는 동생과 체격이 비슷했던 터라 동생의 교복을 입으면 아무도 그녀가 여자라는 것을 알아차리지 못했을 것이다.

내가 용의자 취급을 받은 것도 당연하다. 나와 누나는 마치 거울을 보는 것처럼 비슷하게 생겼으니 목격자가 나를 동일 인물이라고 생각할 만도 했다.

도모키의 숨이 끊어지는 것을 마지막까지 지켜본 다음, 그녀는 찻잔과 약병을 닦아 지문을 없앴다.

도모키가 죽은 뒤 찻잔에서 지문을 닦아내면 누가 있었다는 확실한 증거가 남기 때문이다. 이게 살인사건이라는 명백한 증거가.

나아가 도모키에게 세탁소 사람이 대개 몇 시쯤 오는지 들어두었다가, 쪽문 뒤에 숨어 세탁소 사람이 나타나기를 기다렸다. 이윽고 세탁소 사람이 나타나고 동네 사람이 현관문을 연 타이밍을 노려 살짝 밖으로 빠져나갔다. 별채에는 시체와 살인사건의 증거가 남았다.

그렇게 도모키는 죽었다.

고등학교 2학년 여름의 어느 맑은 날에.

살인사건의 피해자로서.

맛이 느껴지지 않는 위스키를 꿀꺽 마셨다. 쓰디쓴 맛이 목을 타고 내려갔다.

"호타카에 오르자고 약속했었어."

"그래. 그래서 혼자 올랐군."

"응. 그 녀석, 늘 자전거에 태워줬었어. 시험이 끝나면 우리가 맨 먼저 교문을 뛰쳐나갔어."

아키히코, 달려어!

목소리가 선명하게 되살아났다.

1학기 기말고사는 7월 초순이었다.

그때 무시무시한 속도로 자전거 페달을 밟던 도모키는 무슨 생각을 하고 있었을까. 어째서 늘 나를 뒤에 태우고 달렸을까.

그 녀석도 나를 잃고 싶지 않다고 생각했을까. 나와 함께 어딘가로 도망치고 싶다고 생각했을까. 아니면 나와 함께 자동차 앞에 뛰어들어 죽고 싶었을까.

어쩐지 맨 마지막 답이 맞을 것 같았다.

도모키는 나와 함께 죽고 싶었다. 그러면 내게 누나와의 일이 알려지는 일도 없을 테고, 누나에게서 벗어날 수도 있다.

그런 생각을 한 순간, 가슴속에 거센 아픔이 느껴졌다.

어째서 이렇게 되어버렸나.

나는 잔을 움켜쥔 채 그저 그 아픔을 견뎌내고 있었다.

마키오는 가만히 앉아 조용히 술을 마셨다. 내 존재를 전혀 신경 쓰지 않는 것처럼.

그런 태도가 고마웠다.

우리는 내내 말없이 테이블을 사이에 두고 앉아 있었다.

"낮에 말이야, 리에코가 생각해 낸 질문 있잖아?"

꽤 오랜 시간이 지났을 무렵, 갑자기 마키오가 입을 열었다.

"응."

나는 느릿느릿 고개를 들었다.

"어느 거 말이냐?"

이번에는 마키오가 두 사람의 잔을 들고 일어섰다.

천천히 냉장고로 다가가 조용히 술을 따랐다.

"그 왜, 결혼하기 전에 상대방한테 질문을 하나만 한다면 뭐라고 묻겠느냐는."

"아, 그거. 리에코는 뭐라고 대답했었더라?"

"이런 대답이었지, 아마. 무슨 일이 있으면 그 일이 좋은 일이든 나쁜 일이든 바로 전부 내게 솔직하게 말해줄 수 있습니까."

"맞다. 분명히 좋은 질문이긴 하지만 '네' 하고 대답하기엔 거부감이 들지. 뭐든 죄다 솔직하게 말하는 게 다정함도 아니고. 난 그런 남자는 되고 싶지 않은데."

나는 무릎 위로 턱을 괴고 앉아 불분명하게 중얼거렸다.

의기소침한 나머지 감정이 조금 마비된 모양이다. 피로감이 온몸을 무겁게 짓눌렀다.

"그래서?"

나는 마키오를 올려다봤다.

마키오가 달그락달그락 위스키를 휘저었다.

"내내 생각해 봤어. 내가 만약 앞으로 또 결혼하게 된다면 뭐라고 물을까 하고."

"어이쿠, 역시 다시 결혼할 생각이잖아."

"가정이야, 가정. 하지만 이 질문에 '네'라고 대답할 여자는 없을 테고, 또 '네'라고 대답하는 여자와는 결혼하고 싶지 않거든. 하지만 '아뇨'라고 대답할 사람과는 절대 같이 못 살걸."

"어떤 질문인데?"

어렴풋이 호기심이 고개를 치켜들었다. 마비된 감정이 부활하려 몸부림치는 것을 알 수 있었다.

"이런 거야."

마키오는 자리로 돌아오며 자기 잔을 입으로 가져가 꿀꺽 마셨다.

내게 잔을 건네주고 의자에 앉았다.

"무슨 일이 있어도 나를 이해하려고 하지 말아 줄 수 있습니까."

나를 이해하려 하지 말아 줄 수 있습니까.

머릿속으로 곱씹고 나는 작게 웃었다.

"대단한 질문이군. 진짜 그런 질문을 받으면 난처하겠어."

하지만 한편으로는 마키오다운, 마키오의 본심이 응축된 질문이라고 생각했다.

이해하려 하지 말아 줘. 이해할 수 있다고 생각하지 말아 줘.

그는 줄곧 다른 사람에게 그것을 바라왔는지도 모른다. 그 바람을 눈치챌 수 있는 사람은 드물거니와 그 바람이 얼마나 잔혹한 것인지도 그는 알고 있다.

"그렇지? 이렇게 모순으로 가득 찬 요구를 하는 한, 나한테 재혼할 기회는 안 찾아올걸."

마키오는 장난스러운 미소를 띠었다.

"리에코에 대해서는 이제 아무렇지도 않냐?"

그렇게 묻자 마키오는 뜻밖이라는 표정을 지었다.

"어째서 그런 걸 묻는데?"

"그냥. 너희 지금도 많이 닮았더라. 가치관도 통하는 것 같고. 내내 같이 있다 보면 비슷하다는 게 힘들게 느껴질지도 모르지만, 역시 그 정도로 닮은 상대는 어지간해선 찾기 힘들잖냐."

마키오는 난처한 얼굴로 웃었다.

"분명히 닮은 부분도 있긴 했어. 하지만 우리 관계는 이제 어쩐지 그런 걸 초월했다고 할지, 이제 와서 그런 관계로 돌아가는 일은 없을 거야."

"리에코는 그렇게 생각하지 않을 거다. 그 녀석은 아직 너를 제일 좋아해."

"그렇지 않아. 남편도 좋은 사람 같더라."

"궁합은 잘 맞는 것 같긴 하더라만."

"궁합이 제일이야. 낮에 그 녀석이 말한 조합의 문제지. 좋아한다는 것하고 잘 맞는다는 것하곤 다른 문제니까."

마키오는 담담한 어조로 말을 이었다.

나는 입을 열었다.

"나 아마 리에코를 좋아했던 것 같다."

돌연한 고백에 마키오가 놀란 표정을 지었다.

나도 놀랐다. 자각이 거의 없었기 때문이다.

"왜 그랬느냐 하면 네 애인이었기 때문이야."

"그게 뭐야? 경쟁심?"

"아냐. 난 너를 존경했으니까, 네가 좋아하게 된 여자라면 분명히 훌륭한 여자일 거라고 생각한 거야."

"그거참 엄청난 과대평가군. 등이 다 근질근질한다."

멋쩍은 얼굴로 웃은 마키오는 문득 정색했다.

"나는 어떤지 모르지만, 리에코는 분명히 훌륭한 여자야. 나한테는 과분한 여자였다고 생각해. 네가 사귀었으면 좋았을걸."

"그렇게 잘될 리 없잖냐. 게다가 난 너랑 사귀는 리에코를 좋아했던 거지, 내가 뭘 어떻게 해보겠다는 생각은 전혀 없었어. 그 뭐냐, 〈작은 사랑의 멜로디〉에 나오는 마크 레스터의 친구 같은 게 내 역할이니까, 난 내 친구들이 행복해졌으면 좋겠다."

"하여간 이상한 녀석이라니까."

마키오가 작게 웃었다.

"원래는 주역감인데 말이야."

나도 그렇게 말하며 웃었다. 그러나 그 웃음이 일그러지는 게 느껴졌다.

"하지만 난 주역이 될 수 없어. 그 여자가 있는 한."

냉랭한 기분으로 중얼거렸다. 또다시 복잡한 증오심이 부글부글 끓어올랐다.

"너 용케 결혼했다."

"응, 나도 그렇게 생각한다. 그 여자의 상식을 뛰어넘는 사람이었으니까."

"그런 것 같더라."

마키오가 킬킬 웃었다.

"내가 와이프하고 사귀기로 결심한 계기를 가르쳐주지."

"호오. 그건 또 처음 듣는군. 너희 중매였지?"

"응. 그 친구, 물리학회인지 뭔지에서 발표하느라 한 시간쯤 지각했거든. 그런데 오자마자 이러이러한 내용의 발표를 하느라고 늦었습니다, 하고 강연 내용을 설명하기 시작한 거야. 나도 그렇고, 같이 나온 사람도 그렇고, 다들 어안이 벙벙했지. 와이프는 자기 나름대로 늦게 온 걸 아주 미안하게 생각해서 그런 것 같지만, 유감스럽게도 무슨 내용인지 전혀 이해가 안 되더군. 그런데 갑자기 내 얼굴을 보더니 웃지도 않고 무지무지 진지한 표정으로 이렇게 말하더라. 처음 뵙겠습니다, 참 아름다운 분이시네요. 아름다운 분이라고, 아름다운 분. 여자한테 그런 말 처음 들었다."

"걸작이네. 하지만 너희 와이프도 미인이잖아."

"미인은 분명히 미인인데, 전혀 도움도 안 되고 활용도 안 되고 있어."

"그런 점이 좋았겠지?"

"응. 가치관의 상식을 뛰어넘었으니까."

화기애애하게 이야기하면서 나는 조금씩 올가미를 쳤다. 그가 긴장을 늦추도록. 그가 방심하도록.

"하지만 절대 그런 세속적인 가치관을 모르는 건 아냐. 자기 안에 엄연한 우선순위가 있고, 그에 맞지 않는 건 배제

하려고 노력해 왔다더군. 그렇지 않으면 연구에 전념할 수 없다는 걸 고등학교 때 깨달았기 때문이라나."

"그거 재미있네."

나는 눈치채고 말했다. 일단 마그마를 분출하기 시작하면 죄다 뿜어낼 때까지 땅울림은 멎지 않는다. 이제는 돌이킬 수 없다.

"마키오."

"응?"

"너도 우리 누나랑 잤냐?"

시간이 정지한 것 같았다.

마키오의 얼굴이 완전히 색을 잃었다. 미동도 하지 않았다. 나는 침착했다. 이미 알고 있는 답을 잠자코 기다렸다.

그렇다. 누나는 언제나 내가 소중히 여기는 것을 찾고 있다. 내게서 소중한 것을 빼앗는다. 누나가 도모키를 건드렸다면 마키오를 건드리지 않았을 리 없다. 마키오가 진상을 꿰뚫어 본 것도 도모키가 자신과 같은 위치에 있었음을 깨달았기 때문이다.

마키오는 체념한 듯 희미한 미소를 띠었다.

"줄곧."

예상은 하고 있었어도 그 말을 들은 순간 온몸의 힘이 빠지는 기분이었다. 태연함을 가장하고 물었다.

"언제부터?"

"처음 너한테 소개받고 일주일쯤 지나서부터."

"일주일. 그럼······."

나는 할 말을 잃었다. 처음 소개한 것은 대학 1학년 겨울이었다.

"열아홉 살 때 겨울부터."

마키오는 메마른 목소리로 중얼거렸다.

"줄곧. 몇 년씩이나. 하지만 이제 끝났어. 마지막으로 잔 게 언젠지 알아?"

똑바로 나를 쳐다봤다.

물론 내가 대답할 수 있을 리 없다.

"네 결혼식 날 밤이야. 그게 마지막이었어. 이제 두 번 다시 그 사람이랑 잘 일은 없을 거라고 생각해."

"왜."

목소리가 잠긴 것을 깨달았다.

"너도 알 텐데."

마키오의 고요한 눈이 나를 바라봤다. 이 녀석은 늘 느긋하다. 지금 이 상황에서 마음이 불편해야 하는 사람은 내가 아니라 이 녀석일 텐데. 어째서 이 녀석은 늘 이렇게 느긋한가.

나를 이해하려 하지 말아 줘. 나를 이해할 수 있다고 생각하지 말아 줘.

마키오의 눈이 그렇게 말하고 있었다.

이해할 수 없다. 나는 이 녀석을 이해할 수 없다.

"너도 실은 알고 있잖아."

마키오는 다시 한번 그렇게 못을 박았다.

알긴 뭘 안다는 말인가. 나는 아무것도 몰랐다. 도모키가 나를 뒤에 태우고 자전거를 달렸던 이유도, 내가 실은 리에코를 좋아했다는 것도, 누나가 어렸을 때부터 내 인생을 파멸에 몰아넣기로 작정한 것도. 아무것도 모른다. 나 자신에 관해서도, 다른 사람에 관해서도. 아무것도 알 리 없다.

그러나 한 가지, 꼭 물어야 할 게 있었다.

"그럼 가지와라 유리는? 그 녀석은 대체 뭐였냐?"

그 이름에 마키오는 놀란 것 같았다.

"네가 죽였냐?"

그렇게 묻자 마키오의 표정은 놀란 빛에서 메마른 웃음으로 천천히 변화했다.

"가지와라 유리."

마키오는 부드럽게 중얼거렸다. 그 이름의 느낌을 확인이라도 하듯.

"그 녀석은 역귀야."

"역귀?"

"그 이상은 말 못 해."

마키오의 눈동자는 강한 빛을 발하고 있었다.

역귀. 대체 무슨 뜻일까. 나는 의문이 담긴 표정으로 마키오를 봤지만 그는 오늘 밤은 그 이상 입을 열지 않기로 결심한 모양이었다.

마키오가 벌떡 일어섰다.

"야."

"로비에서 담배 사 올게."

그는 평소와 다름없는 온화한 말투로 그렇게 말하고 방에서 나갔다.

나는 홀로 방에 남았다.

어둑어둑한 방에서 혼자가 된 지금, 오늘 하루 동안 주고받은 수많은 대화가 거품이 터지듯 모두 어디론가 사라져 버린 기분이었다. 일말의 허무감.

그 수많은 말은 어디로 가버렸나. 그렇게 열중해서 뒤쫓았던 우리의 '아름다운 수수께끼'는?

나는 침대에 몸을 던졌다.

흔들리고 있다. 내 몸은 흔들리고 있다.

나는 지금 보트를 타고 있다. 바다 위에서 수평선 너머 가라앉는 태양을 향해 노를 젓고 있다. 빛에 휩싸여 나는 노를 계속 젓는다. 그런데 빛은 서서히 약해지더니, 빛에 휩싸여 있었을 나는 어느새 젖은 수국 그늘에서 바다 위 빛의 길을 엿보고 있다.

빛의 길에는 금색 보트가 떠 있다. 누군가의 웃음소리가 들린다.

이쪽을 향해 앉아 노를 젓는 것은 도모키였다. 평생을 함께할 친구를 얻은 기쁨으로 얼굴이 빛나고 있다.

그리고 이쪽에 등을 돌리고 앉은 것은 마키오였다. 마키오도 도모키와 죽이 맞는 듯 즐겁게 웃고 있다.

보트는 반짝반짝 눈부신 빛을 발하며 천천히 태양을 향해 멀어져 간다.

기다려.

수국 그늘에서 나는 부르짖는다.

마키오를 데려가지 말아 줘. 마키오는 내 친구야. 마키오를 그 배에 태우지 말아 줘.

나는 온몸이 흠뻑 젖은 채 먼 보트를 향해 계속 부르짖는다.

그 배는 두 번 다시 현재로 돌아오지 않을 테니까.

그리고 나는 결코 그 배에 탈 수 없을 테니까.

흑과 다의 환상 (상)

초판 1쇄 인쇄 2025년 8월 14일
초판 1쇄 발행 2025년 9월 4일

지은이 온다 리쿠
옮긴이 권영주

책임편집 홍은선
디자인 정정은
책임마케팅 최혜령, 박지수, 도우리
마케팅 콘텐츠 IP 사업본부
해외사업 한승빈, 박고은
경영지원 백선희, 권영환, 이기경, 최민선
제작 재영P&B

펴낸이 서현동
펴낸곳 ㈜오팬하우스
출판등록 2024년 5월 16일 제2024-000141호
주소 서울시 강남구 테헤란로 419, 11층(삼성동, 강남파이낸스플라자)
이메일 info@ofh.co.kr

ⓒ 온다 리쿠
ISBN 979-11-94930-82-2 (03830)

반타는 ㈜오팬하우스의 출판브랜드입니다.

- 이 책은 저작권법에 따라 보호받는 저작물이므로 무단전재와 무단복제를 금지하며, 이 책 내용의 전부 또는 일부를 이용하려면 반드시 저작권자와 ㈜오팬하우스의 서면동의를 받아야 합니다.
- 책값은 뒤표지에 표시되어 있습니다.
- 잘못된 책은 구입하신 서점에서 바꿔드립니다.